Harry Voß · Gefangen in Abadonien

Harry Voß,
Jahrgang 1969, ist Referent für die Arbeit mit Kindern beim Bibellesebund. Bekannt wurde er durch die Buchreihe „Der Schlunz", die 2010 und 2011 auch verfilmt wurde. Seine Kinder sind inzwischen aus dem Schlunz-Alter rausgewachsen.

Für sie und alle anderen Teenager hat er sich mit »13 Wochen‹ auf neues Land gewagt, und nach dem erfreulichen Erfolg legt er jetzt mit »Gefangen in Abadonien« noch einmal nach.

Mit seiner Familie lebt Harry Voß in Gummersbach.

Harry Voß

Gefangen in Abadonien

Roman

BLB

SCM

MIX
Papier aus verantwortungsvollen Quellen
FSC® C083411

Eine Koproduktion des Bibellesebundes, Gummersbach, mit dem SCM-Verlag GmbH & Co. KG, 58452 Witten

ISBN 978-3-95568-133-3 (Bibellesebund)
Bestell-Nr. 71131

ISBN 978-3-417-28699-1 (SCM-Verlag)
Bestell-Nr. 228.699

Umschlaggestaltung: Luba Siemens, Gummersbach
Satz: Katrin Schäder, Velbert
Druck und Bindung: CPI books GmbH, Leck
Gedruckt in Deutschland

Am Anfang ist das Wort. Mein Wort. Das Wort in mir. In meinen Gedanken. Meine Gedanken werden Wort. Und das Wort kommt durch meine Hand zu Papier. Sobald es aufgeschrieben ist, lebt es. Alle Dinge auf dem Papier sind durch mein Wort erschaffen. Ohne mein Wort gäbe es nichts von all dem, das erschaffen ist.«

Akio ließ seinen Stift sinken und blinzelte in die Sonne. Ihm gefiel das Gefühl, Welten erschaffen zu können, Menschen zu erfinden, sie kämpfen und siegen zu lassen. Zwar nur auf einem Blatt Papier, aber immerhin. Über die Welt, die er auf seinem Papier erschaffen hatte, war er allein der Herr. Er entschied, wann und wie jemand siegte. Er konnte Helden gewinnen, Bösewichte verlieren lassen. Oder umgekehrt. Und niemand konnte ihn dafür zur Rechenschaft ziehen. Zumindest nicht die Helden und Bösewichte seiner Geschichte.

Ein Grinsen machte sich auf Akios Gesicht breit. Wenigstens hier auf dem Papier konnte er beeinflussen und lenken, dass das Gute über das Böse siegte. Ganz anders als in der Welt, in der er und seine Familie lebten.

Akio verbrachte den sonnigen Nachmittag auf einem großen, warmen Stein außerhalb des Dorfes, während Pollum, sein kleiner, geschuppter salamanderartiger Dracolepidus eifrig über den Stein und den Erdboden darunter hin und her kletterte, um nach Insekten und Blutwürmern zu suchen, die er verschlingen konnte. Die Arbeiten im Stall und in der Schmiede seines Vaters waren heute schnell erledigt gewesen. Die paar verbleibenden Stunden bis zum Sonnenuntergang wollte Akio hier draußen verbringen. Weg von den Menschen, die oft misstrauisch, launisch und eigensinnig waren. Außerdem hatte er hier in der Einsamkeit die seltene Gelegenheit, wenigstens für kurze Zeit seine drückende, enge Lederhaut auszuziehen. Die maßgeschneiderte zweite Haut, die seinen kompletten Oberkörper bis kurz vor die Handfläche und seine Beine vom Knöchel bis zum Oberschenkel bedeckte, sollte verhindern, dass ihm jemand in die Haut stach und sein wertvolles Blut stahl. Akios Blut war schon in seiner Kindheit vom Dorfpriester als außergewöhnlich hochwertig eingestuft worden. »Golden« nannten es die Priester, obwohl es natürlich nicht wirklich aus Gold bestand. Aber es war wertvoll genug und damit gewinnbringend für Bluträuber, die es in Abadonien in großer Zahl gab. Darum trug Akio diese zweite Haut wie einen Ganzkörperanzug unter seinem Hemd und unter der Hose, auch wenn sie furchtbar drückte. Hier draußen, weit weg von Dieben, Räubern und anderen Menschen, hatte er sein Hemd und seine Lederhaut ausgezogen und genoss mit geschlossenen Augen, wie die Sonne Brust und Rücken wärmte. Dabei konnte er in aller Ruhe nachdenken, träumen und Geschichten erfinden. Aus Gedanken Worte formulieren, aus Worten Welten erschaffen, aus seinen eigenen Welten Kraft und Hoffnung schöpfen. Hoffnung darauf, dass alles irgendwann auch in dieser Welt besser sein könnte. Ohne Neid, Missgunst, Angst oder Streit.

Akio atmete einmal tief aus, öffnete die Augen und blinzelte in die Ferne. Die Landschaft in Abadonien bestand zum größten Teil aus trockenem Fels und Sand. Rotbraune Erde, wohin man schaute. Gras oder Blumen kannte Akio nur vom Dorfpriester. Der brachte manchmal bestimmte Blumen oder Pflanzen mit, wenn er von weiten Reisen in abgelegenen Bergen zurückkam. Um Berge zu erreichen, musste man sich allerdings von Akios Dorf aus auf einen mehrtägigen Weg machen. Wenn Akio von hier aus in die Ferne sah, konnte er viele Kilometer weit schauen, bis der sandige Boden zu einer verschwommenen Linie unter dem blauen Himmel wurde.

Eine Staubwolke am Horizont erregte seine Aufmerksamkeit. Er sah Staub aus Sand, der durch eine Gruppe galoppierender Pferde aufgewirbelt wurde. Schwarze, gefährliche Hunde rannten laut bellend neben ihnen her. Akio kannte diese Erscheinung und ahnte, dass das nichts Gutes zu bedeuten hatte. Die schwarzen Pferde, die dunklen Reiter, die blutgierigen Hunde – alles klare Zeichen: Bluträuber waren im Anmarsch.

Lautlos glitt Akio von seinem Stein herunter, griff nach der Lederhaut und ging in Deckung. Während er Haut und Hemd anzog, beobachtete er die Horde der dunklen Reiter auf ihrem direkten Weg in sein Dorf: Eisendorf.

»Pollum, komm her«, flüsterte er und streckte seinem Tier den Arm entgegen. Sofort sprang Pollum auf den Arm und verschwand unter dem weiten Ärmel seines Herrchens. Akio steckte Papier und Stift in seinen Gürtel.

Was die Reiter vorhatten, war klar. Sie wollten plündern, morden und vor allem Menschen gefangen nehmen für den Moloch. Menschen mit wertvollem, goldenem Blut. Im selben Augenblick wurde ihm klar, dass nicht nur er, sondern erst recht seine kleine Schwester Adelia mal wieder in großer Gefahr war.

»Alexander, hast du aufgepasst?«

Herr Neumann, der Lateinlehrer, stand an der Tafel und sah streng in die letzte Reihe der Klasse.

»Klar«, antwortete Alexander schnell. »Pronomen. Der Relativsatz wird mit einem Pronomen übersetzt.«

»Nein, so kann man das nicht sagen.« Der Lehrer seufzte und begann, sein Thema über Relativpronomen noch einmal aufzurollen. Offensichtlich hatte er durch Alexanders Antwort immerhin den Eindruck bekommen, er hätte aufgepasst. Das war schon mal gut. Alexander schaute auf die Uhr. Noch zehn Minuten, dann war er von Latein erlöst. Danach Mathe. Auch nicht viel besser.

Seine Mutter versuchte ihm fast täglich einzureden, er müsste sich mehr für die Schule interessieren, immerhin sei er schon 15 Jahre alt und er lernte ja fürs Leben und er brauchte nach der neunten Klasse ein gutes Abschlusszeugnis und so weiter. Aber diese Einstellung fand in seinem Kopf einfach keinen Platz. Konnte man sich denn zwingen, sich für etwas zu interessieren, das absolut überflüssig war? Wann um alles in der Welt brauchte er in seinem weiteren Leben Relativpronomen, binomische Formeln oder Zellbiologie?

Alexander stützte den Kopf auf seine Hand und kritzelte in seinem aufgeschlagenen Block herum. Er musste an seine Schwester Hanna denken. Die würde sich niemals mit solchen Themen herumschlagen müssen. Sie war jetzt sechs Jahre alt, aber an Lesen und Schreiben war bei ihr nicht zu denken. Von ihrer Entwicklung her war sie auf dem Stand einer Dreijährigen, befanden die Ärzte. Für Buchstaben und Zahlen hatte sie jetzt zumindest noch keinen Sinn. Und mit Relativpronomen würde sie sich garantiert auch mit 15 Jahren niemals beschäftigen müssen. Und? War Hanna unglücklich? Nein, war sie nicht. Im Gegenteil. Alexander hatte in seinem Leben noch nie einen Menschen gesehen, der so viel Glück, Freude und Zufriedenheit ausstrahlte. Sobald Alexander ins Zimmer kam und sich neben sie setzte, ging ein Leuchten von ihr aus, das heller war als jede Lampe. Immer wenn sie ihn mit ihrer stürmischen Art umarmte, floss spürbare Wärme von ihrem Körper in seinen. Gemeine Gedanken, Neid, Misstrauen – dafür war in ihrem Herzen kein Platz. Ihr Inneres war bis zum Rand gefüllt mit Liebe, Wärme und Lebensfreude. Jeder, der schlechte Laune hatte, musste sich nur fünf Minuten lang mit ihr beschäftigen und die schlechte Laune war wie weggeblasen. Und das ganz ohne Latein und all den Blödsinn, den einem die Lehrer als so lebenswichtig verkaufen wollten.

»Hast du es jetzt verstanden, Alexander?«, schloss Herr Neumann seinen kleinen Vortrag ab.

»Klar«, antwortete Alexander wie vorhin. »Relativpronomen sind sehr wichtig fürs Leben.«

»Da hast du allerdings recht«, gab der Lehrer zurück und war mit dieser Antwort zufrieden. Alexander grinste und schaute wieder auf die Kritzeleien in seinem Collegeblock.

»Achtung, Alex!«, hörte er plötzlich eine laute Stimme vom anderen Ende der Klasse. »Fang auf! Hier kommt ein Feuer-Pronomen!«

Und noch bevor Alex überhaupt reagieren konnte, hatte Marcel ein dickes Stück Kreide mit voller Wucht in seine Richtung geworfen. Das Kreidestück zischte direkt auf Alex' Gesicht zu. Alex war wie gelähmt. Mehr als die Augen aufzureißen, gelang ihm in dieser Schrecksekunde nicht.

Doch plötzlich änderte sich etwas.

Das Kreidestück bremste kurz vor Alex' Gesicht ab, flog im Zeitlupentempo einen Bogen um seinen Kopf herum, zischte hinter ihm in der vorherigen Geschwindigkeit weiter und knallte in irgendeiner Ecke auf den Boden.

Nicht jeder in der Klasse hatte das mitbekommen. Und auch Alex hätte nachträglich geglaubt, er hätte sich das nur eingebildet, wenn nicht Marcel in der anderen Ecke des Raumes mit weit aufgerissenem Mund dagestanden hätte. Auch die wenigen anderen, die den Flug der Kreide zuerst amüsiert verfolgt hatten, hatten jetzt vor Erstaunen die Kinnlade nach unten geklappt.

Alex schaute kurz zu dem Kreidestück, das reglos auf dem Boden lag. Dann zurück zu Marcel, der regungslos vor seinem Stuhl stand. »Wie hast du das gemacht?«, hauchte Marcel mit belegter Stimme.

Alex hatte keine Ahnung. Er hatte nichts gemacht.

Akio sprang hinter seinem Felsen hervor und rannte Richtung Dorfeingang. Immer versteckt hinter einzelnen Häusern, Holzfässern oder Pferdewagen. Hatte er recht mit seinem Verdacht? Das ließe sich ja schnell herausfinden. Wenn die Männer nicht nur Essensvorräte, Schmuck oder Gold an sich rissen, dann wusste er, was ihr Ziel war. Sie waren darauf aus, Menschen mit hochwertigem, goldenem Blut zu verschleppen. Und falls es gut ausgebildete Bluträuber waren, dann schnappten sie sich nicht einfach blind die erstbesten Bürger. In diesem Fall hatten sie schon Tage oder Wochen vorher Blutspäher vorausgeschickt. Die nämlich waren in der Lage, Menschen mit besonders goldenem Blut ausfindig zu machen und diese dann mit einem bestimmten Duft zu bestäuben, der für Menschen kaum wahrnehmbar war, für die Hunde der Bluthäscher jedoch umso leichter aufzuspüren. So konnten die Hunde die Räuber gezielt zu den Häusern führen, die von »Goldblütern« bewohnt waren. Goldblüter – so nannten sie Menschen mit gewinnbringend hochwertigem Blut. Sollte das alles genau so zutreffen, dann mussten die Männer wissen, dass es in Eisendorf inzwischen nur noch genau drei Personen gab, deren Blut so golden war, dass man damit das Blut von vier bis fünf anderen Menschen aufwiegen konnte: Akio selbst, seine sechsjährige Schwester Adelia und ein kleiner Junge ein paar Häuser weiter. Alle anderen waren bei früheren Überfällen schon verschleppt worden. Weil die verbliebenen drei wussten, dass sie in ständiger Gefahr gegenüber Bluträubern lebten, hielten sie sich meistens versteckt und trugen obendrein Lederhäute, damit kein Späher ihnen heimlich Blut abnehmen und es auf seinen Goldgehalt untersuchen konnte.

Akio hatte in den letzten Tagen keinen dieser Späher entdeckt. Aber das musste nichts heißen. Diese Kerle waren inzwischen so geschickt und gerissen, dass man manchmal erst merkte, dass man beobachtet wurde, wenn die Bluträuber schon hinter einem standen und einen mitrissen.

Akio näherte sich seinem Haus. Schwarze Hengste standen unruhig auf der Straße und schnaubten. Bluthunde trabten gefährlich bellend zwischen ihnen auf und ab und warteten auf neue Befehle. Wie bei den letzten Malen, als Bluträuber im Dorf waren, um ihn und Adelia mitzunehmen. Bisher war es immer so gelaufen, dass Akio sich mit Adelia im hinteren Bereich der Schmiede in einem extra dafür gebauten Versteck eingesperrt hatte, während der Vater mit Schwert, Axt und roher Gewalt auf die Räuber einschlug. Die Kämpfe dauerten unterschiedlich lang und der Vater trug nach jedem Kampf einige gefährliche Wunden und Hundebisse mehr an seinem Körper. Aber bisher hatten sich die Räuber anschließend immer ohne ihre Beute davongemacht.

Heute schien es anders abgelaufen zu sein. Auf der Straße war kein kämpfender Schmied zu sehen. Die Männer kamen aus verschiedenen Richtungen zusammengelaufen und sprangen auf die Pferde. Erst als sie ihre Reittiere mit festen Tritten zum Aufbruch antrieben, bemerkte Akio auf einem der Pferde ein in Decken gehülltes Bündel Mensch. Ein Schrecken durchfuhr seine Glieder: Das musste Adelia sein. Oder war es der Junge aus der Nachbarschaft? Am liebsten hätte Akio laut aufgeschrien, die Räuberbande wütend von ihren Pferden gezogen, sie verprügelt und seine Schwester zurück ins Haus getragen. Aber das tat er nicht. Er blieb im Schatten eines der Nachbarhäuser stehen und schaute ängstlich auf das, was da vor seiner eigenen Haustüre vor sich ging. Akio trug keine Waffe bei sich. Die Männer auf den Pferden hingegen waren mit Dolchen, Säbeln und Schwertern bis an die Zähne bewaffnet. Akio war allein, die Männer waren mehr als zehn. Außerdem hatte Akio nie gelernt zu kämpfen. Er besaß zwar ein Schwert, aber das stand irgendwo in der Schmiede herum und war nie wirklich benutzt worden. Dazu war er längst nicht so stark wie sein Vater. Und schließlich: Akio durfte sich auf keinen Fall so offen zeigen. Denn wenn die Räuber Adelia gefunden hatten, waren sie selbstverständlich auch auf der Suche nach Akio. Sie würden ihn ohne Mühe überwältigen und ebenso mitnehmen. Akio fühlte sich hilflos und elend.

Staub wirbelte auf. Die Räuber donnerten davon. Als sie weit genug weg waren, rannte Akio zum Haus seiner Eltern. Er zog seinen Kopf ein, um durch die niedrige Haustür ins Innere zu gelangen. Dann brauchte er eine Weile, bis sich seine Augen an das schwache Licht in dem dunklen Wohnraum gewöhnt hatten. Trotzdem erkannte er schnell, dass die Räuber hier wirklich gründlich gesucht hatten. Tische und Stühle waren umgestoßen, Geschirr zerschlagen, der Fußboden lag voller Scherben. Pollum kam aus Akios Ärmel herausgekrochen und flitzte über den schmutzigen Boden, um auch hier nach leckeren Würmern oder Käfern zu suchen.

Adelias Bett hinter dem Ofen in der Mitte der Stube war grob durchwühlt worden, die Bettdecke aufgeschlitzt, das Kissen achtlos in eine Ecke geworfen. Es war leer. Einzig ihre Stoffpuppe lag auf dem Bett, als wäre sie die einzige Überlebende nach einer furchtbaren Schlacht. Akio griff nach der Stoffpuppe und drückte sie an sich. Er selbst hatte sie vor einem Jahr für seine Schwester hergestellt. Er hatte sich Stoff beim Leinweber im Nachbardorf besorgt und über mehrere Wochen mit viel Mühe und unter Anleitung seiner Mutter Arme, Beine, einen Körper und einen Kopf zusammengenäht. Er hatte ein Gesicht auf den glatten Kopf gestickt und echte Haare aus dem Schweif seines Pferdes oben angenäht und zusammengeflochten. Zum Schluss hatte er sogar noch ein Kleid für die Puppe geschneidert. Adelia hatte vor Freude geweint, als Akio ihr die Puppe überreichte. Sie hatte ihr den Namen Jasmin gegeben. Seitdem trug sie die Puppe stets mit sich herum, spielte mit ihr »Mutter und Kind«, fütterte sie und brachte sie abends liebevoll ins Bett. Tja. Und dort im Bett lag sie jetzt immer noch, während Adelia gerade irgendwo weit weg Todesängste ausstand. Akio hielt sich Jasmin dicht ans Gesicht, schloss die Augen und roch an dem Stoff der kleinen Puppe. Er roch nach Adelia. Nach ihrem goldreinen Herzen, nach ihrer liebevollen Art, nach ihrem Lachen. Akio merkte, wie Tränen in seine Augen schossen.

Als er die Augen wieder öffnete und sich weiter in dem Wohnraum umschaute, sah er die Beine seines Vaters, die unter dem Schutt aus Tischen und Stühlen herausschauten. Der Vater stöhnte.

»Vater, was ist los?« Akio legte Jasmin zurück aufs Bett, setzte sich auf die Knie und krabbelte zu ihm unter die Bank. »Was ist passiert? Warum hast du nicht gekämpft?«

»Ich habe gekämpft«, brachte der Vater mühsam hervor. Erst jetzt sah Akio, dass sein Gesicht voller Blut war. »Ich habe gekämpft, so gut ich konnte. Aber sie waren zu viele. Und ihre Hunde …« Er zeigte auf seine Beine. Die Hose war aufgerissen. Klaffende Wunden hatten dreckige Blutspuren hinterlassen.

»Ich habe alles gegeben«, schluchzte er, »aber ich habe versagt. Ich hätte noch mehr kämpfen müssen! Ich hätte Adelia schützen müssen!«

Akio neigte sich zum Vater und legte ihm seine Hand auf die Schulter. »Beruhige dich. Du hast alles gegeben. Ich bin stolz auf dich!«

Auf einem Hocker neben dem Ofen saß die Mutter, hielt ihr Gesicht hinter den Händen vergraben und schluchzte leise: »Sie haben sie mitgenommen! Sie haben unser geliebtes Kind mitgenommen!«

Akio richtete sich wieder auf und fühlte sich machtlos. Seinen Vater so niedergeschlagen zu sehen – das war ein Bild, das er nicht kannte und das er auch nicht hinnehmen wollte. »Jemand muss sie zurückholen!«, rief er laut und aufgeregt. »Das ist doch wohl klar!«

»Aber wer?«, weinte die Mutter in ihre Hände hinein. »Sie sind zu stark!«

»Wir sind auch stark! Vater ist stark! Vater war immer stark! Die Hundebisse machen ihm nichts aus!« Akio wandte sich dem stöhnenden Mann auf dem Boden zu. »Nicht wahr, Vater?«

»Meine Wunden sind zu viele«, kam die Stimme des Vaters unter den umgestoßenen Möbeln hervor. »Meine Beine tragen mich kaum noch. Und die Kraft, die ich einmal hatte, ist schon lange von mir gewichen. Das siehst du doch.«

»Du hast immer noch genug Kraft!«, tönte Akio laut. »Außerdem bin ich auch noch da! Ich komme mit dir!« Akio setzte sich auf seine Knie und rief noch lauter in Richtung Vater: »Ich helfe dir! Wir gehen zusammen!«

»Du kannst nicht gehen«, krächzte der Vater, »das weißt du doch.«

»Ich werde meine Schwester retten, das weiß ich!« Akios Stimme sollte fest und entschlossen klingen, aber sie war voller Angst und Hilflosigkeit.

»Du bist ein Goldblüter«, pflichtete die Mutter bei und ließ ihre Hände in den Schoß sinken. Akio konnte ihre verweinten Augen sehen. »Die Späher werden dein goldenes Blut aufspüren. Sie werden dich gefangen nehmen. Sie werden dich wie Adelia dem Moloch vorwerfen.« Sie schüttelte den Kopf und schloss ihre Augen. »Es hat keinen Zweck.«

Keinen Zweck? Akio fühlte sich elend. Wie konnten seine Eltern sich so ihrer Mutlosigkeit ergeben? Man musste doch etwas tun! Man konnte immer etwas tun! Vater hatte sich bisher nie unterkriegen lassen! Warum jetzt? War er wirklich mit seiner Kraft am Ende? Nein. Akio wollte sich nicht von seiner Traurigkeit und Hilflosigkeit überwältigen lassen. Er erhob sich und merkte dabei, wie sich eine gehörige Portion Wut in ihm ausbreitete: »Das werden wir ja noch sehen, ob es keinen Zweck hat!« Er drehte sich um, ging nach draußen und trat unterwegs lautstark einen Topf aus Metall zur Seite. Pollum quiekte auf, dann flitzte er Akio hinterher, sprang ihm von hinten an sein Hosenbein und krabbelte unter sein Hemd.

Nach der Schule war Alex jedes Mal so erschlagen, dass er das Gefühl hatte, er müsste erst mal für mindestens zwei Stunden ins Bett, obwohl er heute schon um kurz nach eins zu Hause ankam. Aber heute hatte er auch noch so viele Hausaufgaben aufbekommen, dass er fast befürchtete, erst um Mitternacht schlafen gehen zu können.

An der Wohnungstür im dritten Stock empfing ihn bereits Hanna: »Alex kommt!« Noch bevor er seine Jacke ausgezogen hatte, umarmte sie ihn stürmisch. Ihre dichten, dunklen, naturgelockten Haare wippten dabei auf und ab: »Alex lieb!«

Alex ließ sich die Umarmung gefallen und drückte seine Schwester an sich. »Ich hab dich auch lieb.« Schon durchfuhr eine wohlige Wärme seinen Körper. Alex hatte die gleichen Haare wie seine Schwester: dunkel, fast schwarz – das ging ja noch – und voller Locken, die mit keiner Bürste dieser Welt zu bändigen waren. Während das bei Hanna ganz süß aussah, fand er diese lockigen Haare, die seitlich in alle Richtungen abstanden, an seinem eigenen Kopf total widerlich. Dadurch wirkte sein sowieso schon viel zu schmales Gesicht mit der kleinen Nase noch schmaler. Fast krank, dachte er manchmal, wenn er sich morgens im Spiegel betrachtete.

»Alex eine Geschichte erzählen!«, forderte Hanna ihn auf.

»Ja, warte.« Alex ging mitsamt der ihn umklammernden Hanna durch die Tür in die Wohnung hinein. »Lass mich doch erst mal ankommen.«

»Ach, da bist du ja!«, rief Alex' Mutter aus dem Badezimmer. »Kannst du euch beiden eine Pizza warm machen? Ich bin nicht zum Kochen gekommen! Und ich muss auch jetzt gleich wieder weg! Wir haben noch Teambesprechung, das kann etwas länger dauern.«

Teambesprechung. Was hatte seine Mutter in dieser kleinen Arztpraxis, in der höchstens fünf Leute arbeiteten, so oft im Team zu besprechen? Ganz häufig kam es vor, dass sie nachmittags noch mal in die Praxis musste, obwohl sie eigentlich nur halbtags arbeitete.

»Ja, okay«, gab er trotzdem nach. Er warf seine Schultasche in den Flur, hängte seine Jacke auf und zog die Schuhe aus.

»Alex eine Geschichte erzählen«, wiederholte Hanna und schob Alex ins Wohnzimmer.

Alex lachte. »Sollen wir nicht zuerst was essen?«

»Nein, nicht essen. Alex eine Geschichte erzählen.« Hanna strahlte übers ganze Gesicht, schob ihn bis ans Sofa und gab ihm dann noch einmal einen Stoß, sodass er lachend auf die Polster plumpste. Sofort setzte sich Hanna neben ihn und kuschelte sich an seine Seite. Alex legte wie ein großer Papa seinen Arm um sie. Wenn sie schon keinen wirklichen Papa hatte, der sich um sie kümmerte, versuchte Alex so oft wie möglich, ihr ein bisschen Papa-Geborgenheit zu geben. So eine, wie er sie selbst vermisste, seit sein Vater vor fünf Jahren die Familie verlassen hatte, ohne dass Alex wusste warum. Er war eines Tages einfach weg gewesen und die Mutter hatte nie eine Erklärung gegeben. Und weil sie nichts sagte, fragte Alex nicht nach, obwohl ihm eigentlich tausend Fragen durch den Kopf gingen. Dass sein Vater ihm damals noch kurz vorher aus einem Buch vorgelesen hatte, dann ohne eine Verabschiedung verschwunden war und sich seitdem nur noch an Alex' Geburtstagen mit einem kurzen, peinlichen Telefonat bei ihm meldete, tat Alex so weh, dass er sich zwingen musste, möglichst selten daran zu denken. Die Mutter tat immer ganz tapfer und hatte den Alltag gut im Griff. Er hatte sie nie weinen gesehen. Und er selbst hatte, als der Vater weg war, immer nur abends im Bett geweint. Aber dann hatte er beschlossen, das Spiel »Alles ist gut, alles läuft weiter« mitzuspielen und auch den Tapferen zu mimen. Mit seiner Schwester Hanna versuchte er seitdem noch mehr Zeit zu verbringen. Ihre Liebe tat ihm gut. Und er spürte, dass sein Großer-Bruder-Arm um ihre Schulter auch ihr guttat.

»Also«, wollte er seine Geschichte beginnen.

Die Mutter kam zur Wohnzimmertür und hatte ein Handtuch um ihren Kopf gebunden. »Hör mal, kannst du vielleicht auch mit Hanna zum Logopäden gehen? Sie hat heute wieder ihren Termin, aber ich hab beim besten Willen keine Zeit.«

»Zum Logopäden? Wo ist der denn? Ich kenn den gar nicht.«

»Klar kennst du den. In der Mühlenstraße am anderen Ende der Stadt.«

»Wie soll ich denn da hinkommen?«

»Mit dem Bus natürlich. Du hast doch eine Busfahrkarte. Und Hanna fährt mit ihrem Ausweis frei, das weißt du doch.«

»Aha.«

Die Mutter ging von der Wohnzimmertür zurück ins Bad. Dabei redete sie weiter: »Um halb drei hat sie den Termin. Nächste Woche kann ich wieder hingehen. Aber heute wär es mir echt eine Hilfe, wenn du gehen würdest.«

Puh. Mit Hanna Bus fahren? Den Logopäden finden? Wieder nach Hause? Wie lange sollte das denn dauern? Schaffte er das überhaupt? Was, wenn er Hanna unterwegs verlieren würde? Auf dem Spielplatz hier im Wohnblock war er schon oft mir ihr gewesen. Das war eigentlich kein Problem. Aber auch da war es einmal vorgekommen, dass sie plötzlich verschwunden war. Sie hatte irgendwo eine Taube gesehen, der sie so lange nachgelaufen war, bis vom Spielplatz nichts mehr zu sehen war. Er hatte eine ganze Weile wie verrückt nach ihr gerufen, bis er sie endlich in einer Seitenstraße gefunden hatte.

Und jetzt bis ans andere Ende der Stadt? Andererseits – das wäre eine willkommene Ausrede, keine Hausaufgaben machen zu müssen.

Alex drehte seinen Kopf Hanna zu: »Was meinst du, Hanna: Sollen wir zwei in die Stadt zum Logopäden fahren?«

»Ja!«, freute sich Hanna und klatschte in die Hände. »Hanna, Alex Stadt fahren!«

Ob das gut ging? Alex spürte allein bei dem Gedanken daran eine gewisse Aufregung. Auf der anderen Seite war es ja auch gut, mal etwas Neues zu wagen. In grübelnden Gedanken verhangen schaute er sich im Wohnzimmer um, als suchte er eine Antwort auf seine Unsicherheit. An der Wand neben dem Fernseher hing ein großer Monatskalender, auf dem immer irgendein schlauer Spruch stand. In diesem Monat war ein Jugendlicher mit einem Kind an der Hand abgebildet, die gemeinsam über eine sonnige Wiese schlenderten. Darüber stand in großen Buchstaben: »Tu's einfach! Du wirst einen unvergesslichen Tag erleben!«

Alex schloss die Augen, legte seinen Kopf zurück auf die Rückenlehne des Sofas und grinste. Dieses Bild und der Spruch auf dem Kalender waren ja wie auf ihn zugeschnitten! Das hätten Hanna und er sein können. Und der Spruch war eine Mut machende Antwort für ihn. Mit einem Mal war der Nachmittag für ihn eine beschlossene Sache. Er entschied sich, dieses Bild und diesen Spruch als Motto für den Tag zu nehmen. Er grinste noch breiter und fühlte sich nun richtig motiviert für seinen Ausflug. Schon krass, wie manchmal Erlebnisse so genau zusammenpassten, als hätte jemand ein Drehbuch für den »Film deines Lebens« geschrieben, in dem einfach ein paar Zufälle zusammenzuspielen schienen, die aber nur dazu dienten, den Film zu einem Happy End zu bringen. Alex öffnete die Augen, um sich das Bild und den Spruch noch einmal anzuschauen. Beim Blick auf den Kalender fror sein Grinsen auf der Stelle ein. Der Kalender zeigte immer noch dasselbe Foto wie vorher: ein Jugendlicher mit einem Kind auf der Wiese. Aber der abgedruckte Spruch lautete nun plötzlich: »Dies ist kein Film. Dies ist dein Leben!«

»Was machst du denn hier?«

Das Mädchen mit den dicken, lockigen roten Haaren warf Akio einen scharfen Blick zu, während sie zwei Häuser entfernt ihrem Pferd eine Decke über den Rücken legte und einige Gepäckstücke daran befestigte. Ihr Name war Silva.

»Was soll die Frage?« Akio blieb auf der Straße in der Nähe seiner Haustüre stehen. »Ich wohne hier.«

»Wieso haben sie dich nicht mitgenommen?« Wut und Verachtung lagen in ihrer Stimme. Sie ging um ihr Pferd herum und legte ihm mit schnellen Griffen das Zaumzeug an.

Silva war die Schwester von Agnus, dem dritten Goldblüter im Dorf neben Akio und Adelia. Während Agnus wie Adelia liebevoll und freundlich war, war Silva grob und kaltschnäuzig. Sie war genauso alt wie Akio: fünfzehn. In ihrer Kindheit hatte Akio sie oft auf der Straße mit Jungen Fußball spielen und manchmal sogar im Dreck raufen sehen, während Akio eher von ferne zugesehen und dabei über die Welt nachgedacht hatte. Silva schimpfte und fluchte ohne Hemmungen. Einmal hatte Akio sie mit einem toten Hasen ins Dorf kommen sehen, den sie mit Pfeil und Bogen selbst erlegt hatte. Meistens versuchte Akio, ihr aus dem Weg zu gehen.

»Ich habe mich versteckt«, antwortete er ihr. Pollum schaute mit seinem Kopf kurz aus dem Hemdkragen heraus, als wollte er nachschauen, mit wem sich sein Herrchen unterhielt.

»Glückwunsch!«, keifte sie zurück. Mit flinken und sicheren Bewegungen zog sie die Riemen rund um den Kopf des Pferdes zu. Ein Rucksack lag fest verschnürt auf der Straße.

Akio ging ein paar Schritte auf sie zu: »Du verreist?«

»Verreisen kann man das wohl kaum nennen!« Sie griff nach dem Rucksack und warf ihn sich auf den Rücken. »Ich hol mir meinen Bruder zurück!«

»Agnus!«, entfuhr es Akio erschrocken. Also doch – auch er war mitgenommen worden! Die Blutspäher hatten ganze Arbeit geleistet.

»Natürlich Agnus!«, raunzte Silva. »Ich hab nur einen Bruder.« Dann hielt sie in ihren Bewegungen inne, deutete mit dem Kinn auf Akios Haus und fügte hinzu: »Deine Schwester haben sie doch auch mitgenommen!«

»Ja.« Akio nickte.

»Und du? Willst du sie ihnen überlassen?«

»Nein! Natürlich nicht!«

»Warum zum Henker sitzt du dann nicht längst auf deinem Pferd und reitest ihnen hinterher?«

Tja, warum? Weil seine Eltern meinten, er würde das nicht schaffen? Weil er selbst es sich nicht zutraute? Weil er Angst um sein eigenes Leben hatte? Weil er wusste, dass Räuber wie diese auch nach seinem Blut lechzten?

»Schon klar«, gab sich Silva selbst die Antwort. »Du sitzt ja lieber in der Sonne und schreibst Gedichte. So jemand stürzt sich nicht in einen Kampf mit Räubern. Richtig?«

»Ich bin selbst ein Goldblüter«, erwiderte Akio. Doch in diesem Augenblick klang das nicht wie eine gute Ausrede. Trotzdem redete er weiter: »Sie suchen nach Leuten wie mir. Wenn ich ihnen hinterherreite, dann reite ich in den Tod.«

»Ich will dir mal was sagen, mein zarter Goldblut-Popo.« Silva kam ein paar Schritte auf Akio zu. »Selbst wenn mein Blut das goldenste Gold der Welt wäre, würde ich keine verdreckte Sekunde zögern, um meinen Bruder aus den Händen dieser Vollidioten zu befreien! Und wenn ich dabei mein Leben verlieren würde, dann würde ich selbst im Angesicht des Todes noch denken: Ich hab es für meinen Bruder getan! Und dann, zum Henker, würde ich voll Stolz und erhobenen Hauptes sterben!« Sie zog einmal fest und geräuschvoll den Rotz aus ihrem Hals nach oben. »Und es wäre eine Schande für mich und meine Familie, wenn ich mit einem Blatt Papier auf dem Schoß vor meiner Haustüre sitzen würde, süße Geschichten schriebe und dabei genau wüsste, dass irgendwo anders mein Bruder – mein eigenes Fleisch und Blut – einem gierigen Drachen zum Fraß vorgeworfen würde! Das kannst du mir glauben, verdreckt und zugenäht!« Damit spuckte sie den Rotz, den sie gerade hochgezogen hatte, mit einem festen Schuss Akio direkt vor die Füße, drehte sich um und ging auf ihr Reittier zu. Im nächsten Augenblick sprang Pollum aus Akios Hosenbein heraus und beschnupperte neugierig, was Silva dort hingespuckt hatte.

Akio wusste genau, warum er die Nähe von Silva mied. Ihre kalte, forsche und viel zu laute Art verunsicherte ihn und gab ihm das Gefühl, klein und unfähig zu sein. Aber wenn er ehrlich war, musste er zugeben, dass sie – wenn auch in unangemessenem Ton – recht hatte. Seine über alles geliebte Schwester war weg. Adelia erschien ihm mit ihrer unschuldigen und liebevollen Art fast schon wie eine Heilige. Und nun stand er hier auf der Straße und war zu feige, sich auf den Weg zu machen, um sie zu retten. Gleichzeitig machte sich die ungehobelte Nachbarin ohne zu zögern auf den Weg, um den Menschen zu retten, den sie liebte. Wer von ihnen beiden hatte nun das goldenere Blut?

»Ich komme mit!«, entfuhr es ihm plötzlich.

Silva blieb stehen und drehte sich zu ihm um. »Was willst du?«

»Ich komme mit!« Akio wunderte sich über seinen Mut, aber der feste Entschluss, der soeben in ihm gereift war, fühlte sich gut an.

Silva grinste verächtlich. »Weißt du überhaupt, wie man reitet?«

»Natürlich weiß ich das.« Diese überhebliche Frage ärgerte ihn. Aber er beschloss, sich davon nicht runterziehen zu lassen. Stattdessen sagte er: »Ich wette, ich bin auf meinem Berber schneller als du auf deinem Araber.«

Jetzt grinste Silva wie jemand, den man zu einem Duell herausgefordert hatte. »Das will ich sehen.«

Mit diesem Grinsen konnte Akio besser leben. Sofort musste auch er grinsen. »Ich pack nur schnell meine Sachen. Warte noch fünf Minuten!«

Hanna trug Jacke und Mütze, als Alex mit ihr um kurz nach zwei das Haus verließ. Es war Mai. Viel zu warm für eine Mütze. Aber Alex wollte auf Nummer sicher gehen. Und Hanna hatte sich natürlich nicht beschwert. Sie beschwerte sich überhaupt nie, wenn Alex irgendwas mit ihr machte. Ob er sie durchkitzelte, auf eine zwei Meter hohe Mauer stellte oder sie einfach mal zehn Minuten am Esstisch warten ließ, während er im Nebenraum telefonierte – nie zweifelte sie an dem, was er tat. In ihren Augen war er immer der Größte und machte es immer richtig. Wenn er aufhörte mit der Kitzel-Attacke, umarmte sie ihn sofort wieder und rief: »Alex lieb!« Wenn er ihr auf der Mauer zugerufen hätte: »Spring!«, dann wäre sie gesprungen, auch wenn er sie mit ihren sechs Jahren aus dieser Höhe niemals hätte auffangen können. Wenn er sie im Zimmer allein gelassen hatte und nach einer bestimmten Zeit wieder zurückkam, dann strahlte sie ihn an, als hätte sie die ganze Zeit nur auf seine Rückkehr gewartet. Vorwurf? Misstrauen? »Wo warst du so lange?« Fehlanzeige. So was kannte Hanna nicht. Dass in einem menschlichen Herzen Gut und Böse miteinander im Streit liegen, wie er es mal irgendwo gehört hatte, das konnte man von Hanna wirklich nicht sagen. Das Gute in ihrem Herzen hatte sich so breit gemacht – da passte nichts Böses mehr rein.

»Alex, Hanna Stadt!«, freute sich Hanna, während sie zur Bushaltestelle gingen.

»Ja«, bestätigte Alex. »Aber nicht weglaufen, ja? Immer schön bei mir bleiben.«

»Ja.« Hanna nickte mit großen Bewegungen. »Immer schön bei Alex bleiben.«

»Gut so.«

An der Bushaltestelle setzten sie sich auf die kleine Bank. »Alex Geschichte erzählen«, bat sie ihn erneut und kuschelte sich an seine Seite. Alex musste grinsen. Wenn es nach Hanna ging, dann konnte er den ganzen Tag Geschichten erzählen. Am liebsten Geschichten mit Pferden und Mäuschen. Oder mit lieben Mädchen, die Hanna hießen und die ausschließlich Schönes erlebten. Und weil Alex Geschichten ebenso liebte, fiel ihm auch immer wieder eine neue ein. Manchmal erzählte er auch Geschichten, die ein bisschen spannender waren. Zum Beispiel, dass ein Böser kam und Hanna ihre Puppe wegnehmen wollte. Dann saß Hanna mit aufgerissenen Augen kerzengerade da, wedelte hektisch mit ihren Händen vor ihrem Körper und konnte sich erst wieder entspannen, wenn die Geschichte ein gutes Ende genommen hatte. Aber niemals sagte sie: »Nein, nicht so eine spannende Geschichte erzählen!« Alex konnte erzählen, was er wollte – für Hanna war es immer eine Heldengeschichte. Und das machte Alex noch mal besonders stolz.

Vor einiger Zeit hatte Alex begonnen, in einem Notizbuch alles aufzuschreiben, was ihm Schönes einfiel. Einen Handlungsstrang, eine witzige Begebenheit, ein kluger Spruch. Dann konnte er etwas davon in seiner nächsten Geschichte einflechten. In diesem Notizbuch schrieb er manchmal auch nachträglich eine der Geschichten auf, die er Hanna erzählt und die ihm selbst beim Erzählen so gut gefallen hatte, dass er sie nicht vergaß. Dabei stellte er sich vor, wie irgendwann alle seine Pferdchen-, Mäuschen- und Hannageschichten als Buch veröffentlicht würden. Dieser Gedanke reizte ihn so, dass er manchmal alle möglichen wilden und abstrusen Gedankengänge, Überschriften oder Personenbeschreibungen aufschrieb, auch wenn er noch gar nicht wusste, wie das alles zusammenpassen könnte. Er nahm sich vor, irgendwann all seine wirren Gedanken zu sortieren und daraus eine ausführliche Geschichte zu verfassen. Die Geschichte von der lieben Hanna. Nein. Doofer Titel.

»Alex Geschichte erzählen!« Hanna riss Alex aus seinen Tagträumen heraus. Sie klopfte mit ihrer kleinen Hand auf seine Jacke und wiederholte: »Alex Geschichte erzählen!«

»Ja doch!« Alex lachte und setzte sich auf der Bank gerade hin. Dabei fiel ihm sein Notizbuch aus der Jackentasche. Sofort sprang Hanna auf und hob es auf: »Was ist das, Alex?«

»Das ist mein geheimes Geschichtenbuch«, grinste Alex.

Hanna strahlte, als hätte sie Geburtstag. »Vorlesen!«, juchzte sie.

»Das geht nicht, Hanna.« Die Geschichten stehen hier nur in wirren Stichpunkten, dachte Alex. Aber zu Hanna sagte er: »Die Geschichten sind noch geheim.« Dabei legte er bedeutungsvoll den Zeigefinger vor den Mund. »Pssst. Geheim.«

Hanna machte es ihm nach: »Pssst. Geheim.« Und sofort danach flüsterte sie verschwörerisch: »Alex geheime Geschichte vorlesen!«

»Ja«, flüsterte er zurück. »Wenn sie fertig sind.«

»Wann sind Geschichten fertig?«

Vermutlich werden sie nie fertig, dachte Alex. Wie so vieles in seinem Leben, das er irgendwann mal angefangen und nie zu Ende gebracht hatte. Wie etwa tausend Abenteuergeschichten, die er mal zu schreiben begonnen und dann doch nie beendet hatte, weil er entweder keine Lust mehr hatte oder weil er nicht wusste, wie die Geschichte weitergehen sollte. Zu Hanna sagte er: »Ich sag dir Bescheid, wenn sie fertig sind. Ja?«

»Ja.« Hanna nickte heftig.

Sein Notizbuch war in den letzten Wochen zu einer unübersichtlichen Lose-Blatt-Sammlung angewachsen. Oft war ihm nämlich genau dann was Schönes, Lustiges, Spannendes oder sonst wie Passendes eingefallen, wenn er sein Notizbuch nicht zur Hand hatte. Dann hatte er seine Idee auf irgendeinen Zettel geschmiert, der gerade herumflog, und später diesen Zettel in das Notizbuch gesteckt. Inzwischen schauten so viele Schmierzettel aus allen Seiten des Notizbuches heraus, dass Alex bezweifelte, jemals wieder Ordnung in diesen Wust zu bekommen. Er müsste sich einfach mal einen ganzen Abend oder Nachmittag Zeit nehmen, um das alles zu sortieren. Aber wann?

»Warte nicht mehr länger damit!«, hörte er plötzlich eine Stimme direkt neben ihm. Erschrocken drehte sich Alex um und sah einen Mann an der Bushaltestelle stehen, der vor einer Minute noch nicht da gestanden hatte.

»Was ist?«, fragte Alex verwundert nach.

»Fang endlich an damit!«, sagte der Mann.

»Womit?«

»Das alles aufzuschreiben!«

Alex schaute den Mann neben ihm misstrauisch an. »Woher wissen Sie, dass ich was aufschreiben wollte?«

Der Mann schaute Alex nicht an, als er sagte: »Tu's einfach. Ja? Schieb die guten Dinge in deinem Leben nicht länger vor dir her. Setz sie um. Fang heute damit an.«

»Heute?«

»Ja.«

Alex ärgerte sich ein bisschen. Wie kam dieser fremde Mann dazu, ihm Anweisungen zu geben? Er kannte ihn doch gar nicht. »Heute kann ich nicht. Ich bin mit meiner Schwester beim Logopäden.«

»Für das, was einem wichtig ist, findet man immer Zeit.«

Das stimmte natürlich. Trotzdem fand er es merkwürdig, dass ihm irgendein wildfremder Mensch an der Bushaltestelle Tipps für sein Leben gab. Und noch merkwürdiger war, dass er wusste, was Alex gedacht hatte! »Wer sind Sie überhaupt?«

»Frag nicht weiter. Fang heute an. Okay?«

So langsam nahm sich dieser Kerl aber wirklich zu wichtig. »Können Sie mir bitte sagen, wer Sie sind und woher Sie mich kennen?«, fragte Alex etwas lauter und tippte dabei dem Mann, der bisher beim Reden immer noch an Alex vorbei in die Luft starrte, an die Jacke, damit er ihn mal anschaute.

Endlich drehte sich der Mann ganz zu Alex um. Mit der Hand, die Alex bis eben gerade nicht sehen konnte, weil der Mann seitlich zu ihm stand, hielt er sich ein Handy ans Ohr: »Bitte, was? Ich heiße Frank Weinheim. Warum?«

Alex spürte, wie er knallrot wurde. »Haben Sie gar nicht mit mir gesprochen?«

»Nein. Ich telefoniere mit meiner Verlobten.«

Alex wurde heiß und kalt auf einmal. Hanna schien diese Verwechslung kapiert zu haben, denn sie lachte laut auf und klatschte wie wild Beifall. »Entschuldigung«, sagte Alex. »Ich dachte, Sie hätten mit mir gesprochen. Das, was Sie gesagt haben, hat immer genau zu dem gepasst, was ich geantwortet hab.«

»Wirklich?« Der Mann zog die Augenbrauen hoch, behielt aber sein Handy am Ohr. »Lustiger Zufall.«

Alex fixierte das Gesicht des Fremden. »Glauben Sie an Zufälle?«

Der Mann lächelte. »Hm. Was würdest du sagen?«

»Dass Sie jetzt, ohne es zu wissen, mich praktisch dazu aufgefordert haben, meine Notizen zu einer Geschichte aufzuschreiben, das find ich schon interessant.«

»Wie ist es mit dir? Findest du auch, du solltest deine Notizen zu einer Geschichte aufschreiben?«

»Ja, schon.«

»Na, dann passt es doch. Tu's einfach.«

Der Bus kam. Der Mann drehte sich um und stieg ohne ein weiteres Wort ein. Während sich Alex mit Hanna von der Bank erhob und auf den Bus zuging, las er die riesige Werbe-Aufschrift über der kompletten Seite des Busses: »Also zöger nicht länger und tu's endlich!«

Alex blieb erschrocken stehen. So viele Zufälle konnte es doch eigentlich gar nicht mehr geben! Waren hier höhere Mächte im Spiel? Wollte hier jemand eine Botschaft an ihn weitergeben und nutzte dafür Menschen, Kalendersprüche und Busaufdrucke? Das konnte ja nicht wirklich sein. Oder erlaubte sich hier jemand einen Spaß mit ihm?

Immer noch den Kopf schüttelnd stieg Alex mit Hanna in den Bus. Ein merkwürdiger Tag war das.

Obst, Getränke, Brot. Wie viel? Schwer zu sagen. Akio stopfte in seinen Rucksack, was reinpasste. Wie lange würden sie überhaupt unterwegs sein? Mehrere Tage? Zu viel Gepäck war auch nicht gut. Pollum saß auf Akios Schultern und verfolgte mit großen Kopfbewegungen jedes einzelne Teil, das Akio in seinen Sack steckte, als wollte er genau überprüfen, was sein Herrchen mit auf die Reise nahm.

»Du reitest in den Tod«, jammerte die Mutter, die noch genauso wie vorher auf dem Hocker saß.

»Du wirst dem Moloch vorgeworfen wie deine Schwester«, fügte der Vater hinzu. Er stand mit schmerzverzerrtem Gesicht in der Stube und richtete unter Ächzen und Stöhnen die Möbel wieder auf.

»Adelia ist meine Schwester und ich werde nicht zulassen, dass fremde Männer sie in ihrer Gewalt haben«, sagte Akio laut und bestimmt. »Und wenn ich ebenfalls dem Moloch vorgeworfen werde, dann kann ich wenigstens sagen, dass wir den letzten Weg gemeinsam gegangen sind!«

Etwas unheimlich wurde ihm schon zumute, als er seinen Eltern diesen Satz so vorwarf. Aber er fand, dass dies in etwa so klang wie das, was Silva vorhin über sich und ihren Bruder gesagt hatte.

»Du bist erst fünfzehn«, knurrte der Vater.

»Was soll das heißen: erst fünfzehn?« Akios Augen blitzten böse, als er das fragte.

»Fünfzehn ist wenig von zehn entfernt. Vor Kurzem warst du erst zehn und hast in der Schmiede unterm Tisch gespielt.«

»Fünfzehn ist genauso weit von zehn weg wie von zwanzig!«, stellte Akio laut fest. »Stell dir einfach vor, ich bin fast zwanzig!«

»Ich wollte nur sagen, dass es sehr gefährlich ist«, warf der Vater ein. »Verstehst du das nicht? Bisher hab ich für die Familie gekämpft. Du nie. Wie willst du gegen die Häscher des Moloch ankommen, wenn du nie fechten, kämpfen oder Krieg führen gelernt hast?«

Die Mutter schluchzte: »Ich will nicht beide Kinder auf einmal verlieren.«

Dieses wehleidige Gejammer begann Akio zu nerven. »Vielleicht kriegst du ja auch beide Kinder auf einmal wieder zurück«, sagte er scharf. »Diese Möglichkeit gibt es immerhin auch noch.« Und zum Vater sagte er: »Ich tu es einfach, weil ich Adelia befreien will. Verstehst du das nicht? Wenn du zu schwach und verwundet bist, um für die Familie zu kämpfen, dann muss ich es doch tun, oder nicht? Ja, ich hab es nie gelernt! Aber ich hab einen festen Willen! Und der wird mich zur richtigen Zeit das Richtige lehren! Darauf vertraue ich!« Er griff nach dem Umhang mit der Kapuze und band ihn sich um die Schultern. Dann packte er seinen Rucksack und ging durch die Schmiede des Vaters in Richtung Stall.

In der Schmiede verlangsamte er seine Schritte und blieb vor dem großen Amboss kurz stehen. Wie oft hatte er hier dem Vater geholfen, das Feuer zu schüren, die Eisen zu beschlagen, Hufeisen zu formen, Schwerter, Spieße, Messer zu stählen und zu schärfen. Der Vater war schon immer ein kräftiger Mann gewesen, den Akio bewundert hatte. Aber er hatte auch oft kämpfen müssen. Und gerade in den letzten Jahren, seit die Priester des Moloch und die Späher der Bluträuber herausgefunden hatten, dass Adelia und Akio so wertvolles Blut in sich trugen, war die Familie häufigen Überfällen ausgeliefert gewesen. Heute also war es endgültig so weit: Die Räuber waren stärker als der Vater. Adelia war der Familie entrissen worden.

Akios Blick fiel auf das mittelgroße Schwert in der Ecke neben der Werkbank. Vor einigen Jahren, als er ein Junge von etwa zehn oder zwölf Jahren gewesen war, hatte er es mithilfe seines Vaters geschmiedet. Damals wollte er unbedingt ein eigenes Schwert haben. Und sie hatten gemeinsam eins hergestellt. Mit kunstvoll geschwungenem Querstück, lederumwickeltem Griff und stählerner Klinge. Akio war richtig stolz auf sein Erstlingswerk gewesen. Aber nach ein paar Monaten übertriebener Fechtübungen, bei denen er wild in die Luft gestochen und mit unsichtbaren Gegnern gekämpft hatte, war das Schwert hier in der Werkstatt gelandet, und irgendwann wurde es gar nicht mehr beachtet.

Jetzt fiel es ihm wieder auf. Unsicher nahm er den Griff in die Hand, hob das Schwert in die Höhe und betrachtete es vorsichtig, indem er es vor seinen Augen hin und her drehte. Pollum auf seiner Schulter reckte neugierig den Hals. Akio wusste nicht, wie man mit einem Schwert umging. Er wusste auch nicht, ob er mit Schwert überhaupt reiten konnte. Aber irgendetwas in seinem Inneren flüsterte ihm zu, er sollte es mitnehmen. Ein Krieger, der seine Schwester befreien wollte, brauchte ein Schwert. Hier hatte er eins. Er griff nach einem ledernen Schwerthalter aus einem der Regale, befestigte ihn an seinem Gürtel und ließ das Schwert hineingleiten. Ja, das fühlte sich gut an.

Alex und Hanna traten hinaus ins Freie und inhalierten die gute frische Luft des Frühlings, die sich in der Stadt ausbreitete. Den Logopäden hatten sie schnell gefunden und auch die Lerneinheit gut hinter sich gebracht. Die Sonne schien, die Spaziergänger liefen schon ohne Jacke draußen herum. Alles war gut.

»Komm, Hanna.« Alex setzte sich mit seiner Schwester in Bewegung. »Wir gehen zum Bus.«

»Ja.« Hanna strahlte. »Bus gehen.«

Diese vielen seltsamen Begebenheiten im Laufe des heutigen Tages waren schon merkwürdig gewesen, dachte Alex. Das Kreidestück heute Morgen in der Schule, das einfach mal um Alex' Kopf herum eine Kurve geflogen war. Der Kalender, der seinen Spruch geändert hatte. Der Mann an der Bushaltestelle, der sich wirklich wie echt mit ihm unterhalten hatte. Und dann noch die Aufschrift auf dem Bus, die so wirkte, als wollte ihm zu guter Letzt der Bus auch noch etwas mitteilen.

Alex lachte vor sich hin. Schon krass, das alles. Das Gespräch und die Aufschrift an dem Bus konnte er sicher als Zufall verbuchen. Dass auf dem Kalender zweimal was anderes stand, war schon sehr merkwürdig. Eine Erklärung konnte sein, dass Alex beim ersten Mal nur grob auf den Kalender geschaut und den Spruch falsch gelesen hatte. Zum Beispiel, weil sich seine Gedanken irgendwie auf das, was er lesen wollte, übertragen hatten. Bestimmt gab es dafür irgendeine logische Erklärung. Und das mit der Kreide? Sicher hatte Marcel nur knapp an ihm vorbei geworfen und in seiner Wahrnehmung hatte Alex das Gefühl gehabt, als hätte die Kreide sich verlangsamt und eine Kurve genommen.

Ja, so könnte das alles gewesen sein. Alex grinste zufrieden, auch wenn ein letzter Rest von Unsicherheit in seinem Kopf blieb. Konnte jemand von außen Zufälle herbeiführen? Schicksal? Eine göttliche Macht? Alex blieb stehen, kniff die Augen zu und formulierte in

Gedanken eine deutliche Frage: Hallo unsichtbare Macht! Waren all die Begegnungen heute Zufall oder geplant? Bitte melde dich!

Er öffnete die Augen und sah sich um. Irgendein Werbe-Plakat, das sich dazu äußerte? Eine Zeitung, ein Bus? Nein. Nichts. Alex schüttelte den Kopf und ging weiter. Jetzt bloß nicht verrückt werden.

In einiger Entfernung sah er, wie sein Bus an der Bushaltestelle einfuhr. »Los, Hanna, den müssen wir kriegen!« Mit Hanna an der Hand rannte er los. Aber Hanna war nicht so schnell. Sie konnte zwar, wenn sie wollte, wild auf der Stelle hopsen und eine Viertelstunde am Stück im Kreis durch das Wohnzimmer rennen. Aber die Geschwindigkeit zu erhöhen, um ein bestimmtes Ziel schneller zu erreichen, das war in Hannas Körper nicht einprogrammiert. Sie waren noch etwa hundert Meter entfernt, als der Bus losfuhr.

»Hanna Bus fahren!«, empörte sich Hanna und zeigte auf den Bus, von dem nur noch die Rücklichter zu sehen waren.

»Tja, ich glaub, heute fährt Hanna mit keinem Bus mehr.« An der Bushaltestelle angekommen, überflog Alex den Fahrplan. »Der nächste kommt erst wieder in einer Stunde.«

»Was heißt eine Stunde?«, wollte Hanna wissen.

»Das heißt, dass wir schneller zu Hause sind, wenn wir laufen.«

»Hanna Beine müde.« Hanna zeigte auf ihre Füße.

Alex lächelte. »Wir gehen schön langsam. Okay?«

»Okay.« Die müden Beine schienen wieder wach geworden zu sein. In gemütlichem Tempo schlenderten Alex und Hanna durch die Stadt. Schon bald kamen sie an einem Spielplatz vorbei, den Hanna natürlich sofort ansteuerte: »Da, Spielplatz! Hanna Spielplatz gehen!«

»Ist gut, Hanna. Wir gehen ja auf den Spielplatz.«

Hanna rannte sofort auf das Klettergerüst zu, Alex setzte sich auf eine Holzbank in der Nähe. Von hier aus hatte er den ganzen Spielplatz im Überblick. Etliche Kinder, mit und ohne Mütter, tobten über die verschiedenen Spielgeräte, warfen mit Sand, backten Sandkuchen oder jagten einander quietschend und juchzend über den Platz. Hanna begann, mit einer unbeschreiblichen Ausdauer das Klettergerüst hoch und wieder runter zu klettern. Nachdem Alex ihr eine Weile dabei genüsslich zugeschaut hatte, zog er sein Notizbuch aus der Jackentasche und las die Aufzeichnungen auf den Seiten und auf den dazwischengeschobenen Zetteln. Hier und da versuchte er, ein paar der Blätter zu sortieren, ein paar Gedankengänge zusammenzufassen und ein bisschen Ordnung hineinzubringen. Je mehr er sich damit beschäftigte, umso klarer formte sich in seinem Kopf ein Bild von einer recht schönen und spannenden Hanna-Geschichte. Glücklicherweise hatte Alex auch einen Kugelschreiber in der Jackentasche. So kam es, dass er direkt an Ort und Stelle begann, seine Geschichte aufzuschreiben.

»Alex, machst du da?«, fragte Hanna, als sie zwischendurch einmal bei ihm stand.

»Ich schreibe eine Hanna-Geschichte.«

Hanna hopste auf der Stelle, klatschte fröhlich und lachte laut: »Vorlesen!«

»Wenn sie fertig ist.«

»Ja.« Damit gab sich Hanna zufrieden und rannte zur Rutschbahn, wo sie ebenfalls ohne müde zu werden bestimmt hundertmal nacheinander die Leiter hochstieg und runter rutschte.

Alex vertiefte sich immer mehr in seine Geschichte. Er konnte gar nicht so schnell schreiben, wie ihn seine Gedanken nach vorne trieben. Zwischendurch vergaß er vollkommen, dass er eigentlich mit Hanna auf dem Spielplatz saß, so sehr lebte er innerlich in der Welt, die er gerade mit ungebremster Leidenschaft in seinem Notizbuch schuf.

Ein kalter Luftzug, der unter seine Jacke kroch, holte ihn dann doch wieder in die Realität zurück. Wie lange hatte er hier gesessen und geschrieben? Er schaute auf sein Handy: kurz vor sechs. Ein Blick auf den Spielplatz zeigte ihm, dass viele der Kinder, die hier vorhin noch gespielt hatten, inzwischen nach Hause gegangen waren. Auch Hanna war nicht mehr zu sehen.

»Hanna?«

Alex stand auf und ging einmal über den Spielplatz. »Hanna!«

Hanna war weg.

Zwei Reiter saßen bei Sonnenuntergang auf ihren Pferden am Ausgang des Dorfes und schauten in die Ferne. Links auf dem schwarzen Araber saß mit geradem Rücken Silva, Tochter des Eisenhändlers, die kräftigen, rötlich schimmernden Haare zu einem dicken Zopf hinter dem Kopf zusammengebunden, die Zügel ihres stolzen Pferdes in der Hand, den gepackten Rucksack auf dem Rücken, einige Trinkflaschen rechts und links an der Pferdedecke befestigt. Auf dem braunen Berber rechts daneben saß Akio, Sohn des Schmieds, die braunen Haare ebenfalls hinter dem Kopf zusammengebunden, ein ansehnliches Schwert an der linken Hüfte, einen langen Umhang über den Schultern, der oben den Rucksack auf dem Rücken und unten große Teile des feurigen Pferdes bedeckte. Auf seiner Schulter saß ein Dracolepidus, kurz: ein Leppid, ein niedlicher kleiner Verwandter genau jener gefürchteten großen Drachen, von denen es in grauer Vorzeit wohl jede Menge in Abadonien gegeben hatte. Inzwischen lebte nur noch einer: der rote Moloch. Aber dieser eine hielt auf schaurige Weise das ganze Land in seiner Gewalt. Nur wenige hatten ihn jemals zu Gesicht bekommen. Er hielt sich in einer Höhle im Tal des Tartaros auf und kam nur deshalb nicht heraus, weil er täglich dreimal eine Ration von etwa fünfzig Litern Blut geliefert bekam. Zuständig dafür waren die Blutpriester, die sich ihm in respektvollem Abstand näherten, die Blutration in einem eigens dafür gemauerten Opferbecken darbrachten und rasch die Höhle wieder verließen. Der Weg ins Tartaros-Tal war sehr weit und die Blutpriester mit den Blutrationen waren lange unterwegs. Darum wechselten sich die Priester ab. Jedes Dorf in Abadonien musste einen Blutpriester stellen. Jeder Priester war drei Tage lang für die Rationen des Moloch zuständig. In dieser Zeit übernachteten sie in der Priesterhütte unterhalb des Eingangs zur Höhle des Moloch. Wenn Amonos, der Priester aus Eisendorf, sich auf den Weg machte, hatte er auf seinem Pferdewagen mehrere Fässer mit insgesamt 450 Litern Blut geladen, das mit aufwändigen Methoden für den langen Weg und die grausamen Mahlzeiten haltbar gemacht worden war. Jedem Einwohner des Landes wurden viermal im Jahr vom dorfeigenen Priester mehrere Liter Blut abgenommen. Gesunden, kräftigen Menschen machte das wenig aus. Alte und kranke Menschen jedoch wurden durch die Blutentnahmen mehr und mehr geschwächt. Auch Akios Eltern wären noch schwächer, als sie es sowieso schon waren, würde Akio selbst nicht immer wieder eine höhere Ration von seinem eigenen Blut spenden, um die Eltern zu entlasten.

Die Geschichten der Vorfahren erzählten von ungeheuren Blutbädern, die der Moloch in den Dörfern angerichtet hatte, damals, als er noch gierig und gefräßig durch das Land streunte und alles fraß, was ihm in die Quere kam. Seit sich die Priester mit dem Dienst der Blutrationen abwechselten, ließ sich das Ungeheuer in seiner Höhle einigermaßen im Zaum halten. Zumindest hatte Akio Zeit seines Lebens noch nie davon gehört, dass der Moloch ausgebrochen wäre oder Unheil gestiftet hätte. Trotzdem lebte ganz Abadonien in der ständigen Angst, eines Tages könnte das Schlimmste doch wieder geschehen. Vor einigen hundert Jahren hatte ein alter Priester herausgefunden, dass das Blut, das dem Moloch vorgesetzt wurde, unterschiedliche Qualitäten aufwies. Es gab das normale Blut von normalen Menschen, von denen der Moloch pro Mahlzeit fünfzig Liter verschlang. Es gab aber auch Blut, in dem man eine größere Dichte, eine höhere Qualität – die Priester nannten es: einen höheren Goldgehalt – nachweisen konnte. Man konnte leicht sehen, dass Menschen mit goldenem Blut auch von ihrer Wesensart her aufrichtiger, vertrauensvoller und friedfertiger waren. Darum waren Goldblüter auch ohne Tests schnell zu erkennen. Warum allerdings manche Menschen bereits bei ihrer Geburt goldenes Blut in sich trugen und andere nicht, wusste keiner. Auf jeden Fall hatte der damalige Priester festgestellt: Blut in der goldeneren Form machte den Moloch länger satt. War der Blutration ein höherer Anteil von goldenem Blut beigemischt, war der Moloch auch schon mit vierzig oder gar dreißig Litern zufrieden. Seitdem war eine regelrechte Jagd auf Menschen mit goldenem Blut ausgebrochen. Nicht nur, dass den Goldblütern ihr komplettes Blut aus den Adern gesaugt wurde, um damit den Wert einer einzigen Blutration zu steigern. Hin und wieder hörte man davon, dass goldblütige Menschen im Ganzen dem Moloch als Fraß vorgeworfen wurden: als lebendig gefesselte Menschenopfer, dargebracht in dem steinernen Opferbecken, das dem Moloch als Tränke diente. Das kam aber zum Glück selten vor. Und es gab auch nur wenige Priester, die sich auf eine solche Grausamkeit einließen. Immerhin – nach dem Verspeisen eines ausgewachsenen Goldblüters war die Gier des Moloch für einen ganzen Tag, manchmal sogar für zwei oder drei Tage gestillt. Die Blutration eines ganzen Dorfes konnte damit eingespart werden.

»Welche Richtung?«, fragte Akio. Er hatte seine Hand über den Augen aufgestellt, um besser in die Ferne schauen zu können.

»Erst mal geradeaus«, gab Silva zur Antwort, ohne ihren Blick von der weiten, kahlen Steppe zu nehmen, die vor ihnen lag.

Plötzlich quiekte Pollum erschrocken auf, flitzte aufgeregt von Akios linker Schulter auf die rechte und wieder zurück und schaute dabei auf eines der letzten Häuser am Dorfrand. Akio schaute sich um und jetzt war es ihm, als hätte auch er eine Bewegung im Schatten eines der Häuser gesehen. Normalerweise hätte er nicht viel darauf gegeben. Pollum geriet schon mal in Aufregung, wenn er die Nähe eines anderen Leppids witterte, oder wenn er irgendwo eine besonders leckere Mahlzeit vermutete. Auch Leppids lebten hauptsächlich von Blut. Aber in wesentlich geringeren Maßen. Und immerhin gaben sie sich auch mit dem Blut von Insekten, Würmern oder anderen Kleintieren zufrieden. Trotzdem konnten sich herumstreunende Leppids nicht immer verkneifen, gerade blutgoldene Menschen hin und wieder zu beißen und dabei etwas von ihrem Blut zu saugen. Auch das war ein Grund, warum Akio seine Lederhaut trug. Sein eigener Leppid Pollum war gut dressiert. Der würde sich nie am Blut seines eigenen Herrchens betrinken. Dennoch. Normale Leppids krochen durch Abadonien wie lästiges Ungeziefer. In jedem Mauerloch konnte eines stecken und auf blutgoldene Beute warten.

Einem inneren Impuls folgend sprang Akio von seinem Pferd und schlich leise in die Richtung, in der er die Bewegung bemerkt hatte. Pollum quiekte aufgeregt. Mit einem leisen »Pssst« versuchte Akio, ihn zu beruhigen. Dann hörte er deutliches Quieken aus der Ecke hinter dem Haus. Also doch nur ein Leppid. Alles ganz harmlos. Akio warf einen kurzen Blick um die Ecke. Im nächsten Augenblick verspürte er einen Schlag mit einem Holzklotz gegen seine Stirn. Während Akio vor Schmerz aufschrie und einige Schritte zurücktorkelte, hörte er, wie jemand mit kleinen, aber aufgeregten Schritten davonlief. Pollum quiekte zum Angriff und rannte der Gestalt hinterher. Akio konnte noch nicht wieder sehen. Er hielt sich seine schmerzende Stirn, kniff seine Augen zu und sah nur kleine Sternchen vor sich. Dann hörte er wieder einen Schlag, gleichzeitig ein heiseres Aufschreien, danach ein Fluchen.

»Akio, komm schnell!« Das war Silva. Als er jetzt seine Augen öffnete, sah er sie in einiger Entfernung vor einer in schwarzen Stoff gehüllten Gestalt stehen, die auf allen vieren auf dem Boden kniete und sich stöhnend den Kopf hielt. Silva hielt einen kräftigen Ast in der Hand. Ihr war es gelungen, den Flüchtigen mit einem ordentlichen Schlag zu stoppen.

Akio lief zu ihr und erkannte in der Gestalt auf dem Boden den Bettler, der schon seit einigen Tagen auf dem Marktplatz gesessen und mit weinerlichem Gesang die Dorfbewohner um ein paar Münzen gebeten hatte. Weil er sich nie vom Platz bewegt hatte, dachte Akio, er sei gelähmt, blind oder sonst irgendwie körperlich krank. Aber so gezielt, wie er Akio gerade einen Schlag gegen den Kopf verpasst hatte und wie er danach wegrannte, konnte von einer Krankheit nicht die Rede sein.

Pollum quiekte, hüpfte dem Bettler auf den Umhang und schien nach etwas Bestimmtem innerhalb seines Mantels zu suchen. Da hörte Akio auch schon das typische Leppid-Quieken aus dem Inneren der schwarzen Stoffumhüllung. Akio zog den Bettler am Arm nach oben, schob den Umhang zur Seite und fand einen kleinen Holzkäfig am Gürtel befestigt. In dem Käfig drehte sich ein kleiner Leppid mit golden schimmernden Schuppen ängstlich im Kreis, so als wollte er davonlaufen, hatte aber nicht mehr Platz und drehte sich deshalb wirbelnd im Kreis. Neben dem Leppidkäfig baumelte ein Lederbeutel. Ohne um Erlaubnis zu fragen, zog Akio den Beutel ab und öffnete ihn. Winzige Fläschchen und Röhrchen aus Glas, kleine Messer,

Spitzen, Haken und Scheren aus Metall, dazu eine Dose mit dem Staub der Enuntia-Blüte machten Akio mit einem Schlag klar, dass es sich bei diesem Mann keineswegs um einen Bettler handelte. Das war ein Blutspäher, ein ausgebildeter Spion, der Menschen Blut entnahm und es auf seinen Goldgehalt testete. Mit den Spitzen stach er den Testpersonen heimlich in die Haut und entnahm ihnen unbemerkt einige Tropfen Blut. Dieses Blut wurde dem Goldleppid in dem Käfig zu trinken gegeben. Je nachdem, wie sich dessen Schuppen daraufhin verfärbten, konnte der Späher daraus den Goldgehalt des Blutes ermitteln. Blutpriester aus der Vergangenheit hatten diese Methode entdeckt. Bluträuber und deren Späher bedienten sich seitdem dieser Praxis, waren im Volk dafür aber aufs Tiefste verachtet.

Akio packte den Bettler am Kragen seines Umhangs und zog ihn nah an sein Gesicht heran: »Du Schuft! Du hast meine Schwester auf dem Gewissen! Und ihren Bruder!« Er zeigte mit seiner freien Hand auf Silva. »Du wirst uns jetzt sofort sagen, wohin sie die beiden gebracht haben!«

Die nackte Angst stand dem alten Mann mit den dünnen weißen Haaren und den trübe wirkenden Augen ins Gesicht geschrieben: »Ich weiß gar nichts! Ehrenwort! Ich weiß gar nichts!«

»Ehrenwort?« Akio schüttelte den Mann. »Was willst du von einem Ehrenwort wissen? Sag uns sofort, wohin man Agnus und Adelia gebracht hat!«

»Ich weiß nichts, ich bin unschuldig!«, winselte der Alte.

»Deine Augen lügen, das sehe ich!«

Der Alte schaute hektisch zwischen Akios Augen hin und her. Dann formten sich seine Lippen plötzlich zu einem kleinen, hoffnungsvollen Grinsen: »Du bist der dritte Goldblüter!«

Akio schüttelte den Alten noch einmal und kam ihm mit seinem Gesicht so nahe, dass er den Gestank aus seinem Mund riechen konnte: »Ja, das bin ich. Und glaub mir, ich bin bereit, alles Mögliche zu tun, um meine Schwester zu befreien. Und du wirst mich zu ihr bringen!«

Der Alte zitterte, aber er grinste nun noch breiter, wobei seine halb verfaulten Zähne sichtbar wurden. Die spitzen Eckzähne sahen noch erstaunlich gesund aus. Ob er sich auch hin und wieder am Blut von

Tieren oder gar Menschen bediente? »Ich … ich kann dich zu ihnen bringen! Ich weiß, wo sie sind!«

»Und wo?«

»In Gomorra.«

»Gomorra?« Akio bekam allein bei der Erwähnung dieses Namens eine Gänsehaut. »In der größten und schrecklichsten Stadt Abadoniens?«

»Ja.«

Akio schaute zu Silva hinüber, die bisher stumm das Gespräch und Akios tätlichen Angriff auf den Bettler beobachtet hatte. »Ich weiß, wo das ist«, sagte sie mit finsterem Gesicht.

»Die Stadt ist groß«, sagte der Alte mit zittriger, aber hoffnungsvoller Stimme. »Ihr würdet dort allein nicht zurechtkommen. Ihr würdet das Quartier meiner Herren niemals finden.«

»Und du würdest es uns zeigen?«, fragte Akio streng.

»Ja!«

Der freundliche, vertrauensvolle Ton, mit dem der Alte geantwortet hatte, verwunderte Akio. Und die plötzliche Hilfsbereitschaft ebenfalls. Aber eine andere Chance sah er nicht. Wieder schaute er kurz zu Silva. Die zuckte merkwürdig mit einer ihrer Augenbrauen. Das deutete er mal als Zustimmung.

»Gut, dann los.« Akio ließ den Mantel des Bettlers los und der Alte torkelte ein paar Schritte nach hinten, bis er sich wieder gefangen hatte. »Aber nicht abhauen«, fügte Akio noch hinzu. »Und keine Tricks.«

»Nein. Keine Tricks.« Es sah fast aus wie eine Verbeugung, als der Alte mit unheimlichem Grinsen seinen Kopf nach vorne beugte.

Pollum quiekte noch einmal laut auf und sprang gezielt an die Hüfte des Spähers und von dort an die Gitterstäbe des kleinen Käfigs. Wütend fauchte er in den Käfig hinein, als wollte er Feuer speien. Der Goldleppid im Inneren fauchte zurück, hielt sich aber an den Gitterstäben an der gegenüberliegenden Seite des Käfigs fest.

»Pollum, komm hierher!«, befahl Akio und klopfte auf seinen Arm. Pollum gehorchte, sprang auf Akios Schultern und schimpfte von dort aus noch etwas Unverständliches, Freches dem Goldleppid zu, der seinerseits erleichtert darüber zu sein schien, dass er wieder seine Ruhe hatte.

»Hanna, wo bist du?«

Alex schaute in jeden Busch rund um den Spielplatz, lief in jede angrenzende Seitenstraße hinein und wieder zurück. Keine Hanna.

Er rannte zurück bis zum Logopäden, rief unterwegs laut nach seiner Schwester, befragte jeden Passanten, der ihm begegnete, ob er ein sechsjähriges Mädchen mit einem blauen Anorak und einer rosa Wollmütze gesehen hätte. Nein, niemand.

Alex stürmte sogar in die Praxis des Logopäden und fragte, ob Hanna vielleicht zurückgekommen sei. Die Sprechstundenhilfe bekam ein sorgenvolles Gesicht: »Sollen wir die Polizei anrufen?«

»Nein, nein. Ich find sie bestimmt noch. Falls nicht, ruf ich nachher selbst die Polizei.«

»Ruf uns bitte an, wenn Hanna aufgetaucht ist, ja?« Die Frau schien sich echt Sorgen zu machen. Nahm die jedes ihrer Patientenkinder so ernst?

»Ja, ist gut. Danke, tschüss!«

Wieder zurück zum Spielplatz: »Hanna!« Und noch mal aus Leibeskräften: »Haaannaaaa!!«

Er versuchte so angestrengt wie möglich zu lauschen, ob zwischen all dem Lärm aus Autos und Menschen etwas wie ein Rufen, Weinen oder einfach ein Hanna-Wiedererkennungs-Geräusch zu hören war. Nichts.

Langsam stieg Panik in ihm auf. Was sollte er seiner Mutter sagen, wenn er Hanna nicht wiederfinden würde?

Er lief in Richtung Zuhause. Vielleicht war sie schon alleine nach Hause gegangen. Eigentlich war das unmöglich, denn sie kannte den Weg nicht. Als er einige Straßen weit gelaufen war, blieb er stehen. So weit könnte Hanna niemals ohne ihn in der letzten Zeit gekommen sein. Wer könnte ihm jetzt noch helfen? In einer leeren Seitenstraße brüllte er laut heraus: »Hey, du Schicksal! Du Zufalls-Herbeiführer! Hast du bitte noch mal ein Zeichen für mich? Wo ist Hanna? Wo soll ich nach ihr suchen? Hä?«

Er schaute sich hektisch in alle Richtungen um. Natürlich hing da kein Plakat mehr. Kein Kalender. Kein Mann mit Handy, der ihm so was wie »Mach dir keine Sorgen, sie sitzt gemütlich zu Hause vor dem Fernseher« zurief. War ja klar.

Alex rannte zurück zum Spielplatz. Dann sah er sich erneut um. In welcher der Seitenstraßen hatte er noch nicht nachgeschaut? Hm. In alle war er schon zwei- bis dreimal rein- und wieder rausgelaufen. Aber in der einen hatte er noch nicht alle Querstraßen abgeklappert. Also versuchte er es dort noch einmal. Als er in die zweite Seitenstraße hineinschaute, sah er Elena dort entlanggehen, die mit ihm im selben Haus wohnte, nur zwei Stockwerke unter ihm. Sie war genauso alt wie er, ging aber auf eine andere Schule. Als Kinder waren sie manchmal vor dem Haus ein bisschen zusammen Fahrrad oder Inliner gefahren. Aber seit sie auf den weiterführenden Schulen waren und Elena immer weiblichere Züge annahm, hatten sie kaum mehr miteinander gesprochen. Manchmal war es ihm sogar peinlich, wenn sie sich im Hausflur trafen und aneinander vorbeigehen mussten. Elena wirkte schon so reif und erwachsen. Sie roch nach Parfüm, trug Kleidung wie eine Studentin und wirkte mit ihren blonden, zu einem Pferdeschwanz locker zusammengebundenen Haaren bereits wie Anfang zwanzig. Alex dagegen, der sich nachmittags mit seiner Schwester Hanna beschäftigte, mit ihr im Wohnzimmer Bauklötze spielte oder ihr Geschichten erzählte, kam sich dabei wie ein kleiner Schuljunge vor. Als wäre er irgendwo in der Kindheit stecken geblieben, während Elena jedes Jahr um zwei Jahre älter geworden war. Hatten sie sich früher als zwei Achtjährige getroffen, so begegneten sich jetzt, mit fünfzehn, ein Zehnjähriger und eine Zwanzigjährige.

»Hast du Hanna gesehen?«, rief er ihr zu, sobald er sie erkannte.

»Hanna?«, rief sie zurück. »Ja, sie war vorhin hier!«

Eine Spur! Ein Hinweis! Alex' Herz machte Freudensprünge. Schnell ging er auf Elena zu. »Wo genau?«

»Da hinten, am Ende der Straße hab ich sie getroffen. Ich hab mich noch gewundert, sie ganz ohne euch zu treffen, und hab sie gefragt: ›Bist du ganz allein?‹, da hat sie gesagt, sie sei mit dir unterwegs. Na ja, und da hab ich gedacht, du bist hier auch irgendwo.«

»Wo ist sie hingegangen?«

Elena rieb sich mit einer Hand die Stirn. »Puh. Wohin?« Sie schaute in die Richtung, aus der sie selbst gerade gekommen war. »Ich glaub, da hinten an den Häusern vorbei Richtung Waldrand.« Sie sah Alex sorgenvoll an. »Schlecht, oder?«

»Könnte schlechter sein«, japste Alex und setzte sich sofort in die angegebene Richtung in Bewegung. »Immerhin schon mal ein Hinweis! Danke!«

»Soll ich dir beim Suchen helfen?«, rief sie ihm noch hinterher.

»Nein, alles gut!« Alex rannte bis zum Ende der Straße. Eine Sackgasse. Zwischen zwei Häusern gab es einen schmalen Fußweg, der hinter den Häusern über eine Wiese in Richtung Wald führte. Allerdings war das, was man Wald nennen konnte, noch ziemlich weit weg. Es gab da etwas Geröll, teilweise steile Hänge, viel Wiese, immer wieder Bäume, kleine Schrebergärtchen. Aber ein wirklicher Wald war zu weit weg. So weit würde Hanna niemals kommen.

Alex rannte los. An den Häusern vorbei, immer auf dem angezeigten Weg entlang. Dann endlich – in einiger Entfernung hockte Hanna am Wegesrand und streckte ihre Hand ins Gras, als würde sie dort etwas suchen. »Hanna!«, brüllte er aus Leibeskräften und rannte schneller. Kurz bevor er sie einholte, sah er, wie vom Wegrand aufgeregt ein Eichhörnchen davonhüpfte.

»Da, Alex!« Hanna zeigte auf das kleine Tierchen, das mit gezielten Sprüngen auf einem der nächsten Bäume landete und dort flink nach oben kletterte. Sie wunderte sich kein bisschen darüber, warum Alex so rannte oder aufgeregt war. »Lieb!«, beschrieb sie das beobachtete Tierchen. Sie strahlte Alex an, als wäre er gerade mal eben für eine Minute weg gewesen.

»Hanna, du solltest doch nicht weglaufen!« Er wollte nicht schimpfen, aber vor lauter Aufregung war seine Stimme doch viel zu laut geworden.

Hanna schaute ihn erschrocken an. »Hanna nicht weglaufen«, sagte sie etwas eingeschüchtert. »Der da weglaufen!« Sie zeigte auf das Eichhörnchen. »Hanna Alex zeigen! Mitnehmen! Zu Hause! Spielen!«

Alex stöhnte leicht auf. »Nein, Hanna. Wir können kein Eichhörnchen mit nach Hause nehmen. Du siehst doch: Das läuft immer weg.«

»Nein. Nicht weglaufen. Küsschen geben.«

Was? Wer wollte hier wem Küsschen geben? Hanna dem Eichhörnchen? Oder war das Eichhörnchen vor der kleinen Hanna so handzahm geworden, dass es ihr schon Küsschen gegeben hatte? Wie hieß noch gleich dieser Heilige, der sein Leben mit Tieren verbracht hatte? Franz von Assisi? Diesem Kerl stand Hanna in nichts nach. Wie auch immer. Jetzt war Hanna zumindest gefunden und jetzt wollte Alex kein Risiko mehr eingehen.

»Komm, Hanna, wir gehen nach Hause.« Er nahm ihre Hand.

»Ja.« Bereitwillig machte sie sich mit ihm auf den Weg.

»Alex Geschichte erzählen«, bat sie, kaum dass sie ein paar Schritte gegangen waren.

»Jetzt gehen wir erst mal nach Hause.« Nach dieser Aufregung war Alex nicht in der Stimmung, Geschichten zu erzählen.

»Geheime Geschichte vorlesen«, sagte Hanna und legte gleich den Zeigefinger ihrer freien Hand an den Mund. »Pssst, geheim!«

Alex grinste. »Das hast du dir behalten, was?«

»Ja«, antwortete sie stolz.

Alex griff in seine Jackentasche nach dem Notizbuch. O Schreck. Es war weg. Sofort ließ er Hanna los und griff in die andere Tasche. Leer. Nein. Das durfte nicht wahr sein. Schon wieder stieg sein Adrenalinspiegel in die Höhe. Hosentaschen, Jackeninnentaschen, nichts.

»Mein Notizbuch ist weg!«, schrie er laut auf.

Hanna erschrak. »Notizbuch?«

»Mein geheimes Geschichtenbuch! Es ist weg!«

»Wo denn?«

»Das weiß ich ja nicht! Es ist weg!«

Was hatte auf dem Kalender gestanden: »Du wirst einen unvergesslichen Tag erleben!« Na, sehr schön! Das war wirklich ein unvergesslicher Tag! Aber nicht, weil etwas so unvergesslich Schönes passierte, sondern weil er von einem Schrecken in den nächsten gejagt wurde. War es das, was das unbekannte Schicksal von ihm wollte? Ganz toll! Wirklich ganz toll!

Das Lagerfeuer leuchtete hell in der Nacht, während die drei Reisenden davor saßen, ihre kalten Glieder aufwärmten und einige ihrer Vorräte aßen. Akio war damit beschäftigt, ein paar Gedanken auf ein Stück Papier zu schreiben. Zwischendurch warf er immer mal dem Blutspäher ein Stück seines Brotes zu, worauf sich dieser stürzte wie eine Ratte auf ein Stück Speck. Angewidert verzog Akio das Gesicht, als er sah, mit welcher Gier der Alte die wenigen Speisen verschlang. Pollum flitzte über den Boden und schnappte nach Glühwürmchen und anderen Insekten, die vom Feuer angelockt wurden. Silva hielt in der einen Hand einen angebissenen Apfel, in der anderen einen kleinen, ovalen Gegenstand aus Gold an einer Kette, den sie gedankenverloren betrachtete.

»Was hast du da?«, fragte Akio.

Silva schreckte auf. »Geht dich nichts an!« Schnell hängte sie sich die Kette um den Hals und steckte den goldenen Anhänger unter ihr Hemd. Dann sah sie zu Akio hinüber, der schon wieder in sein Papier vertieft war. »Und du? Was schreibst du da eigentlich?« Ihre Miene verriet, dass sie noch nie in ihrem Leben die Notwendigkeit gesehen hatte, etwas aufzuschreiben.

»Ein Gedicht über Adelia«, antwortete Akio, ohne von seinem Blatt aufzusehen.

»Echt?« Silva fiel erst jetzt wieder auf, dass sie einen Apfel in der Hand hielt, und biss herzhaft hinein. »Was schreibt man da so?«

»Willst du's hören?«

»Wenn's nicht zu lang ist.«

Akio schüttelte schmunzelnd den Kopf. Da hatte offensichtlich jemand überhaupt keinen Sinn für Poesie. Er entschied sich, es ihr trotzdem vorzulesen: »Meine Schwester Adelia. Adelia ist geduldig und freundlich. Adelia regt sich nicht auf, sie prahlt nicht, sie macht sich nicht wichtig. Adelia verletzt nicht, sie denkt nie an sich, sie ist nie beleidigt, sie trägt nie jemandem etwas nach. Adelia freut sich nicht über Ungerechtigkeit, sie freut sich aber an der Wahrheit. Adelia erträgt alles, Adelia glaubt alles, Adelia hofft alles, Adelia duldet alles.«

Akio sah von seinem Papier hoch und betrachtete die anderen am Feuer. Der Alte kaute an der Brotrinde, die Akio ihm vorhin zugeworfen hatte. Trotzdem hatte Akio das Gefühl, als hätte sein Gedicht etwas in ihm bewegt. Silva spuckte zwei Apfelkerne aus: »Schon fertig?«

»Ja.«

Sie nickte anerkennend. »Nicht schlecht.« Sie nickte weiter. »Nicht schlecht.« Sie kratzte mit ihrem Fingernagel Apfelreste aus den Schneidezähnen. »Du kannst statt Adelia auch Agnus einsetzen. Dann würde das hundert Prozent auch passen.«

Akio lächelte.

Der Alte brummte, ohne von seinem Essen aufzusehen: »Du kannst den Namen jedes Goldblüters einsetzen und es passt.«

»Halt die Klappe!«, fauchte Silva ihn an. »Mit dir spricht keiner.«

Akio schaute sich den Blutspäher näher an. So eine sinnvolle Aussage aus so einem durch und durch verräterischen und verdorbenen Menschen hätte er nicht erwartet. »Könnte sein«, stimmte er ihm zu. »Allerdings würde ich mich nicht trauen, meinen Namen einzusetzen. Ich glaube nicht alles und ich ertrage nicht alles.«

Der Späher antwortete darauf nicht.

»Wie heißt du eigentlich?«, fragte Akio.

Der Alte stopfte den letzten Rest der Brotkante in den Mund: »Ich heiße nicht.«

Akio runzelte die Stirn. »Du musst doch einen Namen haben.«

»Wir unter uns haben keine Namen.«

»Warum nicht?«

»Wer einen Namen hat, der hat auch eine Persönlichkeit. Einen Charakter. Ein Herz.«

»Und du willst sagen, du hast das alles nicht?«

»Nein. Wir sind Diener der Bluträuber und des Moloch. Wir heißen nicht. Wir dienen.«

Akio malte nachdenklich Muster auf sein Papier. »Aber als du ein Kind warst – da warst du doch noch kein Blutspäher. Oder doch?«

»Nein.«

»Wie wurdest du da genannt?«

Der Alte seufzte und starrte ins Feuer. »Das ist lange her.«

»Lass ihn in Ruhe«, murrte Silva, die dem Alten nichts von ihrem Essen abgegeben hatte. »Er hat recht: Er hat kein Herz, er ist ein Nichts. Er verdient nicht einmal unser Brot. Wenn es nach mir gegangen wäre, hätten wir ihn an einen Baum gefesselt, während wir hier sitzen.«

Akio blinzelte in die Glut des Feuers hinein. In der Mitte des Feuers leuchtete es rötlich. »Das glaube ich nicht.« Er hob ein Stöckchen vom Boden auf und warf es ins Feuer. Kleine Funken fingen an, darauf zu tanzen. »Jeder hat ein Herz. Jeder ist eine Persönlichkeit.« Er sah den Bettler von der Seite an. »Was hast du gespielt, als du ein Kind warst?«

Der Alte starrte wieder ins Feuer, als könnte er dort seine Kindheit finden. Nach langem Schweigen antwortete er: »Nachlaufen. Fangen. Und …« Wieder starrte er lange vor sich hin, bevor er weiterredete. »Und ich hatte einen kleinen Dracolepidus, der mir aufs Wort gehorchte.« Er drehte seinen Kopf leicht Akio zu und bekam fast so etwas wie ein vorsichtiges Lächeln. »So wie deiner dir gehorcht.«

Akio lächelte zurück. Ein wenig bekam er Mitleid mit diesem alten Mann. »Wie hieß dein Tier?«

Nach der Antwort musste der Alte nicht lange überlegen: »Nagori.«

»Was passierte mit ihm?«

»Unser Dorfpriester hat ihn mir abgenommen, als er merkte, wie gut er ihn zum Bestimmen des Blutgoldgehaltes gebrauchen konnte.«

»Hast du nicht versucht, ihn zurückzubekommen?«

»Doch.« Der Alte fuhr sich mit der Hand über die dünnen weißen Haare, die ihm strähnig ins Gesicht hingen. »Er hat mir ein Angebot gemacht. Er sagte, ich bekäme ihn zurück, wenn ich ihm fünfzig Liter Blut von Goldblütern besorgen würde.«

»Darauf hast du dich eingelassen?«

»Ich hätte mich auf alles eingelassen, um Nagori zurückzubekommen.« Wieder strich er sich mit einer Hand durch sein Gesicht. »Ich bekam einen anderen Goldleppid, mit dem ich den Blutgoldgehalt feststellen konnte. Das Erste, was ich feststellte, war, dass mein eigenes Blut ungewöhnlich golden war.« Er sah kurz zu Akio rüber. Akio bemerkte, dass die Augen des Alten leicht glasig geworden waren. »Ich war kein Goldblüter. Aber nicht weit davon entfernt. Ich wollte aber Nagori zurückhaben. Also hab ich mir zuerst sehr viel von meinem eigenen Blut abgenommen. Dann hab ich anderen Menschen hinterherspioniert. Ich habe Tricks entwickelt, wie ich ihnen heimlich Blut abnehmen und es testen konnte. Dabei bin ich hin und wieder auf Goldblüter gestoßen. Denen hab ich in der Nacht, wenn sie geschlafen haben, zuerst ein Serum gegeben, damit sie bewusstlos wurden und nicht merkten, wenn ich sie stach. Danach hab ich ihnen ihr Blut entnommen. So lange, bis ich fünfzig Liter beisammen hatte.«

»Was ist mit den Goldblütern geschehen?«

»Einige sind gestorben, weil ich ihnen zu viel Blut abgenommen habe. Andere blieben ihr Leben lang matt und schwach oder sind kurz darauf von Bluträubern mitgenommen worden.«

Akio schauderte, als er das hörte. »Hast du Nagori wenigstens zurückbekommen?«

Der Späher stützte den Kopf in seine Hände und seufzte. »Als ich dem Priester das verabredete Blut brachte, eröffnete er mir als Erstes, er hätte Nagori längst getötet. Dafür sei ich aber, weil ich nun schon so geübt darin sei, Goldblüter zu finden und anzuzapfen, ab sofort ein geeigneter Diener für eine Bande von Bluträubern, die für ihn arbeiteten.« Er seufzte wieder. »Seitdem stehe ich in ihrem Dienst. Mein Blut hat seine Goldheit schon längst verloren. Mein Blut ist heute nichts mehr wert. Gar nichts. Das ist gut so, denn nun muss ich nicht fürchten, selbst angezapft zu werden. Aber ich darf mich nicht an die Zeit erinnern, als ich noch halbwegs goldenes Blut hatte. Sonst überfällt mich eine Sehnsucht, die ich fast nicht bewältigen kann.« Er wischte sich mit beiden Händen über sein Gesicht und seine Augen. »So. Schluss jetzt. Schluss.«

»Wie ist dein Name?«, fragte Akio noch einmal.

Der Alte schaute Akio lange an. Diesmal lag weder Angst noch Gier in seinen Augen, sondern ein Funke von Hoffnung und Vertrauen. »Perfidus«, antwortete er dann.

Akio lächelte und nickte.

»Schluss jetzt!«, befahl Silva grob. »Wir sind hier nicht im Gefühlstheater! Wir müssen schlafen. Bevor die Sonne aufgeht, müssen wir weiterreiten. Vergiss nicht: Wir wollen Agnus und Adelia retten. Wer weiß, was sie jetzt gerade schon mit ihnen anstellen!« Sie zeigte auf Perfidus. »Und wehe, du haust ab, du dreckiger Verräter!« Sie schaute Akio an: »Sobald wir unsere Geschwister haben, stoßen wir den Alten von uns. Seine Lügenmärchen beeindrucken mich kein bisschen. Merkst du nicht, Akio, dass er nur dein Vertrauen erschleichen will? Du bist ein Goldblüter. In seinen Augen bist du Gold wert. Er wäre bereit, jede Herzlosigkeit zu vollbringen und dir jede Geschichte aufzutischen, nur um dich den Bluträubern oder auch direkt den Priestern des Moloch auszuliefern!«

Akio erschrak und schaute Perfidus an. Jetzt entdecke er wieder etwas wie Hinterlist und Gier in seinem Blick. Schnell schaute der Alte wieder ins Feuer. Akio konnte das kaum glauben. Hatte der Späher sich das wirklich ausgedacht, um Akios Vertrauen zu gewinnen? Das alles hatte sich doch so wahr angefühlt.

Akio war enttäuscht. Weil er selbst so goldenes Blut hatte, bemerkte er oft nicht, wann Menschen es nicht gut meinten. Ja, manches aus seinem Gedicht über Adelia traf auch auf ihn zu: Akio glaubte alles, Akio hoffte alles, Akio freute sich an der Wahrheit. Vielleicht war er hin und wieder einfach zu leichtgläubig. Manchmal wäre ein Herz mit mehr Misstrauen wirklich von Vorteil. Frustriert breitete er seinen Umhang aus, legte sich darauf und beschloss zu schlafen. Pollum, der bis dahin in der Nähe des Käfigs des anderen Leppids gesessen und immer mal wütende Drohungen in dessen Richtung gefaucht hatte, kam angelaufen und versteckte sich unter Akios wärmendem Hemd.

Als Akio mitten in der Nacht einmal kurz aufwachte, erkannte er trotz der Dunkelheit, dass Perfidus, der ganz in seiner Nähe lag, ebenfalls wach war und seine Blicke auf ihn richtete.

»Was hast du?«, fragte Akio leise. »Warum schaust du mich so an? Willst du mir mein Blut entnehmen?«

»Ich kann dein reines Herz sehen«, flüsterte Perfidus, »und dein goldenes Blut.«

»Und weiter?«

»Nichts weiter. Ich sehe es und es erinnert mich an damals. Und das tut weh.«

Akio wusste nicht, was er darauf sagen sollte. Perfidus schob hinterher: »Du erinnerst mich an meinen Bruder.«

Akio wollte lächeln, aber er war sich noch nicht sicher, worauf dieses Gespräch hinauslaufen sollte. »Wieso?«

»Er war auch ein Goldblüter. Als Kinder waren wir unzertrennlich.« Er schaute vor sich auf den Boden. »Es schmerzt, wenn ich daran denke.«

»Was ist mit ihm?«

Perfidus schloss die Augen und sagte lange nichts. Akio dachte schon, er wäre eingeschlafen. Aber dann flüsterte er leise mit geschlossenen Augen: »Ich hab dir erzählt, dass ich als Kind fünfzig Liter Blut aus Goldblütern sammeln musste. Den ersten Test mit dem neuen Goldleppid vollzog ich an mir selbst. Den zweiten …« Er redete nicht weiter. Er schniefte und fuhr sich mit der Hand übers Gesicht. »Ich hab das Blut meines Bruders ausgesaugt, während er geschlafen hat. Er war fortan nur noch schwach und krank. Er wusste nicht, dass ich es war, der ihm sein Blut gestohlen hat. Wenn er mich ansah, war sein Blick stets voller Liebe. Das hat mir das Herz gebrochen. Später war er der erste Goldblüter, den ich für die Bluträuber markiert hab. Ich war so unter Druck. Sie verlangten von mir einen Goldblüter. Mein Bruder war der Einzige, der mir auf die Schnelle einfiel. Ich glaube, diesmal hat er gemerkt, dass ich ihn markiert habe. Er hat mich trotzdem geliebt. Als er fortgeschleppt wurde, lag ein Gemisch aus Liebe und Verständnislosigkeit in seinen Augen.« Er zog die Nase hoch und wischte sich mit der Hand durchs Gesicht. »Ich hab meinen Bruder zweimal verkauft. Einmal, um meinen Leppid zurückzubekommen, und einmal, um meine neuen Herren nicht zu erzürnen. Das werde ich mir nie verzeihen. Ich bin ein Nichts.« Er wimmerte leise mit geschlossenen Augen vor sich hin.

Was für eine Geschichte aus dem Mund eines Blutspähers, von dem man sagte, es stecke nur Gift darin. Am liebsten würde Akio sie glauben.

»Ich weiß nicht, ob ich dir trauen kann«, flüsterte Akio.

»Das ist gut so. Trau mir lieber nicht. Goldblüter vertrauen viel zu schnell. Sie können nicht glauben, dass sie jemand anlügt. In Gomorra wird dir das nicht helfen. Dort sind alle böse und herzlos.«

Akio spürte, wie sich eine große Traurigkeit auf ihn legte. »Warum ist das so? Warum gibt es so wenig Menschen mit goldenem Blut?«

»Weil Menschen mit goldenem Blut gefährlicher leben. Sie sind verletzbarer. Gejagter. Werden öfter gestochen, ausgesaugt, benutzt. Wer will das schon?« Perfidus seufzte schwer. »Viele werden mit reinem Herzen und goldenem Blut geboren. Aber weil sie die Gefahr hassen, vergiften sie ihr Herz. Menschen mit unreinem Herzen und ungoldenem Blut leben in Abadonien sicherer.«

»Sicherer vielleicht. Aber auch glücklicher?«

»Ach«, seufzte der Alte. »Glück. Was ist das schon? Wenn man sich nur lang genug einredet, dass alles gut ist, und wenn man sich nur mit Menschen mit der gleichen Blutungoldheit abgibt und wenn man sich möglichst wenig an die Zeit erinnert, als das Blut noch golden war … dann bekommt man irgendwann das Gefühl, das hier müsste so etwas wie Glück sein.«

»Aber du«, Akio hob vorsichtig den Kopf, »du erinnerst dich doch! Du trägst doch noch die Sehnsucht in dir! Warum änderst du nicht dein Leben? Du könntest dein Leben als Blutspäher aufgeben!«

»Wie soll ich das?« Perfidus schüttelte den Kopf. »Sein Blut verungoldigen – das geht schnell. Indem man Hass, Neid, Misstrauen, Missgunst in sein Herz lässt. Aber sein ungoldenes Blut wieder vergolden? Das geht nicht.« Er drehte sich auf den Rücken und schaute in den wolkenverhangenen Himmel. »Und meine Sehnsucht – normalerweise schlummert die so tief in mir drin, dass ich nichts davon spüre. Ich liefere Goldblüter an die Bluträuber. Ich bekomme mein Geld, ich werde in Ruhe gelassen. Ich führe üblicherweise auch keine Gespräche mit Goldblütern. Und sie nicht mit mir. Die Sehnsucht nach dem Leben mit goldenem Blut – die hatte ich seit meiner Kindheit nicht mehr so stark vor Augen wie in dieser Nacht. Und das liegt hauptsächlich an dir.« Jetzt sah er Akio wieder an.

»Das tut mir leid. Das wollte ich nicht.«

»Das muss dir nicht leidtun. Diese Sehnsucht in mir fühlt sich gut und wahr an. An der möchte ich festhalten.« Akio sah, wie eine Träne über Perfidus' Wange rann. »Du bist der Erste seit Ewigkeiten, der mich nach meinem Namen gefragt hat. Und es tut mir leid zu wissen, dass du mit deinem goldenen Blut in Gomorra nicht sehr weit kommen wirst. Die Stadt ist voller Blutspäher. Bluträuber. Bluthunde. Und anderer herzloser Kreaturen, die nicht danach fragen, wie sich ein Herz mit goldenem Blut anfühlt.« Perfidus wischte sich die Träne aus dem Gesicht. »Aber danke, dass du mich an meinen Namen erinnert hast. Diese Nacht werde ich so schnell nicht vergessen.«

Akio richtete sich etwas auf und stützte seinen Oberkörper auf den Unterarm. Etwas an dieser Erzählung passte nicht zusammen. »Es muss doch einen Ausweg geben. Du sehnst dich nach deinem goldenen Blut zurück. Du willst an dieser Sehnsucht festhalten. Aber was nützt eine Sehnsucht, die nicht gestillt wird? Es muss doch möglich sein, aus diesem Zustand erlöst zu werden!«

Perfidus lag wieder auf dem Rücken und starrte in den Himmel. Die Hände hatte er auf seinem Bauch gefaltet. »Die Vorfahren haben uns von einer Prophezeiung erzählt. Einer soll kommen, dessen Blut so golden ist, wie es niemals zuvor in Abadonien gesehen wurde. Der wird den Moloch ein für alle Mal besiegen und dann wird es niemals mehr nötig sein, Blut und Opfer für einen finsteren Drachen jagen zu müssen.«

»Und wer ist das, der kommen soll?«

»Ich weiß es nicht.« Er schüttelte den Kopf. »Ich weiß es wirklich nicht. Ich hab noch nie einen gesehen, auf den das zutreffen würde. Ich weiß auch nicht, ob diese Prophezeiung überhaupt stimmt. Wahrscheinlich ist es einfach eine Erzählung, die die Hoffnung in uns wachhalten soll, dass irgendwann einmal alles besser wird. Aber es ist ein schöner Gedanke. Denn wenn einen die Sehnsucht überfällt, dann kann man sich einreden: Es könnte ja sein, dass einmal alles besser wird.« Perfidus lächelte.

»Ein schwacher Trost«, fand Akio. »Und dafür solche Märchen erfinden ...«

Ein lauter Schrei ließ Akio und auch Perfidus erschrocken in die Höhe fahren. Pollum schlug im Inneren von Akios Hemd aufgeregt quiekend Purzelbäume. Silva war es, die ihre Glieder mit lautem Geschrei reckte und streckte, um sich und die anderen wach zu bekommen. »So! Genug geschlafen!«, entschied sie lautstark. »Aufstehen, Sachen packen! Wir wollen bei Sonnenaufgang in Gomorra sein!«

Hanna, wir müssen zurück zum Spielplatz.« Alex fasste Hanna an beide Schultern und schaute sie ernst und eindringlich an. Hanna machte große und glasige Augen. »Hanna Beine müde.«

»Hanna, wir müssen aber. Hörst du? Ich hab mein geheimes Geschichtenbuch beim Spielplatz vergessen. Sollen wir es da liegen lassen?«

»Nein. Nicht liegen lassen. Alex holen.«

»Ich will es ja holen. Aber ich kann dich ja nicht hier alleine lassen.«

»Alex holen. Hanna hier sitzen.« Und um zu zeigen, wie brav sie sitzen konnte, setzte sie sich an Ort und Stelle auf den Boden. Sie grinste fröhlich. »Hanna sitzen.«

Leichte Panik stieg schon wieder in ihm auf. »Nein, Hanna, das geht nicht. Das geht wirklich nicht. Ich kann dich hier nicht alleine lassen. Nachher haust du mir wieder ab!«

»Nein. Hanna nicht abhauen. Sitzen.«

»Ja, das hab ich ja eben auf dem Spielplatz gesehen. Es geht nicht, Hanna. Du kommst mit und wir gehen beide zum Spielplatz und holen das Buch. Danach erzähl ich dir auch eine Geschichte. Versprochen.«

Hanna strahlte: »Ja, Geschichte!«

»Geschichte auf dem Spielplatz.«

»Nein, nicht Spielplatz.«

»Doch Spielplatz!«

Hanna kippte zur Seite und rollte sich auf der Wiese ein, als wollte sie sich schlafen legen. »Hanna müde.«

Alex merkte, wie er so langsam nicht mehr weiter wusste. Er setzte sich neben Hanna auf den schmalen Weg und streichelte ihr über den Oberarm. »Bitte, Hanna.«

Hanna hatte die Augen geschlossen. »Bitte, Alex, nein.«

Letzter Versuch: »Ich pack dich auf den Rücken und nehm dich Huckepack.«

»Nein, nicht. Hanna liegen. Immer nur hier liegen.«

Toll. Immer nur hier liegen. Obwohl Hanna weder wütend noch streng oder beleidigt war, schien klar, dass damit ihr letztes Wort gesprochen war. Was jetzt? Sollte er das Buch einfach da liegen lassen? Immerhin war es nur ein Buch. Ein Notizbuch mit ollen, zerrissenen Schmierzetteln. Weniger wertvoll als Hanna. Ganz klar. Andererseits steckte in diesem Buch ein Stück von ihm selbst. Eine Welt, die er geschaffen hatte, über die er der Herr war. Eine Welt voller Personen, die mehr oder weniger lebten und die in ihren Geschichten ein gutes Ende bekommen sollten. So was konnte man nicht einfach wegschmeißen.

Vorsichtig schaute er Hanna an. Sie lag so lieb und süß und unschuldig auf dem Boden, als hätte sie sich unter ihre Bettdecke gekuschelt und wollte schlafen. Wenn er sich einfach ganz doll beeilte? Er hatte sie vorhin ja auch wiedergefunden. Und er würde jetzt nicht so lange brauchen wie vorhin, als er beim Schreiben die Welt um sich herum vergessen hatte.

»Versprichst du mir, Hanna, hier liegen zu bleiben, bis ich wiederkomme?«

»Ja«, sagte Hanna müde, ohne die Augen zu öffnen.

»Ganz, ganz ehrlich?«

»Ja.«

»Okay. Dann lauf ich jetzt ganz schnell zurück zum Spielplatz und hol das geheime Geschichtenbuch. Und wenn du danach immer noch hier sitzt oder liegst, dann erzähl ich dir eine Geschichte. Ja?«

Hanna lächelte vergnügt und kuschelte sich noch mehr in den Boden hinein, als wäre er eine weiche Matratze. »Ja. Geschichte.«

Vorsichtig stand Alex auf. »Okay. Dann geh ich jetzt.«

»Ja.«

»Und du bleibst hier liegen.«

»Ja.«

»Nicht weglaufen.«

»Nein. Hanna nicht weglaufen.«

Alex rannte los. Bevor er an den unteren Häusern um die Ecke bog, schaute er noch einmal nach hinten. Hanna lag wie verabredet auf ihrem Platz.

Schon von Weitem konnte Akio die Stadtmauern von Gomorra erkennen. Mächtig und erhaben wuchsen schwarze Mauern entlang eines gewaltigen Felsengebirges empor und ließen in ihrer bedrohlichen Dunkelheit schon erahnen, wie viel Elend, Blutgier und Herzlosigkeit sich dahinter verbergen würde. Irgendwo hinter den dunklen Wolken über diesem finsteren, grauen Tal war die Sonne gerade dabei aufzugehen. Es wurde allmählich heller. Aber von Sonnenstrahlen war weit und breit nichts zu spüren. Kälte war es, die hier regierte und mit eisigen Händen um sich griff. Drei Reiter näherten sich der Stadt. Perfidus saß zusammen mit Akio auf dessen braunem Pferd. Perfidus vorne. Silva war bisher mit ihrem Araber vorne geritten, aber jetzt schien keines der Pferde als Erstes durch das Tor dieser dunklen, grauen, in Felsen gewachsenen Stadt reiten zu wollen. Je näher sie kamen, umso mehr spürte Akio, wie sich eine grausame Eisschicht um sein Herz legte. Jeder Schritt seines Pferdes schien ihn einer Höhle voller Erbarmungslosigkeit näher zu bringen. Schweißperlen bildeten sich auf seiner Stirn.

Silva, deren Pferd langsam neben ihm trabte, bemerkte das. »Na, Goldmännchen? Angst?«

Akio hasste es, so angesprochen zu werden. Er nickte. »Du nicht?«

»Willste lieber draußen bleiben?«, fragte Silva, ohne auf seine Frage zu antworten.

Akio schaute sie entsetzt an. »Nein, natürlich nicht!« Er fasste mit der rechten Hand nach seinem Schwert, um zu prüfen, ob er im Zweifelsfall schnell genug drankam. Falls es hier zu einem Kampf kommen sollte, hatte er keine Ahnung, ob er stark genug wäre. Er hatte keine Übung. Er hatte einzig den Wunsch, seine Schwester zu befreien. Ob ihm dieser Wunsch genug Kraft geben würde?

»Na gut. Ihr reitet vor!«, befahl Silva. »Der Alte zeigt uns den Weg zum Versteck seiner Räuberbande.« Sie schaute Perfidus streng an. »Und zum Henker: Wehe, du legst uns rein oder führst uns in eine

Falle. Ich sag dir, ich kann kämpfen. Und es macht mir nichts aus, dir dein dreckiges Herz aus der Brust zu stechen. Klar?«

»Spar dir dein Theater!«, keifte Perfidus zurück. »Folgt mir lieber. Und wenn wir am Tor sind, wirst du, Goldblut, so tun, als seist du mein Gefangener. Schaffst du das?«

»Ich denk schon«, nickte Akio, auch wenn ihm nicht wohl dabei war.

Urplötzlich trieb Perfidus den Berber an und die beiden Pferde ritten im Galopp bis zum Stadttor. Akio gefiel es nicht, die Führung über sein Pferd abzugeben, noch dazu, ohne um Erlaubnis gefragt zu werden. Er war sich auch nicht mehr sicher, ob er Perfidus wirklich vertrauen konnte. Aber im Moment blieb ihm nichts anderes übrig. Pollum versteckte sich ganz unten in Akios Hemd und krallte sich an der Lederhaut fest.

Zwei Wächter mit Rüstung, Helm, Schwert und Lanzen musterten die Reiter misstrauisch, die sich dem Stadttor näherten.

»Was wollt ihr?«, fragte der eine barsch.

»Zu Demon und Lucio«, antwortete Perfidus.

»Wer sind die beiden anderen?«

»Der hier«, er zeigte mit seinem Kopf auf Akio hinter sich, »ist ein Goldblüter, den ich gefangen hab, das siehst du doch. Und die da hinten passt auf, dass er nicht abhaut.«

»Ein lebendiger Goldblüter!« Der Wächter grinste breit und zeigte dabei seinen zahnlosen Kiefer. Speichel lief aus seinem Mundwinkel. Er ging auf das Pferd zu und stupste Akio unsanft in die Seite. »So was hatten wir ja schon lange nicht mehr!«

Akio griff reflexartig mit der rechten Hand zum Schwert. Nur für alle Fälle.

»Hey!«, beschwerte sich der Wächter. »Der ist ja gar nicht gefesselt! Das soll ein Gefangener sein?«

»Was?«, rief Perfidus laut. »Hat sich dieser Hundskerl losgemacht? Wie konnte mir das entgehen? Na los, worauf wartet ihr? Fesselt ihn von Neuem!«

Akio erschrak. Wie bitte? Er sollte sich von den Wächtern fesseln lassen? Gehörte das zum Plan von Perfidus? Sollte er ihm wirklich vertrauen? Aber das Gespräch von heute Nacht – das hatte so ehrlich geklungen …!

Die beiden Wächter lehnten ihre Lanzen an die Mauern des Stadttores und packten Akio fest von beiden Seiten. »So, dann wollen wir mal!« Sie lachten mit ihren zahnlosen Mündern und beachteten nicht, dass der Speichel ihnen dabei unkontrolliert über das Gesicht lief und in langen Fäden vom Kinn tropfte.

»Lasst ihn los!«, schrie Silva plötzlich auf. Sie zog ihr Pferd am Zügel, sodass es sich laut wiehernd auf die Hinterbeine stellte und gleich darauf mit seinen Vorderhufen die Wächter angriff. Der erste Soldat stolperte laut schreiend zur Seite. Im nächsten Augenblick stand Silva mit ihrem Araber neben Akio und zog mit einem gekonnten Griff sein Schwert aus dem Gürtel. Dabei traf sie den zweiten Wächter am Helm, sodass auch der erschrocken zur Seite torkelte.

»Zu Hilfe!«, schrien die Wächter und griffen zu den Lanzen an der Wand. »Sie greifen uns an!«

»Weg hier!«, befahl Perfidus und forderte Akios Pferd mit einem Tritt auf, im schnellen Galopp mitten durch die Gassen davonzureiten. Silva dicht gefolgt hinterher. Dunkle Gestalten mit schwarzen Hüten, Mänteln und Umhängen bevölkerten die Stadt. Sie mussten laut schreiend und fluchend ausweichen, um nicht von den galoppierenden Pferden überrannt zu werden. Hunde bellten laut, wichen zurück oder liefen mit gefährlich fletschenden Zähnen neben den Pferden her.

»Ihr Narren!«, schimpfte Perfidus während der Flucht. »Jetzt sind sie hinter uns her! Hätten wir den Goldblüter gefesselt auf dem Pferd gehabt, hätten wir in Ruhe durchreiten können!«

Sie bogen in eine enge Gasse ab, ohne ihr Tempo zu verlangsamen. Immer wieder wichen schreiende Menschen aus. Männer, Frauen, Kinder. Auch alte Menschen. Die meisten mit Kapuzen, Hüten oder anderen Kopfbedeckungen, die den Blick auf ihre Augen gar nicht erst freigaben. Und die wenigen, die ihre Augen nicht bedeckt hatten, zeigten darin nichts als Hass und Verachtung. Von allen Seiten sprangen ihnen wild fauchende Leppids an die Beine, um ihnen das Blut auszusaugen, aber die Reiter schleuderten sie mit zappelnden Beinbewegungen von sich. Pollum schaute hin und wieder wütend aus Akios Umhang heraus und beschimpfte die Angreifer mit lautem Gequieke. Akio wurde immer mulmiger zumute. Wie war es wohl Adelia und Agnus ergangen, als sie in diese Stadt gebracht worden waren?

Von hinten waren Schreie zu hören: »Da sind sie! Haltet sie auf!«

Silva kannte keine Gnade. Wenn irgendjemand versuchte, eines der Pferde aufzuhalten, schwang sie wild und ohne Kontrolle Akios Schwert durch die Menge, immer abwechselnd zur rechten und zur linken Seite, sodass immer noch mehr Menschen schrien und flüchten. Perfidus trieb die Pferde zielsicher durch die Gassen, die mal enger und mal breiter waren, manchmal mit getöpferten Waren auf Tischen oder ausgebreiteten Decken, über die er achtlos die Pferde hinwegspringen ließ. Töpfe flogen, Scherben klirrten, Menschen schrien. Perfidus verlangsamte sein Tempo nicht. Silva ebenso wenig. Ihr schien die Jagd durch die Stadt zu gefallen, denn sie grinste, als hätte sie jemand zu einem Abenteuerspiel herausgefordert.

Dann endlich ließ Perfidus die Pferde in einer menschenleeren Gasse vor einem großen Holztor stehen und pochte mit seinen Fäusten laut dagegen.

»Wer ist da?«, kam eine raue Stimme aus dem Inneren hinter dem Tor.

»Perfidus!«

Während sich das Tor öffnete, spürte Akio einen Stich in seinem Herzen. Vergangene Nacht hatte Perfidus ihm gesagt, zum ersten Mal seit Langem hätte ihn wieder jemand nach seinem Namen gefragt. Und hier nannte er sich ganz selbstverständlich beim Namen. Er hatte ihn also angelogen. Was war noch alles gelogen?

Perfidus schritt langsam und aufrecht mit Akio im Gepäck durch das Tor ins Innere eines großen und stinkenden Hofes. Silva schritt hinterher, aber ihr Blick flog misstrauisch von einer Ecke zur anderen in diesem dreckigen Versteck. Hinter ihnen wurde das Tor verschlossen und verriegelt. Eine Horde von etwa zehn bis fünfzehn Männern, bewaffnet mit Säbeln, Schwertern und anderen Waffen, schien die drei zu erwarten. Bluthunde kläfften laut und schienen nur auf den Befehl zum Angriff zu warten.

»Hier bringe ich euch den dritten Goldblüter«, sagte Perfidus kühl und stieg vom Pferd herab. »Ich hab doch gesagt, ihr könnt euch auf mich verlassen.« Er zeigte auf Silva. »Bei der da müsst ihr aufpassen. Sie hat ein Schwert und sie schreit und tritt wie eine ungezähmte Stute.«

Akio konnte gar nicht so schnell reagieren wie seine Gedanken durch seinen Kopf purzelten. Er drehte sich erschrocken um und sah nur, wie drei Männer gleichzeitig Silva von ihrem Pferd zogen. Noch bevor er sein Pferd zur Flucht antreiben konnte, spürte er einen festen Schlag auf den Hinterkopf. Dann verlor er das Bewusstsein.

Auf dem Weg zum Spielplatz kam Alex wieder an Elena vorbei. Sie stand an der Bushaltestelle und telefonierte. »Hanna immer noch nicht gefunden?«, rief sie ihm nach, als er hektisch an ihr vorbeirannte.

»Doch, doch. Alles gut.« Plötzlich bekam er einen Einfall. Er blieb stehen und kam zu Elena zurück. »Kannst du mir trotzdem einen Gefallen tun?«

»Ja, gerne. Was denn?«

»Ich war mit Hanna schon auf dem Weg nach Hause, allerdings sind wir den Wiesenweg hinter den Häusern entlanggegangen. Weißt du, da, wo du Hanna vorhin zuletzt gesehen hast. Da ist mir eingefallen, dass ich was auf dem Spielplatz vergessen hab. Hanna war aber zu müde, um mitzukommen. Ich hab sie jetzt allein auf der Wiese sitzen lassen. Wenn du eben zu Hanna auf die Wiese gehen könntest und bei ihr bleibst, bis ich meine Sachen gefunden habe, dann wäre ich wirklich beruhigt. Verstehst du?«

Elena drückte das Gespräch am Handy aus, ohne sich von jemandem zu verabschieden. »Ja, klar. Kann ich machen. Ist kein Problem.«

»Danke. Vielen Dank.«

Elena versicherte sich noch mal kurz, ob sie den Weg richtig verstanden hatte, dann ging sie in die eine Richtung los und Alex rannte weiter in die andere Richtung zum Spielplatz. Als er dort ankam, lag sein Notizbuch natürlich nicht auf der Bank. Das war ja klar. Das war ja so was von klar! Alex suchte rund um die Bank herum, dann im Mülleimer neben der Bank, auf dem kompletten Spielplatz und überall dort, wo er vorhin nach Hanna gesucht hatte. Nichts zu finden. Das durfte doch nicht wahr sein. Sollte er jetzt etwa alle Straßen und Nebenstraßen noch einmal abklappern, die er vorhin entlanggerannt war?

Systematisch fing er bei der ersten Straße an, schaute in alle Seitenstraßen hinein, immer den Blick auf den Boden geheftet. Irgendwo musste doch etwas herumliegen. Sollte denn jemand sein Notizbuch gestohlen haben? Wer sollte sich für so eine Ansammlung von Zetteln interessieren? Je länger er suchte, desto schlechter fühlte er sich Hanna und Elena gegenüber, die ja nun doch schon eine ganze Weile auf ihn warteten. Nur gut, dass ihm das mit Elena noch eingefallen war. Dass sie ihm zufällig begegnet war. Zufällig? Was war hier überhaupt noch alles Zufall? Und was war eher so eine Art schicksalhafte Vorhersehung? Nein, darüber würde er jetzt nicht länger nachdenken.

In einer der Straßen, die an einer breiten Wasserrinne, so einer Art Kanal, entlanglief, sah er Marcel aus seiner Klasse mit einem Kumpel die Straße entlangschlendern. Vielleicht hatten die ja was gesehen. Während er sich ihnen näherte, hörte er, wie die beiden über etwas sehr Lustiges lachten und laute Kommentare abgaben. Als er sie fast eingeholt hatte, hörte er, wie Marcel mit theatralischer Stimme etwas vorlas: »Diese überhebliche Frage ärgerte ihn. Aber er beschloss, sich davon nicht runterziehen zu lassen.«

Die beiden Jungen lachten, als hätten sie sich einen dreckigen Witz vorgelesen. »Oder hör mal hier«, Marcel las wieder übertrieben künstlich etwas vor: »Die kräftigen, rötlich schimmernden Haare waren zu einem dicken Zopf hinter dem Kopf zusammengebunden.«

Wieder ein Gelächter wie bei einer Ansammlung von Betrunkenen. Alex musste nicht lange überlegen. Die beiden lasen Teile aus seinem Notizbuch vor! »Hey, was macht ihr da?«, rief Alex, als er die beiden eingeholt hatte. »Das ist mein Buch!«

»Dein Buch?« Marcel lachte wieder laut auf. »Heißt das, du hast diesen romantischen Quatsch geschrieben?«

»Das ist kein romantischer Quatsch«, wehrte sich Alex. »Das sind Geschichten für meine Schwester. Also gebt mir das Buch wieder!«

»Ach, deine Schwester!« Marcel hielt das Buch so, dass Alex nicht drankommen konnte. »Die Kleine, die schon sechs oder sieben ist und noch nicht bis drei zählen kann, ja?«

Alex spürte, wie sein Gesicht rot vor Zorn wurde. Seine Hand ballte sich zur Faust. »Wag es ja nicht, dich über Hanna lustig zu machen.«

»Nein, mach ich doch gar nicht.« Marcel lachte. »Die ist doch auch so schon lustig!« Er stieß seinen Kumpel an die Schulter und beide lachten, als hätte jemand einen versauten Witz erzählt.

Alex musste sehr aufpassen, dass ihm nicht die Tränen in die Augen sprangen. Hanna war der Inbegriff von Liebe und Unschuld. Und hier vor sich hatte er das genaue Gegenteil. Verachtung und Grausamkeit in Person. Am liebsten hätte er Marcel einen fetten Kinnhaken verpasst. Aber erstens wusste er nicht, wie man das machte, und zweitens hatte er Angst, anschließend so richtig verprügelt zu werden. Also rief er nur: »Her mit dem Buch!«

»Warte mal, hier stehen noch mehr coole Sachen drin.« Marcel hielt sich das Notizbuch vor die Nase und fing an zu lesen. Diesmal war Alex schneller und griff nach dem Notizbuch. Er bekam es zwar zu fassen, aber es gelang ihm nicht, es Marcel aus der Hand zu ziehen. »Hey, hey, hey!«, trötete Marcel, riss Alex das Buch wieder aus der Hand und hielt es über seinen Kopf. »Immer langsam! Ich hab die spannende Geschichte noch gar nicht zu Ende gelesen!«

»Gib mir das Buch zurück!« Alex sprang mit ausgestrecktem Arm in die Luft, aber er erreichte sein Buch nicht. Er kam sich ziemlich bescheuert vor, hier auf offener Straße zwei Jungen, die genauso alt waren wie er, winselnd darum zu bitten, ihm etwas zu geben, das ihm sowieso gehörte.

»Übrigens«, Marcel wandte sich an seinen Kumpel, »das hier ist Alex, von dem ich dir vorhin erzählt hab. Der, bei dem die Tafelkreide heute Morgen einen Bogen um seinen Kopf herum geflogen ist, als ich ihn damit beworfen habe.« Er schaute Alex an. »Stimmt's, Alex? Wie hast du das gemacht? Das musst du mir noch erklären.«

»Ich weiß nicht, was du meinst. Gib das Buch her!«

»Ach komm, Alex. Sei doch nicht so.« Marcel legte ein schiefes Grinsen auf. »Lass mir doch das schöne Buch hier. Vielleicht interessiert mich ja, was du schreibst. Du, das ist unheimlich spannend. Echt.« Er zog einen einzelnen Zettel aus dem Notizbuch und las vor: »›Die Stadt ist groß‹, sagte der Alte mit zittriger, aber hoffnungsvoller Stimme. ›Ihr würdet dort allein nicht zurechtkommen.‹«

Alex holte mit einer Hand kurz aus und klatschte mit Schwung gegen Marcels Hand und das Buch. Das Notizbuch flog über die Straße und landete am Rand des Wasserlaufs. Alex lief auf das Buch zu. Marcel war zeitgleich dort angekommen und verpasste dem Buch, kurz bevor Alex es aufheben konnte, einen Fußtritt. In einem hohen Bogen flog es weiter. Diesmal natürlich mitten in den Bach.

Marcel und sein Kumpel lachten dreckig. Alex schossen mehrere übelste Beleidigungen und Schimpfwörter in den Sinn. Aber er entschloss sich, lieber nichts zu sagen. Stattdessen versuchte er vorsichtig, seitlich am Ufer bis ans Wasser hinabzusteigen.

»Oh, Entschuldigung!«, rief Marcel übertrieben. »Warte, ich hab hier noch was!« Damit zerknüllte er den Zettel aus dem Buch, den er noch in der Hand hielt, und warf ihn ebenfalls Richtung Wasser. Dieses Stück Papier verhing sich aber im Gras am Ufer. Schnell griff Alex danach und steckte es in die Hosentasche. Sein Notizbuch lag mitten in der Wasserrinne und wurde zwar nicht fortgeschwemmt, aber Alex kam trotzdem nicht dran. Er suchte einen Stock am Ufer und versuchte, das Notizbuch zu sich zu ziehen. Das Buch bewegte sich nicht. Als er sich noch ein Stück weiter vorbeugte, verlor er das Gleichgewicht und kippte vornüber. Mit einem Platsch stand er mit einem Fuß im Wasser. Dadurch geriet das Buch in Bewegung und ließ sich von der kleinen Strömung abtreiben.

Von oben hörte Alex, wie zwei Jungen lachten. Alex beachtete sie nicht. Jetzt, wo er sowieso nasse Füße hatte, war ihm alles egal. Er schritt mit beiden Füßen quer durch das Wasser und beeilte sich, um das Notizbuch einzuholen, das zwar nicht schnell, aber doch beständig den Bachlauf hinabschwamm. Hin und wieder verlor es dabei einen der eingelegten Zettel, sodass Alex nicht nur dem Buch, sondern auch noch den einzelnen Zetteln hinterherstaksen musste. Das Wasser war eiskalt. Alex hätte am liebsten laut vor sich hingeflucht. Oder den Jungen wüste Beleidigungen zugerufen. Aber wieder behielt er beides für sich. Endlich hatte er sein Notizbuch eingeholt. Er beugte sich nach vorne, griff nach dem Buch und verlor noch einmal das Gleichgewicht. Diesmal fiel er auf die Knie, sodass seine Hose bis fast oben hin klatschnass wurde und auch seine Arme bis weit über die Ellenbogen. Aber er hatte sein Buch und sämtliche Notizzettel.

Was für ein Tag!

»Gut gemacht, Alex!«, rief Marcel, als Alex aus dem Wasser stieg. Die Jungen lachten und gingen laut grölend die Straße abwärts.

Alex sparte sich jeden Kommentar. Wenigstens versuchten sie nicht noch einmal, sein Buch an sich zu reißen. Ob er Hanna jemals davon erzählen könnte, was er alles dafür eingesetzt hatte, um die kleine Welt zu retten, die er in diesem Notizbuch eigens für seine Schwester erfunden hatte? Und mehr noch: Würden ihm die Figuren in seiner eigenen Geschichte jemals dafür danken? In diesem Augenblick wurde Alex bewusst, wie sehr er sich in den letzten Stunden mit all seinen Gedanken in seine eigene Geschichte hineinversetzt hatte. Er hielt die Figuren schon für so real, dass er beinahe erwartete, sie müssten ihm für die Rettung ihrer Welt danken. Blödsinn.

Alex fror wie im tiefsten Winter, als er den Weg zurückging. Über den Spielplatz, an der Bushaltestelle vorbei, in die Straße, in der der Fußweg über die Wiese begann. Als er den schmalen Trampelpfad nach oben betrat, sah er schon von ferne, was er die ganze Zeit befürchtet hatte: Hanna und Elena waren nicht mehr da.

Als Akio aufwachte, brummte sein Kopf, als wollte er zerplatzen. Sein Körper schmerzte von oben bis unten. Er fühlte sich kaum in der Lage, Arme oder Beine zu bewegen. Vorsichtig öffnete er seine Augen und versuchte zu erfassen, wo er sich gerade befand. Der Boden, auf dem er lag, war mit Steinen gepflastert. Trotzdem war er feucht. Stroh lag darauf. Es stank bestialisch. Die Wände waren aus gehauenem Bruchstein, die niedrige Decke aus Holz. Insgesamt war der Raum viel zu klein. Eine schwere Holztür mit eisernem Riegel verschloss den Eingang. An der gegenüberliegenden Wand ließ ein kleines, vergittertes Fenster ein wenig frische Luft herein. Ein Blick durch das Fenster verriet ihm, dass es Nacht war. Aber eine Nacht, in der der Mond ziemlich hell schien. Nur deswegen konnte Akio sich ein wenig im Raum umschauen.

Pollum krabbelte auf seinem Körper auf und ab, als wollte er ihn so zum Leben erwecken. Als sich Akio vorsichtig aufsetzte, quiekte Pollum fröhlich und setzte sich auf Akios Schultern. Akio griff sich an die Stirn. Sein Kopf schmerzte grausam. Als er jetzt in die andere Richtung der winzigen Zelle schaute, sah er Silva, die an eine Wand gelehnt dasaß und ihren goldenen Anhänger an ihrer Kette betrachtete. Als sie bemerkte, dass Akio wach geworden war, steckte sie den Anhänger zurück unter das Hemd und sah ihn mit zusammengezogenen Augenbrauen an: »Na? Ausgeschlafen?«

Akio konnte noch nicht antworten. Silva redete weiter: »Meine Fresse, ich dachte schon, sie hätten dich zu Tode geprügelt.« Sie zog laut ihren Rotz den Hals hoch und spuckte ihn vor sich auf den Boden. »Das hast du jetzt davon, dass du diesem verräterischen Blutspäher vertraut hast! Hab ich's nicht gesagt? Hab ich's nicht gesagt? Aber nein, unsere Goldmarie weiß es natürlich besser. Hat ja auch so viel Ahnung vom Leben. Vom echten Leben mein ich jetzt. Nicht vom ausgedachten, gedichteten Leben. Verstehst du?« Sie zog wieder geräuschvoll die Nase hoch, ließ aber diesmal ihren Rotz drin. »Aber is okay, ja? Is okay. Geht ja nur um meinen Bruder. Nur um meinen Bruder. Ich wollte losziehen, um ihn zu befreien. Und du hattest ja zuerst noch nicht mal genug Mumm in den verdreckten Knochen, um deine Schwester zu befreien. So, und jetzt sitzen wir beide hier und warten auf unsere Opferung. Nur gut, dass mein Blut nicht so golden ist wie deins. Dann bist du sicher eher dran als ich. Gratuliere.«

»Bist du fertig?«, fuhr Akio scharf dazwischen. »Aua!« Er hielt sich den Kopf. Jedes Wort, das er aussprach, dröhnte in ihm wie der Nachhall einer riesigen Kirchenglocke.

»Nein, bin ich nicht, zum Kuckuck! Ich könnte noch viel mehr erzählen. Hab aber keine Lust, klar?«

»Gut so.«

»Vielleicht hat das Goldblut ja eine Idee, wie wir aus diesem verdreckten Kerker wieder rauskommen. Ich hab schon mal an der Tür gerüttelt, während du noch geschlummert hast. Ist alles verriegelt und verrammelt. Und das Fenster da oben ist voller Gitter. Eine Geheimtür gibt es auch nicht. Außer du findest vielleicht eine. Kann ja sein, dass ein Goldblüter einen siebten Sinn für Geheimtüren hat.«

»Hab ich nicht.«

»Hast du's denn schon ausprobiert? Oder bist du dir dafür auch zu fein?«

»Mir tut alles weh.«

»Ach ja. Meinst du, mir nicht, zum Henker, verdreckt und zugenäht? Mich haben sie auch verprügelt wie verrückt. Aber ich hab trotzdem hier die gesamte verdreckte Zelle untersucht. Nee, aber ist ja klar. Jungs sind da ja viel wehleidiger. Hab ich doch schon immer gesagt. Wenn Jungs Kopfschmerzen haben, dann geht immer gleich die halbe Welt unter. Dass wir Mädchen unser halbes Leben mit Kopfschmerzen verbringen und trotzdem arbeiten wie jeder andere auch, das habt ihr armen Jungs wohl noch nicht kapiert. Meine Fresse!«

»Kannst du vielleicht endlich mal damit aufhören?«, schimpfte Akio laut. »Ich will auch meine Schwester befreien! Ich bin auch zum ersten Mal hier und ich weiß auch nicht, wie wir hier rauskommen sollen. Und ja, ich hab dem Falschen vertraut. Konnte ich doch nicht wissen, es hätte ja auch gut gehen können! Aber ich will genauso hier raus wie du! Also hör auf, hier herumzujammern wie ein altes Hausmütterchen!«

»Hausmütterchen?« Silva stemmte im Sitzen ihre Hände in die Seite. »Zum Kuckuck, hast du gerade Hausmütterchen zu mir gesagt?«

»Ja, hab ich.«

»Also, das ist ja wohl …! Hausmütterchen! Meine Fresse, ich zieh dir gleich mal dein goldenes Fell über die Ohren, wie es nur ein verdrecktes Hausmütterchen tun kann! Willst du das? Ja?«

Der Eisenriegel an der dicken, schweren Holztür klapperte. Silva und Akio verstummten sofort. Mit einem Ruck wurde die Tür aufgestoßen. Ein dicker Wächter mit nacktem Oberkörper, Lederhose und Lederhandschuhen trat ein. Er trug eine lederne Haube über dem Kopf, die nur einen Schlitz für seine Augen frei ließ. Anschließend trat eine kleine, dunkle Gestalt zu ihnen in die Zelle. Sie war ganz in Schwarz gehüllt und hatte die Kapuze so über den Kopf gezogen, dass die Augen bedeckt waren. Trotzdem erkannte Akio den Rest des Gesichtes sofort: Perfidus.

»Mitkommen«, befahl Perfidus kühl, öffnete die Tür etwas weiter und verließ als Erster den Raum.

Ohne weiter nachzufragen, erhoben sich Akio und Silva und folgten dem schwarzen Blutspäher. Mit einem Satz sprang Pollum von hinten unter Akios Umhang und versteckte sich dort. Der dicke Wächter schloss die Zellentür hinter ihnen zu und trottete hinterher. Keiner fragte, wohin ihr Weg nun führte oder was mit ihnen geschehen sollte. Schweigend gingen sie einen langen Kellergang entlang, um mehrere Ecken bis zu einer Tür, die hinaus ins Freie führte. Immer noch wortlos schlurften die vier Gestalten durch die menschenleeren Straßen von Gomorra. Hinter einigen Hauswänden bellten Hunde. Hin und wieder kreuzte ein blutgieriger Leppid die Straße, quiekte und wollte Akio anspringen. Pollum schaute aus Akios Umhang heraus und fauchte die feindlichen Leppids an, als wollte er sie von oben mit einem Feuerstrahl verbrennen. Aber die Straßenleppids konnten Akio trotzdem nichts anhaben, denn seine Lederhaut schützte ihn. Noch. Was, wenn sie ihm jetzt sein kostbares Blut entnahmen und ihn dann den Leppids auf der Straße zum Fraß vorwarfen?

Vor einem großen Scheunentor blieb Perfidus stehen. Er schob den Riegel zur Seite und öffnete den großen Torflügel. Im Inneren befand sich ein Stall. Wieder lag Stroh auf dem Boden. Ein paar Latten und Gatter deuteten darauf hin, dass hier normalerweise irgendwelche Tiere lebten. Kühe vielleicht. Oder Schweine. In dieser Nacht sah Akio kein Tier. Aber an der hinteren Wand stand ein mit Heu gefüllter Futtertrog. Darin lag etwas. Ein Tier? Zumindest bewegte es sich nicht.

»Da rein!«, ordnete Perfidus an. Akio und Silva stolperten in den Stall hinein. Im nächsten Augenblick wurde das Tor hinter ihnen geschlossen. Wieder waren sie allein. Durch die Ritzen im Holz und die Löcher in den Dachziegeln fiel immer noch schwaches Mondlicht in den Stall. Ohne sich abzusprechen, bewegten sich beide, Akio und Silva, auf den Futtertrog zu und auf das, was darinlag. Als sie näher kamen, erkannte Akio, dass das leblose Etwas ein Mensch war. Ein dünnes Kind in blutverschmierten Kleidern mit dem Gesicht nach unten. Ein Junge.

Silva schien dieses Wesen als Erstes zu erkennen. Laut und unbeherrscht schrie sie: »Agnus! Agnus!« Sie stürzte sich auf den schwachen Körper, hob ihn aus dem Trog und schloss ihn wild und unbeholfen in die Arme. »Agnus! Agnus! Was ist mir dir! Agnus! Sag was! Lebst du noch? Agnus!« Sie schrie und heulte wie eine Mutter, die ihr totes Kind in den Armen hielt. Zum ersten Mal nahm Akio den Jungen, der eigentlich ganz in seiner Nachbarschaft gelebt hatte, bewusst wahr. Ausgerechnet jetzt, wo es zu spät war. Er war jünger als Adelia. Vielleicht vier oder fünf Jahre alt. Er hatte blonde, aber sehr kurze Haare. Die Haut war blass, die Arme und Beine viel zu dünn. Bisher war er Akio im Dorf nie aufgefallen, aber das konnte auch daran liegen, dass er wie Adelia meistens versteckt gehalten wurde. Silva schrie und schrie, während sie immer wieder ihren Bruder an ihr Herz drückte, ihm ins Gesicht schaute und ihn schüttelte, als könnte sie ihn damit zum Leben erwecken. »Agnus! Agnus!« Akio stand hilflos daneben und fühlte sich hundeelend. Kein Trost, kein hilfreiches Wort lag ihm auf den Lippen. Schweigen und Mitleiden. Das war alles, das ihm in diesem Moment im Herzen lag.

Warum hatte Perfidus sie hierhergeführt? Was wollte er damit erreichen, dass Silva ihren toten Bruder fand? Und was war mit Adelia? Wurde er als Nächstes zu ihrem toten Körper gebracht? Akio lief es kalt den Rücken hinunter.

Pollum war von seinem Herrchen abgesprungen, flitzte durch den Stall, suchte nach Insekten und stritt fauchend mit anderen Leppids, die immerzu aus den Strohhaufen der verschiedenen Gatter angezischt kamen und ihr Revier verteidigten.

Als Akio mehr zufällig noch einmal in die Futterkiste schaute, sah er etwas blitzen. Er schaute genauer hin und fand sein Schwert, von dem nur ein kleines Stück aus dem Stroh zu sehen war. Was hatte das nun wieder zu bedeuten? Vorsichtig nahm er es heraus, hielt es in die Luft und betrachtete es in dem schwachen Licht, das durch die Ritzen des alten Holztores fiel.

»Der Retter wird kommen!«, hörten sie plötzlich eine alte, krächzende Stimme aus einer dunklen Ecke im Stall. Akio und Silva erschraken und drehten sich in die Richtung, aus der die Stimme kam. Schnell legte Akio das Schwert zurück und bedeckte es notdürftig mit dem Stroh.

»Alles wird gut!«, krächzte es erneut aus dem Dunkel.

»Was ist los?«, fragte Akio unsicher.

»All das Leid in dieser Stadt, der Tod, die Jagd nach dem Blut, die machtvolle Dunkelheit – alles wird vergehen!«

»Hör auf damit!«, schrie Silva laut und unbeherrscht. »Davon merke ich nichts! Nichts wird sich ändern! Und mein Bruder wird davon auch nicht mehr lebendig!«

»Woher weißt du davon?«, fragte Akio und bemühte sich, eine Gestalt in der dunklen Ecke erkennen zu können. »Wer sagt das?«

»Die Propheten der Vorfahren«, kam es aus der Ecke. So langsam konnte Akio die Umrisse eines alten, klapprigen, viel zu dünnen Menschengerippes erkennen: Haut und Knochen, die in löchrigen Stofffetzen steckten. Wenige Haare standen von einem ansonsten kahlen Kopf ab. Die Augen saßen viel zu tief in den dunklen Augenhöhlen. »So sagen es die Alten: Es kommt einer, der trägt unsere Ungoldheit und lädt auf sich unsere Wertlosigkeit. Wir halten ihn für den, der geplagt und vom Moloch gequält wird. Aber er wird für uns verwundet und um unserer Herzensunreinheit zerschlagen. Das Opfer liegt auf ihm, damit wir Frieden haben. Durch sein Blut sind wir gereinigt.«

Einige Augenblicke sagte keiner was. Die mystischen Worte klangen noch nach und schienen auf geheimnisvolle Weise den großen, schmutzigen Stall auszufüllen. Silva war es, die als Erste Worte fand: »Meine Fresse!«, blaffte sie. »Ich hab noch nie so einen aufgeblasenen, übertriebenen Opa-Mist gehört! Kein Wort davon verstanden! Und ich will nichts mehr hören von diesen verdreckten Bald-wird-alles-besser-Vertröstungen! *Jetzt* ist mein Bruder tot und *jetzt* befinden wir uns in der dunkelsten Stadt ganz Abadoniens! Da kannst du mir viel erzählen über ein Leben, das irgendwann mal besser wird!« Sie ging einen Schritt auf die Ecke mit dem alten Mann zu. »Wie alt bist du eigentlich, Opa? Hä? Wie lange wartest du schon vergeblich auf die Erfüllung der Prophezeiung? Und wie viele leichtgläubige Opas vor dir haben das auch schon geglaubt, weitererzählt und sind doch mitten in einer Welt voller Dunkelheit gestorben? Also hör verdreckt und zugenäht gefälligst auf, mir irgendwas von einem Retter und so weiter zu erzählen!«

Akio ging auch einen Schritt auf den blassen, alten Mann zu. »Wer bist du?«

Der klapprige Mensch hob seine Hand und zeigte auf Akio: »Du! Du bist ein Goldblüter!«

»Ja, das weiß ich! Aber wer bist du?«

»Hüte dich!«, rief der Alte. »Sie suchen nach dir!«

»Ich pass schon auf!« Akio wollte noch weiterfragen, da vernahm er ein klapperndes Geräusch aus der anderen Richtung. Der Riegel am Scheunentor wurde zurückgezogen. Das Tor öffnete sich. Wieder stand Perfidus zusammen mit dem dicken Wächter im Eingang: »Mitkommen!«

Silva drehte sich zu ihren Wärtern um, trug ihren Bruder auf dem Arm wie ein Kleinkind und wankte auf die Männer zu: »Ihr miesen, dreckigen Schweine! Was, zum Henker, habt ihr mit ihm gemacht? Was habt ihr gemacht? Oh, wenn ich könnte, ich würde euch alle miteinander, ich würde euch alle miteinander! Aber so was von!«

»Schweigt!«, donnerte Perfidus. »Oder wir werden euch an Ort und Stelle hinrichten! Alle drei!«

»Ja, macht doch!«, schimpfte Silva. »Was soll ich denn hier noch? Meinen Bruder habt ihr ja schon hingerichtet, ihr Dreckschweine!«

Akio war inzwischen dazu gekommen und stand neben Silva: »Ich glaube, es ist besser, wir tun, was er sagt!«

Silva schaute Akio ungläubig an. »Ach ja? Sagt wer? Du? Deine Schwester haben wir ja noch nicht gefunden!«

»Ruhe jetzt«, keifte Perfidus ungeduldig. »Folgt mir.«

Perfidus drehte sich um und ging schweigend die Straße entlang. Silva mit Agnus auf dem Arm setzte sich langsam in Bewegung und ging dem Alten schließlich ergeben hinterher. Hinter ihr ging Akio. Pollum gelang gerade noch ein Sprung an Akios Hosenbein, dann krabbelte er unter sein Hemd. Zuletzt ging der dicke Wächter. Wo führte ihr Weg sie jetzt schon wieder hin? Zur toten Adelia? In ihre eigene Todeszelle? Zum Henker? Direkt in die Höhle des Moloch? Akio spürte, wie sich ihm vor Angst der Hals zuschnürte.

Sie marschierten wieder ein paar Straßen durch die gespenstisch dunkle Stadt, bis sie schließlich an ein kleines Holztor in einer unscheinbaren Ecke der Stadtmauer kamen. Perfidus blieb stehen und gab dem dicken Wächter ein Zeichen. Daraufhin zückte der einen riesigen Schlüsselbund und schloss das Holztor auf.

»Warte hier auf mich«, sagte er zu dem Wächter. Und zu den anderen: »Mitkommen.«

Klarer Fall. Sie verließen gerade die Stadt Gomorra. Als Akio aber sah, was sich an dieser Stelle außerhalb der Stadtmauer befand, wünschte er sich, lieber wieder im Inneren der Stadt zu sein. Hier standen Wannen aus Stein, Holzklötze, in denen Beile steckten. Schwerter, Äxte und Säbel lagen wild auf dem Boden herum. Der ganze Ort war verklebt von eingetrocknetem Blut. Besonders auf und um den Holzklotz mit dem eingehauenen Richtbeil. Wieder klarer Fall. Das war der Henkersplatz. Die letzte Station ihrer Reise. Abadonien hatte einfach nichts übrig für Menschen mit goldenem Blut. Akio merkte, wie er blass wurde. Ihm war schlecht und schwindlig. Das war zu viel. Auch Silva sah sich mit großen Augen all die Instrumente an, sagte aber kein Wort.

»Kommt näher«, sagte Perfidus leise und winkte Silva und Akio zu sich. Stumm und willenlos gehorchten beide. »Hört zu. Der Junge lebt. Er lag auf der Bank des Blutpriesters, man hat ihm schon viel Blut abgenommen, aber noch ist es nicht zu spät. Er ist schwach, aber er wird sich erholen. Deine Schwester, Goldblüter, ist nicht mehr hier. Sie wurde am frühen Abend mit einem Pferdewagen zur Höhle des Moloch gebracht. Dort soll sie ihm lebendig vorgeworfen werden. Ich weiß nicht wann. Aber wenn ihr sofort losreitet, könnt ihr sie vielleicht noch retten. Wenn ihr hier um die Ecke geht«, er zeigte auf eine Nische in der Stadtmauer, »findet ihr eure Pferde. Hast du dein Schwert gefunden, Goldblüter?«

»Ja.« Mit einem Schrecken erinnerte sich Akio. »Oh nein! Es liegt in dem Stroh, wo auch Agnus gelegen hat. Ich hab es dort liegen gelassen.«

»Dann müsst ihr ohne Schwert fliehen.«

»Das geht nicht! Ich muss noch mal zurück!« Akio keuchte.

»Die Stadt ist voller Bluträuber und Mörder. Es war schon gefährlich genug, euch unbemerkt bis hierher zu führen. Ihr müsst euch sofort auf den Weg machen. Reitet immer dort entlang«, er zeigte in eine bestimmte Richtung in die Dunkelheit hinein, »dann kommt ihr auf einen breiten Weg. Dieser Weg führt euch direkt zur Höhle des Moloch. Mehr kann ich nicht für euch tun.«

Akio war nicht in der Lage etwas zu sagen. Dass er sein Schwert vergessen hatte, schmerzte ihn, aber dass sich sein Schicksal so schnell wenden würde, hätte er nie für möglich gehalten. Noch vor wenigen Sekunden hatte er geglaubt, sein Leben ginge nun zu Ende. Und plötzlich sollten sie frei sein?

»Eins noch«, sagte Perfidus. »Um beim Wächter keinen Verdacht zu wecken, werde ich jetzt zweimal mit dem Beil kräftig auf den Holzklotz schlagen. Beim ersten Mal wirst du, Goldblüter, laut aufschreien, beim zweiten Mal du, Wildpferd.«

Silva musste bei dieser Bezeichnung überrascht husten: »Wildpferd?«

»Also los.« Perfidus zog das Richtbeil aus dem Holzklotz.

»Danke«, konnte Akio endlich sagen. »Also hab ich dir doch nicht umsonst vertraut.« Er zwang sich zu einem Lächeln, obwohl ihm das Herz vor Angst immer noch bis zum Hals schlug.

»Du hast wirklich ein reines Herz, Junge«, sagte Perfidus. »Bewahre dir das.«

»Und du?« Akio ging einen Schritt auf Perfidus zu. »Heute Nacht hast du bewiesen, dass dein Herz nicht so unrein ist, wie du gesagt hast.«

»Als Kind habe ich meinen Bruder verraten. Du hast mich an ihn erinnert. Vielleicht kann ich etwas von meiner Schuld begleichen, indem ich dich befreie.«

»Wer hätte das gedacht«, flüsterte Akio, »dass auch im Herzen eines Spähers noch Glaube, Hoffnung und Liebe schlummern.«

»Du warst es, der vergangene Nacht in mir den letzten Rest an Aufrichtigkeit wachgerufen hat.«

Akio presste seine Lippen zusammen. Irgendetwas Weises wollte er dem alten Blutspäher noch mitgeben. »Halte die Sehnsucht wach«, war alles, was ihm einfiel.

»Genug jetzt«, antwortete der Alte. Er hob das Beil über seinen Kopf und schlug damit krachend auf den Holzklotz ein. Akio griff sich an den Hals und röchelte wie ein Sterbender. Perfidus schlug noch einmal zu und diesmal ließ Silva einen erstickten Schrei hören.

»Fort mit euch«, flüsterte Perfidus und kehrte zu dem kleinen Holztor zurück.

Hinter einem kleinen Vorsprung in der Stadtmauer standen der Araber und der Berber angebunden an einem Eisenring. Die Rucksäcke und das Gepäck waren bereits an den Decken befestigt. Akio schwang sich sogleich auf sein Pferd. Obwohl er gerade noch voller Schmerzen in einem Kerker gelegen hatte, waren ungeahnte Lebenskräfte in ihn zurückgekehrt. Silva legte Agnus vorsichtig bäuchlings über den Rücken des Pferdes und setzte sich dahinter. Sie legte ihr Ohr auf den Rücken ihres Bruders und lauschte. »Er atmet«, keuchte sie leise. »Agnus lebt!«

Akio wusste, jetzt war es Zeit zum Abschiednehmen. Silva hatte ihren Bruder wieder. Aber er seine Schwester nicht. Obwohl Silva hart und grob war, spürte er doch einen Kloß im Hals, als er sich leise verabschiedete: »Gute Heimreise.«

»Gute Heimreise?« Silva streckte ihren Rücken gerade. »Wieso, wer reist denn nach Hause?«

»Na, du doch.« Akio kratzte sich am Ohr. »Du hast deinen Bruder wieder. Du hast dein Ziel erreicht. Die Höhle des Moloch ist ja dann wohl eher mein Ziel.«

»Verdreckt und zugenäht! Ich glaub, dir hat der lange Schlaf auf dem Kerkerboden nicht gutgetan!«, empörte sich Silva. »Ich lass dich doch jetzt nicht allein ins Tal des Tartaros reiten! Willst du etwa in den sicheren Tod gehen? Du hast ja noch nicht einmal dein Schwert dabei! Wie willst du dem Moloch dann deine Schwester entreißen? Hä? Wie denn?« Sie nahm die Zügel in die Hand und trat ihrem Pferd in die Seite. »Nee, nee, mein Lieber. So schnell wirst du mich nicht los. Wir haben zusammen Agnus befreit. Jetzt befreien wir zusammen Adelia. Ist doch logisch. Also los jetzt!«

Akio musste lachen. In diesem nicht ganz so reinen Herz mit dem nicht ganz so goldenen Blut steckte viel mehr Gutes, als es auf den ersten Blick herausschaute. Silva war ein Goldblüter auf den zweiten Blick, dachte Akio und gab seinem Pferd den Befehl loszureiten. Los ins Tartaros-Tal, ohne wirklich zu wissen, was dort auf sie wartete.

Mit schnellen Schritten ging Alex den Fußweg weiter. Diesmal brüllte er nicht wie ein Verrückter Hanna hinterher. Er wusste ja, dass sie bei Elena in guten Händen war. Sicher waren sie schon zu Fuß nach Hause gegangen, weil ihnen die Suchaktion von Alex zu lang gedauert hatte. Außer, Elena hatte Hanna hier gar nicht mehr angetroffen, weil Hanna schon weg war, als Elena diese Wiese betreten hatte.

Alex beschloss, sich darüber erst Sorgen zu machen, wenn Hanna noch nicht zu Hause war. Er beeilte sich, zu Fuß bis nach Hause zu laufen. Es dauerte viel zu lang. Aber irgendwann hatte er es schließlich geschafft. Er nahm im Hausflur mehrere Stufen auf einmal und schloss hektisch die Wohnungstür auf: »Hanna?«

»Alex?« Das war die Mutter. Sie saß im Wohnzimmer mit einer Tasse Tee. »Ihr seid aber spät! Wie war's beim Logopäden?«

Alex schaute nur kurz ins Wohnzimmer rein. »Gut.«

»Wo ist Hanna?«

Lieber nicht antworten, dachte Alex und schaute in Hannas Zimmer nach. Niemand. Im Bad, im Schlafzimmer, in Alex' Zimmer. Niemand. Schon spürte er, wie sein Herz schneller schlug.

»Alex?« Wieder die Mutter aus dem Wohnzimmer.

»Ja!«

»Wo ist Hanna?«

»Sie wollte noch kurz mit Elena wohin gehen.«

»Mit Elena? Wie kommt ihr denn darauf?«

»Wir haben Elena in der Stadt getroffen und dann hatten wir die Idee.« Alex ging in sein Zimmer, zog seine nassen Klamotten aus und trockene an. Eine Jeans und den blauen Kapuzenpulli.

»Das ist ja schön, dass ihr mal wieder was zusammen unternehmt«, rief die Mutter aus dem offenen Wohnzimmer. »Weißt du noch, wie ihr früher immer so schön zusammen gespielt habt?«

»Ja.«

»Und was für eine hübsche junge Dame sie inzwischen geworden ist, findest du nicht auch?«

Nein, jetzt bitte keine Heiratsvermittlung. »Mama, bitte!« Er ging in den Flur zurück und zog sich trockene Turnschuhe und eine trockene Jacke an. Das Notizbuch, obwohl es noch völlig durchnässt war, steckte er in die Jackentasche. Das wollte er auf keinen Fall mehr unbeaufsichtigt lassen.

Als er die Wohnungstür öffnete, rief die Mutter: »Gehst du noch mal weg?«

»Ja.«

»Wohin?«

»Zu Hanna und Elena!«

»Bleibt nicht mehr zu lange, Hanna muss ins Bett!«

»Ist klar! Bis gleich!«

»Grüß schön!«

Ganz bestimmt nicht, dachte Alex. Er zog die Tür zu, ging zwei Stockwerke tiefer und klingelte bei Elenas Familie. Ihre Mutter öffnete.

»Ist Elena da?«, fragte Alex unverwandt.

Die Mutter schüttelte den Kopf. »Nein, leider nicht. Ich frag mich auch schon, wo sie ist. Sie müsste längst zu Hause sein. Kann ich ihr was ausrichten?«

»Nein, danke. Ich melde mich dann später vielleicht noch mal.«

Alex verließ das Haus. Ganz toll. Wo sollte er denn jetzt suchen? »Hallo?«, fragte er wieder laut vor sich hin, als er sich allein fühlte. »Mister Zufall-Einbauer? Kann ich noch mal ein Zeichen haben, dass alles gut wird?«

Auf der Straße fuhr ein Lieferwagen vorbei mit großer Aufschrift auf der Seite: »Alles wird gut.«

Alex blieb unweigerlich stehen und starrte dem Wagen hinterher. War das jetzt die Antwort auf seine Frage? Oder Zufall? Oder war er hier Teil eines Films, bei dem ein Regisseur immer an der richtigen Stelle passende Signale setzte? So was gab's doch eigentlich gar nicht!

»Hallo?«, rief er noch einmal und blieb am Straßenrand stehen. »Ist das jetzt hier alles eine Ansammlung von Zufällen? Bitte antworte!«

Sein Blick fiel auf ein Verkehrsschild auf der anderen Straßenseite. In dicken Buchstaben hatte ein Sprayer darauf gesprüht: »Nein!«

Nein? Nein worauf? Also alles kein Zufall? Oder nein, keine Antwort? Wieder schaute sich Alex um. Diesmal fand er nichts Neues, das ihm wie eine Antwort vorkam. Alex schüttelte wieder den Kopf und ging los. Den Lieferwagen mit der Aufschrift »Alles wird gut« wollte er als Ermutigung nehmen. Alles andere war Quatsch. Fertig aus. Und jetzt erst mal Hanna und Elena finden.

Alex ging zu Fuß zurück zum Spielplatz. An der Straße entlang. So wie der Bus fahren würde. In jeden Bus, der an ihm vorbeifuhr, schaute er angestrengt hinein, ob er Hanna oder Elena darin erkennen konnte. In jede Seitenstraße warf er einen Blick. Nichts zu finden. Inzwischen war auch kaum jemand mehr auf dem Spielplatz. An der Wasserrinne nicht, in keiner der Seitenstraßen. Das war aber auch wie verhext heute!

Zurück nahm Alex den Weg hinter den Häusern über die Wiese entlang. Was, wenn Elena mit Hanna nicht nach Hause, sondern Richtung Wald gegangen war? Gab es dort irgendwelche Stellen, die typisch für Hanna waren? Oder für Elena? Alex nahm sich fest vor, wenn er Elena das nächste Mal traf, sie als Erstes nach ihrer Handynummer zu fragen, dann würde ihm so ein Missgeschick nicht noch einmal passieren. Er bog vom Weg ab und ging langsam auf den Wald zu. Hannas Füße waren vorhin schon müde gewesen. Wäre sie dann überhaupt in der Lage gewesen, noch so einen weiten Weg bis zum Waldrand zurückzulegen? Oder bis zu einem anderen interessanten Ausflugsplatz? Hier in der Nähe gab es einen kleinen Bergeingang. So eine Art Höhle, in der früher angeblich Eisen und Erz abgebaut wurden. Ob sie dorthin gegangen waren? Immerhin bot so eine Höhle genug Stoff für unheimliche Erzählungen. Hanna-Geschichten. Wie sich jemand in einer Höhle verlief oder auf unbekanntes Leben traf. Alex hatte mal gehört, dass diese Höhle, die zwar von außen recht klein und unscheinbar wirkte, innendrin mehrfach verzweigt war und mehrere Gänge barg, die teilweise noch nicht einmal erforscht waren. Die krasseste Sage, die er über diese Höhle mal gehört hatte, handelte davon, wie ein junger Mann einmal zu Forschungen in diesen

Bergeingang gegangen war, einige Jahre verschollen blieb und dann als alter Opa wieder herauskam. Angeblich hatte er sich während seiner Abwesenheit in einer ganz anderen Zeit aufgehalten. Im Mittelalter oder so. Was genau er in dieser anderen Zeit erlebt hatte, hatte er nie erzählt, aber seitdem galt die Höhe als ein bisschen unheimlich. Wie ein Tor zu einer anderen Welt. Natürlich war das alles schon vor vielen Hundert Jahren passiert. Und niemand konnte das überprüfen. Aber was unheimlich war, das erzählte man eben gerne weiter und tat so, als wäre es erwiesenermaßen wahr.

Als Alex am Höhleneingang ankam, fiel ihm etwas leuchtend Rosafarbenes auf dem Boden auf. Er hob es auf und spürte, wie ein Stich seinen Magen durchfuhr. Das war eindeutig die rosafarbene Wollmütze von Hanna. Sofort bekam Alex wieder Herzklopfen bis zum Hals. Hanna war hier gewesen! Allein? Mit Elena? Elena würde doch niemals mit Hanna bis hier oben hinlaufen! Das war doch viel zu gefährlich!

»Hanna!«, brüllte er laut. Keine Antwort. Noch einmal: »Hanna!!!«

War Hanna vielleicht entführt worden? Befand sie sich etwa in der Höhle? Mit oder ohne Elena? Verirrte sie sich gerade irgendwo da drin? Musste Alex am Ende jetzt auch noch in die Höhe gehen?

Vorsichtig streckte er seinen Kopf in das Dunkle des Berglochs und rief: »Hanna? Elena?«

Dann lauter: »Hanna! Elena!«

Er zog seinen Kopf ein und ging einen Schritt in den Eingang hinein. Schon jetzt war es ziemlich dunkel. Er griff in seine Hosentasche, um sein Handy rauszuholen. Damit könnte er die Höhle wenigstens ein bisschen ausleuchten. Aber natürlich: Kein Handy da. Sofort fiel ihm ein, dass er es zu Hause hatte liegen lassen, als er sich trockene Klamotten angezogen hatte. Ganz toll, Alex. Heute stimmte ja wirklich alles!

»Hallo? Elena! Hanna!« Seine Worte hallten zurück. Wasser tropfte im hinteren Bereich. Leichtes Kratzen auf dem Boden. Alex keuchte. Nein. Hier war es ihm zu unheimlich. Wenn sie wirklich hier in der Höhle waren, dann würde er sie sowieso niemals finden. Dann müsste er die Feuerwehr oder sonst eine Mannschaft rufen. Die müssten im

Berg nach ihnen suchen. Alex würde sich nicht auch noch in die unüberschaubaren Gänge dieser Höhle begeben. Noch dazu ohne Licht.

Wieder im Freien angekommen, rief Alex laut umher: »Hanna! Wo bist du?« Ein paar Schritte in die eine Richtung: »Hanna!!! Wo steckst du!!!« Ein paar Schritte in die andere Richtung: »Hanna! Elena!!!«

Ihm wurde flau im Magen. Sie waren hier. So viel war klar. Die Mütze war ein deutliches Zeichen. Wieder ein Zufalls-Schicksals-Zeichen? »Hallo, Schicksal!«, brüllte Alex wieder. »Gib mir ein Zeichen! Oder besser noch: Gib mir Hanna zurück! Hörst du?«

Nichts geschah. Kein Schild, kein Auto, kein Mensch. Keine Botschaft.

Alex setzte sich auf einen Stein neben der Höhle und seufzte. Was sollte er jetzt tun?

Silva und Akio ritten die ganze Nacht hindurch. Sie hielten nur kurz an, um etwas zu essen oder zu trinken. Silva hielt ihrem Bruder immer wieder eine Flasche mit Wasser vor den Mund. Lange Zeit regte er sich überhaupt nicht. Aber irgendwann spitzte er den Mund und Silva konnte ihm vorsichtig ein paar Tropfen Wasser zuführen. Ab dann hielt Silva jede Stunde einmal an, um Agnus Wasser zu reichen.

Zwischendurch ritten sie durch kleine Dörfer oder an Bächen entlang, die aber, je weiter sie kamen, immer weniger Wasser enthielten. Mal mussten sie enge Schluchtenwege durchschreiten, mal felsige Berge überwinden. Bei Sonnenaufgang durchquerten sie den Wald der letzten Anhöhe. Als sie vorsichtig über den staubigen Weg wieder bergab ritten, sahen sie dunkel und unheimlich das riesige, abgestorbene Tal des Tartaros vor sich liegen. Graue Landschaften, so weit das Auge sah. Felsen mit gespenstischen Grotten erhoben sich an jeder Seite des Horizontes. Ausgetrocknete Flussbetten hatten ihre Furchen in das trockene Land gerissen. Schon von hier aus konnten sie das Ende des Weges an einem dunklen Bergeingang erkennen, aus dem in dünnen Streifen weißer Qualm drang. Eine provisorische Hütte aus Ästen und mickrigen Baumstämmen hing windschief am Fuße des Eingangs, eine Art Käfig daneben. Ein Pferd mit Wagen stand davor. Demzufolge musste jemand da sein. In der Hütte oder in der Höhle. Hoffentlich waren sie noch nicht zu spät.

Akio fühlte eine Müdigkeit in sich aufsteigen, die ihn fast zu überwältigen drohte. Auch die Pferde waren am Rande ihrer Kräfte angekommen. Aber so kurz vor dem Ziel wollten sie nicht aufgeben. Wie im Schlaf trabten sie immer weiter. Der Weg war inzwischen gesäumt von Blutspuren. Immer wieder lagen zerbrochene Fässer am Wegrand, eine versickerte und eingetrocknete Blutlache drum herum. Es waren Fässer der verschiedenen Blutpriester aus den Dörfern Abadoniens, die darin das Blut der Dorfbewohner ins Tal des Tartaros transportierten wollten. Jeweils 50 Liter pro Fass. Eine Mahlzeit für den Moloch. Die Fässer, die hier am Wegesrand lagen, hatten die weite Reise jedenfalls nicht überstanden. Es waren Blutrationen, die nicht beim Moloch angekommen waren. Warum auch immer. Akio sah Blutstropfen auf dem Weg, Fußabdrücke und Pferdehufe in schimmernden Blutpfützen. Deutliche Spuren von Leid, Angst und Unterwürfigkeit einem Monster gegenüber, das keiner zu beherrschen wusste, außer durch grausam geopfertes menschliches Blut. Die blutrünstige Atmosphäre dieses Tales legte sich schwer auf die Gemüter der Reisenden. Keiner sagte auch nur ein Wort. Immer wieder hielt Silva ihrem Bruder die Flasche mit Wasser hin. Seit ein paar Stunden konnte Agnus sogar schon selbst den Kopf heben, um etwas zu trinken. Trotzdem war er insgesamt noch sehr schwach und blass.

Es war um die Mittagszeit, als die Pferde die Priesterhütte am Eingang der Höhle erreichten. Die Hütte war kleiner als Akio sie sich vorgestellt und als sie aus der Ferne ausgesehen hatte. Der Gestank nach Blut und vermodertem Fleisch ekelte Akio an. Hinzu kam der schweflige Geruch des weißen Qualms, der unentwegt wie eine drohende Warnung aus der Höhle stieg. Das, was man in Abadonien als »Priesterhütte« kannte, war eigentlich nur ein Verschlag, eine notdürftig gezimmerte Unterkunft aus vier Wänden und einem Dach. Die Wände waren aus dünnen Ästen, Zweigen und Schilfblättern aufgestellt und laienhaft mit Seilen zusammengebunden. Vier einigermaßen stabile Holzpfähle an den vier Ecken der Hütte waren das Einzige, das diesem Gebilde Halt gab. Das Dach oben drauf war ebenfalls aus vertrockneten Blättern und Zweigen improvisiert, als hätten sich Kinder eine Bleibe für eine Nacht im Wald gebaut. Auch hier klebte überall getrocknetes, zertretenes Blut auf dem Boden vor der Hütte, an den Seitenpfählen, an der Tür, an den Wänden. Von Blut gezeichnete Handabdrücke an allen Stellen der Außenwand. Zerbrochene Fässer lagen achtlos hinter der Hütte. Solche, die es immerhin bis hierher geschafft hatten und erst danach zu Bruch gegangen waren. Unzählige Eimer mit getrocknetem Blut standen und lagen rund um die Hütte herum. Von einer Feuerstelle, die mit Steinen umsäumt war, stieg leichter Qualm auf. Einige Holzstücke darin glühten noch. Jemand hatte also erst vor Kurzem hier am Feuer gesessen. Ein Käfig, so hoch wie die Hütte selbst, stand direkt an der Außenwand der Priesterhütte. Darin tummelten und kletterten, bissen und jagten sich bestimmt fünfzig Dracolepidi. Das bestialische Geschrei der Tiere war mehrere hundert Meter weit zu hören. Es wurde erzählt, dass manche Priester, die aus ihrem Dorf nicht genügend Blut mitgebracht oder unterwegs zu viel verloren hatten, immer wieder das Blut von ausgepressten Dracolepidi in die Drachenration einrührten. Blutpriester hatten in all den Hunderten von Jahren schon alles Mögliche ausprobiert, um dem Moloch andere Mahlzeiten vorzulegen anstatt Menschenblut. Etwas, das immer wieder versucht wurde, war eben das Blut von Tieren. Und auch hier hatte man schon unzählige Tierarten der Tagesration beigemischt. Die unbeherrschte Wut des Moloch war unerträglich gewesen, wenn er Tierblut in seiner Mahlzeit herausgeschmeckt hatte, egal um welche Tierart es sich handelte. Teilweise wurden die Priester, die den Mischtrank hergestellt hatten, an Ort und Stelle aufgefressen. Dracolepidi – das waren die einzigen Tiere, deren Blut in geringen Maßen beigemischt dem Moloch nicht unbedingt auffiel. Das war wohl der Grund, warum sich die Priester einen Käfig mit einer gewissen Ration an blutreichen Leppids direkt neben der Hütte aufgestellt hatten, auch wenn sich die gefräßigen Tierchen teilweise schon gegenseitig in dem Käfig bissen und verspeisten. Der Boden des Käfigs war übersät mit Hautfetzen und Körperteilen der kleinen Reptilien. Und pausenlos war das wilde und angstvolle Geschrei der wütenden, fressenden und sterbenden Leppids zu hören.

»Hallo?«, rief Silva vom Pferd aus und wartete, ob jemand aus der Hütte kam. Es kam aber niemand. Eine Antwort erhielt sie auch nicht.

Akio und Silva stiegen von ihren Pferden ab, führten sie an die Tränke, an der auch schon das andere Pferd stand, und banden sie an. Tatsächlich befand sich Wasser in der Tränke, wo auch immer das hier in dieser Trockenheit herkam. Der Wagen neben dem Pferd war leer. Silva hob Agnus vorsichtig vom Pferderücken herunter und legte ihn auf einen Strohhaufen vor der Hütte. Agnus' Augen waren geschlossen, aber er atmete regelmäßig und hörbar. Kurz hielten Akio und Silva inne, um den friedlichen Jungen mit dem goldenen Blut in dem Stroh zu betrachten. Die weichen Züge des kleinen Gesichtes erinnerten an Silva. Wäre sie nicht so ein Grobklotz, hätten auch ihre Gesichtszüge etwas Weiches und Liebevolles. Davon war Silva aber weit entfernt, fand Akio. Agnus dagegen strahlte auch im kranken Zustand Liebe und Wärme aus. Es war ein Anblick von Glück und Frieden inmitten einer Umgebung voller Angst und Tod. Akio und Silva seufzten genau gleichzeitig. Erstaunt über diesen gemeinsamen Seufzer schauten sie sich kurz etwas verunsichert an.

»Genau«, nickte Sliva, als wollte sie Akios Empfindungen bestätigen, drehte sich aber sogleich um und wandte sich der Priesterhütte zu.

»Hallo, ist da jemand?«, fragte sie noch einmal laut und riss die unverschlossene Tür auf, zumindest das, was man als Tür bezeichnen konnte. Akio folgte ihr hinein. Keine Menschenseele in der Hütte. Furchtbarer Leichengestank erfüllte den kleinen Raum und ließ Akio zunächst angewidert zurückweichen. An der einen Wand lag ein Strohhaufen mit einer Decke überzogen. Das sollte dem Priester, der hier für drei Tage ausharren musste, wohl als Bett dienen. Neben dem Bett stand eine Kiste mit jeder Menge Fackeln. Die wurden bestimmt für den Weg in die Höhle gebraucht. Gegenüber befand sich ein kleiner, morscher Tisch mit so viel Werkzeug, wie er gerade eben tragen konnte: Haken, Röhren, Scheren, Messer. Eine Leppid-Presse aus Eisen, an der an allen Ritzen und Löchern getrocknetes Blut klebte. Unter dem Tisch ein Eimer mit ausgepressten Leppidleichen, die für den Gestank in diesem Raum verantwortlich waren. Neben dem Tisch stand eine kleine Schale aus Eisen, in der eine glühende Kohle lag. Mit ihrer Hilfe konnte man jederzeit ein wärmendes Feuer vor der Hütte entfachen oder die Fackeln anzünden. In einer anderen Ecke stand ein Käfig, in dem aufgeregt und laut quiekend zwei Goldleppids auf und ab kletterten. Diese waren anscheinend nicht als Blutopfer vorgesehen, sondern zum Testen der Blutgoldheit. Pollum sprang aus Akios Ärmel heraus und mit einem Satz an das Gitter des Käfigs. Wild fauchte er die beiden im Inneren an, die ihrerseits aus sicherer Entfernung böse zurückfauchten. Also auch hier in dieser Hütte wurde Blut getestet. Hier wurden Goldblut und Leppidblut dem

Normalblut beigemischt, um das Blut je nach Bedarf aufzuwerten oder zu verlängern.

Dass hier keine Adelia war, konnte Akio mit einem Blick erfassen. Darum verließ er so schnell wie möglich die Hütte und stürzte nach draußen an die frische Luft. Der Gestank von Tod und Angst löste Würgereize in ihm aus. Auch hier draußen fand er keine Spur von seiner Schwester. Lebte sie überhaupt noch? War sie schon in die Höhle gebracht worden? Wie viele Überlebenschancen gab es für sie dort im Inneren? Akio fühlte, wie die Kraft in ihm nachließ. Er torkelte ein paar Schritte über den staubigen Boden und fiel auf den Strohhaufen in der Nähe von Agnus. Silva eilte ihm hinterher, sie trug bereits zwei Fackeln in der Hand: »Was hast du?«

»Ich kann nicht mehr. Mir ist schlecht. Mir ist das alles zu unheimlich hier.«

»Ja, und? Was heißt das? Willst du zurückreiten? Soll deine Schwester dem Moloch vorgeworfen werden?«

»Nein, natürlich nicht.«

»Na also. Dann kneif deinen goldenen Hintern mal zusammen und raff dich auf! Hier unten ist niemand. Der Priester wird mit Adelia schon in die Höhle gegangen sein. Wir müssen hinterher!«

Akio seufzte. Er fühlte sich schwach, doch er richtete sich auf: »Aber was sollen wir denn da drinnen in der Höhle machen? Hast du dir darüber schon mal Gedanken gemacht? Wir haben doch überhaupt keinen Plan. Im Inneren des Berges haust ein Drache, der seit Hunderten von Jahren die Menschheit tyrannisiert. Er verspeist Menschen. Kinder, Priester, Goldblüter. Was wollen wir ihm gegenüber ausrichten? Wir haben keine Waffe. Wie stellst du dir das vor? Sollen wir einfach da reingehen und sagen: ›Guten Tag, Herr Moloch, ich bin ein Goldblüter, meine Schwester ist ein Goldblüter, aber Entschuldigung, können Sie uns trotzdem bitte beide frei lassen? Dankeschön, auf Wiedersehen!‹?«

Silva stemmte ihre Hände in die Seite. »Ach, ich weiß es doch auch nicht! Ich hab auch noch nie vor der Höhle des Moloch gestanden! Ich weiß nur eins: Wir sind nach Gomorra gezogen, um Agnus zu retten. Das haben wir geschafft. Wir sind ins Tal des Tartaros geritten, um Adelia zu retten. Und das tun wir jetzt. In Gomorra hatten wir auch keinen Plan. Aber wir hatten einen starken Willen. So wie jetzt. Verstehst du?«

Akio nickte. »Ja, das verstehe ich.« Er sah Silva an. »Ich hab trotzdem Angst.«

Silva winkte mit großen Bewegungen ab. »Ach, papperlapapp! Angst! Was ist das schon? Angst ist was für Angsthasen! Wir gehen jetzt da rein, und zwar sofort! Klar?«

»Hast du denn keine Angst?«

»Ich? Angst? Haha! Dass ich nicht lache! Silva und Angst! Das passt zusammen wie Akio und Mut! Haha!«

»Du lügst.«

Silva stampfte mit dem Fuß auf den Boden. »Verdreckt und zugenäht, jetzt hab ich aber genug von dir! Wir sind hier nicht im Gefühlstheater! Wir sind am Fuße des Bösen! Und da ist weder Platz für Angst noch für sonst irgendwelche Gefühle! Verstanden?«

»Verstanden!« Akio stand auf. Dabei schaute er auf Agnus. »Was machen wir eigentlich mit ihm?«

»Was schon? Wir nehmen ihn mit!« Sie ging mit den Fackeln zu der Feuerstelle und hielt deren Ende vorsichtig in den Rest der Glut.

Akio kam zu ihr und nahm ihr eine der Fackeln ab. »Du willst einen weiteren Goldblüter mit in die Höhle des Moloch nehmen?«

Silva schimpfte und fuchtelte dabei ihre Fackel wie ein Schwert vor sich her: »Soll ich ihn etwa hier liegen lassen? Was? Damit der nächste Blutpriester kommt und ihn in kleine Stücke schneidet?«

Jetzt hob auch Akio seine Fackel und wurde laut: »Und da drinnen? Geht es ihm da vielleicht besser? Wenn das so ein gefährliches Biest ist, das dreimal täglich 50 Liter Blut verspeist – mehr als wir drei zusammen in unseren Körpern haben – und wenn diese Bestie am liebsten Blut von Goldblütern trinkt – meinst du nicht, er würde unsere Blutgoldheit von Ferne wittern? Und dann neben Adelia auch noch Agnus und mich auffressen? Und wo er schon mal dabei ist, auch dich? Ist dir das lieber?«

»Auf keinen Fall werde ich meinen Bruder hier liegen lassen!«

»Na gut.« Akio hielt seine Fackel in die Glut, bis sie sich entzündete. Dann streckte er seinen Rücken gerade, schloss die Augen und atmete einmal kräftig ein und aus. Er öffnete die Augen und hielt seine brennende Fackel wie ein Schwert vor sich. »Dann werde ich alleine gehen.«

»Was?« Silva spuckte einmal grob auf den Boden. Auch ihre Fackel brannte. »Bist du irre?«

»Nein, bin ich nicht. Aber genau so ist es richtig. Du hast deinen Bruder gerettet und den musst du jetzt beschützen. Ich werde meine Schwester retten und das ist mein Weg. Meiner ganz alleine. Ich kann nicht zulassen, dass du dich und deinen Bruder in Gefahr bringst, nur um meine Schwester zu retten. Ende, aus.«

»Ich glaub, du spinnst!« Silva ging zu Agnus, steckte die Fackel kurz in den Boden, kniete sich vor ihren Bruder, schob ihre Arme unter ihn, hob ihn an und griff mit der anderen Hand nach der Fackel. »Wir kommen mit. Und jetzt ist Ende, aus. Verstanden?«

»Nein, nicht verstanden! Ihr bleibt hier!«

»Klappe, Goldfisch! Wir gehen zusammen!« Und damit trug sie unter Stöhnen und Schnaufen Agnus den steilen Weg bis in den Höhleneingang hinein.

Wie lange saß Alex nun schon hier auf diesem Stein vor der Höhle? Zehn Minuten? Eine Stunde? Alex hatte ohne sein Handy jegliches Zeitgefühl verloren. Wie lange sollte er hier noch warten? Eigentlich müsste er jetzt zur Polizei gehen und Hanna als vermisst melden. Andererseits – noch könnte sie ja wirklich hier irgendwo mit Elena unterwegs sein. Ob sie dann überhaupt noch mal hier vorbeikämen? Hatten sie die Mütze absichtlich hier liegen gelassen? Dann könnte es ein Zeichen für ihn sein, dass sie ganz in der Nähe waren. Oder hatten sie sie verloren? Dann könnte er ja noch lange hier sitzen und warten. Wieder einmal fühlte Alex sich ratlos. Er steckte seine Hände in die Jackentasche und fühlte sein Notizbuch. Das geheime Geschichtenbuch. Alex lächelte, zog es heraus und blätterte es durch. Es war noch nass, aber immerhin ließen sich die Seiten umblättern. Während er hier und da seine bisherigen Aufzeichnungen las, spürte er, wie er sich gleich wieder in den Bann seiner eigenen Geschichte ziehen ließ. Wie er Akio und Silva während des Schreibens und jetzt wieder beim Lesen selbst lieb gewonnen hatte, wie er mit ihnen lebte und litt, obwohl sie ja nur ausgedacht waren. Irgendwie gefiel ihm das Gefühl, dass er den Figuren in seinem Notizbuch allein durch seine aufgeschriebenen Worte mehr oder weniger Leben eingehaucht hatte. Als er am Ende seiner bisherigen Aufzeichnungen angelangt war, kramte er seinen Stift aus der Tasche, testete kurz, ob die Seiten trocken genug waren zum Schreiben, und fing an, seine Abenteuergeschichte weiterzuspinnen. Nur ein bisschen. Danach wollte er weiter nach Hanna suchen. Aber jetzt musste er kurz mithelfen, Silva, Agnus, Akio und Adelia zu retten.

Die Gänge in der Höhle waren lang, voller Gestank und verzweigten sich immer wieder. Akio mit seiner Fackel ging voran, um in die verschiedenen Seitengänge hineinzuleuchten und zu entscheiden, welcher der richtige Weg sein könnte. Vom Tageslicht war längst nichts mehr zu sehen. Der einzige Hinweis, den sie hatten, war der weiß-gelbliche Qualm, der durch die Gänge zog. Ihre Hoffnung war, dass der sie bis zum Moloch führen würde. Wobei »Hoffnung« in ihrem Fall sicher nicht das richtige Wort war. Hatten sie überhaupt Grund zur Hoffnung? Auf dem felsigen Boden fanden sie immer mal wieder Fuß- oder Blutspuren. Daraus schlossen sie, dass hier schon mal der eine oder andere Priester mit einer Blutration entlanggegangen war. Auch das nahmen sie als Hinweis, dass sie noch auf dem richtigen Weg waren. Jeder Schritt, den sie gingen, hallte von den Wänden wider. Und wenn sie stehen blieben, um sich neu zu orientieren, war es ihnen, als hörten sie durch sämtliche Gänge ein gleichmäßiges, röchelndes Atmen, das unheimlich nah klang, obgleich sie nicht bestimmen konnten, wie nah genau. Manchmal bewegte sich der Boden wie durch ein regelmäßiges, alles durchdringendes Klopfen. Herzschläge? Aber konnte das denn sein? Waren der Atem und der Puls des Moloch in seinem gesamten unterirdischen Reich allgegenwärtig? Wie weit sollten sie noch gehen? Und würden sie diesen Weg jemals wieder zurückfinden?

Akio keuchte. Ein Schweißfilm klebte an seiner kompletten Hautoberfläche. Die viel zu enge Lederhaut darüber schien sich dadurch noch mehr zuzuziehen. Alles juckte und kratzte. Akio ging weiter. Die Angst hatte jede Zelle seines Körpers erfasst. Pollum krabbelte immer in der Nähe von Akio über den Boden. An jeder Blutpfütze blieb er stehen, schnupperte und trank, wenn er es für gut befand. Plötzlich hörte Akio hinter sich ein lautes Stöhnen und gleichzeitig einen Platsch auf dem Boden. Als er sich umdrehte, sah er Silva, die mit Agnus auf dem Boden saß.

Akio ging zu ihr zurück: »Was ist los?«

»Ich brauch mal eine Pause. Auf Dauer ist mein Bruder ganz schön schwer.«

»Wir können hier keine Pause machen«, sagte Akio. »Komm, ich trag deinen Bruder.«

»So stark bist du doch gar nicht.«

»Du hast ihn doch auch tragen können.« Er beugte sich vor und schaute Agnus an, der seine Augen leicht geöffnet hatte. »Agnus, kannst du mich hören?«

Agnus nickte.

»Ich trag dich auf dem Rücken. Kannst du dich da festhalten?«

Agnus nickte wieder.

»Das geht nicht!«, wandte Silva ein. »Das schafft er nicht. Er hat nicht die Kraft, sich so lange selbst festzuhalten.«

Akio sah Agnus an: »Agnus, hast du die Kraft?«

Agnus nickte.

»Also los.« Akio half Agnus, sich hinzustellen. Dann beugte sich Akio nach vorne, Agnus legte sich auf Akios Rücken und hielt seine Hände vor Akios Hals zusammen. Akio richtete sich auf und sprang ein paarmal leicht, um Agnus in eine tragfähige Position zu bringen. »Gut so, Agnus?«

»Er hat genickt«, sagte Silva anstelle ihres Bruders.

Akio wollte losgehen, da sah er etwas auf dem Boden unter ihrem Fuß blitzen. Als er genauer hinschaute, erkannte er den goldenen Anhänger von Silvas Kette.

»Du hast da was verloren.« Akio zeigte mit dem Kopf auf den Boden.

Silva schaute hin, erschrak und hob den Anhänger sofort auf. »Danke.« Sie fummelte so lange an ihrer Kette herum, bis die goldene Brosche wieder fest daran hing.

»Verrätst du mir jetzt, was das ist?«, fragte Akio.

»Ein Anhänger. Das siehst du doch.«

»Ist da ein Bild drin?«

Sie runzelte die Augenbrauen, grinste ein wenig und schaute Akio prüfend an. Aber dann kam nur ein: »Vielleicht.« Und sofort: »Wir müssen weiter.«

Sie setzten sich langsam und ächzend in Bewegung. Akio mit der einen Hand Agnus am Rücken festhaltend, in der anderen Hand die Fackel. Silva ging neben den beiden her und hielt mit einer Hand Agnus fest: »Kannst du noch, Agnus? Wirklich? Gut festhalten, ja? Wenn du nicht mehr kannst, dann sag es bitte, ja? Dann trag ich dich wieder! Kein Problem! Ich schaff das!«

Akio blieb stehen. »Silva, kannst du mir und Agnus bitte auch mal etwas zutrauen? Wir sind vielleicht nur sensible Goldblüter. Aber wir sind durchaus überlebensfähig.«

Silva trat erschrocken einen Schritt zurück: »Weiß ich doch! Weiß ich doch! Klar trau ich euch das zu! Logisch!« Und als sie weitergingen: »Du schaffst das, Agnus. Du machst das klasse. Gut hältst du dich fest. Und wenn du doch nicht mehr kannst, dann sag Bescheid. Ja?«

Akio blieb wieder stehen. »Noch mal was anderes, Silva. Kannst du vielleicht mal ein paar Schritte vorausgehen, um uns den Weg zu leuchten? Traust du dir das auch zu?«

»Ob ich mir das zutraue? Ich bin doch nicht blöd! Natürlich trau ich mir das zu! Was, zum Kuckuck, soll denn die Frage?«

»Dann schau doch mal, welcher dieser beiden Gänge da vorne an der Abzweigung der richtige ist.«

»Mach ich.« Silva eilte voraus und leuchtete in beide Gänge einmal kurz hinein. »Hm. Die sehen beide falsch aus. Bist du dir denn sicher, dass wir hier überhaupt noch richtig sind?«

»Nein, sicher bin ich mir natürlich nicht. Ich seh nur hier und da Blutspuren auf dem Boden. Der Qualm an der Decke ist aber im Moment nicht zu sehen.«

»Nicht zu sehen?« Silva hielt ihre Fackel in die Höhe und schaute nach oben. »Sind wir dann vielleicht doch falsch?«

»Ich war hier auch noch nie.«

»Ich geh jetzt einfach mal in diese Richtung«, beschloss Silva und marschierte beherzt nach links.

»Soll ich hier warten?«, rief Akio ihr nach.

»Ja, Moment, ich schau nur kurz! Wenn es richtig ist, dann ruf ich euch, wenn es falsch ist, dann komm ich gleich zurück!«

Silva ging einige Meter den Gang entlang, dann wurde die Decke niedriger. Sie musste ihren Kopf leicht einziehen. »Nein, das ist sicher falsch«, murmelte sie vor sich hin. Plötzlich teilte sich der Gang ein weiteres Mal. Der rechte Gang schien wieder größer zu werden. Sie ging ein paar Meter in den neuen Gang hinein. Das sah richtiger aus. Sofort teilte sich der Gang wieder. »Puh«, sagte sie zu sich selbst, »hoffentlich find ich gleich wieder zurück zu Akio und Agnus.«

»Sollen wir kommen?«, hörte sie Akio rufen. Das klang von erstaunlich weit weg.

»Nein, warte! Ich komme jetzt!«, rief sie zurück. Noch die eine Abzweigung. Links schien es noch abwegiger zu sein, rechts fand sie eine Blutspur auf dem Boden. Das war ein gutes Zeichen!

»Ihr könnt kommen!«, rief sie laut. »Hier ist es richtig!«

Sie blieb stehen und lauschte, wie Akio unter Ächzen Agnus wieder auf den Rücken nahm und sich in Bewegung setzte. »Wo bist du?«, rief Akio.

»Hier!« Sie ging ein paar Schritte zurück, um Akio entgegenzugehen.

»Silva?« Akios Schritte waren deutlich zu hören, aber sie schienen nicht näher zu kommen.

»Ja, hier!« Silva ging schneller, aber plötzlich war sie sich nicht mehr sicher, ob sie denselben Weg zurückging, den sie eben gekommen war. »Akio?«

»Ich komme!« Schritte, Schritte, Schritte. »Wo bist du?«

»Warte, bleib stehen, ich komme zu dir!« Silva wurde schneller. Wieder eine Abzweigung. Ah ja, hier war es richtig. Sie bog ab. Nach ein paar Metern ging es steil bergab. Nein, das war nicht richtig. Umdrehen. Zurück. Abzweigung. Von wo war sie gerade gekommen? Links. Silva schnaufte.

»Silva?« Akios Stimme kam von noch weiter weg. Sie entfernte sich!

Also umdrehen. Zurück. Das Feuer der Fackel wurde kleiner. Jetzt bloß nicht ausgehen. »Akio!«

Keine Antwort mehr. »Akiooo!!!«

Da, wieder der steile Abhang. Das konnte nicht sein. Sie war vorhin keine Steigung nach oben gegangen. Oder doch? Vorsichtig hielt sie die Fackel über den steil nach unten führenden Weg. Unter ihren Füßen merkte sie, dass es rutschig war. Feucht? Sie drehte sich um und wollte zurückgehen, aber dabei rutschte sie auf einem nassen, glatten Stein aus, verlor das Gleichgewicht und stürzte mit einem lauten Schrei mitsamt Fackel kopfüber den Abhang hinunter. Unten schlug sie mit dem Kopf auf einem Felsen auf, Blut spritzte in alle Richtungen. Silva wusste, sie hatte den Kampf verloren, als sie ihre letzten Atemzüge in der Lache ihres eigenen Blutes aushauchte.

Alex schnaufte und schaute in den Himmel. Dunkle Wolken zogen auf. Er schüttelte den Kopf, nahm die Seite des Notizbuches, auf der er gerade angekommen war, und riss sie aus dem Buch heraus. Nein. Dieses Ende war doof. Silva durfte nicht sterben. Nicht so und nicht jetzt schon. Wie spät war es eigentlich? Zu dumm, dass er sein Handy vergessen hatte. Es war bestimmt viel zu spät. Er müsste unbedingt mal nach Hause gehen oder weiter nach Hanna schauen. Nur noch das eine Kapitel zu Ende schreiben. Ohne tote Silva. Er dachte kurz nach, griff nach dem Stift und vertiefte sich wieder in seine Welt.

»Warte, bleib stehen, ich komme zu dir!« Silva wurde schneller. Wieder eine Abzweigung. Ah ja, hier war es richtig. Sie bog ab. Nach ein paar Metern ging es steil bergab. Nein, das war nicht richtig. Umdrehen. Zurück. Abzweigung. Von wo war sie gerade gekommen? Links. Silva schnaufte.

»Silva?« Akios Stimme kam von noch weiter weg. Sie entfernte sich!

Also umdrehen. Zurück. Das Feuer der Fackel wurde kleiner. Jetzt bloß nicht ausgehen. »Akio!«

Keine Antwort mehr. »Akiooo!!!«

Da, wieder der steile Abhang. Das konnte nicht sein. Sie war vorhin keine Steigung nach oben gegangen. Oder doch? Vorsichtig hielt sie die Fackel über den steil nach unten führenden Weg. Nein. Auf jeden Fall falsch. Sie kehrte um und ging zurück. Wirklich zurück? Oder ging sie nur immer tiefer in die Berggrotte hinein? Würde sie gleich ganz ohne Akio beim Moloch ankommen? Was sollte sie da alleine ausrichten? Würde Akio mit Agnus allein zurechtkommen? Was, wenn er inzwischen ohne sie beim Moloch gelandet war? Und sie hatte keine Möglichkeit, ihren Bruder zu beschützen! O wie furchtbar war das alles!

Sie holte tief Luft und brüllte, so laut sie konnte: »Akioooooo!!!!«

Ihr Ruf hallte von allen Wänden zurück. Kleine Steinchen rieselten von der Decke. Von Akio nichts zu hören. Nach ein oder zwei weiteren Kurven fiel Licht in den dunklen Gang hinein. Was war das? War sie schon wieder beim Eingang gelandet? Oder ein ganz anderer Ausgang? Sie war völlig am Ende, aber diese neue Wendung gab ihr neuen Antrieb. Sie wurde schneller. Mit letzter Kraft schleppte sie sich auf das Licht zu. Aber sie ahnte schon, dass das nicht der Eingang der Höhle war, durch den sie vor über einer Stunde reingekommen war.

Alex klappte sein Buch zu. Ja. Das dürfte für heute reichen. Er hatte sowieso bereits viel zu lange geschrieben. Seine Finger begannen schon kalt zu werden. Das Gras unter seinen Füßen wurde feucht. Der Tag neigte sich dem Ende zu. Höchste Zeit, sich auf die Suche nach Hanna und Elena zu machen. Außerdem wusste Alex an dieser Stelle seiner abstrusen Geschichte mal wieder nicht, wie er in der Handlung weiterkommen sollte. Das waren in seinen super ausgedachten Abenteuern ganz typisch immer genau diese Stellen, an denen die Aufzeichnungen in irgendeiner Schublade landeten und dort vergessen wurden. Weil er selbst keine Ahnung hatte, wie man Helden aus solchen unmöglichen Situationen herausführte. Wie sollte er Silva und Akio hier jetzt weiter begleiten? Verschollen in einer Höhle unweit eines wütenden Drachens, der gerade im Begriff war, ein unschuldiges Mädchen zu verspeisen?

Ach, egal. Darüber würde er sich zu einem anderen Zeitpunkt noch mal Gedanken machen. Er war ja schon mal froh, dass er durch die verschiedenen Impulse des heutigen Tages überhaupt begonnen hatte, alle seine Ideen aufzuschreiben und in einen Zusammenhang zu bringen. Das war ja zumindest ein guter Anfang. Also könnte auch das Ende noch gut werden. Immerhin: Durch den unheimlichen Höhlenausgang hatte er sich ja auch noch offen gehalten, ob Silva vielleicht in einer ganz anderen Wunderwelt herauskommen würde, wo man übermenschliche Kräfte tanken oder gegen Drachen kämpfen lernen könnte. Oder was auch immer. Aber jetzt war erst mal wieder die wirkliche Welt dran. Abseits von Höhlen und Drachen.

Alex erhob sich von seinem Sitzstein und reckte sich.

Plötzlich hörte er ein Ächzen und ein Stöhnen ganz in seiner Nähe. Jemand keuchte außer Atem. Alex drehte sich sofort in alle Richtungen um. »Elena? Hanna?« Nichts zu sehen. Woher kam das? Schlurfende Schritte über felsigen Boden, kraftloses Seufzen. Das kam aus dem Bergeingang!

Alex rannte an das Höhlenloch und schaute hinein: »Elena? Hanna! Hier bin ich!«

Die Schritte und das Stöhnen wurden lauter. Ja, da waren sie! In der Höhle! Jetzt sah er die Umrisse einer weiblichen Person! »Hier! Hier bin ich! Mensch, wo wart ihr? Seid ihr in Ordnung?«

Als die Gestalt näher kam, bemerkte er als Erstes, dass es nur eine Person war. Je näher sie dem Ausgang kam, desto deutlicher wurde, dass es sich weder um Elena noch um Hanna handelte. Eine völlig verdreckte junge Frau mit überalterten Klamotten schleppte sich mit letzter Kraft an den Höhlenrand. Wie alt? 15? 17? Dichte, rötliche Haare, die irgendwann mal mit einem Band hinter dem Kopf zusammengebunden waren, hingen ihr zum Teil ins Gesicht oder standen sonst irgendwo ungebändigt in die Luft. Er sah dreckige Fingernägel, ein dreckiges Gesicht, Lederschuhe, die aus einem mittelalterlichen Film hätten stammen können. In der Hand eine Fackel, die gerade im Begriff war, ihr letztes Licht zu verlieren. Einen Augenblick musste Alex an seine eigene Geschichte denken, die er gerade geschrieben hatte. Hätte er sein Buch in einen Film umsetzen müssen, dann hätte diese Person hundertprozentig zu Silva gepasst. Silva, die Tochter des Eisenhändlers. Unweigerlich musste er schmunzeln. Was machte so eine Frau hier in dieser unerforschten Höhle? In dieser Kostümierung?

»Was ist los?«, hauchte das Mädchen. »Wo bin ich? Wer sind Sie? Also … wer bist du?«

»Alexander. Alexander Oberberg. Und du?«

»Silva. Silva aus Eisendorf.« Sie blinzelte und hielt zur besseren Sicht ihre Hand über die Augen. »Wo bin ich?«

Alex erschrak und wich zurück. Ein Stich durchfuhr seinen Körper. Sofort griff er in seine Jackentasche und tastete nach seinem Buch. Es steckte an seinem Platz. Trotzdem: Jemand musste sein Buch gelesen haben. Jemand hatte im Laufe dieses Tages, als sein Buch unbeobachtet auf dem Spielplatz gelegen hatte, darin gelesen und erlaubte sich jetzt einen Spaß mit ihm. Krass. Dafür war dieser Person die Umsetzung von Silva aber super gelungen.

»Warum ist es hier so hell?«, fragte das Mädchen, das sich als Silva ausgab. »Und wieso sieht es hier so anders aus?« Sie schaute auf den

Boden. »Was ist das Grüne hier auf dem Boden?« Sie blickte Alex eindringlich an. »Wo, um alles in der Welt, bin ich hier?«

Alex schmunzelte. Sollte er mitspielen? »Deutschland, einundzwanzigstes Jahrhundert. Herzlich willkommen in meiner Welt!«

Die Silva-Darstellerin schaute sich hektisch in alle Richtungen um. »Deutschland«, wiederholte sie und es klang wirklich, als hörte sie dieses Wort zum ersten Mal. »Einundzwanzigstes Jahrhundert.« Sie legte ihren Kopf schief. »Einundzwanzigstes Jahrhundert von was?«

»Einundzwanzigstes Jahrhundert nach Christi Geburt.«

»Was? Wem? Wessen Geburt?«

»Jesus Christus.«

»Wer ist das?«

Alex grinste immer noch. Die Frau machte ihre Sache wirklich gut. »Lange Geschichte«, antwortete er. »Kurz zusammengefasst würde ich sagen: Sohn Gottes, im Stall geboren, am Kreuz gestorben. Hat viele Wunder getan, weise Reden gehalten. Hat das Christentum gegründet, wenn man das so sagen kann.«

»Christentum«, wiederholte sie wieder und schaute sich in alle Richtungen um. Dann kniete sie sich auf den Boden und fuhr mit den Händen vorsichtig über das Gras. »Was zum Henker ist das? Warum ist das alles so grün hier?«

»Das nennt man Gras«, erklärte Alex amüsiert. »Gibt es das in Abadonien nicht?«

»Nein.« Plötzlich schreckte sie hoch. »Du kennst Abadonien?«

»Jaaa«, nickte Alex mit großen Kopfbewegungen und gewann Spaß an diesem kleinen Spontan-Theater. »Ich kenne auch Akio und Agnus!«

Silva sprang auf und ging auf Alex zu. Alex wich reflexartig ein paar Schritte zurück. »Was ist mit ihnen? Wo sind sie? Sind sie bei dir? Geht es ihnen gut?«

Alex imitierte ihre panische Stimmlage und antwortete gespielt erschrocken: »Nein! Sie sind nicht bei mir! Sie sind in dieser Höhle da!« Er zeigte mit beiden Händen theatralisch auf den Höhleneingang. »Und ob es ihnen dort gut geht, das weiß ich noch nicht! Ich schätze mal, sie verlaufen sich gerade jämmerlich und kommen mit letzter Kraft bei dem Moloch an! Aber was der mit ihnen tun wird, das kann ich noch nicht sagen! Wird er sie verspeisen? Wird es Akio gelingen, ohne Schwert den Kampf seines Lebens zu kämpfen? Das Ende steht in der spannenden Fortsetzung! Nächste Woche vielleicht – dann sollte die Geschichte zu Ende geschrieben sein. Dann kannst du den Rest lesen.«

»Du Schuft!« Silva stieß Alex mit beiden Händen so fest gegen die Brust, dass Alex rückwärts auf den Rücken fiel und sich beinahe den Kopf an einem Felsen gestoßen hätte. »Wie kannst du es wagen, dich so über meinen Bruder lustig zu machen! Du mieser, dreckiger Feigling!« Sie setzte sich mit beiden Knien auf seinen Körper und schlug ihm mit ihren flachen Händen rechts und links ins Gesicht.

»Aua! Aua!« Alex wollte sich befreien, aber der Druck auf seiner Brust war zu groß. »Du spinnst wohl, lass mich los!«

Silva schlug ihn immer weiter und immer kräftiger. »Was weißt du über Agnus und Akio?«, schrie sie. »Und woher? Rede! Und wag es nicht noch einmal, die beiden so durch den Dreck zu ziehen!«

Endlich gelang es Alex, mit seinen frei gewordenen Händen Silva von seinem Körper zu stoßen. Silva purzelte über die Wiese und schrie laut. Alex sprang auf und nahm ein paar Schritte Abstand.

»Wer bist du?«, schrie Silva, als wollte sie die ganze Stadt zusammentrommeln.

»Hör auf damit!«, brüllte Alex zurück. »Das ist kein Spaß mehr! Bist du bescheuert, mich so zu verprügeln? Ich kann doch nichts dafür, dass du mir mein Buch geklaut hast!«

»Was für ein Buch?«, brüllte Silva. Sie kniete auf der Wiese und riss bei jedem ihrer Sätze Gras aus dem Boden. »Ich hab kein Buch! Akio hat ein Buch! Aber auch das ist nicht geklaut! Ich hab kein Buch und ich will auch kein Buch! Ich will meinen Bruder zurück!« Sie schrie und weinte, als müsste sie sterben.

Alex hielt sich die Ohren zu. Das war ihm jetzt alles zu viel. »Schluss jetzt, Schluss jetzt!«, schimpfte er laut und auch er spürte, wie Panik in ihm aufstieg. »Also gut, ich hab's kapiert! Du hast meine Geschichte gelesen! Und ja, okay, ich hab mein Buch wieder, du hast es nicht geklaut! Es ist alles gut! Aber deswegen musst du doch jetzt nicht so ein Theater machen, als seist du wirklich die Silva aus dem Buch!«

»Waaas?« Silva schlug mit beiden Fäusten auf den Boden vor sich. »Hör auf mit diesem Buch! Ich weiß von keinem Buch! Ich mach kein Theater! Bitte gib mir meinen Bruder zurück! Bitte!« Sie sank mit dem Gesicht nach vorne ins Gras und weinte laut und bitterlich. »Bitte! Bitte!«

»Die ist geistesgestört«, sagte Alex zu sich selbst, griff noch einmal in seine Jackentasche, um zu überprüfen, ob das Buch noch da war. Ja, es war noch da. Und jetzt nichts wie weg hier. Alex beeilte sich, von dieser Höhlenstätte wegzukommen. Das erste Buch seines Lebens, auf das er ein bisschen stolz war. Und schon gab es Leser, die zu hysterischen Fans wurden und Fan-Partys veranstalteten, noch bevor das Buch überhaupt zu Ende geschrieben war! Das könnte Alex ja eigentlich als Kompliment werten. Aber wenn er dafür verprügelt wurde, dann ging ihm das eindeutig zu weit.

Von hinten hörte er schnelle Schritte. Es klang, als käme ein Hund von hinten auf ihn zugelaufen, um ihm ins Bein zu beißen. Er wollte sich gerade umdrehen, da wurde er auch schon von hinten angefallen, umgestoßen und auf den Boden gerissen. Diese Silva-Person lag nun ganz auf seinem Rücken, hielt mit ihren Händen seine Arme fest im Griff und hatte ihren Mund direkt an sein Ohr gelegt. »Wer auch immer du bist, du kleines, mieses Dreckschwein«, zischte sie gefährlich, »du wirst mir helfen und du wirst mir sagen, was mit Akio und Agnus geschehen ist. Und wenn du weißt, wo sie sind, dann wirst du mich zu ihnen führen!«

»Sie sind in der Höhle«, presste Alex heraus, »und es geht ihnen gut! Okay? Sie besiegen gerade den Moloch, der Moloch stirbt und alle sind glücklich bis an ihr Lebensende!«

»Bring mich zu ihnen!«

»Geh doch selbst! Du bist doch gerade aus der Höhle gekommen, da wirst du doch auch wieder reinfinden!«

»Du kennst sie! Du hast sie gesehen! Dann kennst du auch den Weg! Ich hab mich verlaufen in dieser verdreckten Höhle, sonst wär ich ja nicht hier gelandet. Und du wirst mich gefälligst durch die Gänge bis zu ihnen führen. Klar?«

»Nein, nicht klar!« Alex versuchte, sich zu befreien, aber die Frau auf seinem Körper war zu schwer und zu stark. Nicht einmal seinen Kopf konnte er bewegen. »Sie sind nicht in dieser Höhle, in der du gerade warst.«

»In welcher denn sonst?«

»In der Höhle in Abadonien! Weit weg von hier!«

»Das ist egal! Bring mich hin!«

»Aber kapierst du das denn nicht? Abadonien ist eine Fantasie-Welt! Abadonien gibt es nicht!«

Dieser Satz schien das Mädchen so zu überraschen, dass es für einen kurzen Augenblick vergaß, ihn mit aller Kraft auf den Boden zu drücken. Diesen Moment nutzte Alex und warf seine Verfolgerin mit einem kräftigen Schwung von seinem Körper. Er sprang auf, während die andere seitlich über die Wiese rollte und auf dem Rücken liegen blieb.

»So!« Alex klopfte sich den Dreck von der Jacke. »Und jetzt lass mich in Ruhe.«

Das Mädchen auf der Wiese schaute ihn mit großen Augen an. »Was soll das heißen, Abadonien gibt es nicht?«

»Abadonien gibt es nicht!«, wiederholte Alex laut. »Du bist krank! Kapier das doch! Abadonien gibt es nur in meinem Hirn!« Er tippte sich an die Stirn. »Und in meinem Buch!« Er zog sein Buch aus der Tasche und hielt es in die Luft.

»Was?«

»Na klar, Mann! Bis heute Mittag hat es Abadonien noch nirgendwo gegeben! Nicht einmal in meinem Buch! Da existierte die ganze Welt samt Drachen und Dracolepidus nur auf wahllos zusammengestopften Zetteln! Ja? Und hätte ich mich nicht vorhin hingesetzt und das alles aufgeschrieben, dann gäbe es Abadonien bis jetzt immer noch nicht!«

Das Mädchen setzte sich aufrecht hin, runzelte aber immer noch misstrauisch die Stirn. »Ich verstehe nicht …«

»Du hast vorhin irgendwo mein Buch gefunden! Auf dem Spielplatz oder sonst wo! Und dann hast du es gelesen! Und warum auch immer – dann hast du geglaubt, du bist Silva, oder du willst mir zeigen, du seist Silva oder was auch immer da in deinem Kopf vor sich geht!«

»Ich kann gar nicht lesen!«

»Ja, so siehst du auch aus!«

»Ich bin Silva!«, beharrte das Mädchen.

Alex war bald am Ende seiner Geduld. Er ging auf das Mädchen zu und hielt ihr das Buch unter die Nase. »Vielleicht heißt du zufällig auch Silva, dann kann ich nichts dafür. Aber die Silva, die ich meine, die aus Abadonien kommt und ihren Bruder Agnus vor dem Drachen Moloch retten will – die existiert nur in diesem klitzekleinen Notizbuch! Geht das in deinen Dickschädel rein?«

Sie schüttelte den Kopf. »Nein.«

»Dann lass es bleiben.« Alex hatte keine Lust mehr, sich von einer kranken Person so lange zum Narren halten zu lassen. Er musste Hanna finden. Er drehte sich um und ging die Wiese entlang Richtung Stadt.

Das Mädchen lief ihm hinterher, holte ihn ein und hielt ihn am Ärmel fest: »Ich kann beweisen, dass ich es bin.«

»Ja? Wie denn?«

»Ich hab ein Bild von meinem Vater dabei.«

»Aha?«

Das Mädchen griff von oben in sein Hemd hinein und holte den goldenen Anhänger einer Kette hervor. Sie zog die Kette über den Kopf und hielt sie ihm hin. Der Anhänger hatte eine ovale Form und sah genauso aus, wie Alex ihn sich vorstellte, wenn er ihn in der Geschichte beschrieb. Was es auf dem Anhänger zu betrachten gab, hatte er in seinen Aufzeichnungen bisher noch nicht verraten. Und er hatte sich auch noch nicht wirklich Gedanken darüber gemacht, wann und was Silva darin zeigen sollte. Trotzdem löste der Anblick dieses Anhängers ein Unbehagen in ihm aus. Irgendetwas passierte hier gerade, das er nicht erklären oder begreifen konnte.

»Woher weißt du, dass ein Bild von deinem Vater darin ist?«, fragte er vorsichtig.

»Mein Vater hat es mir gegeben, bevor er starb.«

»Dein Vater ist tot?« Davon hatte Alex gar nichts geschrieben.

»Ja.« Das Mädchen starrte auf den Anhänger. »Als Agnus drei Jahre alt war, kamen Goldräuber und wollten Agnus mitnehmen. Mein Vater hat gekämpft, so gut er konnte. Aber sie waren zu viele. Er konnte sie zwar in die Flucht schlagen und Agnus damit retten. Aber von den Verwundungen, die ihm die Räuber zugefügt hatten, hat er sich nicht mehr erholt. Am Abend gab er mir den Anhänger und sagte: ›Wenn ich nicht mehr da bin, um Agnus zu beschützen, dann bist du für ihn verantwortlich. Einen Goldblüter in der Familie zu haben, ist eine schwere Bürde. Aber es ist auch eine Ehre. Menschen mit goldenem Herzen geben Liebe und Wärme an die Menschen um sie herum weiter. Denk an mich, wenn es so weit ist. Das wird dir Kraft und Mut geben.‹ Wenige Stunden später starb er.«

»Wie lange ist das her?«

»Fast zwei Jahre.« Silva sah Alex an. »Seitdem beschütze ich Agnus, so gut ich kann. Jetzt sind sie aber wiedergekommen. Sie haben Agnus geraubt, als ich auf dem Feld war. Ich konnte nur noch sehen, wie sie davonritten. Ich hab versagt. Ich hab meinem Vater versprochen, für meinen Bruder zu sorgen. Also bin ich losgezogen, um ihn zu retten. Ich werde mir das nie verzeihen, wenn ich ihn nicht wieder mit nach Hause bringe.«

»Was ist mit deiner Mutter?«

»Sie kann Agnus nicht retten. Sie ist schwach. Sie ist eine Frau.«

»Aber du bist auch eine Frau!«

»Ich!« Silva zog ihre Augenbrauen hoch: »Ich muss meinen Vater ersetzen.«

Alex schauderte. Das alles passte so gut zu der Silva, die er sich ausgedacht hatte. Wie konnte jemand, der das Buch nur mal eben schnell gelesen hatte, sich so in diese Rolle hineinfinden? Er nahm den goldenen Anhänger und sah, dass man ihn öffnen konnte. Er sah Silva kurz an: »Darf ich?«

Sie nickte.

Alex öffnete den goldenen Anhänger. Ein auf grobes, bräunliches Papier gezeichnetes Porträt eines stolzen Mannes war zu sehen. Aufrecht, glücklich, ehrlich. Alex durchfuhr ein Gefühl, das er nicht deuten konnte. War es Sehnsucht? Heimweh? So einen Vater wie diesen hatte Alex sich immer gewünscht. Woher kam dieses Bild? Diese Kette? Dieses Mädchen? Er schaute auf und sah dem Mädchen in die Augen. Auch in ihrem Blick lagen Heimweh, Sehnsucht und vor allem die Angst, nicht verstanden zu werden. »War dein Vater ein Goldblüter?«, fragte er und wunderte sich gleichzeitig selbst über das, was er da fragte. War er gerade im Begriff, sich mit einer Figur aus seiner eigenen Geschichte zu unterhalten?

»Nein.« Sie schüttelte den Kopf, nahm die Kette wieder an sich und hängte sie sich um den Hals. »Aber sein Blut war goldener als das von manch anderem aus dem Dorf. Als meins zum Beispiel.«

»Ich finde, du hast ein sehr goldenes Herz.«

Sie schaute ihn prüfend an. »Woher willst du das wissen?«

Auch Alex schaute ihr tief in die Augen. War da etwas von Unsicherheit? Wollte sich da jemand sein Vertrauen erschleichen und ihn später vor allen lächerlich machen, weil er auf einen Scherz reingefallen war? Aber in diesen Augen lag nichts mehr als der Wunsch, den eigenen Bruder wiederzufinden. Das beruhigte Alex einerseits, weil er damit keiner Betrügerin oder Geisteskranken gegenüberstand. Aber es beängstigte ihn auch, denn dass man den Geschöpfen seiner eigenen Fantasie gegenüberstand, das konnte eigentlich nicht sein. Nie und nimmer.

»Wenn du die Silva bist, die ich kenne, die ihr Leben aufs Spiel setzt, um ihren Bruder zu retten, die danach auch noch mithilft, die Schwester eines Nachbarjungen zu befreien, den sie bis dahin nur vom Sehen kannte, dann finde ich das schon ziemlich heldenhaft. Das zeugt von einem reinen Herzen.«

Silva fixierte Alex mit skeptischem Blick. »Woher kennst du mich?«

Alex schmunzelte. »Ich weiß nicht, ob ich das so richtig erklären kann. Da du ja offensichtlich keine Geistesgestörte bist, die sich vorgenommen hat, Teil meiner Geschichte zu werden, gibt es für das alles hier eigentlich nur eine einzige logische Erklärung: Ich träume das alles. Du bist mein Traum. Und gleich wache ich auf und dann ist alles wieder normal.«

Silva zog die Augenbrauen zusammen, schaute ihn weiter prüfend an. Dann, völlig überraschend und ohne Vorwarnung, gab sie ihm dermaßen eine Ohrfeige, dass Alex laut aufschreiend zurücktorkelte und sich vor Schmerzen die Wange hielt.

»Spinnst du?«, schimpfte er. »Was soll das?«

Silva kam hinter ihm her. »Ich wollte dich aufwecken. Mir ist es auch sehr recht, wenn das alles hier nur ein böser Traum ist und ich endlich bald mit Agnus zusammen wieder zu Hause sitze!« Sie stemmte ihre Hände in die Seite. »Und? Aufgewacht? Hat sich was verändert?«

Alex hielt sich immer noch die Wange. Er schaute sich um. Langsam ging die Sonne unter. Aber sonst hatte sich nichts verändert. Das rothaarige Mädchen, das wie Silva aussah, stand immer noch vor ihm. »Nein«, keuchte er. »Nichts verändert.«

»Also noch mal. Wer bist du? Woher kennst du mich? Und was weißt du über Agnus, Akio und Adelia?«

Alex schüttelte den Kopf. »Ich fass es nicht.« Er schüttelte immer noch den Kopf. »Ich fass es einfach nicht.« Wie hatte noch der Kalenderspruch gelautet? Du wirst einen unvergesslichen Tag haben? Den hatte er definitiv. Aber anders, als er es zu träumen gewagt hätte.

»Was fasst du nicht? Werde bitte etwas deutlicher!«

Alex kniff die Augen zu und fasste sich mit beiden Händen an den Kopf, so als müsste er dort erst mal einen Schalter umlegen, um sich auf das einzulassen, was hier gerade vor sich ging. »Also gut«, begann er. »Also gut.« Er öffnete die Augen und sah Silva an. »Heute ist sowieso schon so viel Merkwürdiges passiert, dass ich mich eigentlich über gar nichts mehr zu wundern brauche. Und jetzt kommst du und stehst leibhaftig vor mir.« Er lachte. »Willst du wissen, wer du bist? Willst du das wirklich wissen?«

»Wer ich bin, weiß ich«, sagte Silva streng. »Ich will wissen, wer du bist!«

Alex kicherte, als wäre nun er an der Reihe, verrückt zu werden. »Wer ich bin?« Er kicherte noch mal. »Ich bin dein Schöpfer!«

Silva zuckte mit ihrem Kopf. »Du bist WAS?«

Alex lachte laut auf. »Ich bin dein Schöpfer! Ich habe mir dich ausgedacht!« Silva streckte ihren Kopf mit einem Blick nach vorne, sodass Alex befürchtete, sie würde ihm gleich noch mal eine knallen.

Alex setzte sich in Bewegung und ging einfach ein Stück geradeaus. Nicht zurück in die Stadt, sondern einfach so über die Wiese. Er konnte beim Reden nicht länger den strengen Blick von Silva ertragen. Silva ging neben ihm her, aber ihre Krallen schienen immer noch ausgefahren zu sein.

»Abadonien, der Moloch, die Stadt Gomorra«, erklärte Alex, »das alles hab ich mir ausgedacht. Es ist eine Geschichte, die ich mir heute Nachmittag überlegt habe, um sie meiner Schwester Hanna irgendwann mal vorzulesen oder zu erzählen, wenn sie fertig ist. Hanna liebt Geschichten.«

Silva zog geräuschvoll Rotz aus ihrem Hals hoch und spuckte ihn beim Gehen auf den Boden. »Das ist der größte Mist, den ich jemals gehört habe!«

»Ich auch, das kannst du mir glauben!« Alex musste wieder lachen. »Deine Welt, weißt du – die gibt es nicht in echt. Es ist Fantasy. So nennen wir das. Drachen, Bluträuber und solchen Kram – das gibt es nicht in Wirklichkeit.«

»Aber ich weiß doch, dass es das gibt!«, protestierte Silva. »Ich lebe doch jeden Tag damit!«

»Aber nur in deiner Welt! In meiner Welt gibt es das nicht!«

»Und wer oder was ist deine Welt?«

»Das hier.« Alex breitete seine Arme aus und zeigte auf die Wiese, den Wald und den Stadtrand in einiger Entfernung.

Silva schaute sich langsam und prüfend um. »Ja, das sieht schon anders aus als bei uns. Es sieht fröhlicher aus. Bunter. Viel Grün. Hier wachsen ja sogar Blumen. So was kenn ich nur aus Erzählungen von unserem Dorfpriester.« Sie sah Alex an. »Hat euch das euer Dorfpriester angepflanzt?«

Alex lachte. »Dorfpriester gibt es bei uns auch nicht. Weil es keinen Moloch gibt, müssen wir auch kein Blut opfern. Klar, es gibt das Rote Kreuz, da spenden wir manchmal Blut, aber nicht um einen Drachen zu stillen, sondern um Menschenleben zu retten. Das mit dem Moloch und dem Blutopfer, das hab ich mir alles ausgedacht.«

»Du.« Silva schaute Alex eindringlich an, während sie neben ihm herging. »Ausgedacht.«

»Ja.«

Silva blieb stehen. »Dann würde ich sagen, bist du an der Reihe, mir zu beweisen, dass du nicht lügst.«

Alex blieb auch stehen. »Was?«

»Dass ich hier in einem Land bin, das mir völlig unbekannt ist, sehe ich selbst. Dass du mehr als merkwürdig gekleidet bist, hab ich auch schon festgestellt. Aber dass du mich geschaffen hättest – das ist schon eine ungeheuerliche Behauptung, für die du eigentlich verdient hättest, dass ich dir gleich noch mal eine knalle. Wenn es wirklich so ist, wie du sagst, und ich nur deine Erfindung bin: Wie kann es dann sein, dass es mir gelingen konnte, aus deiner Fantasie auszusteigen und leibhaftig meinem Schöpfer gegenüberzustehen?«

Alex fuhr sich mit der Hand über sein Kinn, dann über die Haare. Schwierige Frage. »Wie es kommt, dass du jetzt leibhaftig vor mir stehst, kann ich dir auch nicht erklären. Das ist mir selbst ein Rätsel.« Wieder fuhr er sich mit der Hand über den Kopf, rieb sich erst die Nase, dann das Kinn. »Aber beweisen, dass ich dein Schöpfer bin … hm. Wie kann ich das?« Er zog sein Notizbuch aus der Tasche. »Hier!« Er hielt es Silva vor die Nase. »Hier steht es alles drin! Hier kannst du deine eigene Geschichte lesen! Hier ist der Beweis, dass du und Abadonien nur eine Geschichte seid!«

»Ich hab schon mal gesagt, ich kann nicht lesen!«

»Soll ich es dir vorlesen?«

»Nein, danke!« Sie stemmte ihre Hände in die Seite. »Dass du da etwas in ein Buch gekritzelt hast, ist kein Beweis dafür, dass du mein Schöpfer bist. Du könntest das auch von jemandem gehört und anschließend aufgeschrieben haben!«

»Wie soll ich es dir sonst beweisen?«

»Lass dir was einfallen!«

Alex setzte sich wieder in Bewegung und ging ziellos weiter. »Ich kann versuchen, dir zu erzählen, was ich über dich weiß. Etwas, das mir niemand erzählt haben könnte, sondern das nur dein Schöpfer wissen kann.«

»Dann schieß mal los.«

Schweigend gingen sie einige Schritte nebeneinander, bevor Alex etwas über Silva einfiel, das nicht nur ihr Äußeres betraf.

»Du hast eine harte Schale«, begann er endlich, »aber einen guten Kern. Du hast einen rauen Ton, aber eigentlich meinst du es nicht böse.« Heimlich schielte er zu Silva rüber, aber die schien nicht beeindruckt, zumindest ließ sie sich nichts davon anmerken. »Du liebst deinen Bruder über alles«, fuhr er fort und endlich konnte er etwas wie ein Lächeln bei ihr feststellen. »Dein Bruder hat die Art von Reinheit, die du bei anderen und manchmal auch bei dir vermisst. Dein Bruder ist geduldig und freundlich. Dein Bruder regt sich nicht auf. Er prahlt nicht ...«

»Ha! Du hast das Gedicht von Akio gelesen!«, platzte Silva dazwischen. »Das kenn ich! Das ist nicht von dir, das ist von ihm! Darauf fall ich nicht rein!«

»Es ist von Akio«, bestätigte Alex, »ja, aber es ist auch von mir. Denn ich hab auch Akio erschaffen und ich hab ihn dieses Gedicht schreiben lassen. Also ist es eigentlich mein Gedicht. Ich hab meine Gedanken durch ihn aufschreiben lassen.«

»Du bist ja vielleicht ein Angeber! Wäre das tiefsinnige Gedicht von mir, hättest du am Ende auch behauptet, es sei deine Erfindung und du hättest mich bloß benutzt, um es aufzuschreiben, was?«

»Ja, genau. So ist das. Denn alles, was du sagst oder schreibst oder denkst, passiert nur, weil ich es so aufschreibe.«

»Aha?« Sie starrte ihn von der Seite an. »Was denk ich jetzt?«

»Das kann ich dir leider nicht sagen. Denn seit du aus der Höhle rausgekrochen bist, bist du auch aus meiner Geschichte rausgekrochen. Alles, was du jetzt sagst und tust, das begreife ich selbst nicht! Verstehst du?«

»Kein Wort.« Silva zog grimmig die Augenbrauen zusammen. »Das sind die blödesten und wichtigtuerischsten Ausreden, die ich in meinem ganzen Leben gehört habe!«

»Aber es stimmt! Abadonien ist meine Erfindung! Eure ganze Welt ist durch mein geschriebenes Wort erschaffen! Sie existiert nur in meinem Wort!«

Silva schüttelte den Kopf. »Du spinnst!«

Sie gingen weiter. Alex wusste, gleich waren sie in der Nähe der Höhle, wo sie ihren wundersamen Rundweg gestartet hatten.

»Ich habe geschrieben, wie Akio sein Schwert eingepackt hat, obwohl er noch nie damit gekämpft hat«, erzählte Alex weiter. »Ich habe dabei an mein eigenes Schwert gedacht, das ich als Kind mal auf einem Jahrmarkt geschenkt bekommen habe. Das sah schön aus, war aber aus Plastik.«

»Aus Plastik?«, wiederholte Silva verständnislos.

»Ja. Eben aus billigem Material. Nicht aus Eisen. Als ich Akios Schwert beschrieben habe, hab ich im Grunde meins beschrieben. Nur für Akio eben in echt.«

Silva schwieg.

»Ich hab Adelia beschrieben«, fuhr Alex fort, »und wie Akio ihr eine Puppe genäht hat. Bei Adelia hab ich an meine Schwester Hanna gedacht.«

Silva schaute Alex nicht an, als sie fragte: »Und an wen hast du gedacht, als du mich geschrieben hast?«

Alex schaute hoffnungsvoll zu Silva rüber. Glaubte sie ihm etwa? »Bei dir hatte ich kein bestimmtes Vorbild. Ich wollte jemanden schreiben, der selbstbewusst, stark und mutig ist. Und der Akio hilft, auch mutiger zu werden. Und ich fand es schön, wenn dieser Jemand ein Mädchen ist.«

»Aha.« Sie schmunzelte ein wenig, als würde sie sich über das Kompliment freuen. »Mal angenommen, das stimmt alles, was du da so erzählst«, begann Silva nach einer Weile. Alex sah, wie es hinter ihrer Stirn ratterte und ratterte. »Angenommen, du hast dir wirklich Abadonien und alle seine Bewohner ausgedacht.«

»Ja, mal angenommen«, stimmte Alex ihr zu.

»Warum?« Jetzt blieb sie stehen und sah Alex ins Gesicht. »Warum hast du dir das ausgedacht?«

»Hm.« Alex schaute vor sich auf die Wiese. »Gute Frage.« Eine wirklich gute Antwort fiel ihm nicht ein. »Weil ich nach einer schönen Geschichte für meine Schwester gesucht hab.«

»Eine schöne Geschichte. Aha. Abadonien ist demnach eine schöne Geschichte.«

»Ja. Eine sehr schöne Geschichte.« Alex nickte.

»Du fandst es also eine schöne Geschichte«, zählte Silva weiter auf, »wenn ein Moloch ein Land beherrscht und die Bewohner in Angst und Schrecken versetzt.«

»Ja, so ungefähr.«

»Aha.« Silva wiegte ihren Kopf hin und her. »Fandst du es dann auch eine schöne Geschichte, dass mein Bruder ein Goldblüter ist und von Goldräubern entführt wurde?«

»Na ja … ähm … das gehörte zu der schönen Geschichte irgendwie dazu.« Das Gespräch begann, sich in eine Richtung zu entwickeln, die Alex nicht mehr geheuer war. »Das … also … das hab ich für spannend gehalten.«

»Ooooh, ach so!«, kam es laut von Silva. »Damit deine Schwester was zum Gruseln hat, wenn sie sich das alles anhört, ja?«

»Ja … ähm … so ungefähr …«

»So ungefähr? Ja?« Silva wurde noch lauter. »Fandst du es dann auch so ungefähr eine schöne Geschichte, dass mein Bruder von den Bluträubern halbtot ausgesaugt wurde? Hat dir das Spaß gemacht?«

»Nein, also …« Dieses Gespräch musste eine andere Richtung bekommen, so viel war klar. »Sieh es doch mal so: Ich hätte mir ja auch ausdenken können, dass Agnus stirbt. Und so hab ich dafür gesorgt, dass er überlebt hat.«

»Ach, vielen Dank, Herr Geschichtenschreiber!«, schimpfte Silva laut und setzte sich wieder in Bewegung. »So ist mein Bruder nicht tot, hat aber wahnsinnig gelitten, während man ihn an furchtbare Geräte angeschlossen und ihm auf brutalste Weise sein Blut entnommen hat! Vielen Dank auch! Was bist du denn für ein Menschenquäler?«

»Nein, nein, ich … ich wollte ihn doch retten! Ich meine … ich hab ihn ja auch gerettet!«

»Du hast ihn gerettet?« Silva lachte frech auf. »Der alte, verräterische Perfidus hat ihn gerettet! Er hat ihn den Blutpriestern abgenommen und ihn uns übergeben!«

»Ja, schon …« Das war jetzt echt irgendwie alles peinlich und unglaubwürdig. »… aber ich hab das so veranlasst … also … ich hab mir das so ausgedacht, dass Perfidus kommt und Agnus rettet.«

»Jo, jo, jo, jo, jo!«, spottete Silva. «Und du hast sicher auch veranlasst, dass der alte Perfidus vorher rechtzeitig lieb geworden ist.«

»Ja, hab ich auch. Ich hab auch das Gespräch zwischen ihm und Akio geschrieben.«

»Toll! Großartig!« Silva schüttelte den Kopf. »Hättest du das nicht auch einfacher schreiben können, indem Agnus erst gar nicht entführt wird? Oder indem Akio und ich so stark sind, dass wir ihn auch alleine hätten befreien können? Stattdessen flichtst du noch eine kleine Neben-Geschichte ein, in der wir verprügelt und halb tot in einen Kerker geworfen werden! Hat das Spaß gemacht?«

»Nein … Spaß nicht … aber … ich dachte, der Spannungsbogen … also …«

Silva stieß Alex unsanft in die Seite. »Du bist ein Volltrottel. Weißt du das?« Sie waren inzwischen an der Höhle angekommen. Silva zeigte auf den Eingang. »Und wenn du dir das alles ausgedacht hast, dann hast du dir doch auch diese Höhle ausgedacht, ja?«

»Diese da speziell hab ich mir nicht ausgedacht, denn die gibt es ja schon. Aber die Höhle in Abadonien, ja, die hab ich mir ausgedacht.«

»Und auch den Moloch da drin.«

»Ja.«

»Und du könntest dir auch ausdenken, wie der Moloch besiegt wird!«

»Ja, natürlich. Theoretisch könnte ich das.«

Silva packte Alex unsanft am Jackenärmel. »Dann wirst du jetzt gefälligst mitkommen, den Moloch tief im Inneren des Berges besiegen und meinen Bruder befreien!« Sie zog Alex Richtung Höhleneingang.

»Halt, nein!« Alex wollte sich aus ihrem Griff befreien, aber sie war zu stark. »Das geht nicht!«

»Warum nicht?«

»Dein Bruder ist nicht da drin!«

»Wo ist er denn sonst?«

»In … ähm … in Abadonien!«

»Na, und was meinst du, woher ich gerade komme?«

»Nein!« Alex bekam es mit der Angst zu tun. »Nein, ich kann da nicht rein!«

Silva wurde immer lauter: »Du hast dir diese Höhle ausgedacht, also kannst du da auch rein!«

»Das ist nicht meine Höhle!« Alex wurde schwindlig. Wurde er jetzt etwa gerade von seiner selbst erfundenen Figur in seine eigene Geschichte reingezogen? Das gab es nicht und das durfte es nicht geben! »Nein, Hilfe! Ich will nicht!«

»Du willst uns allein mit dem Moloch lassen?«

»Ich schreib gleich nachher die Geschichte so weiter, dass alles gut ausgeht, versprochen!«

»So lange kann ich nicht warten! Du kommst jetzt mit und wirst mir helfen!«

»Nein, nein! Ich kann nicht!« Panik machte sich in ihm breit. »Ich … ich hab absolut keine Zeit! Wirklich nicht!«

»Ich auch nicht!«, brüllte Silva. »Also komm jetzt!«

»Ich muss meine Schwester finden!«

Silva schrie so unbeherrscht laut, dass Alex einen Stich im Kopf verspürte: »Und ich muss meinen Bruder finden! Wenn du uns das alles nicht eingebrockt hättest, dann müsste ich da auch jetzt nicht rein! Aber du hast uns diesen Drachen geschickt! Du hast uns Agnus und Adelia genommen! Und du hilfst uns zum Kuckuck und zum Henker da jetzt wieder raus, verdreckt und zugenäht! Verstanden?«

Alex schrie um sein Leben: »Nein!«

Silva zog Alex so hart am Ärmel, dass er unbeholfen in die Höhle stolperte und nur im letzten Augenblick seinen Kopf von einem vorstehenden Felsbrocken wegziehen konnte. Alex rutschte schon nach den ersten Schritten im Eingangsbereich dieser finsteren Grotte aus und konnte sich nur deshalb auffangen, weil Silva immer noch seinen Ärmel fest im Griff hatte. Schon nach wenigen Metern wurde es dunkel. Der einzige Gang, der zu erkennen war, war so niedrig, dass sich beide auf die Knie setzen mussten.

»Wir haben kein Licht!«, jammerte Alex. Er versuchte immer noch, sich aus Silvas Griff zu befreien.

»Danke für den Hinweis, Geschichtenschreiber!«, keifte Silva. »Kannst du uns eben eins schreiben?«

»Ich will nach Hause!« Alex war zum Heulen zumute. Er schämte sich, dass er so ein Weichei war. Er schämte sich, vor diesem Mädchen so zu jammern. Aber in dieser unbekannten Höhle durchfuhr ihn eine Angst, wie er sie nie zuvor in seinem Leben gekannt hatte. Er war soeben dabei, Teil einer Geschichte zu werden, die bis heute Morgen nur in seinem Kopf existiert hatte. Und wenn das wirklich so war, dann würde er im Laufe dieser Reise einem Drachen gegenüberstehen. Und das hatte sich Alex nun wirklich beim besten Willen nicht so ausgedacht!

»Ich will auch nach Hause!«, brüllte Silva. »Und jetzt halt die Klappe! Das ist ja furchtbar mit dir! Wenn du so laut schreist, dann hören wir Akio nicht! Dafür hört uns der Moloch und verspeist uns!«

Die Angst in Alex' Brust wandte sich mit einem lauten Schrei nach draußen: »Neeeiin! Ich will das alles nicht!«

Silva brüllte laut: »Ich auch nicht!« Dann gab sie Alex noch einmal eine schallende Ohrfeige, packte erneut seinen Ärmel fest und zog ihn auf allen vieren krabbelnd hinter sich her.

Alex zitterte am ganzen Körper, während er und Silva sich vorsichtig mit nach vorne ausgestreckten Händen durch die Finsternis tasteten. Immer wieder hielten sie eine Hand schützend über ihren Kopf, um sich nicht an Felsbrocken zu stoßen. Die Gänge waren inzwischen schmal, aber doch immerhin höher geworden, sodass sie aufrecht gehen konnten. Da sie aber nicht wussten, wann es wieder niedriger wurde, tasteten sie weiterhin nicht nur nach vorne, sondern auch nach oben. Alex konnte nichts, aber auch gar nichts erkennen. Nicht einmal seine eigene Hand oder den kalten Atem vor seinem Mund. Er musste sich allein auf seinen Tastsinn verlassen. Und auf sein Gehör. Außer seinem eigenen aufgeregten Schnaufen hörte er den gleichmäßigen, aber ebenso aufgeregten Atem von Silva direkt vor sich. Seit einer halben Stunde hatte keiner von ihnen etwas gesagt. Alex war immer noch schlecht und schwindlig. Er hoffte inständig aufzuwachen und das alles als sinnlosen Traum entlarven zu können.

Irgendwann mischte sich in den Geruch nach Wasser und Stein auch ein schwefliger Gestank. Faule Eier. Und dann plötzlich, als sie kurz stehen blieben, um sich neu zu orientieren, spürte Alex etwas wie einen undefinierbaren Pulsschlag, der zwar nicht in unmittelbarer Nähe war, aber trotzdem so mächtig und gewaltig, dass er wie ein unterirdisches Grollen langsam durch die Gänge zog und in unheimlichem, gleich bleibendem Takt Boden und Wände erzittern ließ. Der rote Moloch! Alex spürte, wie Angstschweiß in dicken, kalten Tropfen auf seine Stirn trat und sofort an allen Seiten des Kopfes hinunterrann, den Hals entlang und bis tief in den Pullover hinein lief. Er schluckte. Nach noch ein paar Kurven stellte er fest, dass er Umrisse von Silva erkennen konnte. Und erst jetzt wurde ihm bewusst, dass aus irgendeiner kaum wahrnehmbaren Quelle Licht zu ihnen drang.

»Es ist nicht mehr weit«, flüsterte Silva.

»Ich hab Angst«, flüsterte Alex zurück.

»Für Angst ist jetzt keine Zeit«, wisperte Silva kaum hörbar.

»Ich hab auch nicht behauptet, dass ich mir bewusst dafür Zeit genommen hätte«, wandte Alex leise ein.

Sie gingen weiter. Hinter einer der Kurven flackerte es leicht. Kam es Alex nur so vor oder wurde es wirklich Schritt für Schritt wärmer in diesem Erdinneren? Waren sie bald in der Mitte der Erde angekommen? Näherten sie sich dem Feuer des Drachen? Oder vielleicht irgendeiner Art von Hölle?

Alex blieb stehen und schnaufte. Sein Herz schlug ihm bis zum Hals. »Ich mach das nicht«, sagte er leise. »Ich mach das nicht.«

Silva war auch stehen geblieben. »Was machst du nicht?«

»Ich geh da nicht hin.« Alex schüttelte wie wild den Kopf. Schweißtropfen sprangen in alle Richtungen von seinen Haaren. »Ich geh da nicht hin.«

»Spinnst du? Na klar gehen wir da hin!«

»Nein. Ich mach das nicht. Ich muss das nicht. Es ist nicht mein Bruder, es ist nicht meine Schwester. Ich hab hier überhaupt nichts verloren.« Alex schnaufte so laut und schnell, dass er fürchtete, gleich das Bewusstsein zu verlieren. »Da draußen, da hab ich was verloren. Meine Schwester Hanna. Die muss ich finden. Und nichts hier in diesem Höllenloch.«

Er trat einen Schritt zurück und wollte sich umdrehen. Im nächsten Augenblick hatte Silva ihn grob am Hals gepackt und drückte ihn fest gegen die Höhlenwand. Alex stieß sich dabei so fest den Kopf, dass er glaubte, er würde bluten. Silva schäumte vor Wut. »Du Mistkerl hast diesen Moloch geschaffen! Du wirst ihn auch besiegen!«

»Ich kann nicht!« Alex winselte wie ein Hund. Er musste schon lange aufs Klo und jetzt in diesem Augenblick erst richtig. Er fürchtete schon, sich hier vor Silva in die Hose zu machen.

»Na klar kannst du! Du kannst eine komplette Welt erschaffen samt wütendem Drachen! Und das alles nur durch dein Wort! Erinnerst du dich?«

»Die Geschichte hat sich selbstständig gemacht«, gluckste Alex. Silva drückte seinen Hals viel zu fest.

»Das kann ja wohl nicht sein! Es ist dein Wort, das Leben schafft, richtig? Also braucht es doch auch nur ein Wort von dir und das Böse ist besiegt und Abadonien gerettet! Oder etwa nicht?«

»Dazu müsste ich irgendwo in Ruhe sitzen, einen Stift haben und schreiben können!«

Silva kam ihm mit dem Gesicht bedrohlich nah. »Und das ist alles?«

»Ja …«

»Dann schreib!« Silva zog Alex von der Wand weg und stieß ihn in den Gang zurück. Alex stöhnte laut auf, hielt sich den Hals, torkelte und hoffte, sich nicht schon wieder den Kopf zu stoßen.

»Schreib deinen Sieg!«, forderte sie noch einmal auf.

»Hier ist es viel zu dunkel!«

»Schreib trotzdem!«, befahl sie laut.

Alex griff in seine Jackentasche. Da war ein Stift – aber kein Buch! Er hatte sein Notizbuch schon wieder verloren! »Mein Buch ist weg!«

»Was soll das heißen?«

»Mein Buch ist weg!«, rief Alex noch lauter.

»Das hab ich gehört!«, schimpfte auch Silva lauter. »Aber was heißt das? Was bedeutet das für uns jetzt hier? Du kannst doch trotzdem schreiben! Wenn du für deine Welt, für deinen Sieg schreiben musst, dann hast du jetzt hier Zeit zum Schreiben!«

»Aber ich brauch doch ein Papier zum Schreiben, kapierst du das denn nicht?«, brüllte er laut. »Worauf soll ich denn schreiben?«

»Das ist mir doch egal! Du hast gesagt, du musst schreiben, um den Moloch zu besiegen! Also schreib!«

Alex keuchte schon wieder. »Ich muss mein Buch finden!« Er schaute verzweifelt um sich, auch wenn er außer einem dünnen Umriss von Silva in diesem Schoß der Erde nichts erkennen konnte. »Ich muss es finden!«

»Du kannst doch hier kein Buch finden!«, rief Silva aufgeregt. »Hier findest du nichts!«

»Ich muss aber!« Alex torkelte zurück. Mit einer Hand tastete er sich an der Felswand entlang, die andere hielt er zum Schutz vor den

Felsen über seinem Kopf. Dabei schaute er angestrengt auf den Boden. »Ich muss!«

»Du bist völlig durchgedreht!«, schrie Silva. »Du findest hier kein Buch!« Sie hielt ihn an der Jacke fest. »Wenn es ohne Buch nicht geht, dann laufen wir eben ohne Buch zu Akio und Agnus!«

Alex ging einfach weiter, obwohl Silva wie verrückt an seiner Jacke zog. »Ohne mein Buch geh ich nicht in diese Hölle!«

Silva schimpfte wie eine strenge Lehrerin: »Du kommst jetzt sofort mit mir! Keine Widerrede!«

Alex blieb stehen und schimpfte zurück: »Was fällt dir eigentlich ein, mit mir zu reden, als wär ich dein missratenes Kind? Ich bin dein Schöpfer, ja? Vergiss das nicht! Ohne mich gäb es dich gar nicht! Und ohne mein Buch, das hier irgendwo rumliegt, gibt es dich auch nicht!«

»Mich gibt es aber! Egal, ob mit oder ohne dein verdrecktes Buch, zum Henker noch mal! Also stell dich nicht an wie ein altes Hausmütterchen und komm endlich mit mir!«

»Nein!« Alex schlug mit seiner Faust auf Silvas Hand. Damit hatte sie nicht gerechnet. Sie ließ mit einem Aufschrei los, Alex stürzte nach vorne, fing sich im Laufen wieder, nutzte die Gelegenheit und rannte um sein Leben. Mit seinen Armen wedelte er wild vor sich, über sich und neben sich her. Nur weg von hier! Weg aus dieser Geschichte, weg aus Abadonien, weg aus diesem Leben! Weg aus dieser Verantwortung, die er niemals hatte auf sich nehmen wollen! Er hatte eine Geschichte erfunden, aber er hatte doch nie geglaubt, dass er selbst sein Leben dafür einsetzen müsste, um seine blöden Romanfiguren zu retten!

»Bleib stehen!«, rief Silva hinter ihm.

Alex hörte nicht auf sie. Er rannte, er stolperte, er fiel hin, er rappelte sich auf, stolperte von Neuem, fiel hin, schlug sich das Knie auf, krabbelte weiter, zog sich nach vorne, erhob sich. Silva stürzte sich von hinten auf ihn, erwischte sein Bein, warf ihn nach vorne um. Er trat nach hinten, schüttelte sie ab, sprang wieder auf, rannte, stieß sich die Schulter an einem Felsvorsprung, schrie auf, torkelte, tastete mit dem Fuß vor sich, spürte, dass der glitschige Weg vor ihm steil nach unten ging. Wollte schon wieder umkehren, glitt aus, verlor das Gleichgewicht, stürzte kopfüber nach unten. Dort schlug er mit dem Kopf auf einem Felsen auf, Blut spritzte in alle Richtungen. Alex wusste, er hatte den Kampf verloren, als er seine letzten Atemzüge in der Lache seines eigenen Blutes aushauchte.

Weiß. Hell. Licht. Alex versuchte, die Augen zu öffnen, aber es war zu hell. Alles um ihn herum war weiß. Aber das, worauf er lag, war keine Wolke. Und auch kein Bett. Es fühlte sich hart an. Wo war er? Im Himmel?

Alex fasste sich an den Kopf und versuchte noch einmal, die Augen zu öffnen. Er blinzelte. Weiß. Alles weiß. Weiße Kacheln an den Wänden. Weiße Fliesen auf dem Boden. Das erkannte er jetzt so langsam. Ein weißes Waschbecken. Ein weißes Klo mit weißem Klodeckel. Dahinter ein weißer Wasserspülkasten. Und jetzt wurde ihm auch klar, worin er gerade lag: in einer weißen Badewanne. Ohne Wasser. Wo war er? In einem Badezimmer? Vom wem?

Langsam richtete er sich auf und schaute sich um. Nach und nach stellte er fest, hier war doch nicht alles weiß. Die Handtücher, die neben dem Waschbecken hingen, waren grün. Der kleine Teppich auf dem Boden vor der Badewanne war hellblau. Badehandtücher hingen an Stangen über der Badewanne. Die waren bunt in den unterschiedlichsten Farben. Die Zahnbürsten in den Bechern über dem Waschbecken und die verschiedenen Deoflaschen machten schnell deutlich, dass dieses Badezimmer von mehreren Personen benutzt wurde. Vermutlich von einer Familie.

Über dem Waschbecken hing ein Spiegelschrank. Alex stand auf und betrachtete sich im Spiegel. Er sah aus wie immer. Dunkle, lockige Haare, die für einen Jungen viel zu weit vom Kopf abstanden. Weiße Haut, braune Augen. Kein Blutfleck. War er nicht eben gerade irgendwo steil abgestürzt und hatte sich den Kopf aufgeschlagen? Wieso blutete er nicht mehr? Er befühlte mit der Hand die Stelle, an der er eine Wunde vermutete. Nichts. Also doch kein Sturz? Hatte er denn nur geträumt? Sein Kapuzenpulli war sauber, als hätte er ihn gerade frisch angezogen. Seine Jacke? Wo war seine Jacke? Als er an sich herabschaute, stellte er fest, dass auch seine Schuhe fehlten. Er hatte in Socken in einer Badewanne gelegen. Aber warum? Wo war er? Wer hatte ihn hier hergebracht?

Seinen letzten Erinnerungen nach war er gerade in einer Höhle gewesen. In einer Höhle auf dem Weg nach Abadonien. Der Welt seiner Fantasie. Mit Silva, dem Geschöpf seiner Fantasie. Und jetzt lag er hier in einem fremden Badezimmer, das ihm merkwürdig unwirklich vorkam. Als wäre er wieder in einer anderen Welt. Sein Körper fühlte sich irgendwie leicht an. War er vielleicht doch gestorben? Oder in einem Traum?

Traum. Ja. Alex betrachtete sein Spiegelbild genauer. Waren da vielleicht Spuren, an denen er erkennen konnte, dass er sich das alles hier nur einbildete? Nein. Keine Spuren.

Vorsichtig stieg Alex aus der Badewanne und ging auf die Badezimmertür zu. Durfte er es wagen, das Bad zu verlassen? Wen würde er hier treffen? Ein bisschen fühlte er sich wie Alice im Wunderland, die von einem Traum in den nächsten stolperte und sich irgendwann gar nicht mehr über die skurrilen Gestalten wunderte, die ihr so nach und nach begegneten.

Alex öffnete die Badezimmertür und spähte in den Flur. Ein schmaler Flur, der nach rechts ins Dunkle, nach links aber sofort nur durch einen weiteren Türrahmen in ein neues, größeres und helleres Zimmer führte. Langsam öffnete er die Tür weiter, trat einen Schritt hinaus in den Flur und stand bereits kurz vor dem Türrahmen, durch den er in das helle Zimmer gelangen konnte, das er vom Bad aus gesehen hatte. Der größte Teil des Raumes, den er gerade betreten wollte, lag nach rechts. Zaghaft beugte Alex seinen Kopf nach vorne, um ein wenig um die Ecke herum schauen zu können. Er sah einen Schrank, vor dem Schrank einen Esstisch aus Holz. Drum herum vier Stühle und eine Bank. Auf einem der Stühle saß ein Mann und trank aus einer großen Tasse.

Alex erschrak, als er den Mann sah, und zog den Kopf zurück. Wer war das?

»Da bist du ja«, begrüßte ihn der Mann freundlich von seinem Platz aus.

Mist! Er war entdeckt! Alex trat einen Schritt in den Raum und kam sich vor wie ein Schuljunge, der sich vor einem Lehrer versteckt hatte. Er zog den Kopf etwas ein. »Guten Tag«, sagte er unsicher.

»Hallo«, sagte der Mann und lächelte. »Komm, setz dich.« Er deutete mit der freien Hand auf die Bank, die ihm gegenüber an der Wand stand. Alex ging auf die Bank zu und setzte sich. Der Mann nahm einen Schluck aus seinem großen Becher. Alex fielen sofort die weißen Haare auf, die aber nicht so lang waren wie bei Gandalf oder Dumbledore. Eher kurz. Auch der weiße Rauschebart fehlte. Und sicher war der Mann nicht so alt wie einer der Zauberer aus den Filmen. Er schätzte ihn auf das Alter seiner Mutter. Mitte vierzig. Er trug eine alte Jeanshose, ein weißes T-Shirt und einen grauen, verwaschenen Pullover darüber. Auf der Tasse, die er jetzt auf dem Tisch abstellte, war Peter Pan abgebildet, der gerade mit Wendy und ihren Brüdern durch die Nacht von London flog. Wo um alles in der Welt war er hier gelandet?

»Willst du was trinken?«, fragte der Mann.

Alex schüttelte den Kopf.

Der Mann lächelte wieder. »Ich freu mich, Alex, dass wir uns endlich mal persönlich treffen.«

»Wer sind Sie?«, fragte Alex geradewegs heraus und musste sich anstrengen, überhaupt etwas Stimme herauszubekommen. Sein Hals war wie zugeschnürt.

»Entschuldigung«, sagte der Mann. »Hab ich mich dir nicht vorgestellt? Tut mir leid.« Er lächelte vergnügt und nahm einen Schluck aus seiner Peter-Pan-Tasse. »Hab ich ganz vergessen. Weißt du, ich war schon so aufgeregt, dich endlich kennenzulernen.«

Alex wollte nicken, aber irgendetwas in ihm hinderte ihn, sich auch nur ansatzweise zu bewegen.

»Ich meine … also, kennen tu ich dich ja schon längst«, fuhr der Mann fort. »aber dass wir beide uns gegenübersitzen, das ist neu für mich. Und ich muss zugeben, vor diesem Augenblick war ich schon ein bisschen aufgeregt.« Er zog die Augenbrauen hoch und grinste wie ein Kind, dem es gelungen war, eine riesige Holzeisenbahn aufzubauen. »Jetzt bist du da. Und das find ich schon irgendwie klasse.«

»Wer sind Sie?«, fragte Alex noch einmal. Ihm wurde unheimlich zumute.

»Also.« Der Mann schob die Tasse auf dem Tisch zur Seite, legte die Unterarme auf den Tisch und faltete seine Hände. »Ich bin ein

Autor. Ein Schriftsteller. Gerade sitze ich an einem ganz interessanten Projekt. Willst du wissen, welches?«

Alex hätte am liebsten nein gesagt, aber irgendwie hatte er das Gefühl, in einem Film zu stecken, der, ohne ihn zu fragen, vor ihm ablief und ihm dabei eine Rolle zuteilte, von der er nicht wusste, wen und was er überhaupt darstellen sollte. Bewegungslos blieb er sitzen und starrte den weißhaarigen Mann mit großen Augen an.

»Na gut, ich sag's dir.« Der Mann klappte die Unterarme nach oben und stützte sein Kinn auf den gefalteten Händen ab. »Weißt du, die Hauptfigur in meinem Roman sitzt gerade ziemlich in der Klemme. Sie hat sich eine Welt erschaffen. Allein durch das Schreiben.« Er legte eine Kunstpause ein und betonte noch mal extra: »Durch jedes einzelne geschriebene Wort.« Er zog kurz die Augenbrauen hoch und fixierte Alex' Blick, als wollte er daraus ablesen, ob Alex ihm folgen konnte. Alex konnte nicht wirklich folgen. Aber er hatte eine dunkle Vorahnung, dass das, was er jetzt hören würde, der Gipfel des Verrückten sein würde, das er heute und überhaupt in seinem ganzen Leben jemals erlebt hatte. »Diese Welt«, fuhr der Mann fort, »lebt in dem Kopf, in den Gedanken und in dem Notizbuch meines jungen Helden. Er hat eine Welt erschaffen, die vom Bösen beherrscht ist. Blutopfer sind das Einzige, das den Zorn des Bösen in seinen Schranken hält. Nun ist die Handlung, die sich mein Held ausgedacht hat, inzwischen an einem Punkt angekommen, an dem er selbst nicht mehr weiß, wie er seine Hauptfiguren aus der gefährlichen Lage befreien soll.«

»Meine Geschichte«, entfuhr es Alex, aber wieder hatten seine Worte kaum Stimme. Er räusperte sich. »Sie schreiben meine Geschichte auf!«

»Ja, ganz genau.« Der Mann freute sich wie ein Quizmaster, der gerade von seinem Kandidaten eine richtige Antwort bekommen hatte. »Du kannst ruhig du zu mir sagen.«

»Wer sind Sie?« Alex wollte das strenger fragen. Lauter, nachdrücklicher. Aber ihm blieb jede Kraft im Halse stecken.

Der Mann lächelte wieder und schaute Alex dabei in die Augen. »Ich bin dein Autor, Alex. Ich habe dich geschaffen.«

Alex hatte sich schon gedacht, dass so was kommen würde, aber jetzt, wo es ausgesprochen war, schleuderte ihn diese Erkenntnis vor Entsetzen doch noch mal zurück. Er stieß mit dem Kopf an die Wand, dann sprang er auf und entfernte sich so weit wie möglich von diesem merkwürdigen Herrn mit der Peter-Pan-Tasse und dem alten Pullover. Leider war der Raum nicht so riesig. Darum rannte er nur bis in die gegenüberliegende Ecke und blieb neben einem Schrank stehen, auf dem jede Menge Kleinkram, Papiere und eine Uhr standen. Alex hielt sich mit beiden Händen den Kopf fest und endlich hatte er wieder genug Stimme, um laut auszurufen: »Aber das gibt es doch gar nicht! Das gibt es doch alles nicht! Ich bin doch keine Romanfigur! Ich bin doch echt! Ich bin doch das echte Leben! Umgekehrt: Ich bin es, der Geschichten schreibt! Ich bin ein Autor! Silva – sie ist eine Romanfigur!«

»Ja, das stimmt alles«, freute sich der Mann schon wieder. Noch eine richtig beantwortete Quizfrage. »Aus deiner Sicht ist das so. Du führst ein ganz normales Leben mit Höhen und Tiefen, mit Freuden und Sorgen und mit einer Schwester, die du unwahrscheinlich liebst. Du erfindest Geschichten, die du in dein Notizbuch schreibst. Aber aus meiner Sicht«, er drückte mit allen zehn Fingern auf seinen Oberkörper, »aus meiner ganz persönlichen Sicht gibt es dich nur in meinem Kopf und in meinem Buch.«

Alex wurde schwindlig. »Sind Sie etwa Gott?«

Der Mann lachte. »Natürlich nicht!« Er drehte sich auf seinem Stuhl, um sich Alex zuzuwenden. »Die einzige Welt, die ich erschaffen kann, ist die, die ich aufschreibe! So wie du! Eine Welt in Buchform – die kann ich schaffen! Aber das ist keine reale Welt!«

»Ich bin real!« Alex schossen Tränen in die Augen, obwohl er vor diesem selbst ernannten Schöpfer wirklich nicht vorhatte zu heulen.

»Ja, du bist real!« Der vermeintliche Schöpfer breitete seine Arme nach vorne aus, als wollte er Alex in den Arm nehmen. »Du bist real in deiner Welt. So wie Akio und Silva sich selbst in Abadonien auch für real halten. Oder nicht?«

»Aber Abadonien ist doch nur eine Geschichte.«

»Das stimmt. Aber versuch das mal Silva zu erklären.«

Alex lehnte sich an die Wand neben dem Kleinteile-Schrank. Er starrte auf den Boden und versuchte, einen klaren Gedanken zu fassen. »Also bin ich nur eine Figur in einem Buch«, murmelte er unsicher.

»Ja.«

Er sah den Buchschreiber an. »In welchem?«

»In meinem. Das Buch heißt: ›Gefangen in Abadonien‹.«

»Gefangen in Abadonien«, murmelte Alex. »Und wer ist in Abadonien gefangen?«

»Das weißt du doch selbst: Adelia und Agnus. Eigentlich alle Bewohner von Abadonien, denn sie sind unfrei, weil sie ihr Leben lang dem Moloch dienen müssen.«

Alex fasste sich an die Stirn und schloss die Augen. Irgendwas stimmte da nicht. »Aber nein, das ist doch gar nicht Ihre Geschichte. Das ist doch meine Geschichte! Es ist die Geschichte, die ich mir ausgedacht habe. Es ist die Geschichte von Akio und Silva. Dort tauche ich nicht auf. Also bin ich keine Romanfigur, sondern ein Romanschreiber! Akio ist eine Romanfigur!«

»Du hast recht. Akio ist deine Romanfigur. Und du bist meine. Du bist die Hauptperson in einem Buch darüber, wie ein Junge ein Buch über Akio und Abadonien schreibt.«

Alex lehnte seinen Kopf zurück an die Tür. Das war ihm zu kompliziert. »Ich bin die Hauptperson in einem Buch, das davon handelt, wie ein Junge namens Alex ein Buch über Abadonien schreibt.«

»Genau so ist es.«

Alex starrte an die Decke. »Und was passiert da so, außer dass ich ein Buch schreibe?«

»Na, alles, was du heute erlebt und geschrieben hast.«

»Ich bin mit meiner Schwester beim Logopäden gewesen. Wow. Spannende Geschichte.«

»Würdest du wirklich sagen, Alex, dass dir heute nichts weiter passiert ist, als dass du mit deiner Schwester beim Logopäden warst?«

»Hm.« Alex dachte über seinen mehr als verrückten Tag von heute nach. »Na ja. Ein paar Sachen waren schon außergewöhnlich.«

Plötzlich stutzte er:

»Waren Sie es etwa, der das gemacht hat, dass die Kreide heute Morgen in der Schule an mir vorbeigeflogen ist?«

Der Mann freute sich wieder, als hätte jemand seine aufgebaute Holzeisenbahn bewundert: »Ja, ganz genau!«

»Wie haben Sie das gemacht?«

»Wie?« Der Mann schien verwundert. »Wie ich das gemacht habe?« Er zuckte amüsiert mit den Schultern. »Wie schon? Ich hab es einfach aufgeschrieben. Ich sagte doch: Ich bin der Autor. Ich kann schreiben, was ich will! Es ist meine Entscheidung, ob ich mich bei meinen Aufzeichnungen an die üblichen physikalischen Gesetze halte, oder ob ich einfach was Ungewöhnliches einbaue. Wenn ich wollte, könnte ich dir Flügel andichten und dich quer durch die Stadt fliegen lassen. Im Buch ist alles möglich.«

»Aber das wäre ja unrealistisch.«

Der Mann lachte. »Als ob ein menschenfressender Drache realistischer wäre. Vergiss nicht: In der Welt, die ein Autor sich ausdenkt, ist alles das möglich und realistisch, was er zulässt.«

Alex dachte nach: »Zum Beispiel auch den Spruch auf einem Kalender zu ändern.«

»Richtig. Oder einen Bus mit einer passenden Aufschrift vorbeifahren oder einen Mann mit Handy deine Antworten geben zu lassen.«

Alex sah vor sich auf den Boden und schüttelte den Kopf. Irgendwas stimmte da nicht. »Aber wenn Sie alles schreiben – dann bin ich ja eigentlich so was wie eine Marionette! Dann kann ich gar nicht frei entscheiden, wohin ich gehe! Dann mach ich ja eh, was Sie wollen!«

»Richtig. Und darum kannst du dich ganz frei bewegen, denn alles, was du tust, tu ich sozusagen durch dich.«

»Wie bitte? Dann kann ich mich frei bewegen? Das ist doch Quatsch! Was soll daran frei sein? Dann kann ich ja auch nichts tun! Dann kann ich mich in eine Ecke setzen und warten, bis Sie meinen Arm heben und meine Beine bewegen!«

»Könntest du. Ja. Aber ich will doch, dass du es von dir aus tust!«

»Wie kann ich das, wenn ich doch sowieso nur ein Produkt Ihrer Fantasie bin?«

»Das hast du doch die ganze Zeit bisher auch getan!«

»Das ist doch ausgemachter Blödsinn!« Alex schaute sich um, als suchte er hier irgendwo einen Ausgang aus diesem verrückten Film. »Mein ganzes Leben lang hab ich geglaubt, ich tu, was ich will. Egal, ob ich zur Schule gehe oder nicht, ob ich Hanna eine Geschichte erzähle oder nicht oder was auch immer! Und jetzt kommen Sie daher und erzählen mir, alles, was ich hier sage und denke, das schreiben Sie?«

»Natürlich. Das versuch ich dir doch die ganze Zeit deutlich zu machen! Du bist meine Romanfigur! Du existierst, lebst und handelst, weil ich es schreibe!«

Alex schaute sich um. Das Gefühl, das allmählich in ihm aufstieg, grenzte an Verzweiflung. Er breitete einen Arm aus und fegte mit einer großen Handbewegung alles von diesem bescheuerten Schrank herunter, was darauf lag: Blätter, Stifte, Plastikfiguren, sogar die aufgestellte Uhr. Alles flog krachend auf den Boden. Alex keuchte. »Und das? Haben Sie das auch geschrieben?«

»Selbstverständlich.«

Alex holte ein Bein zu einem großen Schwung nach hinten aus, dann trat er die Uhr, die Figuren und den ganzen Quatsch mit rohen Tritten nach rechts und links an die Wände. »Das auch? Und das auch?«

»Das alles.« Der Autor schien sich überhaupt nicht zu wundern.

»Und finden Sie das gar nicht schlimm?«

»Nicht sonderlich. Sonst hätte ich es ja nicht aufzuschreiben brauchen.«

Alex bekam Schweißausbrüche: »Ich mach Ihre Sachen kaputt und Sie finden das in Ordnung?«

»Du machst sie ja sozusagen nur in meinem Buch kaputt.« Er zog seinen Mund wieder zu einem kindischen Grinsen zusammen. »Das ist der Vorteil, wenn man Unordnung nur schreibt. Dann muss man nachher nicht aufräumen.«

Alex ging auf den Autor zu und starrte ihn verzweifelt an. »Aber Sie schreiben doch gar nicht! Sie sitzen doch bloß da und klopfen angeberische Sprüche! Wann, bitte, schreiben Sie das alles?«

»Ich schreibe das in diesem Augenblick.«

»Das ist doch gelogen!« Alex brüllte so laut, dass er sich selbst nicht mehr wiedererkannte. Am liebsten hätte er alles hier kurz und klein geschlagen. »Sie schreiben doch überhaupt nicht! Sie sitzen nur da auf Ihrem Stuhl, trinken aus Ihrer Peter-Pan-Tasse und haben die Hände auf dem Schoß liegen! So schreibt man nicht!«

»Wenn du dich abgeregt hast, kannst du dich gerne wieder hinsetzen«, sagte der Autor mit einem dermaßen penetranten Grinsen, dass Alex Lust verspürte, ihm einmal kräftig ins Gesicht zu schlagen.

»Wenn Sie wollen, dass ich mich setze, dann schreiben Sie doch einfach, dass ich mich setze!«

»Wenn du es willst, bitte schön.«

Alex setzte sich.

»Zufrieden?« Der Autor schien sichtlich amüsiert.

Alex schaute sich um. Hatte er sich wirklich setzen wollen? Die Sache wurde immer unheimlicher. »Ich bin willenlos«, stammelte er. »Ich hab keinen eigenen Willen mehr.«

»Ja und nein«, sagte der Autor. »Natürlich schreibe ich alles, was du tust. Und damit hast du eigentlich nur den Willen, den ich dir zugestehe. Andererseits erschafft doch jeder Autor seine Figuren so, dass sie sich in ihrer eigenen Welt so bewegen, als wollten sie es selbst. Oder?«

»Kapier ich nicht.« Das alles war ihm zu abgedreht.

»Pippi Langstrumpf, Michel aus Lönneberga, Winnetou – sie alle tun genau das, was ihre Autoren schreiben. Aber würdest du über einen von ihnen sagen, dass sie keinen freien Willen haben?«

»Nein, natürlich nicht. Es ist ja auch eine Geschichte.«

»Genau! So wie Akio deine Geschichte ist und nur das tut, was du willst. Und so wie du meine Geschichte bist und nur das tust, was ich will. Und trotzdem handelst du doch innerhalb der Geschichte frei!«

»Bescheuert.« Alex verschränkte seine Arme und lehnte sich an die Wand. »Und wie, bitte, schreiben Sie ohne zu schreiben? Ich meine … ohne Zettel und Stift?«

Der Autor legte wieder seine Unterarme auf den Tisch und beugte sich leicht vor. »Weißt du, wenn ich, der Autor, dich treffen will, dann hab ich ein kleines Problem. Ich lebe in einer anderen Welt als du. Ich lebe außerhalb des Buches. Dort kann ich dich niemals treffen, denn es gibt dich ja nur hier im Buch. Das, was wir hier gerade besprechen, ist ja nur aufgeschrieben.«

»Aha. Und von wem?«

»Von mir natürlich.« Der Autor grinste wieder dämlich. »Mein wirkliches Ich ist eigentlich gar nicht hier. Im realen Leben sitze ich gerade vor meinem Laptop und schreibe. Und da bin ich ganz allein. Ohne dich. Um ehrlich zu sein, habe ich mir vorhin sogar meinen Laptop in den Garten getragen und schreibe dort im Sonnenschein, weil heute mal schönes Wetter ist.« Er kicherte. »Weil ich dich dort aber nicht treffen kann, hab ich mich sozusagen in mein eigenes Buch hineingeschrieben. Hier kann ich dich treffen.«

Alex konnte nicht glauben, was er da hörte. »Sie schreiben ein Buch, in dem Sie selbst vorkommen?«

»Ja.«

»Ist das nicht ein bisschen krank?«

»Meine Frau fand auch, ich sollte das nicht tun. Aber ich fand es wichtig, dir den Zusammenhang der ganzen Geschichte zu erklären, bevor ich dich wieder zurück in dein Abenteuer schicke.«

Alex schüttelte den Kopf. Wo war er hier bloß hineingeraten? »Also, wenn ich das Ganze mal kurz zusammenfassen darf«, er legte seine Stirn in Falten und musste scharf nachdenken, »ich schreibe eine Geschichte über Abadonien. Die ist aber nicht echt, sondern von mir geschrieben. Dann stelle ich fest, ich selbst bin auch nicht echt, sondern von Ihnen geschrieben. Und jetzt kommt hinzu, dass selbst Sie, der Autor meiner Geschichte, nur geschrieben sind. Und zwar von Ihrem … sagen wir, von Ihrem Über-Ich.«

»Ja. Oder sagen wir besser: von meinem wirklichen Ich.«

»Hm.« Alex schaute sein Gegenüber misstrauisch an. »Und wer schreibt wiederum die Geschichte von Ihrem wirklichen Ich?«

Der Autor faltete andächtig seine Hände. »Da endet die Kette.«

»Sind Sie sicher?«

Der Autor grinste.

Alex breitete seine Gedanken weiter aus: »Was, wenn Sie sich die ganze Zeit nur eingebildet haben, Sie seien das letzte Glied der Kette, so wie ich es bis heute von mir auch dachte, aber in Wirklichkeit sitzt da noch ein Ober-Über-Autor, der Ihre Geschichte schreibt?«

»In der Welt über mir ist dann nur noch Gott.«

»Gott.«

»Genau.«

»Eine Nummer kleiner ging nicht, was?«

»Nein.« Der Autor grinste wie ein Lehrer, der sich darüber freute, wie gut die Schüler mitdachten. »Gott ist dann aber nun wirklich das letzte Glied in der Kette. Bei Gott fängt es an. Gott hat eine Welt erschaffen. Und zwar auch nur durch sein Wort. Allerdings nicht durch sein geschriebenes Wort, sondern durch sein gesprochenes Wort. Gott sprach: ›Licht‹, und dann war Licht. Gott sprach: ›Mensch‹, und dann war Mensch.«

»Dann sind wir seine erzählte Geschichte?«

»Hm.« Der Autor drehte die Daumen seiner gefalteten Hände. »Ich glaube nicht, dass man das theologisch so durchgehen lassen könnte. Aber an einigen Stellen ist der Vergleich zwischen Gott und einem Buchautor zumindest ganz interessant.«

»Nämlich?«

»Na ja. Gott erschafft eine Welt. Gott hat sich jeden Menschen ausgedacht und in diese Welt gesetzt. Er hat ganz viel von seiner Persönlichkeit in jeden einzelnen Menschen hineingelegt. Und er hat eine Geschichte mit jedem Einzelnen. Er lebt außerhalb dieser Welt, er kann tun, was er will, er kann jederzeit nach eigenem Ermessen die Naturgesetze außer Kraft setzen, Zufälle einbauen, auf sich aufmerksam machen oder auch nicht. Er kann neues Leben schaffen, altes Leben beenden, wann und wo er will. Weil er aber jeden Menschen führt, ist er auch immer mitten in der Welt. Bei jedem Einzelnen. Er schaut, er führt, er begleitet und er liebt seine Geschöpfe über alles.«

Alex kratzte sich am Kopf. »Dann ist die ganze Welt also nur ein großes, erzähltes oder geschriebenes Buch?«

»Nein, so kann man das nicht sagen. Denn das Beispiel mit dem Buch stößt ganz schnell auch an seine Grenzen. Denn anders als im Buch hat Gott den Menschen nicht bloß geschaffen, um eine spannende Geschichte zu schreiben. Sondern er will in Kontakt mit seinem

Geschöpf treten. Er hat den Mensch als Gegenüber geschaffen. So ein Verhältnis hat ein Autor normalerweise zu seiner Figur nicht.«

»Sie haben mich jetzt auch getroffen«, wandte Alex ein. »Und ich hab meine Figur Silva getroffen.«

»Das stimmt, aber du wirst zugeben müssen, dass das normalerweise nicht üblich ist.« Er lachte.

»Ja. Das geb ich zu.«

»Ein weiterer großer Unterschied ist, dass der Mensch im Gegensatz zur Romanfigur sehr wohl die Möglichkeit hat, sich zu entscheiden. Und zwar für das Gute und gegen das Böse. Oder umgekehrt. Leider handeln die Menschen oft umgekehrt. Und für die Entscheidung, die man selbst getroffen hat, kann man Gott nicht verantwortlich machen. Und drittens ist es einer Romanfigur niemals möglich, aus ihrem Buch auszusteigen. Außer Silva und dir natürlich, aber das werte ich immer noch als Ausnahme. In der Geschichte von Gott und den Menschen läuft alles auf das Finale außerhalb dieser Welt hinaus. Gott lädt den Menschen ein, nach Beendigung seines Lebens in dieser Welt ein ewiges Leben in Gottes Welt zu führen.«

»Puh«, Alex schnaufte, »das wird ja immer komplizierter.«

»Findest du?« Der Autor hatte sich richtig in Fahrt geredet. »Find ich nicht. Es gibt da bloß ein Problem. Und jetzt wird Gottes Geschichte deiner Abadonien-Geschichte wieder etwas ähnlicher.«

»Huch?« Das interessierte Alex jetzt doch. »Wie denn?«

»Die Welt, die Gott geschaffen hat, war ursprünglich gut, ist jetzt aber vom Bösen beherrscht. Die Menschen sehnen sich nach Liebe, Frieden und Geborgenheit. Leider regieren in der Welt Misstrauen, Hass, Egoismus. Ähnlich wie in Abadonien. Die Menschen können sich aus diesem Zustand aber nicht alleine befreien. Sie leben in der Welt voller Ungerechtigkeit und jeder trägt auch etwas davon in sich, egal, wie gut er ist. Gleichzeitig spüren die Menschen, dass es da etwas über ihnen gibt, das mächtiger ist als sie: Je nach Religion verehren sie einen Gott, mehrere Götter oder verschiedene Geister. Um ihren Gott oder ihre Geister gnädig zu stimmen, bringen sie Opfer dar. Tieropfer, manchmal sogar Menschenopfer. In jedem Fall Blut, das stellvertretend für ihr eigenes Blut fließen soll. So erhoffen sie sich Erlösung vom Zorn ihrer Gottheit. Letztlich kann sie ihr Opfer aber nicht erlösen. Erlösen kann die vom Bösen beherrschte Welt nur Gott selbst, weil er außerhalb dieser Welt lebt. Weil er nicht in dieser Spirale des Bösen verkettet ist wie die Menschen. Darum geht er selbst als Mensch in die Welt, die er geschaffen hat, lebt als Mensch und erlöst seine eigene Schöpfung, indem er den Kampf gegen das Böse auf sich nimmt.«

»Klingt ja echt wie eine Fantasy-Geschichte.«

»Ja. In diesem Fall ist es aber das echte Leben.« Der Autor zog die Peter-Pan-Tasse zu sich heran und umfasste sie mit beiden Händen. »Dieser Gott in Menschengestalt war Jesus.«

»Jesus.« Alex musste kurz überlegen. »Der in der Krippe.«

»Richtig. Jesus ist von Anfang an ein Teil von Gott gewesen. Außerhalb unserer Welt. Er hat diese Welt mit erschaffen. Aber er ist Mensch geworden, hat in unserer Welt gelebt und gezeigt, wie ein Leben voller Glaube, Liebe und Hoffnung aussehen kann. Und indem er das Böse besiegt hat, hat er allen Menschen dieser Welt ermöglicht, ein neues Leben zu beginnen und Teil von Gottes Welt zu werden: einer Welt voller Liebe, Frieden und Versöhnung.«

Alex fühlte sich müde und k.o. Das war ihm alles zu viel. Er hatte das dringende Bedürfnis, sich hinzulegen, zu schlafen und am liebsten in seinem eigenen Bett wieder aufzuwachen. »Aber irgendwie ist das jetzt doch ein bisschen sehr weit weg von der Abadonien-Geschichte.«

»Einerseits hast du recht. Ein Abadonier hat niemals die Chance, ein neues Leben außerhalb des Buchs zu führen. Andererseits hab ich mich dazu entschieden, in deinen Roman noch eine wichtige Parallele einzubauen. Denn um die Menschen in Abadonien zu retten, brauche ich den Schöpfer von Abadonien. Dich.«

»Mich?« Alex musste schlucken. »Wieso brauchen Sie mich?«

Der Autor streckte seinen Rücken gerade. »Weißt du, ich hab schon den ganzen Tag über versucht, Kontakt mit dir aufzunehmen. Durch all die außergewöhnlichen Zufälle, die du erlebt hast. Durch das kleine Wunder mit der Kreide oder dem Kalenderspruch. Damit wollte ich dich aus meiner Welt heraus auf mich aufmerksam machen. Du solltest spüren, dass es noch mehr um dich herum gibt als nur das, was du erklären kannst. Dass es Zufälle gibt, die nicht nur zufällig passieren, sondern bewusst so geführt sind, um dir zu helfen oder dich anzusprechen. Offensichtlich ist mir das gelungen.« Der Autor grinste wieder.

»Ist ja logisch, dass Ihnen das gelungen ist,«, sagte Alex müde, »wenn Sie das eh alles selbst schreiben.«

»Das stimmt.« Der Autor kicherte. »Aber jetzt hab ich dich hier zu mir in meine Wohnung geholt, um dich auf das vorzubereiten, was auf dich zukommt.«

Alex zog die Augenbrauen hoch. »Und das wäre?«

»Du bist der Schöpfer von Abadonien. Du hast Akio und seine Freunde geschaffen. Und nun wirst du selbst ein Teil Abadoniens. Du wirst Agnus, Akio und Adelia retten.«

»Aha? Und wie?«

»Das lass mal meine Sorge sein. Ich setz dich jetzt erst mal in deine geschaffene Welt und dann ziehst du los und wirst für das Gute kämpfen.«

»Kämpfen?« Plötzlich war Alex wieder hellwach. »Ich kann nicht kämpfen!«

»Klar kannst du. Du bist immerhin mein Geschöpf!«

»Ich will nicht!« Alex wollte sich wieder aufregen. Er wollte noch tausend Sachen einwenden und fragen. Aber die vielen Erlebnisse dieses Tages, das komplizierte Gespräch mit diesem Mann, dessen Namen er immer noch nicht kannte, hatten ihn so erschöpft, dass er irgendwie nicht mehr konnte. Am liebsten hätte er sich einfach auf die Bank gelegt. »Wie heißen Sie eigentlich?«, war die einzige Frage, die ihm jetzt noch einfiel.

»Hab ich das etwa immer noch nicht gesagt? Entschuldigung. Ich dachte, das hättest du längst vorne auf dem Buchdeckel nachgelesen.«

»Welchem Buchdeckel?«

»Ach so, natürlich!« Er gackerte albern. »Den kannst du selbstverständlich nicht sehen. Den sehen ja nur die Leser.«

»Leser? Gibt es hier auch Leser?«

»Natürlich! Ein Buch soll ja gelesen werden!«

Alex schaute sich im Raum um. »Ich seh aber keinen Leser.«

»Natürlich nicht. Der Leser lebt ja auch außerhalb dieses Buches, also außerhalb dieser Welt. Dort sitzt er jetzt und liest unser Gespräch.«

Das war doch alles kaum zu glauben. »Und wer liest die Geschichte, in der der Leser sitzt und liest?«

»Der Leser ist wieder das Ende der Kette. Über ihm sitzt nur noch Gott.«

»Und Gott liest, wie der Leser liest?«

»Wenn Gott der Autor allen Lebens ist, dann würde ich eher sagen, er schreibt es. Oder er erzählt es. Aber so ganz stimmt es trotzdem nicht. Denn der normale Mensch, wie zum Beispiel der Leser, ist eben keine Romanfigur, sondern wirkliche Realität. Er kann sich selbst entscheiden, ob er seinem Schöpfer vertrauen will. Gott schreibt nicht nur die Geschichte dieser Welt, er begleitet das Leben jedes Einzelnen. Er leidet mit, er freut sich mit, und er wünscht sich nichts mehr als eine vertrauensvolle Beziehung mit dem, den er geschaffen hat.«

»Krass.«

»Ja.«

»Weiß das der Leser?«

»Keine Ahnung. Jetzt hat er es zumindest gelesen.«

»Noch mal krass.« Alex schaute sich um, als suchte er ein Loch oder eine Verbindung in eine andere Welt. Er schaute und suchte, bis er das Gefühl hatte, etwas von dem wahrzunehmen, was da draußen in einer anderen Welt geschah – dort, wo irgendein Leser gerade in sein Buch vertieft ist, ohne zu merken, dass jemand über ihm dabei zuschaut.

Dann überfiel Alex eine ungeahnte Müdigkeit. Er schloss die Augen, kippte zur Seite und war eingeschlafen, noch bevor sein Kopf auf dem Kissen der schmalen Bank landete.

Etwas stach ihn. Alex richtete sich auf und sah sich um. Wo um alles in der Welt war er jetzt schon wieder? Unter seinem Körper fühlte er Stroh. Es stank nach Tieren. Nach dreckigen, ungepflegten Tieren und Tiermist. Sehen konnte er herzlich wenig, dazu war es zu dunkel. Als er sich nach einer Lichtquelle umschaute, sah er in einiger Entfernung ein großes Tor aus Holz, durch dessen Ritze schwach das Tageslicht fiel. Das Tor war verschlossen. Nach und nach erkannte er, dass er sich in einem sehr großen Raum mit hoher Decke befand. Die Wand war weiß getüncht und trotzdem voller Dreck. Der riesige Raum war unterteilt durch einzelne, mit Holz abgetrennte Zellen, in denen wahrscheinlich Kühe oder andere Tiere Platz finden sollten. Alex sah und hörte aber keine Tiere. Der Boden war übersät mit Stroh. An den Wänden hingen Raufen mit Heu. Hier und da eine Kiste, ein Fass, Heugabeln und anderes Werkzeug, das man für die Landwirtschaft brauchte. Er war in einem Stall. In einem riesengroßen, stinkenden Stall. Alex schaute an sich selbst herab. Er trug immer noch die Jeanshose und den blauen Kapuzenpulli, den er seit dem späten Nachmittag anhatte. An den Füßen saßen wieder seine Schuhe, die er vorhin, als er in der Wohnung des verrückten Autors war, nicht hatte. Die Jacke fehlte allerdings immer noch. Lag die bei dem Autor? Oder in der wundersamen Höhle? Vor der Höhle?

Puh! Wie oft hatte Alex in den letzten Stunden eigentlich schon den Ort beziehungsweise die komplette Welt gewechselt? Als Alex das Stroh betrachtete, auf dem er saß, stellte er fest, dass er sich in einem Holzkasten befand, der mit Stroh ausgelegt war. Offensichtlich ein Futtertrog für die abwesenden Tiere. Aber wo genau war er hier? Waren hier noch mehr Leute? Zwischen dem Stroh drückte ihn etwas Festes unter seinem Po. Alex tastete und fühlte etwas aus Metall. Er zog es mühsam unter seinem Körper hervor und staunte nicht schlecht, als er ein schweres, wundervoll verarbeitetes Schwert in den Händen hielt. Es sah genauso aus wie das Plastikschwert, das er sich als Kind mal auf dem Jahrmarkt gekauft hatte. Dieses hier war aus kunstvoll geschmiedetem Metall. Viel zu schwer für ihn. Er musste es mit zwei Händen festhalten. Was hatte das alles zu bedeuten? Er sah sich noch einmal um.

»Hallo?«, rief er zaghaft in die Stille hinein. »Ist da jemand?«

»Was?«, hörte er eine erschreckte, schrille Stimme unter sich und sofort danach einen lautem Rums gegen den Holztrog. »Autsch, zum Kuckuck, Mist, verdreckt und zugenäht! Das gibt eine Beule, meine Fresse!«

»Wer ist da?«, fragte Alex, vergrub schnell das Schwert wieder im Stroh und beugte sich über den Rand seines Trogs. Da sah er Silva, wie sie neben der Holzkiste saß und sich stöhnend den Kopf rieb.

»Was?«, keifte sie zurück. »Das will ich auch wissen! Wer ist da?« Sie sprang auf und sah Alex mit funkelnden Augen an. Alex erschrak, wollte aufstehen, verlor in dieser wackligen Holzkiste aber das Gleichgewicht, kippte nach hinten über den Rand und landete polternd auf dem Stallboden. »Wer bist du?«, fauchte Silva weiter. »Hä? Sprich!« Dann riss sie ihre Augen auf und gab sich die Antwort selbst: »Ach du Schreck! Der Kerl, der von sich behauptet, er hätte mich erschaffen!«

»Ja, genau der.« Alex setzte sich vorsichtig auf und hielt sich den dröhnenden Kopf.

Silva ballte ihre Hand zur Faust und hielt sie ihm vors Gesicht. »Und? Glaubst du das immer noch?«

Alex schob ihre Faust von sich. »Ja. Aber ich glaube nicht, dass wir das jetzt hier noch einmal ausdiskutieren sollten.« Er zeigte auf die Holzgatter. »Sag mir lieber, wo wir hier sind.«

Silva drehte sich einmal um sich selbst und musterte mit zusammengezogenen Augenbrauen die Umgebung. »Ein Stall«, murmelte sie langsam. »Ein Stall. Aber was für einer? Und wieso?« Sie betrachtete angestrengt die Boxen aus Holz, dann die Kiste, in der Alex lag. »Ich würde sagen, wir sind in dem blöden Stall in Gomorra, in dem ich gestern Nacht Agnus gefunden habe.« Sie klopfte auf den Rand der Kiste. »Und zwar genau hier in dieser Futterkiste.« Dann sah sie Alex wieder scharf an. »Und jetzt verrate du mir, warum wir schon wieder hier sind und nicht in der Höhle, in der wir vorhin noch waren!«

»Ich weiß es nicht. Ich weiß es wirklich nicht.«

»Warum nicht, wenn du doch diese Welt erschaffen hast?«

»Ach, was weiß ich!« Alex stand auf und klopfte sich notdürftig den Dreck von der Hose. »Ich schätze mal, weil es außer mir, der sich Abadonien ausgedacht hat, noch einen zweiten, einen größeren Autor gibt, der sich mich ausgedacht hat und der mit mir machen kann, was er will! Verstanden?«

»Kein Wort!«

»War ja klar.« Er hielt inne. Dann fiel ihm etwas ein. »Genau genommen ist das nämlich so: Weil ich ja selbst nur die Erfindung eines größenwahnsinnigen Autors bin, ist Abadonien in Wirklichkeit gar nicht meine Erfindung, sondern seine! Denn ich kann ja nur das erfinden, was der große, weise Autor mir ins Gehirn setzt und durch seine Finger aufs Papier fließen lässt! Eigentlich ist er es, der sich den ganzen Mist hier ausgedacht hat: den Stall, das Stroh, dich, mich, das alles! Und darum soll er seine Geschichte gefälligst alleine weiterschreiben! So!« Er brüllte quer durch den Stall: »Na, jetzt hab ich es dir aber gegeben, was? Ich hab dich durchschaut! Es ist überhaupt nicht mein Abadonien! Es ist deins! Du hast mich nur als Medium benutzt, um diesen Blödsinn aufzuschreiben! Das war sehr schlau eingefädelt! Klasse! Aber leider nicht bis zu Ende gedacht, denn ich spiel jetzt nicht mehr mit! Verstanden? Rette deine Welt doch alleine, sie gehört immerhin dir! So!« Er zeigte ein großes T mit beiden Händen. »Auszeit! Beam me up, Autor!«

Silva stand plötzlich neben ihm. »Sag mal, tickst du nicht mehr ganz richtig? Was faselst du da?«

Alex schaute kühl an Silva herab. »Lass mich in Ruhe, du eindimensionale, ausgedachte Person! Rette du von mir aus deine Leute! Meine Mission ist beendet! Ich hab hier nichts mehr verloren, ich will nach Hause!« Er ging ein paar Schritte auf das Tor zu und brüllte noch einmal in die Luft: »Hast du mich verstanden, du weißhaariger Oberschlauer? Ich bin ein Star, hol mich hier raus!«

Im Stroh in einer der Stallkabinen raschelte es. In Windeseile kam ein Dracolepidus herausgeschossen. Alex erschrak, schrie wie ein Mädchen, das Angst vor Mäusen hat, und stolperte einen Schritt zurück. Das kleine Tier sprang mit einem Satz Alex an den Pullover, krabbelte nach vorne und biss ihm in die Hand.

»Aua, Hilfe!«, brüllte Alex und schleuderte reflexartig das Tier durch den Stall. »Was ist das? Was war das? Ein Dinosaurier! Er hat mich gebissen! Ich blute!« Er drückte den Daumen seiner Hand auf die blutende Stelle. »Ich bekomme eine Blutvergiftung! Ich muss zum Arzt!«

»Das ist ein Leppid«, sagte Silva. »Die sind harmlos. Die beißen meistens nur Goldblüter. Glückwunsch, wenn du einer bist. Aber eigentlich ist das kein Grund loszuheulen wie ein Hausmütterchen! So weh tut das nun auch wieder nicht!«

»Hausmütterchen?«, empörte sich Alex, aber dann wurde seine Aufmerksamkeit von dem bissigen Leppid auf sich gezogen. Das kleine Tier schüttelte sich, drehte sich ein paarmal um sich selbst, fand die Orientierung wieder und kam erneut auf Alex zugerannt. »Hilfe!«, rief er, griff hektisch nach Silva und schob sie wie einen Schild vor sich. Die geschuppte Echse blieb tatsächlich stehen und fixierte ihn mit seinen durchdringenden Augen. Dann begann eine Verwandlung, die Alex Mund und Augen offen stehen ließ: Zuerst bekam der Kopf der Echse einen goldenen Glanz, dann nach und nach der restliche Körper. Das Tierchen stellte sich auf seine Hinterbeine, streckte seine Vorderbeinchen in die Luft, öffnete sein Maul, als wollte es nach Luft japsen. Die goldenen Schuppen wurden noch heller und glänzender, kurz ging ein weißes Strahlen von dem gesamten Tier aus. Es röchelte, dann gab es ein Geräusch, als hätte jemand eine faule Tomate an eine Wand geklatscht. Der Dracolepidus war verschwunden, stattdessen lagen im Umkreis von drei Metern unzählige Haut- und Schuppenfetzen, blutrote Fleischbrocken, kleine Beinchen, Knochen und ein abgerissener Echsenkopf, dessen Augen ausdruckslos ins Nichts starrten. Der Leppid war geplatzt.

»Ach du meine Fresse!« Silva beugte sich leicht nach vorne und hatte Augen und Mund aufgerissen. Dann streckte sie sich, stemmte ihre Hände in die Seite und betrachtete Alex, der noch immer hinter ihr stand, von oben bis unten. »Sag ich's doch!« Sie nickte. »Du bist ein Goldblüter!«

»Nicht dass ich wüsste«, stammelte Alex.

Im selben Augenblick hörten sie aus einer der hinteren Ecken des Stalls eine alte, krächzende, heisere Stimme: »Die Prophezeiung! Die Prophezeiung!«

Alex und Silva wirbelten herum. Zuerst sahen sie niemanden. Aber dann wurde eine dünne Gestalt sichtbar, die humpelnd nach vorne gekrochen kam. »Das ist der, der da kommen soll!«

»Was? Wer?« Silva schaute sich im Raum um. »Ich?«

»Nein!« Der Alte hustete. Fahle Haut überzog einen Körper, der nur noch aus Knochen bestand. Ein Hemd aus Lumpen bedeckte nur wenig davon. Einzelne weiße Haare standen von dem Kopf seitlich ab. Der Mund war ohne Zähne. Ein Gestank nach Verwesung umgab den Greis. »Der da!« Er zeigte mit seiner knorrigen Hand auf Alex. Wieder schreckte Alex nach hinten, krallte sich mit den Fingern in Silvas Hemd und versteckte sich hinter ihr.

»Der da?« Silva klatschte auf Alex' Hand auf ihrer Schulter. Das war das Einzige, das noch von ihm zu sehen war. »Keine Sorge. Der ist harmlos. Der kommt aus einer anderen Welt, erfindet dort Geschichten und erzählt sie seiner Schwester!«

»Er ist es!«, beharrte der Alte. »Sein Blut ist goldener als es jemals in Abadonien gesehen wurde. Es färbt die Schuppen eines Leppids nicht nur golden, es durchdringt jede Faser seines Körpers, dehnt sich aus und bringt die Blutbahnen zum Platzen. Kein Auge hat solches je gesehen, kein Ohr hat solches je gehört! Er ist unser Retter!«

Mit zittrigen Bewegungen setzte sich der alte Mann auf die Knie und neigte seinen Kopf zu Boden. »Siehe, nun kann dein Diener in Frieden sterben! Denn meine Augen haben den Retter gesehen, der Abadonien erlösen wird! Ein Licht, das die Finsternis erleuchtet!«

»Was, bitte?« Alex konnte kaum glauben, was er da hörte und sah. Langsam trat er neben Silva und betrachtete den Mann, der da vor ihm im Staub lag.

»Gepriesen seist du, Sohn der Verheißung!«, jubelte der Alte.

»Nein, nein, das bin ich nicht«, stammelte Alex. »Ich bin es sicher nicht. Ich gehöre hier eigentlich gar nicht her.«

»Geh wieder in deine Ecke, Alter«, forderte Silva ihn auf. »Der Retter kommt sicher irgendwann. Aber wir müssen jetzt erst mal jemand ganz anderen retten.« Sie wandte sich an Alex. »Los, komm, lass uns hier verschwinden. Wir müssen Agnus befreien! Und Akio und Adelia! Ich hab keine Ahnung, warum wir plötzlich wieder in Gomorra sind, aber davon lass ich mich nicht abhalten! Ich werde meinen Bruder retten, jawohl, auch wenn ich jetzt den ganzen verdreckten Weg noch einmal gehen muss! Und diesmal haben wir keine Pferde dabei, zum Kuckuck! Also komm mit zur Höhle, wir müssen uns beeilen! Hoffentlich sind wir noch nicht zu spät!«

»Zur Höhle?« Alex schüttelte heftig den Kopf. »Keine zehn Pferde bringen mich noch mal in diese Höhle! Ich hab gesagt, ich gehör hier nicht hin! Ich steige hier aus! Ende!«

»Halt jetzt endlich die Klappe!«, fuhr Silva ihn an. »Ich kann dein babyhaftes Gejammer nicht mehr hören! Du hast gesagt, du hast dir das alles ausgedacht. Mein Bruder und die Schwester von Akio sind in den Klauen eines Drachen gefangen. Wenn sie nicht schon längst gefressen sind, dann müssen wir sie jetzt befreien! Und du, der Erfinder des Ganzen, weißt wohl am besten, wie man mit einem Drachen kämpft, den du selbst erschaffen hast! Oder?«

»Nein!«

»Du erschaffst einen Drachen, der mächtiger ist als du selbst?«

»Ich hab doch nicht damit gerechnet, dass ich jemals in die Lage kommen würde, Teil dieser Welt zu sein! Auf dem Papier ist das alles ganz einfach! Aber so doch nicht!«

»Dann bist du ja gar nicht allmächtig!«

Alex hob seine Hände und wandte sich zum Gehen. »Das hab ich nie behauptet!«

»Soll ich etwa alleine zur Höhle marschieren?«, protestierte Silva.

»Das ist mir egal! Mach, was du willst! Mich geht diese Geschichte nichts mehr an, ich geh nach Hause, wann kapierst du das endlich! Ich hab nämlich auch jemanden zu finden: meine Schwester Hanna! Und die hält sich garantiert nicht in diesem stinkenden Abadonien auf!«

Er bemühte sich, so selbstbewusst wie möglich zu wirken, als er auf das große Tor zuging.

»Du eingebildeter, hornochsiger Ober-Volltrottel!«, schimpfte Silva ihm hinterher.

»Ja, ich hab dich auch gern«, murmelte Alex vor sich hin.

Mit einem lauten Krachen wurde das Tor aufgestoßen. Alex wich zurück und hätte um ein Haar schon wieder geschrien. Beinahe hätte jemand das Tor gegen ihn gedonnert. Ein dicker Bauer mit einem fransigen Bart, einer braunen Jacke und einer braunen Kapuze betrat den Stall. Er zog eine Kuh an einem Seil hinter sich her. Dabei fluchte er laut irgendetwas Unverständliches. Als er Alex und Silva dort stehen sah, schimpfte er noch lauter: »Wer seid ihr? Was macht ihr in meinem Stall?«

Das ist mir hier alles zu viel, dachte Alex. Ich will hier raus. Das ist nicht meine Welt. Ich will nach Hause. »Ach, das ist Ihr Stall?«, fragte er und versuchte, ein freundliches Lächeln aufzulegen. »Verzeihung, das wusste ich nicht. Aber keine Sorge. Ich bin schon im Begriff, ihn zu verlassen!«

Schon wieder kam ein Leppid wie ein lechzender Hund angeflitzt, dieses Mal von draußen. Alex konnte gar nicht so schnell reagieren, wie der Leppid sich mit einem gekonnten Sprung auf seine Hand stürzte und sich dort festbiss. »Aua, Hilfe!« Alex schleuderte das Biest gegen das Holztor, torkelte und donnerte beim Rausgehen mit der Schulter gegen das Stalltor. Wieder wand sich der Leppid, führte einen letzten Todeskampf und platzte mit einem ekelhaften Platschen in dem Moment, als Alex an ihm vorbeikam. Dabei blieben auch Haut- und Fleischstückchen an Alex' Hose kleben. »Igitt!« Er hob seine Arme, um nicht noch mehr abzubekommen. Da hörte er auch schon, wie der dicke Kerl mit der Kuh losbrüllte: »Ein Goldblüter! Er ist ein Goldblüter!«

Sofort brach auf der Straße vor dem Tor ein Tumult los, wie Alex ihn sich schlimmer nicht hätte vorstellen können. Von allen Seiten drehten sich dunkle, vermummte, in Leinen und Umhänge gekleidete Menschen zu dem brüllenden Kuh-Menschen um, der mit ausgestreckten Armen auf Alex zeigte: »Da! Der Kerl mit der rätselhaften Kleidung! Er ist es!«

Alex hatte keine Zeit zum Überlegen. Hinter dem dicken Kuhbesitzer sah er schemenhaft, wie Silva zurück zur Futterkrippe lief. Die war ja eine großartige Hilfe! An dem Dicken kam Alex nicht wieder vorbei, um in den Stall zu fliehen. Ein Blick auf die Straße zwischen den aus schwarzen Felssteinen errichteten Häusern machte ihm klar, dass auch dort kein Fluchtweg zu finden war. Die unheimlichen Gestalten, die sich alle zu Alex und dem brüllenden Dicken umgedreht hatten, streckten jetzt ihre Arme aus und begannen, mit langen Fingern auf Alex zuzurennen.

»Er gehört mir!«, blökten gleich drei oder vier vermummte Gestalten von der Straße gleichzeitig. »Ich will sein goldenes Blut aussaugen!«

»Nein, ich! Nein, ich!«, riefen mindestens zehn andere zur Antwort durcheinander.

Reflexartig drehte sich Alex nach links und rannte an der Außenwand des Stalls entlang, auch wenn dort schon nach wenigen Metern ein ummauerter Misthaufen das Grundstück eingrenzte. Ohne weiter nachzudenken sprang Alex auf den Misthaufen, blieb knöcheltief in dem stinkenden Mist stecken, stakste viel zu langsam einige Schritte durch das Gemisch aus Kuhmist und anderen Arten ekelhafter Matsche und kam kaum vorwärts. Zwischendurch fiel er auch noch nach vorne und steckte mit seinen Armen bis über die Ellenbogen in der schwarzen Brühe. Im Augenwinkel sah er, wie die Leute auf der Straße nun Kurs auf den Misthaufen genommen hatten. Alex schaffte es gerade noch, das andere Ende des Haufens zu erreichen, bevor die ersten Passanten mit ihren dreckigen Umhängen ihn von der anderen Seite betraten. Alex sprang herunter und wäre beinahe schon wieder hingefallen. Wohin jetzt? Links war eine schmale Gasse, rechts die große Straße, von der aus wiederum Männer mit dunklen Gesichtern in lumpigen Stoffen grölend auf ihn zukamen. Ohne zu überlegen lief er nach links. Er hörte Hunde bellen. Gefährliche, blutgierige Hunde. Alex rannte schneller. Die Gasse wurde enger. Von hinten näherten sich die schmierigen Gestalten. Es wurden immer mehr. Aus den Häusern, an denen er vorbeirannte, kamen immer neue Menschen dazu, die sich dem Heer von Bluträubern anschlossen. Dann war er am

Ende der Straße angekommen: eine Häuserfront, die ohne Schlupfwinkel an die Eckhäuser rechts und links anschloss. Eine Sackgasse. Entsetzt drehte er sich um, drückte seinen Rücken an die Hauswand und sah nichts als eine schreiende Meute dreckiger Menschen, deren dünne Finger an den ausgestreckten Armen bereit waren, in den nächsten Sekunden nach ihm zu greifen.

Das hast du toll gemacht, großer Bücherschreiber!, dachte Alex. Vielen Dank! Ich hasse dich! Ich hasse diese Geschichte!

Plötzlich hörte er ein Geschrei, das wie der Sturmangriff eines Großkampfindianers klang. Es kam vom anderen Ende der Gasse. Von da, wo er eben gerade über den Misthaufen gestiegen war. Kampfgeschrei. Metallklirren. Angstschreie. Schmerzensschreie.

Die Menschenmenge, die gerade bei Alex angekommen war, drehte sich erschrocken um. Von hinten sah Alex, wie sich die Masse nach rechts und links aufteilte, an die Wände drückte oder in die Häuser floh. Kleidungsstücke, Helme, Hüte flogen durch die Luft und immer wieder blitzte ein Schwert auf, das in wildem Tempo vor und zurück schwang und sich kämpfend, schlagend und schlitzend nach vorne arbeitete.

Die Menschen stoben schreiend auseinander, sie fielen und stürzten übereinander, sie eilten in die Häuser oder blieben regungslos auf dem Boden liegen. Endlich konnte Alex Silva erkennen, die ein Schwert derart durch die Luft schwang, also wollte sie sich mit einem Buschmesser einen Weg durch das Gestrüpp des Dschungels schlagen.

Dann spürte er einen Stich in seiner Haut. Alex schrie auf und drehte sich zur Seite. Eine kleine, bucklige Gestalt in einem dunklen Gewand mit dunkler Kapuze zog ein Glasröhrchen, an dem eine Metallspitze befestigt war, aus Alex Körper heraus und betrachtete es stolz. Der Bucklige hatte Alex dieses Werkzeug durch den Pullover bis in seine Seite unterhalb der Rippen eingestochen. Einige Tropfen Blut füllten das Röhrchen, als die Bestie es diebisch grinsend in seinem Saum verschwinden ließ.

»Komm mit!«, befahl Silva, packte Alex an der Kapuze seines Pullis und zog daran, als wäre er ein Hund an der Leine. Den Weg zurück durch die Gasse schwang sie ihr Schwert wie vorher, aber diesmal wichen die Menschen schneller und erfolgreicher zurück. Immer wieder versuchte jemand von hinten, Alex am Pullover zu ziehen oder ihn in die Hand zu stechen. Aber Silva schlug auch zur Seite und nach hinten, sodass die Schreie der aufgebrachten Menge nicht nachließen.

Als sie an der Straßenkreuzung vorne an dem Misthaufen neben dem Stall angekommen waren, sahen sie, wie mehrere schwarz gekleidete Männer mit Kapuzen auf hohen, schwarzen Pferden angeritten kamen. Jeder von ihnen trug ein Schwert und eine Lanze. Vor dem Stall blieben sie kurz stehen, sahen sich um und erblickten im nächsten Moment Silva und Alex, die gerade nach einem neuen Fluchtweg Ausschau hielten.

»Verdreckt und zugenäht«, fluchte Silva. »Jetzt könnte es eng werden.« Sie drehte sich zu Alex um: »Kannst du rennen?«

»Ich denk schon.«

Silva brüllte wieder, als wäre es ein Angriffskommando: »Dann renn!«

Wohin denn?, wollte Alex noch fragen, aber ihm war klar, dass für solche Fragen jetzt keine Zeit war. Er rannte geradeaus die Straße runter. Einfach weg von den Pferden und den Reitern, auch wenn klar war, dass die Reiter viel schneller sein würden, sobald sie einmal die Verfolgung aufnähmen. Silva rannte hinter ihm her, immer ganz dicht an seinem Körper, aber sie rannte mit dem Blick nach hinten, schwang ihr Schwert, als wäre es ein nach hinten gerichteter Propeller, der alles klein häckseln wollte, was sich ihm näherte.

Alex schrie wie ein Kleinkind, während er die Straße abwärtslief. Die Männer und Frauen rechts und links wichen zurück oder versuchten, nach Alex zu greifen. Silva war wie in Rage. Sie stach und schleuderte ihr Schwert nicht nur nach hinten, sondern auch zur Seite und zur Not auch mal nach vorne. Immer wieder traf sie Angreifer, die schreiend zur Seite stürzten. Leppids kamen von der Seite angerannt, sprangen Alex an, bissen ihn durch die Hose ins Bein. Silva stach mit dem Schwert in die giftigen Biester, als wären es Kartoffeln, die man mit einem Taschenmesser aus dem Feuer holte. Dann schwang sie die Tiere durch die Luft und in dem Augenblick, als sie in der zurückweichenden Menschenmenge landeten, zerplatzten sie mit einem lauten Platschen und lösten dadurch Schreie von Angst und Entsetzen bei den Leuten aus.

Von hinten hörten sie Pferdegetrappel. Die Reiter hatten die Verfolgung aufgenommen. Alex rannte in eine Seitengasse, die weniger belebt war. Hunde bellten und wollten die beiden Flüchtigen anfallen, aber sobald Silva das Schwert in ihre Richtung zischen ließ, wichen sie jaulend zurück. An einem schmalen Haus stand eine alte Tür offen. Alex floh hinein, Silva hinterher. Mit einem lauten Knall donnerten sie die Tür zu.

Nachdem sie die Tür zugeschlagen hatten, war es stockfinster. Alex und Silva standen im Inneren eines Hauses, das sie nicht kannten, und schnauften wie Hunde, die man dreimal um einen See gejagt hatte. Alex konnte sich nicht erinnern, jemals solch eine Angst ausgestanden zu haben. Und das Ganze nur, weil irgendein Möchtegern-Autor es spannend fand, ihm das alles anzutun. Furchtbar.

Draußen vor der Tür trampelten Pferde und Bluthunde vorbei. Das Geschrei auf der Straße legte sich. Es wurde ruhig. So langsam gewöhnten sich ihre Augen an die Dunkelheit. Wie lange sollten sie hier warten? Wer wohnte in diesem Haus?

»Bitte schön fürs Retten«, sagte Silva nach einer Weile.

»Ach so, ja.« Alex nickte heftig. »Dankeschön.« Er sah zwar immer noch wenig, aber er zeigte auf die Stelle, an der er Silvas Schwert vermutete. »Woher hast du das Schwert?«

»Aus dem Futtertrog in dem Stall. Ich war vergangene Nacht ja schon einmal hier.« Sie stutzte. »War das vergangene Nacht? Das kommt mir alles schon so weit weg vor. Na ja, ist ja auch schwer zu sagen, wenn man zwischendurch in einer anderen Welt landet und dann wieder an einem Platz, an dem man schon mal war. Da könnten theoretisch ja auch ein paar Zeitsprünge drin sein.«

»Könnten«, gab Alex genervt zurück. Jetzt bitte keine neue Der-Autor-kann-machen-was-er-will-Diskussion.

»Jedenfalls«, fuhr Silva fort, »war ich mit Akio hier im Stall. Das war mir spätestens dann klar, als wir diesen komischen Alten getroffen haben. Der saß letzte Nacht nämlich auch da und hat was von Retter und Prophetie gefaselt. Mein Bruder Agnus lag da in der Krippe. Halb tot. Aber das weißt du ja bereits, fällt mir gerade ein, denn du hast es ja selbst so geschrieben, nicht wahr?«

»Ja, hab ich. Und ich entschuldige mich hiermit in aller Form dafür.«

»Ach, auf einmal? Wird davon mein Bruder wieder gesund?«

»Das weiß ich nicht, denn ich hab die Aufsicht über diese Geschichte an meinen Ober-Autor abgeben müssen.«

Silva sagte nichts, aber Alex spürte, wie sie ihn böse anblickte. Dann kam: »Also, du quatschst dir vielleicht einen Blödsinn zusammen! Bist du dir sicher, dass du noch ganz normal bist?«

»Ich bin mir hundert Prozent sicher, dass ich *nicht* ganz normal bin. Zumindest nicht mehr. Oder besser: im Moment nicht. Und du übrigens auch nicht.«

»Dann sind wir ja schon zwei.«

Zwei? Tausend, dachte Alex! Die ganze Stadt war nicht normal, sogar ganz Abadonien, hätte Alex am liebsten eingewendet, aber er wollte ja keine »Wir-sind-Buch«-Diskussion führen.

»Jedenfalls lag dort in der Krippe das Schwert von Akio«, setzte Silva irgendwann ihre Erzählung fort. »Man hat es ihm abgenommen, als man uns hier in Gomorra gefangen genommen hat. Und er hat es dort wiedergefunden, als wir letzte Nacht da waren. Und dann hat er es doch wieder dort vergessen, weil zuerst dieser alte Mann kam und dann Perfidus, um uns wegzubringen. Und vorhin, als du angegriffen wurdest, hab ich mich wieder daran erinnert. Und ich dachte, ich schau mal nach, ob es noch da liegt. Und siehe da – es lag noch da.«

»Ach ja«, sagte Alex müde. »Ich erinnere mich. Ich hab es auch entdeckt, als ich vorhin in der Krippe wach geworden bin. Aber ich hab es nicht mitgenommen.«

»Eigentlich hätte ich dich ja in dein Unglück rennen lassen müssen, so, wie du mich vorhin in dem Stall angeblafft hast«, kam es von Silva schnippisch.

»Und wieso hast du's dann doch nicht?«

Silva überlegte kurz. »Ich hatte die plötzliche Eingebung, ich sollte mal nicht so nachtragend sein, sondern dich zumindest vorübergehend aus dem Schlamassel ziehen.«

Alex lachte laut auf. »Plötzliche Eingebung?« Er prustete vor Lachen. Er wusste nicht, ob er sich gerade an Abadonien gewöhnte und deshalb lachte, oder ob er auf dem besten Wege war durchzudrehen. Auf alle Fälle platzte das Lachen so laut aus ihm heraus, dass er sich den Bauch halten musste.

»Was gibt es denn da zu lachen, du eingebildeter Goldschnösel?«, fragte Silva.

»Du hattest eine Eingebung? Das ist echt zum Lachen.« Alex bemühte sich, wieder reden zu können. »Soll ich dir mal was sagen, meine Liebe? Das war keine plötzliche Eingebung, das war die Fernsteuerung von meinem und damit auch von deinem großen Autor!«

»Ach, jetzt kommt das wieder!«

»Ja, genau!«, rief Alex laut. »Das wieder! Ab jetzt immer nur noch das! Weil wir beide überhaupt keine Chance haben, noch etwas Eigenes zu entscheiden! Alles, was wir tun, ist ausgedacht, geschrieben und ausgeführt von dem großen, weisen Autor!«

»Du spinnst ja!«

»Er sitzt irgendwo im Garten vor seinem Laptop, trinkt Kaffee oder sonst irgendwas aus einer großen Peter-Pan-Tasse und tippt gemütlich ein, wie wir hier beinahe vor die Hunde gehen, weil ein Haufen wild gewordener Abadonier hinter uns her ist!«

»Du bist echt krank im Hirn!«

»Wenn ich mal ein Hirn hätte! Aber ich hab ja keins! Ich existiere ja nur zwischen zwei Buchdeckeln! So wie du übrigens auch!«

»Ach ja? Ich seh gar keine Buchdeckel.«

Alex seufzte. »Nein, die kann man auch nicht sehen. Weil Pippi Langstrumpf ja auch keine Buchdeckel sieht und trotzdem im Buch lebt und Winnetou auch nicht und bla, bla, bla!« Er raufte sich die Haare. Kam er denn aus dieser Nummer überhaupt nicht mehr raus?

»Pippi wer??«

»Vergiss es. Wenn du das nächste Mal in meine Welt kommst, dann leih ich es dir aus.«

»Hoffentlich komm ich nie mehr in deine Welt.«

»Und ich nie mehr in deine!«

Es entstand eine kurze Stille, dann hakte Silva noch mal nach: »Wolltest du damit eigentlich sagen, dass gar nicht *ich* dich gerettet habe, sondern dein Buchschreiber?«

»Nein, das wollte ich eigentlich nicht sagen. Aber jetzt, wo du es schon ansprichst, muss ich zugeben: Ja, genau so ist das. Nicht du hast mich gerettet, sondern der Autor durch dich.«

»Dann solltest du dich nicht bei mir bedanken, sondern bei deinem Autor!«

Alex lachte wütend auf. »Ich denk ja nicht dran! Denn er hat mich ja nicht nur gerettet, er hat mich zuerst mal überhaupt in diese Lage gebracht! Und mich knietief in einem Misthaufen versinken lassen! Sicher hat er, als er das geschrieben hat, noch mal einen gemütlichen Schluck Peter-Pan-Tee getrunken!«

»Na, du bist gut! Wenn dir was Schlimmes passiert, bist du wütend auf ihn. Wenn er dich rettet, dann bist du aber umgekehrt nicht dankbar!«

»Ja. Weil ich keine Lust habe, mich von einem Autor retten zu lassen, der mich erst mal durch den Kuhmist laufen lässt, wenn du es genau wissen willst!«

»Aber dich retten zu lassen, darauf hast du Lust?«

»Verteidigst du jetzt etwa unseren Autor? Vergiss nicht, neulich war ich dein Autor, da hast du mich nicht verteidigt! Da hast du mich angegriffen, weil ich deinen Bruder nicht sofort gerettet hab! Weißt du noch?«

»Klar weiß ich das noch! Und ich nehm dir deine Geschichte mit deinem Autor auch immer noch nicht ab! Du bildest dir das alles bloß ein, oder du willst dich wichtig tun. Es gibt keinen Autor. Es gibt kein Buch. Es gibt auch keinen Leser, falls du das gleich noch hinterherschieben willst. Ich sehe weder ein Buch noch einen Autor oder einen Leser. Ich sehe nur Abadonien. Und selbst das seh ich im Moment nicht, weil es hier stockfinster ist.«

Ja, mir ist es auch recht, wenn wir das Thema hier nicht vertiefen, dachte Alex. Aber für doof wollte er sich auch nicht verkaufen lassen. »Ich hab den Autor selbst gesehen«, setzte er noch nach. »Ich hab mit ihm gesprochen. Er hat sich mir gezeigt und mir erklärt, dass wir alle nur ein Buch sind und dass die eigentlich wirkliche Welt irgendwo da draußen ist.«

»Hör auf mit dem Drecksmist, ich kann das nicht mehr hören«, stöhnte Silva. »Das ist ja zum Kotzen.« Sie tippte Alex mit dem Zeigefinger auf die Brust. »Weißt du, du machst es dir mit diesen Geschichten auch ganz schön einfach. Wenn du sagst, alles ist ferngesteuert, dann verweigerst du auch jede Verantwortung, weißt du das? Dann musst du ja nie mehr irgendwas tun, um anderen zu helfen oder um jemanden zu retten! Dann musst du auch nie mehr deinen goldenen Hintern bewegen, um dein eigenes Leben auf die Reihe zu kriegen! Denn wenn der Autor es nicht schreibt, dann ist es ja nicht deine Schuld, dass irgendwo Menschen gequält werden, sondern dann könnte der Autor ja selbst schreiben, dass das Böse aufhört! Und wenn der Autor nicht schreibt, dass du aus der Hand der Bluträuber befreit wirst, dann würdest du dich niedertrampeln, aussaugen und töten lassen und du würdest am Ende noch sagen: ›Schade, aber ich kann ja nichts dafür!‹ So eine Einstellung macht mich wütend!« Silva war tatsächlich etwas zu laut geworden.

»Nicht so laut«, mahnte Alex.

»Ich brülle so laut, wie ich das will!«, brüllte Silva. Dann senkte sie ihre Stimme leicht: »Und ich will dir noch was sagen, mein armer Buchdeckel-Held. Selbst wenn alle meine Handlungen vorgezeichnet, aufgeschrieben und tausendmal vorherbestimmt wären, dann würde ich mich doch immer wieder dafür entscheiden, meinen Bruder aus den Klauen des Moloch zu befreien! Und es ist mir drecksegal, dass du findest, ich hätte nicht wirklich die Idee gehabt, dich auf der Straße zu retten, sondern irgendein geheimnisvoller, unsichtbarer Autor!« Sie wurde wieder lauter. »Ich zumindest – aus meiner Sicht – hatte sehr wohl die Idee und den Wunsch, dir zu helfen! Weil ich weiß, was sie hier mit einem Goldblüter wie dir machen! Und weil ich mir verdreckt noch mal später nicht vorwerfen will, einen, der mit mir unschuldig hierher geraten ist, nicht geholfen zu haben! Verstanden?«

»Ja, hab ich!«

»Und du – wie heißt noch mal deine Schwester?«

»Hanna.«

»Würdest du sie nicht immer und immer wieder suchen, auch wenn du wüsstest, dass deine Geschichte nur ausgedacht und vorherbestimmt ist?«

»Doch, natürlich.«

»Na also! Und jetzt hör mir gefälligst auf mit deiner mistverdreckten Ich-kann-nix-dafür-Geschichte! Klar?«

»Ja, alles klar!«

Silva zog auf ekelhafte Weise ihren Rotz den Hals hoch und spuckte ihn vor sich. Alex spürte eine schleimige Nässe auf seinem Handrücken.

»Das war meine Hand«, beschwerte er sich trocken.

»Bedank dich bei deinem Autor!«, fauchte Silva. »Der hat das so geschrieben!«

»Danke, Autor.«

Licht. Es wurde etwas heller in diesem Raum hinter der Haustür. Alex konnte mehr als nur die Umrisse von Silva erkennen. Jetzt nahm er auch wahr, dass sie in einem kleinen Raum ohne Möbel standen. Kahle Wände, kahler Fußboden. Im hinteren Bereich befand sich eine Treppe, die in ein oberes Stockwerk führte. Von dort kam das flackernde, gelbliche Licht. Dann Schritte. Schlurfende Schritte auf der kahlen Steintreppe. Das Licht wurde heller. Schließlich wurde ein Mensch mit einer Fackel in der Hand sichtbar, der unsicher den unteren Raum ausleuchtete und dabei Alex und Silva entdeckte. »Wer seid ihr? Was wollt ihr hier?«

Silva fand als Erstes die Worte: »Wir sind nur auf der Durchreise. Wir möchten gerne raus aus der Stadt. Aber wir haben uns bei ein paar Leuten ein bisschen unbeliebt gemacht, darum müssen wir die Stadt heimlich verlassen. Gibt es hier einen Geheimgang?«

»Nein.«

Die Gestalt kam näher und hielt die Fackel vor die Gesichter von Silva und Alex. Im Schein des Feuers konnte Alex erkennen, dass die Gestalt eine Frau war, obwohl die heisere Stimme auch zu einem Mann gepasst hätte. Sie trug ein dunkles Kopftuch, aus dem ein paar graue Haare herausschauten. Der Rest ihres Körpers war in schwarze Tücher gehüllt. »Woher kommt ihr?«

»Aus Eisendorf«, antwortete Silva. »Kennen Sie das?«

»Nein.« Die Frau leuchtete von einem zum anderen. Dann starrte sie Alex misstrauisch an. »Bist du ein Goldblüter?«

Alex erschrak. Silva lachte frech: »Der da? Ein Goldblüter? Dass ich nicht lache! So ein Dreckskerl! Ich hab selten dreckigeres Blut gesehen!« Sie boxte Alex gegen die Schultern. »Los, Mann! Zeig der Alten, wie du immer vor dich hin rotzt!«

Ach du Schreck! Wie sollte Alex das denn hinkriegen? Er hatte das zwar über Silva immer geschrieben, aber selbst war er kein Typ, der so was machte. Eigentlich fand er das ekelhaft. Er sah das hin und wieder bei Jungs aus seiner Klasse. Also versuchte er, es ihnen nachzumachen. Er zog die Nase hoch, aber das klang eher wie einmal kräftig an einem Blümchen riechen. Geräuschvoll aus dem Hals hochziehen? Er versuchte es. Heraus kam ein Schnarchgeräusch, das man höchstens noch als Schweinegrunzen hätte durchgehen lassen können. Jetzt ausspucken. Aber er hatte ja nichts im Mund. Er spuckte trotzdem und es widerte ihn dabei an. Aus seinem Mund kam höchstens ein Tröpfchen Spucke. Seine Mitschüler hätten ihn dafür ausgelacht.

Silva nicht. Sie schimpfte laut: »Doch nicht auf mich, du Sau! Das krieg ich nie wieder raus aus meinen Klamotten!« Und an die Frau gerichtet: »Haben Sie das gesehen, wie der mich angerotzt hat? So macht der das immer, dieses Ekelpaket!«

»Ich kenne keinen Geheimgang«, sagte die Frau. »Wartet hier, bis es dunkel ist. Dann könnt ihr die hinteren Gassen entlang bis zum Henkerstor gehen.«

»Das Henkerstor«, wiederholte Silva. »Ja, ich glaub, das kenn ich.«

»Ist das denn aufgeschlossen?«, fragte Alex, der sich daran erinnerte, dass er selbst davon geschrieben hatte, wie ein dicker Henker mit Schlüsselbund das Tor hatte aufschließen müssen.

»Ich sag jemandem Bescheid, der euch aufschließen kann«, sagte sie.

»Danke.« Silva gelang so etwas wie ein Lächeln. Hatte Alex das jemals bei ihr gesehen? Oder für sie geschrieben, solange er noch der Autor war?

Die Frau schlurfte zurück zur Treppe.

»Können wir was zu essen bekommen?«, fragte Alex vorsichtig.

Die Frau drehte sich nicht um. »Nein.«

»Was zu trinken?«, schob Silva hinterher.

»Nein.«

»Eine Toilette?«, versuchte es Alex.

Die Frau blieb stehen und drehte sich kurz um: »Eine was?«

»Toilette«, wiederholte Alex unsicher und sah Silva an. »Ein Klo. WC … ähm … was sagt man denn hier dazu?«

»Wozu?«, fragte Silva und schaute ihn verständnislos an. »Was meinst du?«

»Ich müsste mal … ich müsste mal!«

Silva wackelte ungeduldig mit dem Kopf: »Du müsstest *was*?«

»Aufs Klo!« Alex grinste unsicher. »Ich meinte … ich muss mal pinkeln … austreten … ein … ähm … Bächlein machen …«

Die Frau ging wortlos die Treppe nach oben.

Silva wiederholte das, als hätte Alex nicht alle Tassen im Schrank: »Ein Bächlein machen?!«

»Meine Güte! Was sagt ihr denn dazu? Müsst ihr etwa nie aufs Klo? Man kann doch nicht immer nur trinken und essen und nie kommt das … also … unten wieder raus?«

»Meinst du etwa pissen und kacken?!«

Alex wurde dieses Gespräch mehr als unangenehm. »Ja … genau … das … ähm … hatte ich das nicht so gesagt?«

»Nein! Aber wenn es dich drückt, dann mach doch!«

»Ja, will ich doch! Aber wo denn?«

»Na wo schon? Hier! Oder wolltest du dazu zuerst in deine eigene Welt fliegen?«

Alex traute seinen Ohren nicht: »Ihr macht doch nicht etwa eure … also … eure Sachen einfach da hin, wo es euch … also … wo ihr …«

»Wo denn sonst?«

»Auf der Toilette zum Beispiel! In einer extra dafür angelegten Schüssel!«

Silva war wieder entsetzt: »Du willst in eine Schüssel kacken?!«

»Ich geb's auf.«

Nein, dieses Gespräch würde Alex jetzt hier in Abadonien nicht weiterführen. Wenn es da draußen irgendwo außer einem Autor wirklich auch noch einen Leser gab, dann hatte er keine Lust, sich vor diesem mit solchen Diskussionen zu blamieren. Alex zumindest hätte ein Buch, in dem die Bezeichnung und der Sinn von Toiletten in Fantasygeschichten ausdiskutiert wurden, längst zugeklappt. Wobei er zugeben musste, dass er noch nie in einem Buch gelesen hatte, wie jemand mal zur Toilette gehen musste. Konnte man sich ernsthaft vorstellen, wie beispielsweise die weiße Hexe aus Narnia sich ihr Gewand hochrafft, sich irgendwo auf ein Eis-Klöchen oder sogar draußen hinsetzt und dort ein Schneehäufchen macht? Legolas? Darth Vader? Unmöglich! War es dann also nicht sogar eigentlich die Pflicht eines jeden Autors, seinen Geschöpfen eine ordentliche Toilette ins Buch zu schreiben?

»Also, machst du's jetzt oder nicht?«, fragte Silva ungeduldig.

»Ich mach es nachher, wenn wir draußen sind und ich alleine bin. Und jetzt will ich nicht mehr darüber reden.«

Silva schüttelte den Kopf. »Meine Fresse«, murmelte sie. »Du bist echt der schrägste und verrückteste Vogel, der mir jemals begegnet ist.«

»Das ist mir so was von egal.«

Nach einiger Zeit kam die Frau wieder die Treppe nach unten. Diesmal ohne Fackel. »Wehe, ihr geht nach oben«, drohte sie.

»Machen wir nicht«, bestätigten Alex und Silva gleichzeitig. Sie hatten schon eine Weile schweigend auf dem Boden gesessen und lehnten an der Wand. Alex hatte riesigen Hunger. Und wie lange er hier noch sitzen konnte, ohne in die Hose zu machen, wusste er auch nicht.

Die Frau öffnete die Haustür, sodass Tageslicht in den Raum fiel. Die Frau ging nach draußen und schloss die Tür. Es war wieder so schwarz, dass sich die Augen von ganz Neuem an die Dunkelheit gewöhnen mussten.

Etwas auf dem Boden quiekte. Alex sprang sofort auf. Ein Leppid! »Das Schwert!«, befahl er und streckte seine Hand aus. Silva gab es ihm. Alex nahm das Schwert mit beiden Händen und schlug damit kreuz und quer auf den Boden ein, als wäre das Schwert eine Fliegenklatsche und er müsste damit tausend Fliegen auf einmal töten. Trotzdem spürte er einen Biss ins Bein. Er schrie auf, wirbelte mit dem Schwert unkontrolliert durch die Luft und schleuderte das Tier von sich. Das Tier nahm neuen Anlauf, sprang wieder an sein Bein und platzte direkt an Alex' Körper. Blut und Fleischfetzen spritzten diesmal sogar bis an sein Kinn. Wieder schrie er auf, allerdings vor Ekel und Entsetzen. »Mistviecher!«, schimpfte er.

Silva lag irgendwo auf dem Boden in der Mitte des Raumes und keuchte. »Wolltest du mich umbringen?«

»Nein, wieso?«

»Weil du auf den Boden eingedroschen hast wie eine Axt! Wäre ich nicht gerade noch zur Seite gesprungen, hättest du mich in Stücke zerhackt!«

»Tschuldigung.« Alex schnaufte immer noch.

Silva stand auf. »Hast du schon jemals mit einem Schwert gekämpft?«

»Nein, noch nie.« Er drehte das Schwert in seiner Hand. »Ich hatte noch nie eins in der Hand. Zumindest noch nie ein echtes.«

»Krass.« Sie klopfte sich notdürftig den Staub von der Hose. »Womit kämpft man denn in deiner Welt?«

»Gar nicht. Man kämpft nicht.«

»Wie – man kämpft nicht? Womit wehrt man sich denn?«

»Hm … sagen wir mal so: In anderen Ländern kämpft man natürlich noch. Also, ich meine … Unsere Welt ist ziemlich groß. Ich schätze mal, größer als Abadonien. In den meisten Teilen dieser Welt bin ich noch nie gewesen. Aber man sieht das ja im Fernsehen …« Er stutzte. »Also … ich wollte sagen … es gibt Geräte, in die kann man reinschauen und dann sieht man, was ganz woanders auf der Welt geschieht.«

»Krass«, staunte Silva. »Magie!«

Alex wiegte seinen Kopf. »Nennen wir es Technik. Jedenfalls weiß ich aus diesem Gerät, dass es in anderen Teilen der Welt durchaus noch Krieg und Waffen gibt. Meistens sind das aber Panzer, Gewehre und andere hochtechnische Waffen. Dass einer noch wie hier mit dem Schwert kämpft«, Alex überlegte, »gibt es bestimmt noch irgendwo. Aber in dem Land, in dem ich lebe, herrscht Frieden. Schwerter gibt es nur noch im Museum. Oder wenn sie jemand als Hobby sammelt oder im Verein damit kämpft. Oder wenn er eins aus Plastik auf dem Jahrmarkt kauft.«

»Plastik …«

»Genau. Ich zumindest hab nichts damit zu tun.«

Silva staunte immer noch. »Und wenn ein Bluträuber kommt? Immerhin bist du ein Goldblüter! Oder wenn Mörder, Plünderer, Tagediebe kommen? Hunde, Leppids, all das Zeug? Womit wehrst du dich?«

»Es gibt in unserer Welt keine Bluträuber, es gibt auch keine Goldblüter, keine Drachen, keine Leppids, das hab ich dir doch schon mal gesagt. Natürlich gibt es auch in meinem Land Menschen, die andere töten oder die in die Wohnung einbrechen und Dinge stehlen. Aber das hält sich alles sehr in Grenzen. Ich hab noch nie einen Mord gesehen. Und außer einem Handy ist mir noch nie was geklaut worden.«

Silva schaute Alex etwas verklärt an. »Eine traumhafte Welt, aus der du kommst.«

»Na ja«, Alex wiegte seinen Kopf hin und her, »ich hätte schon noch einige Verbesserungsvorschläge, wenn ich meine Welt zu schreiben hätte.«

»Ach ja.« Silva stemmte ihre Hände in die Seiten. »Stattdessen schreibst du eine Welt, in der die Schlechtigkeit, die Bluträuber und die Mörder in Scharen auflaufen. Danke noch mal.«

Damit drehte sich Silva um und rannte die Treppe nach oben.

»Halt!«, rief Alex. »Wohin läufst du?«

»Siehst du doch! Nach oben!«

»Das dürfen wir nicht!«

Alex lief ihr hinterher, aber er hielt sein Schwert mit beiden Händen nach oben gerichtet, während er ihr folgte, wie er es bei Luke Skywalker und seinem Lichtschwert gesehen hatte. Als er ein Stockwerk höher ankam, sah er, wie Silva schon die ersten Töpfe geöffnet, Brot herausgenommen und gierig in den Mund gestopft hatte. Sie hielt ihm ein Stück hin: »Hier. Iss.« Sie fand einen Wasserkrug, setzte ihn mit zwei Händen an den Mund und trank ihn fast halb leer. Als Alex anschließend den Krug an seinen Mund setzte, um zu trinken, floss das Wasser literweise rechts und links an seinem Mund und Kopf vorbei und durchnässte seinen kompletten Pulli.

»Ach, trinken tut man in eurer Welt auch nicht?«, fragte Silva, die schon wieder in anderen Kisten wühlte.

»Doch.« Alex stellte den Krug zurück. »Nur normalerweise nicht aus so großen Gefäßen.«

»Hab ich's mir doch gedacht!«, triumphierte Silva und holte aus einer Holztruhe, in der sonst hauptsächlich Decken und Umhänge lagen, ein längliches Lederteil heraus, das aussah wie ein meterlanger Strumpf.

»Was ist das?«

»Ich hab mir doch gedacht, dass die Frau sich mit Goldblütern auskennt!« Silva griff noch einmal in die Kiste und holte noch so einen Lederstrumpf heraus, danach ein ähnliches Teil, diesmal mit Ärmeln wie ein Pullover aus Leder. Sie nahm die Sachen und warf sie Alex zu. »Hier, probier's mal an!«

»Was ist das?« Alex fing die Lederteile auf. Sie fühlten sich merkwürdig an. Wie eine ausgehöhlte Schlange.

»Eine Lederhaut! So was ziehen Goldblüter an, damit sie nicht andauernd gebissen oder von Spähern gestochen werden.«

»So was kann ich nicht anziehen!«

»So was *musst* du anziehen! Und jetzt stell dich nicht so affig an, tu's einfach! Ich kenn mich hier in Abadonien aus! Du ja anscheinend nicht, obwohl es ja deine Welt ist! Beeil dich! Wenn die Frau zurückkommt, müssen wir wieder unten sitzen!«

Als sich die Haustür in der unteren Etage nach langer Zeit wieder öffnete, fiel bereits etwas weniger Tageslicht in den Raum. Alex und Silva saßen genauso wie vorher auf dem Boden hinter der Tür. Fast genauso. Alex trug diese furchtbare, alles einschnürende Lederhaut unter seinem Pullover und seiner Hose. Er konnte sich kaum darin bewegen. Selbst das Atmen fiel schwerer. Aber als vorhin noch mal ein Leppid aufgetaucht war und ihn ins Bein beißen wollte, war er erfolglos abgeprallt und davongekrabbelt. Alex fühlte sich mehr als unwohl. Silva hatte alle Truhen, Töpfe und Krüge wieder so hingestellt, wie sie vorher gestanden hatten. Aber Alex hatte sich oben nicht mehr beherrschen können. Als er seine Hose ausgezogen hatte, um die Lederstrümpfe anzuziehen, hatte er sich heimlich hinter einen der Schränke gehockt und in die Ecke gepinkelt. Ich darf das, hatte er sich dabei eingeredet, ich bin der Schöpfer dieser Geschichte, ich hab hier Sonderrechte. Außerdem steht der große Autor über mir und hätte ja dafür sorgen können, dass ich über weite Strecken überhaupt nicht aufs Klo muss, so wie es alle Bewohner von Nimmerland, Lummerland, Takatuka und Mittelerde ja anscheinend auch nicht müssen! Jetzt saß er hier unten auf dem Boden und hoffte inständig, seine Pfütze oben würde nicht auffallen. Riechen konnte man sein Geschäft sicher nicht. Der Gestank in Abadonien war ohnehin bestialisch. Eine verstopfte Toilette auf einer Autobahnraststätte war eine Duftoase dagegen. Aber wenn jeder hier einfach überall alles plumpsen und rieseln ließ, wenn er mal musste, dann war der Gestank ja auch kein Wunder.

Die Frau schloss die Tür und schaute die beiden eindringlich an. Alex versuchte, unschuldig und freundlich zu lächeln. »Danke, dass Sie sich um unsere Flucht kümmern.«

»Wer sagt, dass ich mich kümmere?«, blaffte sie.

»Sie haben doch gesagt, Sie wollten jemandem Bescheid sagen, der uns heute Nacht das Henkerstor aufschließt«, sagte Alex.

»Hab ich ja auch!«

»Sehen Sie«, Alex lächelte gequält. »Das dachte ich mir doch. Und dafür wollte ich Ihnen danken.«

»Danken«, wiederholte sie abfällig. Dann sah sie Alex genauer an. »Also doch ein Goldblüter.«

Alex sah erschrocken zu Silva. Silva lachte dreckig: »So ein Mistkerl und ein Goldblüter? Ha! Niemals!«

Die Frau fixierte Alex genau. »Ich seh das.«

Alex' Kinn zitterte. »Soll ich Ihnen noch mal zeigen, wie ich rotzen kann? Achtung!«

»Spar dir dein Theater!«

»Ich bin richtig böse!«, beharrte Alex, aber es klang eher ängstlich. »Ich war oben und hab von Ihrem Brot gegessen! Ja! Und ich hab in Ihre Küche gepinkelt! Gepisst, wollte ich sagen! Sie können selbst nachschauen! Oben hinter den großen Schrank! So! Jetzt staunen Sie aber, was?«

Die Frau packte Alex mit einem schnellen Griff ans Handgelenk und zog mit der anderen Hand den Ärmel seines Pullovers hoch. Die Lederhaut wurde sichtbar. Alex erschrak.

»Ich wusste es«, zischte die Frau. »Macht, dass ihr fortkommt!«

»Wir gehen ja schon!«, erklärte Silva schnell. »Aber nun wissen Sie ja, warum wir uns draußen nicht zeigen können! Er ist verloren, wenn er jetzt aufbricht! Bitte haben Sie Erbarmen mit uns! Lassen Sie uns bis heute Nacht hier sitzen! Dann sind wir weg! Versprochen!«

»Ich will nicht, dass man noch einmal Goldblüter in meinem Haus findet!«, keifte die Frau. »Fort mit euch!«

Silva hob ihren Zeigefinger. »Dieser Junge hier ist nicht irgendein Goldblüter! Nein, nein! Das ist der, von dem die Prophezeiung spricht! Ja, ja! Er kommt aus einer anderen Welt, das sieht man ja schon an seiner weltfremden Kleidung, oder nicht? Es ist eine Welt ohne Moloch und Bluträuber! Ohne Schwertkampf! Alles ist friedlich! Ein magischer Kasten zeigt ihnen, was auf der ganzen Welt geschieht! Und zum Pissen benutzen sie Schüsseln!«

»Genug jetzt!«, die Alte riss Alex am Arm, als wollte sie ihn über ihre Schulter werfen. »Haltet mich nicht zum Narren!«

»Es stimmt, was sie sagt!«, pflichtete Alex bei. Er hatte etwas Hoffnung, dass sich die Frau durch Silvas Beschreibung beeindrucken oder zumindest einschüchtern ließ. »Ich meine … außer mit der Schüssel ist alles wahr! Ich bin nicht von dieser Welt! Ich habe eure Welt erschaffen und mein Autor hat mich erschaffen! Und jetzt hat er mich zu euch gesandt, um meine Geschöpfe aus Abadonien zu retten! Wenn ihr uns helft, wird der große Autor euch nicht unbelohnt lassen! Ich kenne ihn persönlich! Ich kann ein gutes Wort für Sie einlegen! Wirklich! Der Autor kann alles möglich machen! Er kann Ihnen einen Brottopf schenken, der niemals leer wird zum Beispiel! Oder einen goldenen Schal! Einen Ferrari!« Er stockte. »Ähm, den Ferrari nehm ich zurück. Aber ich setze noch eine Kutsche drauf! Eine Kutsche mit zehn Pferden davor! Na, was sagen Sie?«

»Haut ab, es reicht!« Die Frau ließ Alex los und stapfte die Treppe nach oben. Alex sah Silva fragend an. Silva zuckte nur mit den Schultern.

Dann ein Schrei von oben.

»Jetzt hat sie entdeckt, dass wir tatsächlich ihr Brot geklaut haben«, flüsterte Silva. »Los, lass uns abhauen!«

»Der Retter ist da!«, japste die Frau im oberen Stockwerk.

Alex wunderte sich, aber Silva riss bereits die Haustür zur Flucht auf. Es war ziemlich dunkel, aber noch nicht Nacht. Darum konnten die beiden sehen, dass direkt vor der Haustür ein Pferdewagen stand, der ihnen den Ausgang versperrte. Der Wagen bestand aus kostbar verarbeitetem Holz, zwei Bänken und einer großen Ladefläche. Auf der vorderen Bank saß kein Wagenlenker. Hatte die Frau den besorgt? Etwa für ihre Flucht? Als sich Alex seitlich an dem Wagen vorbeiquetschen wollte, sah er, dass fünf wunderschöne weiße Pferde voreinander angespannt vor der Kutsche standen. Und daneben noch mal fünf! Zehn Pferde, die diesen Wagen ziehen sollten! Wahnsinn! Wem gehörten die? Dieser ärmlich wirkenden Frau?

Von innen aus dem Haus hörten sie noch einmal einen Schrei. Mehr ein Quietschen. Und noch bevor Silva und Alex fliehen konnten, stand die Frau schon neben ihnen: »Der Retter!« Als sie die Kutsche mit den zehn Pferden davor sah, quiekte sie noch einmal und hob ihre Hände erschrocken hoch. Mit großen Augen starrte sie Alex an und erst jetzt sah er, dass sie ihr Kopftuch abgenommen hatte und stattdessen einen goldenen Schal um ihren Hals trug.

»Ach du meine Fresse«, hauchte Silva. »Wie hast du das gemacht?«

»Gar nichts«, stammelte Alex. »Ich hab gar nichts gemacht.«

»Das Brot!« Mehr brachte die Frau nicht raus und zeigte nach oben, wo sich ihre Küche befand.

»Der Brottopf ist voll?«, deutete Silva die Wortfetzen der Frau.

Die Frau nickte heftig. Sie zeigte mit offenem Mund auf das Pferdegespann, auf ihren Schal, wieder in die Luft Richtung Küche. Dann fiel sie auf ihre Knie, neigte ihren Kopf zu Boden und griff nach Alex' Füßen. »Gepriesen sei der Sohn der Verheißung!«, rief sie aus, als hätte jemand in ihr eine Datei eingespeist, die sie jetzt ohne nachzudenken abspielte: »Denn er hat besucht und erlöst sein Volk! Nun wird wahr, was der Mund der Propheten geredet hat: Er errettet uns aus der Hand des Moloch! Sein Blut ist goldener als Gold! Er ist das Licht aus der Höhe, damit es für die scheine, die im Lande des Todesschattens sitzen, und uns den Weg des Friedens gebe!«

Ich bin's nicht!, hätte Alex am liebsten wieder ausgerufen. Aber diese Frau hier zu seinen Füßen und die offensichtlichen Wunder, die hier gerade vor seinen Augen und vor den Augen der Frau geschehen waren, machten ihn sprachlos. Er hatte der Frau mal eben einen vollen Brottopf, einen goldenen Schal und eine Kutsche mit zehn Pferden versprochen. Und jetzt war all das da. Konnte er zaubern? Nein. Es war der Autor. Der Bücherschreiber, der zu jeder Zeit schreiben und erschaffen konnte, was er wollte. Für den Naturgesetze ja mehr oder weniger nur Richtlinien waren, an die er sich halten konnte oder auch nicht. Und der sich in diesem Fall offensichtlich vorgenommen hatte, das Gestammel seiner Romanfigur zu bestätigen und damit zumindest Silva und der Frau klarzumachen, dass Alex wirklich aus einer anderen Welt kam und dass er deswegen auch eine Mission zu erfüllen hatte.

»Na gut«, sagte Alex leise und schaute sich in der Gegend um, als suchte er das Gesicht des Autors, »dann spiel ich eben mit.«

»Dass ich das noch erleben darf«, wiederholte die Frau immer wieder, während alle drei an dem kleinen Holztisch im oberen Stockwerk ihres Hauses saßen, Brot aßen und Wasser aus dem Krug tranken. Sie hatte sich ihnen als Makani vorgestellt. Sie war keine Frau der vielen Worte. Aber aus dem Wenigen, das sie erzählt hatte, konnte Alex schließen, dass ihr Mann ein Goldblüter gewesen war, der vor einigen Jahren schon von Bluträubern abgeholt und zu Tode ausgesaugt worden war. Warum sie in Gomorra lebte, hatte sie nicht erklärt. Zumindest war damit klar, warum sie sich mit Goldblütern auskannte und eine Lederhaut in ihrer Truhe hatte.

»Danke für das Brot«, sagte Silva und zwinkerte ihr freundlich zu. Offensichtlich war sie heilfroh, dass die zuerst so mürrische Frau nun so gastfreundlich war.

»Bedank dich bei ihm«, antwortete sie und zeigte mit einer Brotrinde auf Alex. »Er hat den Brottopf gefüllt.«

»Genau genommen war es der Autor«, beschwichtigte Alex, »also, mein Autor. Nein, also … eigentlich auch euer Autor. Ähm … unser aller Autor.«

»Danke, Autor!«, rief Silva in den Raum hinein.

»Aber er benutzt dich«, sagte die Frau zu Alex und fasste sich an den goldenen Schal, den sie immer noch um ihren Hals trug, »um uns seine Macht zu zeigen.«

»Na ja«, Alex wog den Kopf, »wenn sich einer alles ausdenkt, ist es keine besondere Kraft oder Macht, plötzlich irgendwas aus dem Nichts herbeizuholen.«

»Das Brot schmeckt gut«, lobte Silva.

»Das find ich auch«, pflichtete Alex ihr bei. »Jetzt noch ein paar leckere Bratwürstchen dazu – das wär auch nicht schlecht.« Er grinste.

»Bratwürstchen«, wiederholte Makani sehnsüchtig. »Wie lange hab ich so etwas nicht mehr gegessen. Zu Hause in unserem Dorf, wo wir selbst Schweine und Rinder hatten, da hatten wir Fleisch und

Wurst, so viel wir wollten. Aber hier in Gomorra, hier ist alles teuer und verdorben. So was kann ich mir nicht mehr leisten.«

Nach dem Erfolgserlebnis von vorhin fühlte sich Alex plötzlich selbst überirdisch und mutig: »Schauen Sie dort drüben in der Ledertasche nach.«

Die Frau wollte gerade in ein Stück Brot beißen und erstarrte mit offenem Mund vor ihrem Brot. Sie schaute Alex an, als käme er aus einer anderen Welt. Und sie hatte sogar recht damit. »In dieser Ledertasche ist nichts drin, das weiß ich genau«, sagte sie und ließ ihren Blick auf Alex geheftet. »Normalerweise würde ich jeden bei so einer Aufforderung für verrückt erklären oder bestenfalls auslachen.« Sie erhob sich vom Tisch. »Aber weil du es sagst, Sohn der Verheißung, schau ich nach.« Sie ging zu einer Ledertasche, die neben einem Regal an der Wand hing. »Wehe, du legst mich rein.« Sie öffnete die Tasche, sah hinein und stieß wieder einen Schrei aus. Heraus fielen drei rostbraune Bratwürstchen, die aussahen wie frisch vom Holzkohlegrill. Als die Frau jedem eines gab, stellte Alex fest, dass es sogar noch heiß war. »Du hast echt an alles gedacht«, murmelte er vor sich hin und biss genüsslich hinein. »Jetzt noch etwas Senf vielleicht?«

Alex griff in die Luft und schloss die Faust, als hätte er eine Fliege gefangen. Dann öffnete er die Faust vor seinem Gesicht. Sie war leer. »Schauen Sie doch noch mal in der Ledertasche nach«, forderte er die Frau auf. Makani schaute nach: »Es ist nichts drin. Wieso?«

»Nur so«, brummelte Alex. Und leise knurrte er: »Schon gut, hab's verstanden. Nicht den Bogen überspannen.«

»Ihr müsst so schnell wie möglich fliehen«, beschwor sie Makani nach dem Essen. »Die Blutspäher haben sicher schon die Spur aufgenommen. Wenn sie euch finden, sind wir alle drei so gut wie tot.«

Ich nicht, dachte Alex kurz. Ich bin hier die Hauptperson, ich kann nicht sterben. Aber das behielt er für sich. Außerdem war er sich nicht sicher, ob die bloße Einbildung, Hauptperson zu sein, ihn wirklich vor jeder Gefahr retten könnte.

»Es ist zwar noch nicht Mitternacht, aber wir dürfen kein Risiko eingehen«, erklärte Makani weiter. »Lauft die Straße nach rechts, biegt an der nächsten Kreuzung links ab, dann ganz durch, kurz vor dem Ende wieder links und am Ende der Straße rechts. Dann seht ihr das Tor schon.«

»Hast du dir das behalten?«, fragte Alex Silva.

»Nein, aber wir finden das schon.« Erstaunliche Zuversicht für eine Person, die nicht in dem Bewusstsein lebte, nur eine Buchfigur zu sein, die alles überstehen würde.

»Ich fahr mit dem Wagen durch das Haupttor«, fuhr Makani fort, »und komm außen rum bis zum Henkersplatz. Durch das Henkerstor passt die Kutsche nicht durch. Dort treffen wir uns dann.«

»Sie wollen mitkommen?«, staunte Alex.

»Na klar, was denn sonst? Der Retter ist da, er wird Abadonien retten. Ich will das mit eigenen Augen sehen! Außerdem habt ihr mir so einen einmaligen Wagen besorgt. Da ist es doch das Mindeste, dass ich euch damit unterstütze. Oder wollt ihr bis ins Tal des Tartaros zu Fuß laufen?«

»Nein, nein«, sagte Silva mit vollem Mund. »Aber ich zum Beispiel kann auch so einen Wagen lenken.«

»Ach!«, keifte Makani. »Du willst dich mit meinem Wagen aus dem Staub machen? Das kannst du vergessen, Kleine! Den Wagen behalte ich! Ich bring euch zur Höhle des Moloch. Und wenn ihr überlebt, bring ich euch auch wieder zurück.«

Alex musste schlucken. Silva ließ sich nichts anmerken: »Und wenn wir nicht überleben?«

»Dann fahr ich ohne euch zurück. Ist doch klar.«

Jetzt schaute Silva doch kurz zu Alex rüber. Alex schauderte. Aber dann sagte Silva: »Dieser Goldblüter kann nicht kämpfen, er kann nicht fechten, er kennt sich in unserer Welt kein bisschen aus. Aber er behauptet, Geschöpf seines Autors zu sein. Darum wird er den Kampf bestehen. Hab ich recht, Goldkopf?«

Das nette Wurstwunder von gerade hatte ihm Mut gemacht, trotzdem klang es etwas unsicher, als er antwortete: »Ja, ich glaub schon.«

Die Frau erhob sich vom Tisch. »Dann lasst uns aufbrechen.«

In Windeseile steckte sie ein paar Dinge in einen Sack. Außerdem packte sie den Brottopf, der ja jetzt nie mehr leer werden dürfte, unter den Arm und hängte sich die Ledertasche, aus der vorhin die

Würstchen gekommen waren, um den Hals. Sie kramte einen ledernen Schwerthalter aus einer der Truhen und gab ihn Alex, damit er ihn an seinem Gürtel befestigte. Er steckte sein Schwert hinein und fand, dass das beim Gehen und erst recht beim Sitzen störte. Wie machten das wohl die Leute in den Filmen? Er nahm sich vor, das nächste Mal unbedingt darauf zu achten, sollte er jemals wieder aus dieser Welt herauskommen und noch mal einen Film mit Schwertkampf sehen können.

Kurz darauf verließen sie das Haus. »Also, nach rechts«, Makani zeigte mit ausgestrecktem Arm zum Ende der Straße, »da vorne links, dann die Straße ganz durch, unten links, dann rechts. Klar?«

»Klar.« Silva nickte.

»Dann bis gleich.« Die Frau stieg auf die vordere Sitzbank der Kutsche, den Kutschbock, nahm die Zügel in die Hand, als hätte sie bislang nie was anderes gemacht, und setzte die zehn Pferde in Bewegung. Mit lautem Getrappel entfernte sie sich.

Silva und Alex liefen wie angewiesen nach rechts. Sie waren aber noch keine zwei Häuser weit gekommen, als Alex eine Bewegung in einer Häusernische wahrnahm. Im selben Augenblick stürzten sich zwei schwarze Gestalten auf ihn. Der eine schwang eine Holzkeule über seinem Kopf, der andere lief mit gezücktem Schwert auf ihn zu. Mir kann nichts passieren, wollte Alex sich einreden, aber der Blick auf die gefährlichen Männer ließ ihn nur aufschreien. Dann rannte er wie ein Verrückter die Straße runter. Die beiden Männer waren nur wenige Meter hinter ihm. Alex war noch nie gut im Laufen gewesen. Und diese Männer trugen die Entschlossenheit zweier Blutjäger in ihren Gesichtern, sodass Alex sich wenig Chancen zum Entkommen ausrechnete. Ich bin der Erlöser, mir kann nichts passieren!, dachte Alex, aber dieser Gedanke wollte ihm beim besten Willen keine Gelassenheit ins Herz geben. Er rannte um sein Leben. Die Todesangst verlieh ihm Antrieb. Dabei schrie er aus Leibeskräften, obwohl er sich eigentlich vorgenommen hatte, leise zu sein. Silva hatte das Ganze etwas zu spät bemerkt. Sie war durch Alex' Schrei zuerst erschrocken zurückgewichen, dann durch die heranbrechenden Räuber zurückgedrängt worden. Jetzt rannte sie auch, aber sie hatte keine

Waffe und sie lief ein Stück hinter den Männern. Alex hatte eine Waffe. Er versuchte, beim Rennen das Schwert aus der Halterung zu ziehen, aber das gelang ihm nicht. Dazu hätte er stehen bleiben müssen. Er ärgerte sich über seine Unfähigkeit und zog es vor weiterzulaufen.

»Zeig doch noch mal, was du kannst!«, rief Alex und meinte seinen Autor, der ihm jetzt eigentlich mal ein bisschen Superkraft in die Arme schreiben könnte. Aber er hatte nicht den Eindruck, dass sich etwas in ihm veränderte, verstärkte oder sonst wie zu seinen Gunsten entwickelte. Er kam am Ende der Straße an und wusste schon nicht mehr, ob er nach links oder rechts weiterlaufen sollte. Ein kurzer Blick nach rechts verriet ihm, dass er heute Nachmittag bei seiner Verfolgungsjagd aus dieser Richtung gekommen war. Also lief er jetzt mal nach links. Leppids sprangen aus den Mauervorsprüngen und wollten sich an Alex festbeißen. Durch die Lederhaut konnte Alex sie mit Leichtigkeit abschütteln. Er rannte weiter, traute sich nicht, nach hinten zu schauen, weil er Angst hatte, dadurch an Tempo zu verlieren. Aber die lauten Schritte hinter ihm machten ihm deutlich, dass ihm seine Verfolger sehr dicht auf den Fersen waren. Aus einer der Häuser-Ecken starrte eine weitere dunkle Gestalt mit gefährlich leuchtenden Augen heraus. Als sie die kleine Gruppe rennender Menschen sah, rappelte sie sich aus ihrer Ecke auf und nahm ebenfalls die Verfolgung auf. Alex rüttelte an seinem Schwert. Es lockerte sich. Alex schöpfte Hoffnung und zog noch fester. Dann endlich: Mit einer ausladenden Bewegung riss er das Schwert aus seinem Gürtel, drehte sich im Laufen um und schleuderte es ungeschickt um sich.

»Vorsicht!«, rief die kleine Gestalt, die sich gerade dazugesellt hatte. Der Räuber mit dem Schwert bückte sich, um Alex' Schwert auszuweichen. Der andere mit der Keule schwang diese in der gleichen Weise wie Alex und traf dabei Alex' Schwert mit einer Härte, die Alex zurücktorkeln ließ. Im nächsten Moment holte der erste mit dem Schwert wieder aus und wollte zuschlagen. Alex ließ sein Schwert unkontrolliert durch die Luft sausen und es gelang ihm tatsächlich, den Schwerthieb seines Verfolgers abzuwehren. Sofort darauf holte der Mann mit der Keule aus. Alex reagierte zu spät. Die Keule traf ihn hart an der Schulter. Alex stolperte und fiel auf die Straße. Schon spürte er den nächsten Schlag mit der Keule auf seinem Körper und hörte, wie das Metall des Schwertes durch die Luft zischte.

»Lasst ihn am Leben!«, befahl der Kleine, der gerade erst dazugekommen war. Die Schläge hörten auf. Alex konnte sich nicht bewegen. Er hatte das Gefühl, jeden Augenblick ohnmächtig zu werden. »Passt auf das Mädchen auf! Die ist gefährlich!« Alex hörte, wie Silva zuerst schrie, dann fluchte, dann gab es einen Schlag, ein letztes Mal schrie Silva auf, dann war es still.

»Gut gemacht!«, krächzte der zuletzt Gekommene. »Los, helft mir, sie zum Henker zu bringen.«

»Er gehört uns!«, beschwerte sich einer der Räuber. »Wir bringen ihn zu Demon! Das bringt uns am meisten!«

»Befehl von oben!«, keifte die kleine Gestalt. Alex hörte Münzen klimpern. »Hier, nehmt das!«

Die Räuber lachten zufrieden und ließen das Geld irgendwo in ihrem Mantel verschwinden.

»Und jetzt helft mir, die beiden direkt zum Henker zu bringen. Ihr Blut ist mehr wert als das, was wir von Demon bekommen würden. Zumindest das von dem da.« Alex spürte einen Tritt gegen sein Bein. Er wollte sich wehren, aber jede Kraft war von ihm gewichen. »Die andere können wir nachher wegwerfen. Aber hier kann sie nicht liegen bleiben.«

Jemand stülpte einen Sack oder ein großes Stück Decke über Alex' Kopf. Jetzt sah er überhaupt nichts mehr. Man hob Alex an, halb trug man ihn, halb schleifte man ihn über den Boden. Alex spürte jede Unebenheit des Bodens unter seinen Füßen. Manchmal versuchte er, seinen Füßen Kraft zu geben und ein Stück mitzulaufen. Aber die meiste Zeit schaffte er es nicht und dann schabten seine Füße einfach über den rauen Boden. Das halten meine Schuhe nicht lange aus, dachte er nur und überlegte kurz, wie er seiner Mutter erklären sollte, dass seine Schuhe in einer fremden Welt unbrauchbar geworden waren. Aber diesen Gedanken gab er gleich wieder auf. Seiner Mutter müsste er im Moment so viel Unerklärliches erklären, dass er gar nicht wusste, wo er anfangen sollte.

Wo bist du, Autor?, fragte Alex in Gedanken. Warum tust du nichts? Willst du nicht? Kannst du nicht? Oder gefällt es dir, zu schreiben, wie ich hier gerade kraftlos abgeschleppt werde? Klasse, Autor. Vielen Dank!

Alex hörte einen Schüsselbund. Eine Tür wurde aufgeschlossen. Alex wurde weitergeschleift.

»Werft sie dort neben das Richtbeil! Und jetzt haut ab!«

Alex spürte, wie er unsanft auf den Boden geworfen wurde. Eine weitere Person landete dicht neben ihm. Wahrscheinlich Silva, aber Alex sah ja nichts. Er wollte aufstehen, aber noch immer fühlte er sich von seinem Schlag zu schwach. Die Schritte der Räuber entfernten sich.

Kurz darauf hörte er, wie der Wagen mit den zehn Pferden vorfuhr.

»Hier ist dein Goldblüter!«, rief die Gestalt, die als drittes dazugekommen war. »Sie sind bewusstlos!«

»Lad sie auf!«, befahl die Frau auf dem Wagen.

»Sie sind mir zu schwer! Du musst mir helfen!«

Makani stieg ab. Zu zweit hievten sie zuerst Alex, dann Silva auf die breite Ladefläche des Wagens. Alex hatte kein gutes Gefühl mehr. Meinte es die Frau wirklich gut mit ihm?

»Was soll der Alte dort auf dem Wagen?«, hörte Alex die männliche Gestalt fragen.

»Das ist meine Sache«, antwortete die Frau.

»Na gut«, brummte der Mann. »Dann lass uns gleich losfahren. Wenn wir uns ranhalten, könnten wir kommende Nacht mit dem Goldblüter beim Moloch sein!«

»Wieso wir?«, gab die Frau zurück. »Ich fahr allein!«

»Du brauchst noch einen Blutpriester, der sich auskennt! Das nächste Dorf, durch das wir kommen, ist Gehinnom. Dort lebt der Priester Katanos. Er ist der Einzige, den ich kenne, der den Moloch von Angesicht zu Angesicht gesehen hat. Ihn brauchen wir. Ich kann dich zu ihm bringen.«

Die Frau fluchte leise vor sich hin. »Dann steig auf. Aber keine Tricks, Perfidus! Der Goldblüter gehört mir!«

»Nein!«, antwortete der. »Keine Tricks.«

Alex erschrak. Hatte die Frau diese Gestalt aus der Häuserecke gerade Perfidus genannt? Den Perfidus, den Alex selbst in das Buch geschrieben hatte, um Akio und Silva zu retten? War es nun wieder Perfidus, der ihn und Silva vor den Klauen der Räuber gerettet hatte? Oder wollte er Alex, den goldensten Goldblüter aller Zeiten, nun zu einem Blutpriester bringen, der bereit wäre, ihn lebendig dem Moloch vorzuwerfen? Am liebsten noch zusammen mit Agnus, Akio und Adelia, falls die nicht schon längst von dem Drachen gefressen waren? Alex zitterte. Aber noch war er zu schwach, um sich wehren oder Fragen stellen zu können.

Die Sonne begann aufzugehen, als Alex mit schmerzenden Gliedern aufwachte. Der Pferdewagen unter seinem Körper ruckelte. Offensichtlich waren sie noch unterwegs. Langsam richtete er sich auf und sah sich um. Die Decke, die in der Nacht sein Gesicht bedeckt hatte, war weg. Graue, trostlose Landschaften zogen an ihm vorbei. Vorne auf dem Kutschbock saß die Frau mit dem goldenen Schal. Drei weitere Personen befanden sich auf der Ladefläche und lehnten sich an den Holzrahmen rund um den Wagen. Eine davon war Silva. Sie war wach, hatte ihre Beine angezogen, ihre Arme um die Beine geschlungen und betrachtete schweigend die Landschaft. Die zweite Person war in schwarze Tücher gehüllt, eine große Kapuze bedeckte ihren Kopf und Teile des Gesichtes. Obwohl Alex ihn noch nie persönlich gesehen hatte, wusste er, dass es sich hier um Perfidus handelte. Genau so hatte er ihn sich vorgestellt, als er ihn geschrieben hatte. Außerdem war er von Makani mit Perfidus angeredet worden. Alex fand es immer noch unheimlich, in seiner selbst erschaffenen Welt zu stecken und den Menschen gegenüberzusitzen, die er sich neulich erst ausgedacht und ihnen dadurch Leben eingehaucht hatte. Die dritte Person sah aus wie tot. Sie lag mehr in diesem Wagen als dass sie saß. Nur der Kopf lehnte erhöht an der Holzumrandung. Der Rest des Körpers lag wie aufgebahrt auf dem Boden. Schneeweiße Haut klebte eng über einem Gerippe aus Knochen. Lumpige Fetzen hingen darüber. Der Kopf sah aus wie ein Totenschädel, nur dass noch etwas verschrumpelte Haut den bloßen Knochen bedeckte. Der alte Mann hatte die Augen geschlossen und den zahnlosen Mund weit geöffnet. Seine dürren Finger ruhten in gefalteten Händen auf seinem Bauch. Auf den zweiten Blick erkannte Alex in dieser Gestalt den verrückten Alten aus dem Stall wieder, der ihm gestern als Erstes zu Füßen gefallen war. Was sollte der nun hier?

Alex hielt sich seinen Kopf und stöhnte leicht. Silva und Perfidus drehten ihm die Köpfe zu.

»Ausgeschlafen?«, fragte Silva.

Alex war nicht zum Antworten zumute.

»Ich auch nicht«, redete Silva weiter. »Mir tun noch alle Knochen weh. Die durchgeknallten Männer gestern Abend haben ordentlich zugeschlagen. Was machen deine Knochen?«

Alex rieb sich die Schultern und die Beine. »Ging schon besser.«

»Hat sich dein großer, weiser Autor schon dazu geäußert, wie es jetzt mit uns weitergeht?«, fragte Silva weiter. »Mit mir spricht hier ja keiner.«

»Mein Autor spricht auch nicht immer mit mir«, sagte Alex mühsam.

»Muss ja ein tolles Verhältnis sein.«

»Wir arbeiten noch dran.« Alex schloss seine Augen und stützte den Kopf auf seiner Hand ab.

»Wir kommen gleich nach Gehinnom«, brummte Perfidus, ohne jemanden anzuschauen. »Dort machen wir eine kurze Pause.«

Alex schaute Perfidus eindringlich an. Konnte er in diesem Gesicht etwas lesen, das ihm Vertrauen einflößen könnte? Perfidus schien den durchbohrenden Blick von Alex zu spüren. Denn er drehte seinen Kopf leicht und erwiderte seinen Blick. Undurchdringlich. Ohne Anzeichen von Erbarmen oder Mitgefühl. Was war das nur für eine Kreatur, die Alex neulich selbst erschaffen hatte, jetzt aber in keiner Weise mehr lenken, führen oder im Inneren verstehen konnte? Dunkelheit umgab diesen unheimlichen Menschen, Blutgier erfüllte sein Leben, aber irgendwo im tiefsten Inneren lag ein Herz, das einmal etwas vom Guten gewusst hatte. So viel war Alex noch klar. Von diesem Guten war hier in diesen Augen nichts zu erkennen. Seit vielen Jahren war er ein Diener des Bösen, bereit, blutgoldene Menschen zu verraten und auszuliefern. Aber nicht bereit, seinen Namen einfach so zu nennen. Doch Alex kannte den Namen.

»Perfidus«, schloss er seine Gedankengänge laut ab.

Perfidus sah ihn immer noch an. Als er hörte, wie Alex seinen Namen nannte, mischte sich etwas Misstrauen in seinen Blick hinein, aber er sagte nichts. Sicher fragte er sich, woher Alex seinen Namen kannte. Dieser Moment der Unsicherheit in den Augen von Perfidus gefiel Alex.

»Tja«, sagte Alex langsam, »woher kenne ich dich wohl?«

Wieder lagen nur Skepsis und Misstrauen in den Augen von Perfidus. Er schwieg.

»Ich kannte dich schon, als du noch als Bettler in Eisendorf gesessen hast«, redete Alex weiter. »Auch, als du Akio an Demon und Lucio ausliefern wolltest. Ich weiß auch, dass Akio eine Seite in dir wachgerufen hat, die längst verschüttet war. Ein Gefühl von Glaube, Hoffnung und Liebe.«

Der Blick in Perfidus Augen änderte sich. Jetzt flackerten Verwunderung und ein Schuss Angst darin auf. Perfidus fühlte sich durchschaut.

»Du hast Akio nicht ausgeliefert«, beschrieb Alex ihn weiter. »Das weiß ich. Du hast es nicht übers Herz gebracht, weil du gemerkt hast, dass du tatsächlich noch so etwas wie ein Herz besitzt.«

»Wer bist du?«, fragte Perfidus endlich.

»Mein Name ist Alexander«, antwortete Alex. »Ich bin hier, um Akio zu retten, den du auch schon gerettet hast. Akio ist in großer Gefahr. Adelia und Agnus ebenfalls. Ich soll sie retten, aber ich hab noch keine Ahnung, wie.«

»Du bist nicht aus dieser Welt«, stellte Perfidus fest. »Woher kommst du?«

»Woher weißt du das?«, fragte Alex zurück.

Perfidus sah Alex lange und prüfend an. Dann sagte er: »Deine Kleidung verrät dich. Außerdem hat ein Späher dein Blut getestet. Es ist das goldenste, das jemals in Abadonien gefunden wurde. Goldener als ein Mensch aus Abadonien es je haben könnte. Deine Blutgoldheit stammt aus einer anderen Welt. Einer Welt über uns. Diese Nachricht hat sich in Windeseile in Gomorra herumgesprochen. Demon wollte dich sofort besitzen. Er hat sämtliche Häscher, Späher und Jagdhunde nach dir ausgesandt. Mit deinem Blut könnte man über viele Jahre den Moloch füttern. Nur wenige deiner Blutstropfen könnten ihm eine ganze Mahlzeit ersetzen. Wie viele Blutrationen hätte Abadonien gespart, wenn man dir all dein Blut aussaugen, in Gläsern aufbewahren und nach und nach dem Moloch geben würde?«

Alex spürte, wie eine Gänsehaut seinen Körper überzog. »Was habt ihr mit mir vor?«

Perfidus schaute weg von Alex, geradeaus in die Landschaft hinein. Er antwortete nicht.

»Was macht ihr mit mir?«, fragte Alex noch einmal. »Ihr wollt mein Blut aussagen?«

Perfidus hielt seinen Kopf geradeaus gerichtet und schielte nur kurz aus dem Augenwinkel heraus zu Alex rüber.

Silva mischte sich ein: »Wenn ihr diesen Goldblüter aussaugt, könnt ihr mir dann bitte zuerst helfen, meinen Bruder aus der Höhle des Moloch zu befreien?«

Auch darauf antwortete Perfidus nicht. Die Bemerkung von Silva verletzte Alex. War es ihr etwa völlig egal, was sie hier mit ihm machten? Und der Autor? War dem das egal? Hatte der das denn so vorgesehen? Wollte er die Abadonien-Geschichte zu einem glücklichen Ende bringen, indem man Alex' Blut nahm, um damit den Moloch zu füttern? Das war doch sicher zu billig. Und überhaupt: Wenn Alex in diesem Buch sterben würde – würde er dann auch außerhalb des Buches sterben? Sein Kopf dröhnte. Nein, jetzt nicht so komplizierte Sachen denken. Er hielt sich den Kopf und schloss die Augen. So blieb er sitzen, bis der Wagen etwas später in einem kleinen Dorf zum Stehen kam.

Alex öffnete die Augen und sah eine Ansammlung von Häusern, die teilweise schon halb verfallen waren. Andere dagegen waren ganz besonders herausgeputzt. Hier wohnten offensichtlich sehr reiche und sehr arme Menschen direkt nebeneinander. Von Teilen und Solidarität wusste man in Abadonien natürlich nichts. Die Menschen, die misstrauisch aus den Haustüren herausschauten oder Arbeitsgeräte durch die Straßen trugen, sahen nicht mehr ganz so düster aus wie die in Gomorra. Hier wurden auch wieder leinene Hosen und Jacken aus gefärbten Stoffen getragen. Die Kinder, die auf der Straße spielten, wirkten fröhlich und ausgelassen. Und trotzdem schien eine unsichtbare Wolke aus Angst auf diesem Dorf zu liegen. Immerhin war es eines der letzten Dörfer vor dem Tartaros-Tal. Bluträuber und Blutpriester hatten es von hier aus nicht so weit zur Höhle des Moloch wie aus anderen Dörfern. Darum lebten Goldblüter hier noch gefährlicher, falls es hier überhaupt noch welche gab. Als die Menschen im Dorf die Kutsche mit den zehn Pferden sahen, näherten sie sich neugierig und ehrfurchtsvoll. Als sie aber die Gesellschaft erblickten, zu der offensichtlich ein Blutspäher gehörte, wichen sie entsetzt zurück und zogen ihre Kinder in die Häuser.

»Pause!«, rief die Frau vom Kutschbock. »Brot ist im Topf, Wasser im Krug! In einer Stunde fahren wir weiter!«

Noch bevor einer der anderen sich erhob, stand Alex auf und sprang aus dem Wagen. Von hinten hörte er, wie Perfidus zu Silva sagte: »Lass ihn nicht aus dem Blick!«

Alex wollte nicht verfolgt werden. Er wollte allein sein. Schnell und entschlossen schritt er durch die Gassen dieses Dorfes, das so ganz anders aussah als die Dörfer in seiner eigenen Welt. Die Straßen voller Staub und Dreck. Die Hauswände unverputzt, mit groben Steinen gemauert, die man aus irgendeinem Steinbruch gehauen hatte. Die meisten Fenster ohne Glas, dafür mit Fensterläden aus Holz verschlossen. Einige hatten so etwas wie Glas, aber längst nicht so sauber und durchsichtig wie Alex es von zu Hause kannte. Nirgendwo eine Blume oder etwas anderes Frisches. Jeder, an dem Alex vorbeikam, ließ ein Geräusch des Erstaunens vernehmen. Manche ein ehrfurchtsvolles »Oooh«, andere ein erschrecktes Einatmen oder einen anerkennenden Pfiff. Ganz ohne Reaktion zeigte sich hier niemand. Klar. Mit seinen Klamotten passte Alex so gar nicht in diese Welt. Sein blauer Kapuzenpullover, seine Jeanshose und die Turnschuhe – alles Sachen, die hier schon irgendwie außerirdisch wirkten. Eigentlich hätte sein Autor ihm, wenn er ihn schon in diese Welt verfrachtete, auch ein paar passende Kleidungsstücke an den Leib schreiben können. Der Autor. Ja, der hatte es natürlich gut. Und einfach. Der saß jetzt in seiner sicheren Wohnung oder draußen im Garten, nippte an seiner Tasse und musste sich nicht wirklich durch den Gestank Abadoniens kämpfen.

Alex ging bis hinter das letzte Haus des Dorfes, wo nur noch die rotbraune, weite Steppe vor ihm lag. Und noch ein Stück weiter. In der Ferne ragte ein Berg empor. Alex schaute sich um. Er war allein. Falls Silva ihm folgte, hielt sie genügend Abstand. Das war gut. Jetzt endlich konnte Alex all seine Anspannung, seine Wut und seine Verzweiflung herausbrüllen. Er breitete seine Arme nach oben aus, drehte sich orientierungslos im Kreis herum und versuchte, irgendwo in den Wolken eine Art Fenster, einen Buchdeckel oder einen Laptop-Bildschirm zu erkennen. »Autor!«, brüllte er mit Leibeskräften heraus. »Buchschreiber! Wo bist du?« Alex holte noch mal neu Luft, um noch lauter brüllen zu können: »Zeig dich mir! Gib mir einen Hinweis! Wo bist du? Was hast du mit mir vor?« Alex schnaufte, aber er legte weiter alle Kraft in seine Stimme: »Ich will noch nicht sterben! Hörst du? Ich will nicht! Ich will mich nicht aussaugen lassen! Ich will nicht!« Er schnaufte immer mehr. Er blickte sich um, aber da war keine Antwort. Kein Zeichen. Oder doch?

In einiger Entfernung glänzte etwas zwischen den lehmigen Steinen, das anders aussah. Alex ging darauf zu und stellte fest, dass das glänzende Etwas blau war. Er näherte sich dem fremden Teil noch mehr. Das Blaue war eine Tasse. Als er nah genug gekommen war, sah er sogar, dass Peter Pan darauf abgebildet war. Alex' Herz schlug höher. Ein Zeichen! Das war die Tasse des Autors! Alex fiel auf seine Knie und nahm die Tasse in beide Hände. Er schaute hinein. In der dunklen Flüssigkeit spiegelte sich sein Gesicht. Aber dann, wenn er sich genau auf sein Spiegelbild konzentrierte, nahm er schemenhaft die Gesichtszüge des weißhaarigen Autors wahr. Alex atmete schwer. »Bitte«, flüsterte er leise in die Tasse hinein. »Ich weiß, du kannst alles schreiben, was du willst. Ich weiß, du machst mit mir sowieso, was du willst. Das hab ich ja kapiert. Ich soll Agnus, Akio und Adelia retten. Ja, von mir aus. Mach doch. Aber kannst du mir nicht irgendwie einen Hinweis geben, wie ich das tun soll?« Das Spiegelbild antwortete nicht. Trotzdem hatte Alex das Gefühl, mit diesem Zeichen wollte der Autor zeigen, dass Alex nicht allein gelassen war. »Was soll ich tun?«, fragte Alex leise. »Wie soll ich Akio retten? Ich kann doch nichts. Ich irre doch wie ein Fremder in dieser Welt herum. Ich pass hier nicht rein. Ich bin anders. Die anderen verstehen mich nicht. Ich verstehe sie nicht. Und hier soll ich kämpfen? Wie denn?«

Alex hob seinen Kopf. Kämpfen. Ja. Er stand auf und zog mit großem Schwung das Schwert aus seinem Gürtel. Das Schwert von Akio. Er hielt das Schwert mit seiner rechten Hand wie eine Trophäe hoch in die Luft und betrachtete es zum ersten Mal im Hellen mit vollem Bewusstsein. Ein wunderschönes Schwert. Es glänzte hell. Alex konnte nicht kämpfen. Trotzdem trug er ein Schwert. Genau wie Akio. Akio konnte auch nicht kämpfen. Er konnte keinen Drachen besiegen, genau genommen konnte er auch nicht wirklich seine Schwester befreien. Akio konnte Gedichte schreiben. Akio konnte seine Gefühle in Worte fassen. All das konnte Alex auch. Während er sich das kunstvoll geschmiedete Schwert in seiner Hand anschaute, wurde ihm bewusst, dass er, als er die Geschichte von Akio und Adelia geschrieben hatte, eigentlich seine eigene Geschichte geschrieben hatte. Er selbst war Akio. Zumindest hatte er ganz viel von sich und seiner Persönlichkeit in Akio hineingelegt. Mit Akio hatte er sich ein Gegenüber geschaffen, das ihm selbst ähnlich war. Sogar sein geliebtes Schwert aus der Kindheit hatte er für Akio neu geschaffen. Und das Schwert war für sie beide, Akio und Alex, wie ein Symbol für den Wunsch, stark sein zu können, kämpfen zu können, für das eigene Recht einstehen zu können. Und gleichzeitig spürten sie doch beide so viel Angst gegenüber dem Bösen. Angst, sich zu wehren und sich gegen das Böse zu behaupten.

Mit Adelia hatte Alex ein Gegenüber von Hanna geschaffen. Alex suchte Hanna. Akio suchte Adelia. Alex hatte seinem Gegenüber so viel Mut angedichtet, dass Akio sich auf den Weg zur Höhle gemacht hatte, ohne wirklich zu wissen, wie er seine Schwester retten sollte. Er wollte es einfach. Und dieser Wille trieb ihn an.

In diesem Augenblick wurde Alex klar, was er wollte. Er spürte, dass er irgendwo tief in sich drin denselben Mut hatte, den er in seine Figur Akio hineingelegt hatte. Er spürte plötzlich das tiefe Verlangen, sein Gegenüber, seine Hauptfigur zu retten. Er war der Schöpfer von Akio. Akio war ein Teil von ihm. So wie Adelia ein Teil von ihm war. Eigentlich alle Figuren in Abadonien, aber am meisten Akio und

Adelia. Bei der Vorstellung, in der Höhle seinem geschriebenen Ich gegenüberzustehen, begann Alex aufgeregt zu keuchen. Es war, als würde er sich auf den Weg machen, um einen lang verschollenen Bruder zu treffen.

Er hob die Peter-Pan-Tasse vom Boden auf und sah erneut hinein. Jetzt sah er noch deutlicher das Gesicht seines Autors. Und schemenhaft die Umrisse eines Jungen, von dem er sofort wusste: Das war Akio. Eine Stimme breitete sich in seinem Inneren aus, die sagte: *»Siehst du, Alex. So ist das. Akio ist ein Teil von dir. Du hast ihn geschaffen, du hast deine Persönlichkeit und deine Liebe in ihn hineingelegt. Und du, Alex, bist ein Teil von mir. Ich habe dich geschaffen. Ich habe ganz viel von meiner Persönlichkeit in dich hineingelegt. Vieles von deiner Angst, deiner Sorge, deinem versteckten Mut und der Art, wie du die Welt siehst, steckt auch in mir. Wenn du dich kennenlernst, lernst du auch mich kennen.«*

Alex wirbelte herum. War da jemand? »Autor?«, rief er. »Bist du das?« Niemand zu sehen. Aber etwas war zu spüren. »Ja!«, rief er. »Ich bin bereit! Ich werde kämpfen! Hörst du? Ich werde kämpfen!«

Alex legte die Tasse zurück auf den Boden, nahm das Schwert und schwang es wie ein Buschmesser. So wie Silva gestern, als sie sich damit einen Weg durch die Menschenmenge geschlagen hatte. Silva konnte nämlich auch nicht mit einem Schwert umgehen. Aber sie tat es einfach. Sie wollte kämpfen, sie hatte einen starken Willen, darum legte sie einfach los. Alex bewunderte sie für diese Stärke. Und er wünschte sich, etwas davon auch in sich aufzunehmen.

Von mehreren Seiten näherten sich ihm ein paar Leppids über den Boden. Alex hatte nun keine Angst mehr vor ihnen. Er rannte auf jeden von ihnen zu und schlug mit dem Schwert nach ihnen. Aber bevor er sie treffen konnte, waren sie natürlich abgehauen. Während Alex nach rechts und links mit dem Schwert unsichtbar in die Luft schlug, stellte er sich vor, wie ein roter, wütender Drache vor ihm stand. »Da, nimm das!«, rief der dabei. »Und das! Und das!«

Irgendwann war er völlig außer Puste. Der Schweiß klebte unter seiner ekelhaften Lederhaut. Als er sich umschaute, stand Silva hinter ihm. Alex erschrak. »Wie lange stehst du schon da?«

Silva hatte ihre Arme verschränkt. »Lange genug.« Sie zeigte mit dem Kinn auf das Schwert. »Nicht schlecht für den Anfang.«

Alex lächelte etwas. »Danke.«

»Mit wem hast du vorhin gesprochen?«

»Hast du mich belauscht?«

»Du hast ja laut genug gebrüllt.«

Das war Alex jetzt peinlich. Aber eigentlich hatte er ja nichts zu verlieren. »Ich hab mit dem Autor gesprochen.«

Silva zog die Augenbrauen hoch. »Dem Autor.«

»Genau.«

»Wo ist er?«

»Er ist hier.« Alex schaute sich um. Die Tasse war verschwunden. »Also, nicht leibhaftig. Er sitzt außerhalb dieser Welt und schreibt unsere Geschichte. Und indem er sie schreibt, ist er irgendwie auch ständig bei uns.«

Silva lachte und schüttelte den Kopf. »Du bist echt das Schrägste, das mir jemals unter die Augen gekommen ist.« Sie ging auf ihn zu und boxte ihn leicht gegen die Schulter. »Ich dachte schon, du wolltest abhauen.«

»Vielleicht wollte ich das auch. Aber jetzt will ich es nicht mehr. Ich will Akio retten. Und Adelia und Agnus. Und ich find es klasse, wie mutig du bist.«

Jetzt grinste Silva und ihre Augen blitzten, wie Alex es bisher noch nicht bei ihr gesehen hatte. Er spürte, wie ihn ein warmer Schauer durchfuhr.

»Komm zurück«, sagte sie.

Gemeinsam kehrten sie zum Dorf und zu der Kutsche mit den zehn Pferden zurück.

Als Silva und Alex zurück zum Wagen kamen, saß Makani schon wieder abfahrbereit auf dem Kutschbock und hielt die Zügel in der Hand. Der alte Mann lag genau wie vorher auf der Ladefläche, nur dass er seine Augen geöffnet und die Hände neben dem Körper liegen hatte. Der Wagen war umringt von neugierigen Menschen, die aufgeregt tuschelten und Blicke in das Innere des Wagens werfen wollten, dabei jedoch genug Abstand hielten, um fliehen zu können, falls es ihnen doch zu gefährlich werden sollte.

Vor dem Wagen stand Perfidus, die Kapuze immer noch so über den Kopf gezogen, dass nur ein kleiner Teil von seinem Gesicht herausschaute. Neben ihm stand eine Gestalt in einem hellen Leinengewand, das aber wie bei einem Metzger über und über mit Blut bespritzt war. Auch der Umhang, den er über sein helles Gewand trug, war aus weißem Leinen gewebt. An seinem Gürtel hatte er verschiedene Werkzeuge hängen, dazu einen Beutel, ähnlich wie der von Perfidus, und einen kleinen Käfig, in dem ein Goldleppid müde vor sich hin döste. Der Mann war hoch gewachsen und hatte einen sehr langen Kopf mit einer auffällig großen Nase. Oben hatte er eine Glatze, aber seitlich über den Ohren trug er einen Kranz aus immer noch dichten, weißen Haaren. Auch die Brauen über den schmalen Augen waren weiß und buschig. Sein spitzes Kinn war ohne Bart.

Die beiden Männer unterbrachen ihr Gespräch, als Alex mit Silva den Wagen erreichte. »Das ist er«, raunzte Perfidus dem Fremden zu, fast ohne dabei seinen Kopf zu bewegen. Die Dorfbewohner, die bisher neugierig den Wagen betrachtet hatten, sahen jetzt mit großen Augen auf Alex und verstummten sofort. Fast wirkte es, als hielten sie alle den Atem an.

Der Fremde schaute Alex an, zog die buschigen Augenbrauen hoch und ging ohne ein Grinsen auf ihn zu. »Es ist mir eine Ehre, dich kennenzulernen, Sohn der Verheißung«, sagte er leise.

Alex hatte Mühe, ihn zu verstehen. »Mein Name ist Alexander.«

»Alexander.« Der Mann nickte, ging noch näher auf Alex zu, beugte sich jetzt sogar mit seinem Kopf so nah an ihn heran, dass Alex erwartete, er wollte ihm etwas ins Ohr flüstern. Mit der linken Hand berührte er Alex' Hals, was Alex mehr als unangenehm war. Als er sein Gesicht so nah an Alex heranbewegt hatte, dass er den Schweiß auf seiner Haut riechen konnte, spürte Alex plötzlich einen Stich an der anderen Seite seines Halses. Der Fremde hatte Alex ganz unverschämt mit etwas in der rechten Hand in den Hals gestochen. Alex schrie auf und stieß den Mann von sich. Kurz dachte er, er würde ohnmächtig vor Schmerz, noch dazu, wo er nicht wusste, was genau er mit ihm gemacht hatte. Hatte er ihm ein Serum gespritzt? Ein Gift? Alex hielt sich zwei Finger auf die Einstich-Stelle und wurde wütend: »Was soll das? Was haben Sie gemacht?«

Der Fremde hielt ein Glasröhrchen in der Hand, an dessen Ende so etwas wie eine Nadelspitze befestigt war. In dem Glasröhrchen befanden sich einige Tropfen Blut. Alex' Blut. Der Mann begutachtete das Blut in dem Glas, grinste zufrieden, zog die Nadelspitze ab, holte etwas Pulver aus seinem Lederbeutel und gab es in das Röhrchen hinein. Dann schüttelte er das Gemisch leicht und hielt es an den Rand des Käfigs an seinem Gürtel, wo sich das gierige Tierchen sofort mit langer, schmaler Zunge das Blut aus dem Glas holte.

Alex wusste, was jetzt passieren würde, und trat vorsichtshalber schon mal zwei Schritte zurück. Silva auch. Das Tier wand sich in dem Käfig, würgte und japste, verfärbte sich erst goldglänzend, dann weißglänzend wie Sonnenlicht, es öffnete röchelnd sein Maul und platzte mit einem Matschgeräusch, sodass alle, die das sahen, laut erschraken, selbst der Mann, dem der Käfig am Gürtel hing. Die Blutflecken, die an seinem Gewand dazugekommen waren, fielen kaum auf. Aber die Haut-, Schuppen- und Fleischbröckchen, die an seinem Körper klebten, waren neu. Angewidert strich der Mann die Reste des Leppids mit dem Handrücken von seiner Kleidung. Aus dem Käfig flossen in langen Fäden Blut und Körpersäfte.

Die Menschen, die rund um den Wagen standen und dieses kleine Schauspiel mitbekommen hatten, gaben Ausrufe von Ehrfurcht, Angst und Erstaunen von sich. Wenige Sekunden später verneigten sie sich, sanken auf ihre Knie und beugten sich so weit nach vorne, bis ihre Stirn den Boden berührte. Auch Makani mit dem goldenen Schal neigte sich oben auf dem Wagen nach vorne. Der alte Mann auf der Ladefläche, der sich aufgerappelt hatte, um diesem Ereignis zuzuschauen, neigte sich ebenfalls so tief er konnte. Nur Perfidus, Silva und der Mann mit dem geplatzten Leppid blieben stehen.

Der Alte auf dem Wagen rief: »Ehre sei dem, der da kommt, um uns zu erlösen!«

Die Menge der Dorfbewohner, die noch immer mit der Stirn den Boden berührte, wiederholte im Chor: »Ehre sei dem, der da kommt, um uns zu erlösen!«

Alex war nicht wohl in seiner Haut. Ja, er war gekommen, um einen Auftrag zu erfüllen. Aber so eine Ehrerbietung war er nicht gewohnt. Und irgendwie fühlte er sich auch nicht so, als stünde ihm eine solche Begrüßung zu.

»Du bist es«, sagte der Mann in dem Leinengewand, und langsam zeigte sich etwas wie ein Lächeln auf seinem Gesicht. »Mein Name ist Katanos. Dorfpriester zu Gehinnom.« Er verbeugte sich leicht, dann sah er Alex fest in die Augen. »Ich habe schon so manchen Goldblüter gesehen. Aber noch keinen, dessen Blut nicht nur rein wie Gold ist, sondern klar wie die Sonne. Der Tag der Erlösung ist nah. Es ist mir eine Ehre, ihn selbst miterleben zu dürfen.« Er ging einen Schritt auf Alex zu und stellte sich mit geradem Rücken vor ihm auf. »Was ist dein Plan? Wie wirst du den Moloch besiegen?«

»Tjaaaaa.« Alex schaute den Dorfpriester unsicher an. Dann sah er heimlich zu Silva hinüber, die immer noch unbeweglich in seiner Nähe stand. »Um ehrlich zu sein, so genau weiß ich das auch nicht. Ich hab den Autor getroffen. Meinen Autor. Und damit auch euren Autor. Der hat mir nur gesagt, er wird mich in eure Welt senden, damit ich Akio, Agnus und Adelia rette. Wie genau ich das machen soll, hat er nicht gesagt. Ich schätze mal, das wird er mir noch sagen, wenn es so weit ist. Oder er wird es einfach schreiben und ich tu es, ohne es zu wissen. Immerhin schreibt er sowieso, was er will. Er wird den Weg schon wissen.«

»Gut.« Der Priester Katanos klopfte Alex kurz auf die Schulter, dann drehte er sich um und ging auf den Wagen zu. »Dann lasst uns weiterfahren.«

Die Menschenmenge erhob sich langsam, starrte Alex aber immer noch ehrfurchtsvoll an. Eine kleinere Frau drängte sich zwischen die anderen Dorfbürger bis nach vorne und stellte sich vor Alex: »Erzählt uns von Eurer Welt, die so viel reiner ist als unsere!«

Alex schaute die Frau ungläubig an. Was sollte er ihr denn erzählen? »Wie kommst du darauf, dass meine Welt so viel reiner ist als eure?«

»Weil Euer Blut so viel goldener ist als das unsere. Weil die Propheten sagen, dass Eure Welt ein Land ist, in dem Milch und Honig fließen.«

»Milch und Honig?« Alex musste sich zwingen, nicht zu lachen. »Was soll das denn heißen? Natürlich gibt es bei uns Milch und Honig. Aber ist das ein Zeichen von einer reineren Welt?«

Makani rief vom Wagen herab: »Wo es Milch und Honig gibt, da gibt es Wiesen, auf denen Kühe leben und weiden können. Es gibt Blumen, aus denen Bienen Honig sammeln können. Kühe und Bienen leben in Frieden beieinander. Wiesen und Blumen sind inmitten der Menschenwelt. Der Mensch im Einklang mit der Natur!«

»Na ja«, Alex fand, das klang schon lustig, wenn jemand das, was für ihn ganz selbstverständlich war, so beschrieb, als wäre es eine weit entfernte Traumwelt, »so gesehen ...«

Silva trat neben ihn und legte ihm heldenhaft eine Hand auf die Schultern. »Es stimmt! Seine Welt ist reiner als unsere! Der Boden ist voller Gras! Alles ist grün! Blumen wachsen aus dem Boden wie Unkraut! Ich weiß es, denn ich durfte es kurz sehen!«

Wieder raunte die Menge und trat einen kleinen Schritt auf Alex und Silva zu. Silva erzählte wie ein Prediger: »Fragt mich nicht, wie ich da hingekommen bin. Plötzlich war ich da. Es war, als zöge jemand einen Vorhang beiseite und gäbe mir einen kurzen Einblick in eine bessere Welt. Viel gesehen habe ich nicht, aber das Wenige, das ich gesehen und gehört habe, hat mich schon beeindruckt. In seiner Welt außerhalb Abadoniens gibt es keine Angst. Schwerter gibt es nur im Museum! Niemand trachtet nach dem Blut der Menschen. Es gibt keine Bluträuber und keine Blutspäher. Keine Dorfpriester, die Blut aussaugen, sammeln und in gefährlichen Reisen einem Moloch darbringen müssen. Denn in seiner Welt gibt es auch keinen Moloch! Es gibt überhaupt nichts Böses!«

Wieder entfuhr der Menge ein staunendes: »Oooooh!«

»Na ja«, musste Alex jetzt doch mal einwenden, »ganz so ist es auch nicht. Es stimmt, es gibt all die Dinge wie Bluträuber und so weiter nicht. Auch keinen Moloch.«

Silva unterbrach ihn und erklärte der Menge: »Das hat er sich alles nur für uns ausgedacht, müsst ihr wissen. Er ist nämlich unser Autor. Er schreibt unsere Geschichte. Den Moloch und die Jagd nach dem Blut hat er für uns erfunden, weil er es spannender fand. Ist doch nett von ihm, was?« Sie klopfte ihm wieder heldenhaft auf die Schulter. Wieder kam ein einträchtiges: »Oooooh« von den Zuhörern.

»Also, was ich eigentlich sagen wollte«, fuhr Alex schnell fort, bevor Silva weiterreden konnte, »auch ohne Moloch ist meine Welt nicht perfekt. Es gibt zwar Milch und Honig, ja. Aber die Menschen haben auch in unserer Welt unreine Herzen. Es gibt Kriege. Menschen töten einander. Nicht, weil sie ihr Blut brauchen, sondern weil sie zum Beispiel die Religion des anderen hassen. Oder weil sie eifersüchtig sind. Und wer nicht tötet, der kann trotzdem den anderen Unrecht tun. Er kann mit Kreide durch die Klasse werfen, nur um jemanden zu ärgern. Er kann einem etwas wegnehmen und ins Wasser schmeißen, nur um darüber zu lachen, wie der andere verletzt ist. Viele sind neidisch, eifersüchtig, misstrauisch. Einer nutzt den anderen schamlos aus. Man gönnt dem anderen nicht, was er besitzt. Man grenzt andere aus, man beleidigt sich und spottet über Außenseiter, man hilft einander nicht. Väter verlassen ihre Familien, manchmal ohne zu sagen warum. Erwachsene quälen Kinder und Jugendliche. Sie tun einander Furchtbares an.« Irgendwie bildete sich ein Kloß in seinem Hals, während er das alles aufzählte. »Und wenn jemand krank ist, dann machen sich die Gesunden noch über denjenigen lustig. Wer ein unschuldiges, reines Herz hat, der wird reingelegt, ausgenutzt und gedemütigt. So ist meine Welt.«

Die Bürger starrten Alex mit offenen Mündern an. Jetzt kam kein »Oooh« mehr. Auch Silvas Mund stand offen. »Dann ist deine Welt ja noch schlechter als unsere«, fasste sie für sich zusammen.

»Na ja«, Alex lächelte, zog die Nase hoch und war froh, dass ihm keine Tränen gekommen waren, »an sich ist unsere Welt auch schön. Es ist schön grün, wie du gesagt hast. Die Natur ist schon klasse. Leider merken wir das viel zu wenig, weil wir immer nur im Haus hocken, das muss ich zugeben. Aber es sind die Menschen, die die schöne Welt zu einer unschönen Welt machen.« Er zog noch mal die Nase hoch und schaute die Menschenmenge an: »Wie bei euch. Was das betrifft, ist meine Welt ähnlich wie eure.«

Die kleine Frau, die direkt vor Alex stand, legte ihre Stirn in Falten: »Seid Ihr denn auch so?«

»Wer? Ich?«

»Ja.«

»Hm.« Alex lächelte. »Vielleicht nicht ganz so krass wie ich es gerade beschrieben habe. Ich klaue nichts und ich versuche, mit anderen gut auszukommen. Aber trotzdem tu ich bestimmt auch oft Sachen, die nicht in Ordnung sind. Ich brülle hin und wieder rum, ich rege mich auf. Dann sag ich schon mal Dinge, die andere verletzen.« Alex staunte über sich selbst, dass er hier vor fremden Leuten gerade ein Bekenntnis darüber ablegte, dass er gar nicht so ein guter Mensch war, wie er es sein wollte. Da fiel ihm Hanna ein. »Ich habe eine Schwester. Die ist nicht wie die anderen. Die passt eigentlich gar nicht in meine Welt hinein. Sie ist so voller Liebe, Freude und Vertrauen – wenn man die allein ließe, dann ginge sie in unserer Welt unter, weil sie sofort ausgenutzt oder man ihr Böses antun würde. Sie ist mir ein echtes Vorbild. Vielleicht versuche ich deswegen immer wieder, bei dem Gemeinen in meiner Welt nicht mitzumachen. Ich träume von einer besseren Welt, darum versuche ich, andere nicht auszunutzen, sondern das in die Welt zu pflanzen, was ich von meiner Schwester lerne: Liebe, Ehrlichkeit, Aufrichtigkeit.«

Wieder staunten die Zuhörer mit aufgerissenen Augen, Ohren und Mündern. Dann sagte die kleine Frau direkt vor Alex: »Das will ich auch!«

»Ja, ich auch!«, hörte Alex hier und da und dort Einzelne aus der Menge sagen. »Zeig uns, wie wir das können!«, rief einer.

»Ich weiß nicht, wie ich euch das zeigen soll!«, antwortete Alex. »Ich bin mir da selbst oft unsicher!«

Der Priester Katanos fasste Alex fest an der Schulter und schob ihn zum Wagen. »Fort von hier, sie kommen!«

Alex erschrak und sah sich um. Ganz in der Ferne am Horizont war eine dunkle Staubwolke zu erkennen. Aufgepeitschter Sand. Eine Horde Pferde und Hunde. Bluträuber. Alex stieg auf den Wagen. Die kleine Frau hielt ihn an der Hose fest: »Bleibt hier! Ihr müsst uns noch mehr erzählen! Was müssen wir tun, um Teil eurer Welt zu werden?«

»Überwindet das Böse mit Gutem«, fiel Alex ein. »Beantwortet nicht Böses mit Bösem.«

»Lasst ihn los!«, befahl Katanos. Grob stieß er die kleine Frau zur Seite und schwang sich selbst auf den Wagen. Er streckte die Hand nach Silva aus, aber die kletterte ohne Hilfe auf die Ladefläche der Kutsche.

»Ich will euch folgen, wohin ihr geht!«, riefen mehrere Bürger, griffen an den Rand der Kutsche und wollten schon aufsteigen.

»Nein, das geht nicht!«, schimpfte Katanos. Mit einem Holzklotz, den er auf dem Wagen fand, schlug er auf die Hände, die sich an dem Wagen festhielten. Schreiend fielen die Menschen vom Wagenrand ab. Zu Makani rief er: »Beeilt euch! Fahrt schon los!«

Makani schwang ihre Zügel und die Pferde galoppierten los.

»Fort mit euch!«, keifte auch Perfidus und knibbelte mit seinen Fingern die Hände von der Kutsche ab, die sich immer wieder von Neuem daranklammerten.

»Meister Katanos!«, rief ein Junge ungefähr in Alex' Alter. »Nehmt mich mit! Bitte!« Er hatte den Wagen eingeholt, war von hinten an den Holzrahmen der Kutsche gesprungen und hielt sich mit beiden Händen fest.

»Kazuko!«, rief Katanos entsetzt. »Was machst du da? Geh nach Hause!«

»Ich will von euch lernen!«, bat der Junge. »Vielleicht könnt ihr mich noch gebrauchen!«

Der Priester zögerte. Er schaute grimmig nach rechts und links, dann griff er über den Rand des Wagens und half dem Jungen einzusteigen. »Aber keinen Unfug!«, drohte er.

»Versprochen, Meister!« Der Junge grinste zufrieden. »Versprochen!«

Der Wagen prasselte davon. Kurz darauf hatten sie das Dorf hinter sich gelassen. Alex schaute angestrengt an den Horizont. Die schwarzen Pferde mit den Räubern waren sicher schneller als ein Pferdegespann, das eine Kutsche mit sieben Personen plus Gepäck ziehen musste.

»Du schaffst das, Autor«, murmelte Alex, »ja?« Aber dann dachte er sich: Er macht ja sowieso, was er will. Er hat die Bluträuber ja wahrscheinlich gerade selbst geschrieben. Damit es spannender wird. Toll. Wirklich ganz toll. »Autor, denk an meine Nerven«, fügte Alex noch hinzu und sah nach oben in den Himmel, dort, wo er die andere Welt vermutete.

Es donnerte. Es regnete in Strömen. Alle, die sich in der Kutsche befanden, hielten sich mit beiden Händen am Rand fest und hofften, bei der schnellen Fahrt über den unebenen Boden nicht herausgeschleudert zu werden. Makani gab den Pferden immer wieder Befehle, schneller zu werden. Das Dorf hinter ihnen war schon lange nicht mehr zu sehen. Auch die Staubwolke der Verfolger konnte Alex im Moment nicht erkennen. Stattdessen war der Himmel mit schwarzen Wolken bedeckt, aus denen der Regen wie aus Eimern auf die Erde prasselte. Ein gewaltiger Wind erschwerte zusätzlich das Vorwärtskommen der Pferde. Schon bildeten sich die ersten Pfützen in dem Wagen. Makani ließ den Pferden keine Ruhe. Trotzdem verlangsamte sich ihr Tempo. Und auch Makani musste genau hinschauen, wohin die Pferde ihren Weg nahmen. Es war neblig geworden und dunkel wie in der Nacht. Wind und Regen peitschten den Pferden und Makani entgegen. Auf dem Pferdewagen saßen alle mit zusammengekniffenen Augen und hofften, dass das Unwetter bald ein Ende nehmen würde.

»Es freut mich, dich kennenzulernen«, hörte Alex die Stimme von dem Jungen neben sich, den der Priester vorhin mit Kazuko angesprochen hatte. Alex öffnete die Augen und sah, dass alle auf dem Wagen ausdruckslos vor sich hin starrten außer dem neu dazu Gekommenen. »Ich bin Kazuko.«

»Alexander«, stellte Alex sich vor und krallte sich weiter an die Holzumrandung.

Kazuko nickte fröhlich. »Ich hab gehört, du bist unser Schöpfer. Das find ich klasse. Erzähl mal ein bisschen. Wie macht man das, so eine Welt zu erschaffen? Ist das schwer?«

Alex war sich noch nicht ganz sicher, ob dieser fremde Junge sich über ihn lustig machte oder ob er sich wirklich interessierte. »Nein, schwer ist das nicht. Ich erschaffe eure Welt, indem ich sie schreibe.

Abadonien ist eine Geschichte. Und ich bin der Autor. Der Schreiber. Und alles, was ich schreibe, passiert.«

»Klasse«, sagt Kazuko. »Das hast du gut geschrieben. Abadonien ist eine tolle Welt.«

Alex wollte etwas Bescheidenes erwidern wie: »Freut mich, dass dir meine Geschichte gefällt«, aber das kam ihm angesichts des prasselnden Regens etwas unpassend vor. Trotzdem wunderte er sich, dass Kazuko es anscheinend gar nicht zweifelhaft fand, Teil einer Geschichte zu sein.

»Hast du dann auch diesen Regen geschrieben?«, fragte Kazuko.

»Nein. Im Moment schreibt die Geschichte ein anderer Autor. Einer, der auch mein Autor ist.«

»Dann bist du also gar nicht der Autor?«

»Doch. Normalerweise schon. Aber eben jetzt nicht. Jetzt schreibt gerade der Autor-Autor. Der Ober-Autor. Der Autor über uns allen ... oder wie soll ich das sagen ...«

Kazuko lachte. »Der Autor über uns allen.« Regen klatschte in sein Gesicht, aber ihn schien es nicht zu stören. »Lustige Vorstellung.«

Alex fand die Vorstellung, gerade bis auf die Haut nass zu werden, weil der Autor mal Lust auf Regen hatte, während er gemütlich vor seinem PC saß, nicht sehr lustig.

»Schreibt der Autor jetzt gerade den Regen?«, fragte Kazuko.

»Ja, das kann man hundert Prozent so sagen.«

»Dann kann er den Regen doch auch aufhören lassen.«

»Ja. Kann er.«

»Warum tut er's nicht?«

»Das kann ich dir nicht sagen. Ich hab's aufgegeben, ihn mit Warum-Fragen zu löchern.«

Kazuko grinste breit. »Ich find das klasse, wie du deinem Autor einfach so vertraust. Auch wenn wir hier im strömenden Regen sitzen und sich irgendwo hinter uns die Bluträuber nähern.«

Darüber musste Alex erst mal nachdenken. Tat er das wirklich? Er schaute sich im Wagen um. Der Alte lag mit seinem ganzen Körper in einer Wasserlache. Niemand wagte es, die Holzbretter am Rand loszulassen und das Wasser mit den Händen nach draußen zu befördern oder den Alten festzuhalten. Er auch nicht. Zu groß war die

Gefahr, dabei vom Wagen geschleudert zu werden. Zeugte das von Vertrauen?

Von den Bluträubern war im Moment nichts zu sehen. Vermutlich hatten sie zunächst in Gehinnom nach Alex gesucht, die Bürger befragt oder gleich getötet. Dadurch konnten die Reisenden auf der Flucht Vorsprung gewinnen. Vielleicht waren sie aber schon längst wieder auf dem Weg hinter ihnen her. Dann konnten sie schon ganz in der Nähe sein. Der Nebel war jetzt so dicht geworden, dass man kaum die nächsten Meter auf dem Boden erkennen konnte, weder nach vorne noch nach hinten. Plötzlich fuhr die Kutsche über einen Felsbrocken. Die Pferde scheuten, der Wagen sprang gefährlich in die Luft, landete krachend auf dem durchnässten Weg und schleuderte alle Insassen durcheinander. Makani auf dem Kutschbock fluchte, ließ aber nicht locker. Schnell hatte sie die Pferde und den Wagen wieder im Griff. Die Personen auf der Ladefläche krochen an die Umrandung zurück und umklammerten sie erneut.

»Wir sind verloren«, hörte Alex Perfidus sagen.

»Sei bloß still!«, blaffte Silva zurück. »Wir sind erst verloren, wenn wir alle tot auf dem Boden liegen. Bis dahin leben wir! Verstanden?«

»Der Retter wird uns retten«, kam es von dem Alten, der nach wie vor ohne sich festzuhalten auf dem Boden lag und seine Hände auf dem Bauch gefaltet hatte. Er hatte nicht die Kraft, aufrecht zu sitzen und sich an die Umrandung zu klammern, aber es schien ihn auch nicht wirklich zu beunruhigen. Alex bewunderte das Vertrauen dieses klapprigen Mannes. Der war sich sicher, gerettet zu werden, während er, der Retter selbst, sich ängstlich an ein Brett klammerte. Andererseits – musste Alex wirklich Angst haben? Der Autor hatte mit ihm schließlich die Rettung geplant. Das ging ja wohl kaum, wenn er hier aus dem Wagen fallen und halb tot irgendwo auf der Steppe Abadoniens liegen würde. Das Festhalten am Rand war also in Alex' Fall nur ein Zeichen des Misstrauens dem eigenen Autor gegenüber und der letzte Versuch, die Lage selbst im Griff zu haben. Was würde passieren, wenn Alex einfach losließ und sich zu dem Alten auf den Boden legte? Könnte er dem ominösen Peter-Pan-Autor vertrauen? Oder noch mehr: Blieb ihm überhaupt irgendwas anderes übrig, als ihm zu vertrauen? Würde der Autor nicht sowieso schreiben, was er wollte?

Von einem plötzlichen Selbstbewusstsein geleitet, ließ Alex die Holzumrandung los und streckte die Arme nach oben. Wie in der Achterbahn.

»Vorsicht, Goldblut!«, rief Silva. »Bist du bescheuert? Halt dich fest!«

»Werde nicht überheblich, Sohn der Verheißung!«, rief der Priester laut durch den peitschenden Regen.

»Ich bin nicht überheblich!«, rief Alex zurück. »Ich überlass gerade dem Autor die Führung!«

Der Sturm wurde heftiger. Wieder wurde der Wagen hinter den Pferden erfasst und zur Seite geschleudert. Alle schrien auf. Makani fing den Wagen gerade noch auf und es gelang ihr, die Spur der Pferde wieder aufzunehmen. Alex blieb in der Mitte des Wagens sitzen. Ihm geschah nichts. Er wusste, dass er, das Geschöpf seines Autors, nur dann den zerstörerischen Naturgesetzen Abadoniens erliegen würde, wenn der Autor selbst es so schrieb. Und wenn der Autor anderes geplant hatte, dann konnte auch Alex die Naturgesetze überwinden. Denn auch die waren ja letztlich – wie Alex und alle Insassen dieses Wagens – frei erfunden und deshalb jederzeit steuer- und veränderbar. Dann wäre auch so ein Sturm nur mal locker am Laptop geschrieben und könnte jederzeit aufhören. Und er, Alex, war ein Teil des Autors geworden. Nein, anders herum: Der Autor war ein Teil von Alex geworden. Mehr noch: Der Autor lebte, wirkte und handelte durch Alex!

Durch dieses Bewusstsein angetrieben, erhob sich Alex auf dem schaukelnden, bebenden und von Unebenheiten durchschüttelten Wagen, breitete seine Arme aus und brüllte: »Weg mit dem Sturm!«

Die anderen im Wagen schrien, die Pferde trampelten, der Wagen schaukelte – und der Sturm legte sich, als hätte jemand einen Knopf gedrückt.

Der Regen stoppte.

Makani zog erschrocken an den Zügeln und brachte die Pferde abrupt und unsanft zum Stehen. Alle im Wagen purzelten nach vorne.

Als die Pferde standen, lag eine Stille auf der weiten Steppe, die man beinahe hätte anfassen können. Die Luft war rein und klar. Kein Regentropfen, keine Hufgetrappel, kein Laut. Selbst Atemgeräusche waren nicht zu hören. Alle in der Kutsche hielten die Luft an und schauten mit offenen Mündern auf Alex.

»Ach du meine Fresse«, presste nach einer Weile Silva heraus.

»Das war klasse!«, kam es von Kazuko.

»Er ist es«, hauchte der Priester.

»Gepriesen sei der Sohn der Verheißung!«, krächzte der Alte, der noch immer auf dem Rücken lag.

»Gepriesen sei der Sohn der Verheißung«, antwortete Makani, die sich auf ihrem Platz nach hinten umgedreht hatte und ebenso wie die anderen Alex anstarrte.

»Weh mir!«, jammerte Perfidus plötzlich und rückte in die hinterste Ecke des Wagens. »Ich werde vergehen! Ich bin ungoldenen Blutes! Was wird der Sohn der Verheißung mit mir tun? Geh! Geh von mir!« Er hob seine Hände schützend vor sein Gesicht, als würde ihn eine riesige Taschenlampe blenden.

Was sollte denn das jetzt? Alex hatte gerade gezeigt, dass der Autor durch ihn alles zum Guten lenken konnte – und Perfidus schlussfolgerte daraus, zugrunde gehen zu müssen?

»Was soll das?«, fragte er den Späher. »Wieso wirst du vergehen? Das ist doch Blödsinn!«

»Ich habe ungoldenes Blut!«, winselte Perfidus.

»Alle in Abadonien haben ungoldenes Blut«, sagte Alex zu ihm. »Und bei dir, Perfidus«, er ging einen Schritt auf ihn zu, Perfidus streckte seine Hände ängstlich nach vorne aus, »bei dir weiß ich doch, dass du im Grunde deines Herzens ein Goldblüter bist.«

Perfidus weinte laut auf: »Aber ich diene dem Bösen!« Er schluchzte und rief noch einmal: »Ich diene dem Bösen!«

Alex kniete sich neben Perfidus auf den Holzboden. »Und jetzt? Dienst du jetzt auch dem Bösen?«

»Nein, mein Herr!« Perfidus heulte und jammerte. »Nein, mein Herr! Jetzt diene ich der Rettung des Goldblüters in der Höhle des Moloch! Ihm will ich helfen! Ich will mein goldenes Blut zurück!«

»Na also.« Alex wusste gar nicht, was er noch sagen sollte, um diesen armen, weinenden Kerl zu trösten. »Dann ist doch alles in Ordnung! Du willst helfen. Das ist doch gut! Helfen ist etwas, das dein Blut vergoldet! Hörst du? Helfen ist ein guter Anfang!«

Perfidus drehte sich zur Seite und rollte sich ein wie ein Baby, das schlafen wollte. Nur der nuckelnde Daumen fehlte noch: »Danke, mein Herr! Danke!«

Silva setzte sich auf die Knie und reckte sich: »Und jetzt hör endlich auf zu heulen wie ein Hausmütterchen, du verdreckter Blutspäher! Das ist ja nicht zum Aushalten!«

Sofort stoppte das Gejammer von Perfidus. Aber er blieb so eingerollt liegen.

»Danke!« Damit sprang Silva vom Wagen, raufte sich die Haare und entfernte sich ein paar Schritte.

»So ein Grobklotz«, brummte Alex vor sich hin, während er ihr nachschaute.

»Das war klasse«, sagte Kazuko noch mal und stand auf. Seine dunklen Haare hatte er wie viele Jungs hier in Abadonien zu einem dicken Zopf hinter dem Kopf zusammengebunden. Er trug eine braune Jacke aus Tierfell, eine Hose aus Leder und über den Schuhen noch mal gewickeltes Fell. So was wie Gamaschen. Etwas blitzte in seinen Augen. Alex konnte nicht erkennen, ob es etwas fröhlich Verschmitztes war oder etwas unverschämt Freches. »Und jetzt führ uns was anderes vor«, forderte er Alex auf.

»Was denn?«

»Keine Ahnung. Zum Beispiel, dass es wieder weiter regnet!«

»Warum sollte ich das tun?«

»Warum? Weil's klasse ist!« Kazuko lachte. »Weil es doch irgendwie lustig ist, jemanden zu kennen, der alles kann! Kannst du denn auch fliegen, wenn du willst?«

»Hab ich noch nicht ausprobiert.«

Kazuko deutete in den Himmel: »Mach mal!«

»Nee, also ich weiß nicht.« Alex war nicht wohl dabei. Sollte er es jetzt ausnutzen, wie Superman einfach völlig aus den Naturgesetzen auszusteigen und die Welt durch Zauberei zu retten?

»Pass auf, ich mach's!« Kazuko stellte sich mit einem Bein auf die Holzumrandung und breitete seine Arme wie Flügel aus. »Dein Autor ist doch auch mein Autor, oder?«

»Ja.«

»Also kann er doch auch mich fliegen lassen!«

»Könnte schon. Aber ich weiß nicht, ob er es tun wird.«

Kazuko schaute in den Himmel: »Achtung, großer Autor! Lass mich fliegen! Du kannst alles! Also zeig's mir!« Er sprang wie ein Vogel in die Luft, stürzte ab wie ein Stück Holz und landete mit einem Platsch unten auf dem aufgeweichten Lehmboden.

Katanos, der Priester, kletterte von dem Wagen runter: »So ein Narr!« Er beugte sich über den Jungen, der zunächst bewegungslos auf dem Boden liegen blieb. Er tastete ein paar Knochen ab und drehte Kazuko vorsichtig auf den Rücken. Alex sah von oben, wie Kazuko keuchend atmete. Sein Gesicht war blass und voller Schrammen. Die Nase blutete. »So ein Mist!«, röchelte er. »Das üben wir noch mal!«

»Eigentlich wollten wir hier keine Pause machen!«, rief Makani von oben. »Die Räuber könnten uns bald einholen. Vor uns liegt schon der Berg Mont-Orkus. Er hat einige sehr steile Stellen, an denen die Wege schmal verlaufen und seitlich in tiefe Schluchten führen. Dort sollten wir den Feinden nicht begegnen.«

»Sie hat recht!«, fand Katanos. »Alles einsteigen!«

Silva kam zurück, die Fahrt ging weiter und bald darauf nutzten sie die Zeit, um gemeinsam zu essen. Der Brottopf, der niemals leer werden sollte, stand in der Mitte. Die Reisenden saßen an der Holzumrandung angelehnt um den Topf herum. Jeder griff großzügig hinein, riss sich ein Stück ab und kaute schweigend darauf herum. Alle paar Minuten schaute einer über die Schultern nach hinten, ob eine Horde herannahender Bluträuber zu sehen war. Aber bis jetzt hatten sie Glück.

»Schau mal, ich kann auch was«, sagte Kazuko grinsend. Er hielt seine Hand in die Höhe, zeigte sie von beiden Seiten leer vor, dann drehte er seine Hand mit einer großen Bewegung und hielt plötzlich einen Lederbeutel zwischen den Fingern.

»Wow!« Alex staunte. Silva grinste spöttisch.

Perfidus erschrak, sprang auf Kazuko zu und entriss ihm den Beutel: »Das ist meiner, du Taschendieb!« Brummelnd kauerte er sich in seine Ecke und befestigte den Beutel an seinem Gürtel. »Mach das nicht noch mal, du Lump!«

Kazuko grinste frech. »Gut, was?« Er schaute Alex an. »Ist natürlich nur ein Trick. Aber das mit dem Sturm war kein Trick. Stimmt's?«

»Stimmt.«

»In deiner Welt, aus der du kommst«, Kazuko nahm sich ein weiteres Stück Brot aus dem Topf, »kannst du da auch Stürme stillen und so was?«

»Nein.« Alex schüttelte den Kopf. »In meiner Welt bin ich ein ganz normaler fünfzehnjähriger Junge, der in die neunte Klasse der Schule geht und mit der Mutter und der Schwester im dritten Stock in einem Mehrfamilienhaus wohnt.«

»Neunte Klasse?« Silva, die das Gespräch verfolgt hatte, rümpfte die Nase. »Was ist das?«

Alex musste ihnen einen kleinen Vortrag halten, was eine Schule war, was neunte Klasse bedeutete, was ein Mehrfamilienhaus war und wie man dort in einem dritten Stock wohnen konnte.

»Krass«, staunte Kazuko. »Und was arbeitest du?«

»Ich gehe zur Schule, hab ich doch gerade gesagt. Wer zur Schule geht, geht nicht arbeiten.«

»Und wovon lebt ihr?«

»Meine Mutter geht arbeiten.«

»Was?« Kazuko hätte beinahe sein Brot fallen lassen. »Deine Mutter arbeitet? Was denn?«

»Sie hilft in einer Arztpraxis.« Und wieder musste er den Beruf des Arztes erklären, den Sinn einer Praxis und was eine Arzthelferin dort alles zu tun hatte. Das Leben in Abadonien war aber auch wirklich sehr einfach gestrickt.

»Und dein Vater?«, wollte Kazuko wissen. »Was arbeitet der?«

»Ach, der.« Alex warf verächtlich ein Stück Brot wie einen Stein über die Köpfe der anderen in die Steppe hinein. »Irgendwas im IT-Bereich.«

»Ei, Tieh?« Kazuko verzog wieder das Gesicht. Alex hatte aber keine Lust, ihm jetzt einen Vortrag über Elektrotechnik zu halten. Damit kannte er sich viel zu wenig aus, auch wenn er natürlich immer noch mehr Ahnung hatte als alle Einwohner Abadoniens zusammen.

»Irgendwas mit Computer«, gab er knapp zur Antwort, »aber das interessiert mich nicht. Mein Vater ist mir egal.«

»Wow.« Kazuko machte große Augen und nickte erschrocken. »Egal.« Er biss ein großes Stück von seinem Brot ab.

»Ist das normal bei euch, dass einem der Vater egal ist?«, fragte Silva erstaunt.

»Keine Ahnung«, brummte Alex und schaute auf den Topf in der Mitte. »Glaub nicht. Ist mir auch egal.«

»Mein Vater wäre mir nie egal«, tönte Kazuko laut. »Der ist zwar ein Mistkerl, ist andauernd besoffen, aber ich wollte nie ohne ihn sein!«

»Mein Vater ist längst tot«, sagte Silva, aber es klang nicht traurig. »Ich vermisse ihn sehr.«

Alex schaute sie von der Seite an: »So siehst du gar nicht aus.«

Silva plusterte sich auf: »Ach ja? Wie sieht man denn aus, wenn man jemanden vermisst? Hä? Soll man den ganzen Tag heulen? Ja? Du kennst mich doch gar nicht, zum Kuckuck!«

»Reg dich ab, Mann!« Alex hatte keine Lust, hier weiter über Väter zu reden.

»Richtig so«, lachte Kazuko. »Gib's ihm. Er kennt sich in Abadonien nicht aus und wir kennen uns in seiner Welt nicht aus. Er weiß natürlich nicht, dass man bei uns Väter vermisst, wenn sie tot sind. Und dass wir kotzen und heulen könnten vor Schmerz, wenn jemand fehlt oder ein Säufer ist, der einem wichtig ist, auch wenn man kein Goldblüter ist! Dafür wissen wir nicht, was man sich in seiner Welt fühlt! Wir haben keine Ahnung, wie das ist, wenn einem der Vater egal ist. Vielleicht hätte ich es auch leichter, wenn mir mein Vater egal wäre! Dann würde ich nicht leiden wie ein Hund, wenn ich sähe, wie er sich kaputt säuft.« Zu Alex sagte er: »Erzähl uns, Erlöser, wie macht man das, dass einem der Vater egal ist. Ich möchte das auch lernen!«

Alex sprang auf und trat gegen den Topf in der Mitte. Er flog mit einem Krachen gegen die Holzumrandung. Eine Ecke splitterte ab. »Hört auf damit! Ich will nichts mehr davon hören! Ich will nichts von Vätern hören! Mein Vater ist mir egal, fertig aus! Ich weiß nicht, wie man das macht, dass er einem egal ist! Ich wette, die Väter machen das von sich aus, dass sie einem egal werden! *Sie* sind es doch, die weglaufen! Nicht die Söhne!« Er presste seine Hände gegen den Kopf und kniff die Augen zusammen. Der Wagen holperte über einen Stein und Alex fiel nach vorne auf den Holzboden.

»Hey, hey, hey!«, tönte Kazuko. »Bleib mal locker! Dafür, dass dir das alles egal ist, regst du dich aber ganz schön auf!«

Alex saß auf den Knien und lehnte mit dem Kopf auf dem Boden, so wie er gerade hingefallen war. Und so wollte er auch liegen bleiben, denn so musste er die anderen nicht sehen, als er weiter brüllte: »Klar reg ich mich auf! Ich reg mich tierisch auf!« Er donnerte mit den Fäusten auf den Boden. »Natürlich vermiss ich meinen Vater! Ich vermisse ihn jeden Tag! Aber der Mistkerl vermisst mich ja anscheinend nicht! Er meldet sich nie bei mir! Er ist über Nacht abgehauen, ohne ein Wort zu sagen! Und mich hat keiner gefragt! Keiner! Wisst ihr, was für ein verdreckter Mist das ist?«

»Verdreckter Mist?« Silva pfiff anerkennend durch die Zähne. »Dieser Ausdruck hätte von mir sein können!«

»Mann!« Kazuko setzte sich auch auf die Knie, legte seinen Kopf auf den Holzboden und versuchte, unter Alex' Armen sein Gesicht zu erkennen. »Du kannst dich ja richtig aufregen! Klasse! Ich dachte, du bist nur ein Heiliger aus einer anderen Welt, der unser dreckiges Abadonien rettet! Aber du bist ja einer von uns!«

Alex fiel erschöpft zur Seite, rollte sich ein wie vorhin Perfidus und weinte laut auf. »Ich hasse meinen Vater!«, schimpfte er dabei.

»Das glaub ich nicht«, sagte Kazuko und setzte sich aufrecht neben Alex. »Ich benutze das Wort ungern, aber ich schätze mal, du liebst deinen Vater.«

»Nein, nein, nein!« Alex heulte wie ein Kind, dem man ein Spielzeug weggenommen hatte. Dabei klopfte er immer wieder mit der Faust auf den Boden, als müsste er einen alten Drachen, der schon lange in seinem Herzen gewohnt hatte und der nun plötzlich unsichtbar vor ihm lag, mit blanken Fäusten totschlagen. »Ich hasse dich! Ich hasse dich!«

Die Reisenden saßen im Kreis und schauten schweigend zu, wie ihr Erlöser in ihrer Mitte lag und all seinen Frust, seine Wut und die Anspannung der letzten Tage herausweinte. Eigentlich war es die Anspannung seit dem Tag, als der Vater die Familie verlassen hatte. Alex hatte nicht vorgehabt, ausgerechnet hier in Abadonien, in der Welt seiner Fantasie, über seinen Vater zu reden und darüber loszuheulen. Trotzdem fühlte er sich auf unerklärliche Weise inmitten dieser Menschen geborgen und zu Hause.

Die zehn Pferde hatten Mühe, den schmalen, steilen Weg des Berges Mont-Orkus zu erklimmen. Seit Stunden hatten sie keine Pause mehr gemacht. Jeder der Reisenden saß in einer Ecke des Wagens und hatte seine Arme auf die Holzumrandung gelegt. Der Alte lag wie zuvor auf dem Rücken, hatte seine Hände auf dem Bauch gefaltet und schnarchte laut. Kazuko saß am hinteren Ende zwischen Katanos und Perfidus. Perfidus hatte seit seinem Weinkrampf die Kapuze über seine Augen gezogen, saß in der Ecke und tat so, als schliefe er. Katanos saß in der anderen Ecke und bereitete aus den Blüten seines Lederbeutels etwas mit magischer Wirkung zu. Kazuko saß neben ihm. »Nicht wahr, Meister Katanos«, begann er, »die Reden des Erlösers sind gut und wert zu bedenken. Wenn wir alle in Abadonien wahrhaftiger und aufrichtiger leben würden, sähe es bei uns anders aus.«

Der Priester schien nicht beeindruckt. Er schaute nicht von seinen Blüten auf, als er antwortete: »Spar dir deine schlauen Reden, Kazuko, und tu nicht so, als wolltest du ein weiser Mann werden. Ich weiß genau, was du willst: Du willst mir bei der Arbeit zusehen und dann zu Hause meine geheimen Präparate nachmachen.«

»Ach, seid nicht so misstrauisch, Meister Katanos«, entgegnete Kazuko und klimperte unschuldig mit den Augen. »Ihr wisst, ich will auch eines Tages Dorfpriester werden. Da muss ich von euch lernen. Und in diesem Fall wollte ich wirklich eure Meinung zu den Lehren des Erlösers hören.«

»Wahrhaftigkeit und Aufrichtigkeit sind ein teures Gut, das stimmt«, gab der Priester zurück, »aber auch gefährlich. Je reiner das Herz, desto goldener das Blut. Je goldener das Blut, desto teurer der Goldblüter. Je teurer der Goldblüter, desto tödlicher die Gefahr. Das weißt du doch.«

»Aber wenn der Retter den Moloch besiegen wird, dann werden keine Bluträuber mehr gebraucht. Dann sind die Goldblüter diejenigen, die uns Wahrheit und Aufrichtigkeit lehren können. Richtig?«

»Darüber reden wir, wenn es so weit ist. Der Moloch wurde noch nie besiegt. Ich bin gespannt, wie der Erlöser uns retten wird.«

»Ich auch, Meister Katanos.« Kazuko rückte ein Stück näher auf ihn zu und zeigte auf ein Blütenblatt im Beutel des Priesters. »Und nicht wahr, Meister, aus dieser Enuntia-Blüte wird der Staub gewonnen, mit dem die Späher die Goldblüter bestäuben, damit die Bluthunde sie erkennen, ja?«

»Ich wusste doch, dass du nur spionieren willst, du Gauner!« Der Priester drehte sich etwas zur Seite, damit Kazuko ihm nicht bei seiner Arbeit zuschauen konnte.

»Aber diese dunkle Blüte, die kenne ich nicht. Wozu dient die?« Kazuko rückte wieder ein Stück näher an den Priester.

»Fort mit dir!«, schimpfte Katanos. »Die Arbeit eines Priesters geht dich nichts an!«

»Aber wenn ich doch selbst mal ein Priester werden möchte?«

»Das ist ein harter Weg!«

»Ich bin bereit, ihn zu gehen!« Kazuko strahlte.

»Die dunkle Blüte ist die Lupus Gentiana«, kam Perfidus' Stimme unter seiner Kapuze hervor. »Hundestaub sagen wir dazu. Damit machen wir uns für die Bluthunde praktisch unriechbar.«

»Wer hat dir gesagt, dass du die Geheimnisse der Alchemie weitertratschen sollst, du Nichtsnutz!«, fauchte Katanos. Mit schnellen Handgriffen verstaute er seine Blüten und sein Werkzeug in seinem Beutel und ließ ihn unter seinem Gewand verschwinden.

»Meine Fresse! Schaut mal dort hinten!« Silva zeigte mit ausgestreckten Armen auf eine Ansammlung von Pferden am Fuße des Berges.

Alle drehten sich um und sahen die Bluträuber, die schon nicht mehr bloß schemenhaft zu sehen waren, sondern deutlich als schwarze Reiter auf ihren schwarzen Pferden zu erkennen. »Blitz und Donner!« Katanos beugte sich zum Kutschbock vor: »Treibt die Pferde an! Sie kommen!«

»Ich bin ja schon dabei!«, keifte Makani zurück. »Noch schneller geht nicht!« Sie schlug die Zügel, sie spornte durch Zurufe und Flüche die Pferde an. Der Weg nach oben war steil und schmal. An der einen Seite wurde er durch eine steile Bergwand begrenzt. An der anderen Seite endete er an einer steilen Schlucht, die gefährlich in die Tiefe führte. Die Pferde mussten schnell sein, durften aber auf keinen Fall vom Weg abkommen, sonst würde die Kutsche samt ihren Insassen in den Abgrund stürzen.

»Erlöser!«, rief Kazuko. »Mach was! Mach die Pferde schneller oder die Bluträuber langsamer! Irgendwas wird sich dein Autor doch einfallen lassen! Oder?«

»Okay.« Alex versuchte sich zu konzentrieren. War da eine innere Eingebung? Etwas, das er tun sollte? Das er rufen, befehlen sollte? Er spürte nichts. »Autor, tu was!«, rief Alex laut. »Rette uns!«

Makanis Pferde galoppierten um eine Kurve. Etwas zu schnell, denn der Fuhrwagen wurde dabei zur Seite geschleudert. Das äußere Rad holperte über einen Stein, rutschte über das Ende des engen Pfades hinweg und hing über dem bodenlosen Abgrund. Alle im Wagen schrien auf. Der Brottopf kullerte mit Schwung gegen die Umrandung, flog durch den Aufprall in die Luft und stürzte in die Tiefe. »Unser Essen!«, schrie Silva. Makani schlug mit ihren Zügeln in die Luft, fluchte und schimpfte, die Pferde trampelten auf der Stelle, dann bekam der Wagen wieder Halt auf dem Boden und die Flucht ging weiter.

Alex stellte sich mit erhobenen Armen auf den Wagen: »Pferde! Werdet schneller!«

Makani trieb die Pferde an. Die Pferde liefen und stolperten, sie zogen mit aller Kraft. Sie waren schnell. Aber waren sie auch nach Alex' Befehl schneller geworden? Alex schaute zur Seite. Auf der einen Seite starrte ihn Silva mit großen Augen an, auf der anderen Seite Kazuko.

»Autor! Rette uns!«, brüllte Alex von Neuem. »Die Naturgesetze sind für dich nur unverbindliche Richtwerte! Darum lass uns jetzt samt Pferden und Wagen davonfliegen!«

»Juhuuuu! Wir fliegen!«, jauchzte Kazuko mit geschlossenen Augen, während er sich mit beiden Händen am Rand festhielt.

Alex schaute gespannt nach rechts und links, aber der Wagen flog nicht. Vom oberen Berghang lösten sich Steine und purzelten die Wände herunter. Einer der Steine traf den Wagen. Wieder geriet er aus der Bahn und wurde zur Seite gedrängt. Makani schrie, trieb die Pferde an und der Wagen fing sich wieder. Aber alle im Wagen wurden durcheinandergeworfen. Kazuko landete auf dem Schoß des Priesters. »Verzeiht!« Schnell krabbelte er zur Seite.

Eines der Pferde rutschte zur Seite aus, verletzte seinen Fuß und brach aus dem gleichmäßigen Galopp der anderen Pferde heraus. Die anderen Pferde verlangsamten dadurch ebenfalls ihr Tempo. Von hinten tauchten die schwarzen Reiter auf, die gerade die letzte Kurve zwischen ihnen und dem Pferdewagen überwunden hatten. Laut bellten die Hunde, die vor den Pferden herjagten.

»Wir sind verloren!«, schrie Kazuko. »Sie werden uns alle töten!«

Der erste dunkle Bluträuber zog im Reiten sein Schwert und richtete es auf die Personen auf dem Pferdeanhänger. Der zweite Bluträuber tat es ihm gleich, danach auch die hinteren. Insgesamt waren es acht Reiter. Alle kampfbereit.

»Autor, bist du noch da?«, schrie Alex aus Leibeskräften. »Hörst du uns? Schreibst du uns noch? Tu was!«

»Ich tu was!«, schrie Kazuko plötzlich. »Ich weiß, was wir machen! Wir liefern ihnen den Goldblüter aus!«

»Nein!«, riefen Katanos und Makani gleichzeitig. Makani beugte sich im Rhythmus der Pferde nach vorne, als könnte sie damit die Pferde antreiben.

»Wenn sie den Goldblüter haben, kehren sie um und lassen die anderen in Ruhe!«, schrie Kazuko panisch.

Die Bluthunde hatten den Wagen fast erreicht. Sie bellten und fletschten gierig ihre Zähne.

Kazuko griff in das Innere seiner Jacke und holte einen Beutel heraus. Er griff hinein, hatte ein Pulver in der Hand, hielt das Pulver Alex vors Gesicht und pustete. Das Pulver bestäubte Alex' Kopf und Oberkörper. Alex polterte vor Entsetzen nach hinten und blieb auf dem Rücken liegen.

»Neeeein!«, brüllten Silva und Katanos. Silva richtete sich auf und entriss Kazuko den Beutel. »Du Schwachkopf!«, schrie sie. »Du Verräter! Warum machst du das?«

»Weil ich an meine Rettung glaube!« Kazuko griff noch einmal in die Jacke und holte einen zweiten Beutel hervor. »Und weil ich das

Leben in Abadonien liebe!« Schnell griff er rein, hielt wieder ein Pulver in der Hand, diesmal schmierte er es sich selbst ins Gesicht. Alex konnte nicht glauben, was er da sah! Nicht nur, dass er Alex durch den Enuntia-Duft verraten hatte, jetzt machte er sich selbst auch noch durch den Hundestaub für die Bluthunde unriechbar! Dieser Feigling glaubte ja wirklich nur an seine eigene Rettung!

»Hey!«, brüllte Kazuko sofort und winkte mit beiden Händen den schwarzen Reitern zu. »Kommt hierher! Hier ist der Goldblüter! Nehmt den Goldblüter und lasst die anderen laufen!«

Silva öffnete schnell und mit zittrigen Fingern den Beutel, den sie Kazuko entrissen hatte. Sie holte Staub heraus, verteilte ihn sich im Gesicht, dann dem Alten auf dem Boden und warf den Beutel Perfidus zu. »Los, wir verwirren sie!«, rief sie. »Wenn wir alle nach Goldblut riechen, dann müssen sie uns alle mitnehmen!« Sie schaute verächtlich auf Kazuko. »Außer diese Verräterschlange natürlich!«

»Nein!«, schrie Perfidus. »Ich kann das nicht! Ich will nicht!« Er warf den Beutel zum Priester weiter. Der nahm den Beutel und steckte ihn, ohne etwas zu entnehmen, an den Gürtel zurück.

»Kommt hierher!«, brüllte Kazuko! »Nehmt den Goldblüter! Lasst die anderen!«

Alex tastete nach seinem Schwert und zog es aus der Halterung. Er hatte eigentlich keine Chancen, aber er hatte sich vorgenommen zu kämpfen. Wenn der Autor ihm schon nicht half, dann musste er selbst handeln.

Im nächsten Augenblick hatten zwei der Räuber ihre Schwerter in das Holz der Kutsche geschlagen, zogen daran und verlangsamten damit das Tempo. Ein dritter Räuber kam bis an die Kutsche geritten, hielt sich am Holz fest, verließ sein Pferd und sprang mit einem gekonnten Satz auf den Kutschwagen auf, schlug mit einem Faust-hieb Kazuko zu Boden, arbeitete sich bis zum Kutschbock vor, schlug Makani mit der Faust ins Gesicht, sodass sie keuchend zur Seite fiel. Dann nahm er die Zügel an sich, zog daran und brachte die Pferde zum Stehen.

Wieder purzelten alle auf der Ladefläche des Pferdewagens durcheinander, rappelten sich aber schnell auf und schauten angsterfüllt auf die Bluträuber, die jetzt mit ihren Pferden den Wagen umringten. Einer der Reiter öffnete die hintere Klappe zum Beladen der Kutsche: »Latros! Such!«

Alex hielt die Luft an. Waren das jetzt seine letzten Minuten? Mit hängender Zunge und gefährlichem Knurren sprang einer der schwarzen Hunde auf den Wagen, stürzte ohne zu zögern auf Kazuko und biss ihm ins Bein, sodass ein lautes Knacken zu hören war. Kazuko? Kazukos Gesicht verzerrte sich vor Schmerz, aber er schrie nicht auf. Der Räuber, der auf dem Wagen stand, griff Kazuko unter die Arme, hob ihn an und schleifte ihn zum Ende des Wagens, wo zwei weitere Räuber mit Seilen auf ihn warteten. Der Hund sprang vom Wagen. Alex konnte nicht glauben, was er hier gerade erlebt hatte. Wieso hatte der Hund so zielstrebig nach Kazuko gegriffen? Warum hatte Kazuko nicht gebrüllt, dass er gerade mit dem wirklichen Goldlblüter verwechselt worden war? Alex war noch immer zu geschockt, um etwas sagen zu können.

Der Räuber auf dem Wagen schaute von einem zum anderen, ging ein paar Schritte, blieb vor Perfidus stehen, der ängstlich auf dem Boden gekauert lag, und trat ihm in die Seite. »Gute Arbeit, Perfidus, unser Späher. Wie immer.« Damit stieg er ab und setzte sich auf sein Pferd. Die anderen fesselten Kazuko schnell und grob.

»Ja, ihr habt gewonnen!«, presste Kazuko zwischen den zusammengebissenen Zähnen heraus. »Ihr habt mich! Ich bin der Goldblüter aus der anderen Welt! Lasst die anderen weiterziehen! Sie sind harmlos!«

»Sind sie das?« Der Räuber, der den Trupp angeführt hatte, kam mit seinem Pferd noch einmal besonders nah an die offene Ladefläche heran. Alle übriggebliebenen saßen wie versteinert dort und schauten vor sich auf den Boden. »Meister Katanos«, sagte der Räuber mit einem spottenden Grinsen, als er den Priester erkannte. »Ihr dachtet wohl, Ihr hättet den Goldblüter für euch, was?« Er lachte dreckig. »Dann hättet Ihr nicht auch noch den miesen Perfidus mitnehmen dürfen. Ihr wisst doch, er ist unser Diener und würde es niemals wagen, die Seite zu wechseln.« Er schaute Perfidus streng an. »Nicht wahr, Perfidus?«

»Niemals, Herr«, winselte Perfidus unter seiner Kapuze hervor.

»Und wen haben wir da noch?« Er sah auf den Alten in der Mitte. »Seh ich richtig? Der alte Pathos?« Wieder grimmiges Lachen. »Lebt der immer noch? Ich dachte, wir hätten ihm inzwischen den letzten Tropfen seines goldenen Blutes ausgesaugt? Na warte, Alter. Beim nächsten Mal bist du wieder dran. Aber unser jetziger Fang ist uns heute etwas mehr wert.« Er grinste. Dann sah er Silva an. »Und wer bist du?«

»Silva aus Eisendorf«, antwortete Silva mit Verachtung. »Meinen Bruder Agnus habt ihr ja schon abgeschleppt. Danke noch mal dafür!«

»Und wer ist das?« Er zeigte auf Alex, der mit vor Angst geschlossenen Augen auf dem Boden lag.

»Er heißt Kazuko«, log Silva. »Aus Gehinnom. Sein Vater ist ein Säufer. Den kennt ihr bestimmt.«

Der Räuber lachte. »Du gefällst mir.«

»Du mir nicht!«, fauchte Silva. »Und jetzt lass uns fahren!«

»Ja, haut ab!« Der Räuber ließ den Wagen los und kehrte zu den anderen um. »Zurück!«

Der Trupp mit Räubern polterte den Weg zurück und wirbelte dabei den Staub unter den Hufen der Pferde auf. Kazuko lag gefesselt auf dem Rücken eines der Pferde. Kurz hob er seinen Kopf und rief: »Für Abadonien und seine Rettung!« Dann gab ihm der Reiter, der vor ihm auf dem Sattel saß, eine Kopfnuss und Kazukos Kopf sank zurück.

Katanos stand eine Weile da und schaute auf die Horde der schwarzen Reiter, die sich nach unten entfernte. »Er ist ein Held«, murmelte er. »Er hat sein Leben für Abadonien gegeben.« Dann drehte er sich um und stieg nach vorne auf den Kutschbock. »Seid Ihr in Ordnung?«, fragte er Makani, die in grotesker Lage zwischen der Bank und dem Wagenrad hing.

»Meine Nase ist gebrochen, mein Kinn ist ramponiert, aber sonst ist alles in Ordnung!«, fauchte sie zurück. »Gebt mir noch fünf Minuten, damit ich meine restlichen Knochen sortiere. Dann können wir weiterfahren!«

Am Fuße des Berges lag Purgatos, das letzte Dorf der Lebenden auf dem Weg zum Moloch. Hinter Purgatos lag der Todesberg, dahinter das Tartaros-Tal und dort die Höhle des Moloch. Seit der Begegnung mit den Bluträubern vor einigen Stunden hatte keiner mehr ein Wort gesprochen. Alle saßen schweigend und nachdenklich in ihren Ecken und konnten noch nicht fassen, was sie da vorhin erlebt hatten. Kazuko, den sie zuerst als Verräter verdächtigt und beschimpft hatten, hatte niemals vorgehabt, Alex den Räubern auszuliefern. Im Gegenteil: Er hatte sich selbst mit dem Enuntia-Pulver bestäubt, damit die Hunde ihn für den Goldblüter hielten. Den Hundestaub hatte er Alex ins Gesicht gepustet. Und Silva hatte sich und den alten Mann, ohne es zu wissen, anstatt als Goldblüter zu markieren, vor den Hunden geschützt. Kazuko hatte sich also für Alex und für die Rettung Abadoniens geopfert. Das war inzwischen allen klar geworden. Alex war es geradezu peinlich, dass er vorhin wie ein Zauberer gebrüllt hatte, die Pferde und der Wagen sollten durch die Luft fliegen. Und wie er dann laut daran gezweifelt hatte, ob der Autor überhaupt in der Lage war zu helfen. Der Autor hatte ja geholfen. Nur nicht so, wie Alex sich das vorgestellt hatte. Nicht durch ein spektakuläres Wunder, sondern in diesem Fall durch die Opferbereitschaft von Kazuko. Der Autor hatte also durchaus mehrere Möglichkeiten einzugreifen. Und weil Alex gerade nicht an Stift und Papier saß, war es nicht er, der entscheiden konnte, ob und wie und wodurch der Autor half.

Aber noch etwas war vorhin deutlich geworden: Silva war bereit gewesen, sich zusammen mit Alex gefangen nehmen zu lassen. Perfidus nicht. Meister Katanos auch nicht. Eine schwere, unsichtbare Wolke aus Misstrauen und Betroffenheit lag auf ihnen, während die Pferde in unermüdlicher Gleichmäßigkeit nach unten trabten. Das vordere Pferd, das vorher ausgerutscht war, hinkte noch immer leicht. Aber weil sie im Moment keine direkten Verfolger hinter sich hatten, trieb Makani die Pferde nicht so furchtbar an.

Als Alex die ersten Häuser von Purgatos sah, lief ihm ein kalter Schauer über den Rücken. Das Dorf schien menschenleer zu sein. Da standen keine neugierigen Bürger, die die herannahende Kutsche neugierig begutachten wollten. Nur schwarz gemauerte Häuser, die hoch und bedrohlich nebeneinander thronten, als bärge jedes von ihnen sein eigenes dunkles Geheimnis. Die Häuser hatten jeweils nur eine kleine Grundfläche. Alex vermutete höchstens einen kleinen Raum im Inneren. Dafür ragten die Häuser über mehrere Stockwerke in die Höhe und neigten sich dabei, je höher sie wurden, so schief in irgendeine Richtung, dass es aussah, als wollten die Häuser bald in einen unruhigen Schlaf nicken. Die spitzen, schiefergedeckten Dächer saßen wie Zauberhüte auf den schwarzen Mauern. Schmale, hohe Haustüren ließen darauf schließen, dass die Einwohner von Purgatos außergewöhnlich groß waren.

»Als ich mit Akio das letzte Mal hier durchgeritten bin«, brummte Silva leise, »haben wir hier nicht angehalten.«

»Kann ich verstehen«, gab Alex leise zurück. Er drehte sich zu Katanos um. »Wir bleiben hier auch nicht stehen, oder?«

»Wir werden hier übernachten.« Der Priester band sich den Gürtel zu und machte sich zum Absteigen bereit. »Makani! Hier rasten wir!«

Die Pferde blieben in der Nähe eines Brunnens stehen.

Silva erhob sich und stemmte empört die Hände in die Seite. »Was zum Kuckuck soll das heißen, wir übernachten hier? Wir sind doch nicht auf einer Urlaubsreise! Wir sind unterwegs, um meinen Bruder zu befreien und Akio und seine Schwester! Ich mach mir die ganze Zeit schon Sorgen, ob wir sie überhaupt noch retten können! Immerhin ist es jetzt schon mehrere Tage her, seit sie entführt worden sind! Ich weiß nicht, wie lange so ein Priester aus Gomorra wartet, bis er ein goldblütiges Mädchen, das er in die Höhle des Moloch schleppt, dem Drachen vorwirft! Einen Tag? Zwei Tage? Gar keinen Tag?«

»Wir können es noch schaffen«, antwortete Katanos trocken und sah Silva dabei nicht an.

»Wie bitte? Wir können es schaffen? Wie zum Henker hört sich das denn an?« Silva ging auf den Priester zu und klopfte ihm mit dem Finger auf die Brust. »Ich werde mich doch nicht hier irgendwo hinlegen und Stunden um Stunden verstreichen lassen, während mein Bruder und mein Nachbar da in der Höhle vor Angst zittern, falls sie überhaupt noch leben, und mich dabei mit der Aussicht trösten, wir können es noch schaffen!« Silva zog wütend den Rotz aus ihrem Hals hoch. »Verdreckt und zugenäht!« Sie spuckte ihren Rotz über die Brüstung des Wagens auf die Straße. Katanos schaute angewidert hinterher.

Alex erhob sich und ging auf den Priester zu. »Ich stimme Silva zu! Wir haben schon viel zu viel Zeit verloren! Silva war bereits vor zwei Tagen in der Höhle, da war sie kurz davor, Adelia zu finden. Jetzt haben wir unsere Reise aber zum zweiten Mal in Gomorra begonnen. Ich finde das auch sehr knapp!«

»Nachts kann man nicht über den Todesberg reiten«, widersprach Katanos.

»Als ich mit Akio in die Höhle geritten bin, haben wir keine einzige Pause gemacht! In keinem der verdreckten Dörfer! Und erst recht haben wir nirgendwo übernachtet! Wir sind immer geradeaus geritten und haben weder vor noch auf dem Todesberg angehalten!«

»Sicher seid ihr nicht nachts über den Todesberg geritten.«

»Nein. Ich glaube, es war vormittags.«

»Na also.« Katanos atmete einmal tief ein und wieder aus. »Der Todesberg wimmelt von Gulosi, die besonders nachts aktiv sind und auf leichte Beute warten.«

»Gulosi? Was ist das?«, fragte Alex.

»Du weißt nicht, was Gulosi sind? Dracogulosi, um genau zu sein?« Der Priester fuhr sich mit der Hand über sein Kinn. »Ich denke, es ist deine eigene geschaffene Welt.«

»Ja, schon. Aber als ich davon geschrieben habe, wie Akio und Silva ins Tartaros-Tal geritten sind, da hab ich das alles nicht so in den Einzelheiten beschrieben. Sie sind da in meiner Fantasie auch irgendwie viel schneller durchgekommen. Ich hab einfach von Bergen und Dörfern erzählt und damit war ich fertig. Von Draco-Gullo-was-weiß-ich hab ich nie was geschrieben oder gehört.«

»Eigenartig.« Er zog die Augenbrauen hoch und begann mit seiner Erklärung: »Ein Dracogulosus ist auch eine Drachenart. Ähnlich wie der Dracolepidus, den du in jedem Mauerloch findest. Nur größer. Wie ein Hund oder ein Wolf. Und viel gefährlicher. Weil er Giftzähne hat und auch vom Blut lebt, hat er dich eigentlich mit einem Biss erledigt. Jeder Priester fährt mit seiner Blutration nur am Tag über den Berg. Tagsüber leben die Gulosi zurückgezogen in ihren Höhlen. Aber nachts sind sie auf der Jagd nach Blut.«

Silva und Alex sahen sich kurz an. Dann stampfte Silva wütend mit dem Fuß auf: »So ein verdreckter Mist!«

Alex wollte sich damit nicht zufriedengeben. Immerhin lebten sie in einer Fantasy-Geschichte. Da war alles möglich. »Und wenn wir uns beeilen?«, versuchte er es. »Und keine Pause machen? Ihr wisst, ich bin der Sohn der Verheißung! Mein Autor sorgt für mich! Er wird uns nicht umkommen lassen!«

Der Priester runzelte die Stirn. »Ob ich das zulassen kann?«

Silva hob ihren Zeigefinger. »Überlegen Sie lieber mal, ob Sie zulassen können, dass drei unschuldige Kinder und Jugendliche in der Höhle des Moloch gefressen werden! Wir dürfen keine Zeit verlieren!«

Katanos schloss die Augen und fuhr sich mit der Hand über die Stirn. Dann sah er zu den anderen im Wagen: »Was sagt ihr?«

Der Alte hob seine knorrige Hand: »Die Nacht ist vorgerückt! Der Tag der Rettung ist nahe! Darum lasst uns ablegen die Werke der Finsternis und anlegen die Waffen des Lichts!«

Katanos fasste sich wieder an die Stirn. »Damit kann ich nichts anfangen.« Er sah zu Makani. »Was meint ihr?«

»Eine Pause ist gut«, gab die zur Antwort. »Weiterreisen ist auch gut. Ich hab keine Angst!«

»Ihr kennt die Biester nicht«, sagte Katanos noch. Er rieb sich noch einmal lange und angestrengt die Stirn. Dann klatschte er laut in die Hand. »Na gut. Auf eure Verantwortung! Dann machen wir nur eine kurze Pause und reisen bald weiter!« Damit stieg er vom Wagen und verschwand in einer Seitenstraße. Er schien sich hier auszukennen. Silva und Alex sprangen auch vom Wagen. Sie gingen auf den Brunnen zu, schöpften Wasser mit dem Eimer, der danebenstand, und stillten ihren riesigen Durst.

»Wollen Sie auch was trinken, Makani?«, rief Alex nach oben.

»Ja!« Sie zeigte auf die Ladefläche der Kutsche. »Gebt meinem Vater auch zu trinken!«

»Ihrem Vater?« Alex sah verwundert Silva an, aber die zuckte nur mit den Schultern. »Heißt das, der alte Mann auf dem Wagen ist Ihr Vater?«

»Klar heißt es das! Was dachtest du denn?«

»Keine Ahnung! Ich hab mich die ganze Zeit schon gewundert, warum wir den alten Mann aus dem Stall mit uns nehmen.«

Während Alex und Silva mit Makani zusammen auf dem Wagen saßen und vorsichtig Schluck für Schluck dem alten Mann Wasser in den Mund träufelten, erzählte Makani etwas mehr aus ihrem Leben.

Sie hatte mit ihrer Familie in einem Dorf weit weg von Gomorra gelebt. So weit weg, dass nur selten Bluträuber den Weg bis zu ihnen auf sich nahmen. Pathos, ihr Vater, war ein Goldblüter. Ihr Ehemann ebenfalls. Ihr eigenes Blut war zwar nicht goldrein, aber dennoch golden genug. Sie konnten alle miteinander ein glückliches und bescheidenes Leben führen. Ihre Mutter war bereits früh gestorben. Pathos galt in seinem Dorf als Prophet. Er hatte sich all die Prophezeiungen der Vorfahren gemerkt und ermutigte die Trostlosen im Dorf damit: Bald käme der Retter, der Abadonien erlösen würde, wie die Propheten es gesagt hatten. Der Vater glaubte sogar, eine Eingebung zu haben, er würde nicht eher sterben, bis er den Erlöser gesehen hätte. Die Botschaft, die er weitergab, verbreitete bei den Dorfbewohnern so ein Licht, dass manche meinten, Pathos selbst sei der Erlöser, der da kommen sollte. Aber das wehrte er stets ab: »Ich bin es nicht. Ich bin nur da, um auf das Licht hinzuweisen.« Eines Tages kamen dann doch die gefürchteten Bluträuber und nahmen Makanis Ehemann mit. In ihrer Verzweiflung ritten Makani und Pathos in Richtung Gomorra, um den Ehemann zu befreien. Es gelang ihnen auch, ihn zu finden, aber er war bereits von den Blutpriestern bis auf den letzten Blutstropfen ausgesaugt worden. Er war überglücklich, Makani noch einmal wiederzusehen, aber er überlebte den Tag des Wiedersehens nicht. Während Makani noch um ihren Mann trauerte, wurde auch Pathos in Gomorra gefangen genommen. Er wehrte sich kaum, denn er war sich sicher: Auch wenn sie ihm alles Blut entnähmen – er würde nicht sterben, es sei denn, der Retter wäre gekommen. Man saugte ihn aus, warf ihn zum Sterben in einen Stall, aber zur großen Verwunderung aller starb er nicht. Makani fand ihn dort und wollte ihn mit zurück in ihre Heimat nehmen. Doch Pathos spürte eine heilige Gegenwart in jenem Stall. »Hier wird er kommen«, behauptete er. »Die Stadt, die im Dunkeln liegt, wird ein großes Licht sehen. Man wird ihn finden, den Sohn der Verheißung, wie er in einer Krippe liegt!« Seitdem saß er viele, viele Jahre in der hintersten Ecke dieses Stalles und wartete auf den Tag der Verheißung. Viele Goldblüter hatte er kommen und sterben sehen. Wie sollte Makani ihn dort alleine lassen? Sie zog in ein heruntergekommenes Haus in Gomorra unweit des Stalles, versorgte notdürftig ihren Vater und bemühte sich, in der Stadt des Verderbens nicht durch Blutgoldheit oder gute Taten aufzufallen, auch wenn in ihr selbst der Wunsch nach Erlösung jeden Tag gegenwärtig war. Als nun Alex und Silva in ihrem Haus auftauchten und die Wunder vor ihren Augen vollbrachten, war ihr klar: Der Tag der Rettung war da. Den wollte sie nicht verpassen. Und vor allem sollte der alte Vater wissen, dass es nun so weit war. Pathos hatte zu diesem Zeitpunkt den Retter bereits getroffen. Aber es war sein größter Wunsch, mitzukommen, wenn der Sohn der Verheißung den Moloch besiegte. Darum also lag der alte Mann die ganze Zeit mit ihnen auf der flachen Ablage der Kutsche.

Alex schüttelte den Kopf. »So lange werde ich schon herbeigesehnt. Dabei habe ich das alles gar nicht eingeplant, als ich diese Welt durch mein geschriebenes Wort erschaffen habe.«

»Das Wort ist Mensch geworden«, predigte Pathos und nickte langsam, »ein Mensch aus Fleisch und Blut. Es wohnt unter uns. Und wir sehen seine Blutgoldheit.« Er konnte kaum reden, aber das, was er sagte, war deutlich zu verstehen. »Das ist das wahre Licht«, redete er weiter, »das alle Menschen erleuchtet, die in dieser Welt leben. Er kommt in seine Welt und die Welt ist durch ihn gemacht. Er kommt in sein Eigentum. Aber die, die in seiner Welt leben, nehmen ihn nicht an. Und trotzdem ist er es, der die Erlösung bringt.«

Alex musste immer wieder den Kopf schütteln. Er fühlte sich nicht wie ein Retter. Aber er spürte, wie ein Gefühl der Verantwortung für Abadonien in seinem Inneren wuchs. Abadonien war seine Welt. Und es war ihm eine Ehre, seine eigene Welt retten zu können. Auch wenn er nicht wusste, wie das gehen sollte, spürte er das Vertrauen in sich größer werden, dass der Autor ihn und seine Welt zu einem guten Ziel führen würde.

Meister Katanos stand plötzlich neben ihnen auf dem Wagen. Alex hatte ihn gar nicht kommen hören. »Seid ihr so weit?«

Perfidus, der bis vorhin müde und bewegungslos in der Ecke gedöst hatte, sprang auf und verbeugte sich ehrfürchtig: »Ja, Herr!«

Erst jetzt sah Alex, dass neben Katanos noch eine weitere Person stand: eine große, hagere Gestalt in einem Gewand aus dünnem, schwarzem Stoff, der bis auf den Boden reichte und sich dort wie eine Schleppe noch etwas nach hinten ausbreitete. Der Mann hatte seine Arme so aufeinandergelegt, dass von den Händen nichts zu sehen war, nur zwei weite Ärmel, die nahtlos auf den Armen aneinanderlagen wie ein zugezogener Vorhang. Der längliche Kopf hatte oben eine Glatze wie bei Katanos, nur dass über und hinter den Ohren lange, schwarze Haare bis auf die Schultern hingen. Seine Augen hatten einen merkwürdig durchdringenden Blick, als würden sie jedem Menschen durch die Augen direkt ins Herz schauen können. Dabei wirkte er keineswegs vertrauenswürdig. In seinem gefährlichen Grinsen konnte Alex auffällig spitze Eckzähne entdecken. Die dunklen Brauen hatte er zwischen den Augen finster zusammengezogen.

»Das ist Mortum«, stellte Katanos den Fremden vor, »Dorfpriester von Purgatos. Ihn brauchen wir für den Kampf in der Höhle.«

Mortum bewegte seinen Kopf kaum, als er einen nach dem anderen auf dem Wagen mit seinen Blicken durchbohrte. Als er Perfidus anschaute, zuckte der zusammen und verbeugte sich noch ein wenig mehr nach vorne.

»Perfidus«, zischte der Dorfpriester mit leiser, aber eindringlicher Stimme. »Schuldest du mir nicht noch einen Goldblüter?«

»Nein, Herr!« Perfidus sah nicht auf. »Alles bezahlt. Alles beglichen.«

Mortum ging einen Schritt auf Alex zu. »Und du bist der Sonnenblüter?«

Alex wollte antworten oder sich zumindest lautstark über den Begriff »Sonnenblüter« wundern, den er noch nie gehört hatte. Aber der magische Blick des Priesters schien bis in sein Innerstes vorzudringen und zog mit eisiger Kälte sein Herz zusammen.

Der dunkle Priester hob eine Hand. Der Ärmel rutschte leicht nach hinten. Lange, knorrige Finger wurden sichtbar, an deren Enden widerlich lange Fingernägel spitz zusammenliefen und aussahen wie Priesterwerkzeuge. Er streckte den Zeigefinger aus, legte ihn unter Alex' Kinn und hob es mit seinem spitzen Zeigefinger leicht in die Höhe. »Sieh dich vor.« Indem er den Zeigefinger mit einem Ratsch nach vorne zog, ritzte er mit dem Fingernagel eine Wunde unter Alex' Kinn. Alex hätte am liebsten laut aufgeschrien, aber er zwang sich, ruhig stehen zu bleiben und dem dunklen Priester weiterhin scharf in die Augen zu sehen. Der Priester grinste zufrieden und seine spitzen Eckzähne blitzten. Er hielt den Zeigefinger vor sein Gesicht. Eine feine Blutspur rann den Fingernagel entlang. Mortum streckte eine lange, fast schlangenartige Zunge aus seinem Mund und leckte langsam und genüsslich das gewonnene Blut ab. Immer noch Alex' Augen fixierend, rollte er die Zunge in seiner Mundhöhle, atmete tief ein und fuhr sich anschließend mit seiner Zunge über die Lippen. Dann veränderten sich kurz seine Augen. Etwas wie ein Entsetzen, wie eine innere Qual wurde in seinen Augen sichtbar. Die Nasenflügel seiner langen Nase weiteten sich. Er zog laut hörbar Luft durch die Nase ein. Schließlich musste er auch den Mund öffnen, um genug Luft zu bekommen. Etwas wie Todesangst lag in seinen Augen. Alex befürchtete schon, jetzt würde der lange Priester vor den Augen der Versammelten mit einem Knall wie ein Leppid platzen. Aber dann atmete er wieder langsam aus, der Mund schloss sich, die Nase beruhigte sich und auch die Augen bekamen wieder den Blick von Sicherheit und Überheblichkeit. Zufrieden grinste er und ließ seine knorrige Hand unter den Ärmel beider zusammengelegter Arme gleiten. »Nicht schlecht«, kam es leise, aber deutlich vernehmbar. »Goldenstes Blut.« Sein Grinsen wurde breiter. »Nicht schlecht.« Dann wandte er sich Katanos zu und sagte: »Fahren wir.«

Der Todesberg war noch steiler zu erklimmen als der Mont-Orkus. Alle waren müde und schwach. Auch die Pferde. Alex hatte Hunger, aber weil sich niemand sonst beschwerte, sagte Alex auch nichts. Der Topf mit dem Brot war ja auf dem letzten Berg leider abgestürzt. Das war ja auch mal wieder eine tolle Idee vom Autor gewesen. Zuerst schenkte er Alex und Makani einen Topf, der niemals leer wurde. Und dann nahm er ihn wieder weg. Super. Dann hätte er es auch gleich bleiben lassen können.

Je höher sie auf den Berg kamen, umso mehr Bäume wuchsen rechts und links vom Weg. Alex war das zuerst gar nicht aufgefallen, da in seiner realen Welt Bäume am Wegesrand nichts Besonderes waren. Aber irgendwann fiel ihm dann doch plötzlich ein, dass das für Abadonien ja eigentlich etwas Außergewöhnliches war. Die Bäume waren lang und dünn und trugen nur wenig Laub. Trotzdem verliehen sie der ganzen Umgebung eine unheimliche Atmosphäre, die immer dunkler wurde, je höher sie kamen und je später der Abend wurde. Alex schaute vorsichtig in die Büsche zwischen den Bäumen, ob so etwas wie ein Dracogulosus sichtbar wurde. Natürlich wusste er, dass nichts passieren würde, was der Autor nicht persönlich in den Laptop tippte. Trotzdem bekam er es mit der Angst zu tun. Die Pferde wurden langsamer. Auch sie schienen müde zu werden und die unheimliche Atmosphäre zu spüren. Am liebsten hätte Alex kurz die Augen geschlossen und ein Nickerchen gemacht. Aber die Anwesenheit dieses mysteriösen Mortum zwang ihn, wach zu bleiben. Er fürchtete, der dunkle Priester wäre bereit, sein Blut auszusaugen, sobald Alex in den Schlaf gesunken war. Perfidus traute er auch nicht mehr richtig. Und dass der Priester Katanos ausgerechnet so einen unheimlichen Priester in der Höhle zu brauchen meinte, stärkte nicht gerade sein Vertrauen in ihn. Was, wenn sich alle kurz vor der Höhle zusammenrotteten und beschlossen, Alex zu töten, sein Blut auszusaugen und es dem Moloch vorzuwerfen? Das würde dem Moloch sicher gefallen. Aber würde das auch Abadonien retten? Und vor allem: Könnte sich auch Alex auf diesen Plan einlassen? Definitiv nicht! Alex hatte immerhin ein Schwert dabei. Und er war bereit, damit zu kämpfen. Silva war auf seiner Seite. Das hoffte er zumindest. Dass sie auf dem Berg Mont-Orkus bereit gewesen war, sich mit ihm als Goldblüter gefangen nehmen zu lassen, war für ihn ein ungeheurer Treuebeweis. Den hatten Perfidus und Katanos nicht gebracht. Makani würde sicher auch zu ihm halten. Sie und ihr Vater warteten auf die Erlösung durch Alex. Sie würden nicht zulassen, dass Alex einfach getötet wurde. Aber konnten zwei Frauen und ein alter Mann ihm gegen zwei Priester und einen Späher helfen?

»Die Pferde machen schlapp!«, rief Makani von vorne. »Was sollen wir machen?«

»Weiterfahren natürlich!«, rief Katanos zurück. »Wir können es uns hier nicht erlauben, stehen zu bleiben!«

Der Wald schien kein Ende zu nehmen. Die zehn weißen Pferde trabten gleichmäßig, aber nicht sehr zügig. Hin und wieder blitzte etwas in der Dunkelheit, das aussah wie funkelnde Augen, die das Mondlicht reflektierten. Alex traute sich nicht mehr, in den Wald zu schauen.

Dann plötzlich hörten sie einen festen Schlag, spürten ein bedrohliches Ruckeln, die Kutsche geriet ins Wanken, Makani auf dem Kutschbock schrie auf, die Pferde vor ihr scheuten, bäumten sich auf und warfen ihre Vorderbeine in die Luft. Einzelne rissen sich aus dem Gespann und galoppierten davon. Die Kutsche wurde hin und her geschleudert, die Personen auf der Ladefläche purzelten übereinander und schrien vor Angst und Entsetzen durcheinander. »Die Pferde wurden angegriffen!«, schrie Makani und versuchte, die Zügel festzuhalten. Das vorderste Pferd ging in die Knie und löste sich ebenfalls aus dem Gespann. Alex versuchte, etwas zu erkennen, aber die Kutsche schaukelte zu wild. Schemenhaft sah er bei dem gestürzten Pferd etwas wie den Schwanz eines Dinosauriers. Er hörte ekelhaft lautes Gequieke, gieriges Schmatzen und Knacken, dazu das erbärmliche Wiehern eines Pferdes, das gewaltsam zu Boden gerissen wurde. Mehrere Pferde galoppierten aufgescheucht durch den Wald und suchten in der Dunkelheit das Weite. Makani bemühte sich, die Kutsche aufrecht zu halten, aber immer mehr Pferde rissen sich los, hoben ihre Vorderbeine in die Luft und warfen den Wagen in immer neue Schräglagen. Bald waren nur noch drei Pferde an der Kutsche eingespannt. Alex drehte sich um und sah mit Schrecken, wie eine Riesenechse, ein Dino-Salamander oder eine Monster-Eidechse mit langem, geschupptem Schwanz sich mit den Vorderbeinen in das am Boden liegende Pferd krallte und mit gierigen Bissen große Teile aus Hals und Körper riss. In diesem Augenblick wurde der Wagen so fest geschüttelt, dass alle, die darin saßen, durch die Gegend flogen. Weil Alex gerade am Rand gesessen hatte, verlor er das Gleichgewicht und stürzte kopfüber aus der Kutsche. Mit einem unsanften Platsch landete er auf dem Boden und wäre vor Schmerzen am liebsten liegen geblieben. Weil er sich aber von diesen blutgierigen Echsen umzingelt fühlte, sprang er sofort auf und schaute sich hektisch um. Die Kutsche bretterte weiter. Irgendwo in der Dunkelheit war eine weitere Gestalt aus dem Wagen gefallen und verschwand augenblicklich im Wald. Silva schrie, aber der Wagen donnerte weiter.

Alex zog sein Schwert aus der Halterung, hielt es mit beiden Händen fest und rannte los. Hinter dem Wagen her, der aber bald hinter der nächsten Kurve nicht mehr zu sehen war. Alex rannte weiter. Ein Quietschen direkt neben ihm ließ ihn aufschrecken. Mit aufgerissenem Maul stürzte sich ein wolfsgroßer Drache auf ihn. Alex schleuderte reflexartig sein Schwert zur Seite und durchschnitt mit einem Ratsch die aufgespannte Haut an den geschuppten Wangen seitlich der Reißzähne. Das Tier schrie auf, stürzte zu Boden und drehte sich mehrfach um sich selbst. Alex rannte weiter. Immer wieder schlug er nach rechts und links in die Luft, um sich gegen eventuelle Angreifer wehren zu können. Dann hörte er von hinten ein schnelles Tappen. Er wirbelte herum und sah vor sich dasselbe Tier, das ihn gerade schon mal angegriffen hatte. Jetzt war es noch wilder geworden. Ohne zu zielen, schwang Alex sein Schwert und traf eins der Nasenlöcher. Das Tier kreischte. Er schlug noch mal hinterher. Die Bestie wand sich auf dem Boden. Alex schlug immer wieder drauf, als müsste er es mit seinem Schwert zu Hackfleisch verarbeiten. Als sich das Tier nicht mehr bewegte, rannte Alex weiter. Inzwischen war es so dunkel, dass er die Richtung der Kutsche völlig aus den Augen verloren hatte. Aber irgendwohin musste er ja rennen. Plötzlich rutschte er aus, flog hin, glitt einen Abhang hinunter und stoppte erst, als er sich an einem Baum festhalten konnte. Alex schnaufte und schaute sich um. War irgendwo was zu hören? Während er sich so leise wie möglich den Hang nach oben tastete, sah er einen kleinen Felsenvorsprung, unter dem eine Art Unterschlupf entstand, den man nicht von allen Seiten einsehen konnte. Alex kroch unter den Felsen, zog seine Beine ein und hielt das Schwert angespannt vor sich. Hier schien er erst mal sicher zu sein. Hin und wieder kam eines dieser Gulosi knapp an seinem Versteck vorbei, schnupperte und rannte dann doch weiter. So ganz gut schienen diese Biester dann doch nicht sehen oder riechen zu können. Alex beschloss, bis zum Morgengrauen hier zu warten. Tagsüber sollten sich die Drachenviecher ja zurückziehen, hatte Katanos erklärt. Also setzte er sich in eine bequeme Lage, hielt sein Schwert angriffsbereit vor sich und wartete.

Nicht lange danach hörte Alex wieder ein Rascheln im Laub. Etwas näherte sich ihm. Alex griff sein Schwert fester. Etwas Schwarzes wurde vor seinem Versteck sichtbar. Es blieb stehen und blickte sich um. Als es den Felsvorsprung sah, trat ein zufriedenes Grinsen auf das lange Gesicht. Mortum. Offensichtlich auch auf der Flucht vor den Drachen. Leise kam er auf Alex zu: »Ist da auch Platz für zwei?«

»Ja.« Alex rückte ein wenig zur Seite.

Mortum krabbelte unter den Felsen, setzte sich neben Alex, zog seine Beine an und lehnte sich an die felsige Rückwand. Eine Weile sagte keiner von beiden ein Wort. Dann begann der Priester: »Stimmt das: Du willst der Sohn der Verheißung sein?«

Alex hatte seine Beine angezogen und die Arme darauf gelegt. »Ob ich das sein will? Ich weiß nicht. Der Autor hat mir zumindest gesagt, ich sei es.«

»Der Autor.« Mortum zog verächtlich die Nase hoch. »Davon seh ich aber nichts.«

Alex seufzte. »Im Moment seh ich davon auch nichts.«

»Woher willst du wissen, dass der Autor recht hat?«

»Hm.« Musste Alex schon wieder über den Autor diskutieren? »Immerhin ist der Autor der, der sich sowohl meine Welt als auch Abadonien ausgedacht hat. Mir bleibt nichts anderes übrig, als ihm zu glauben.«

Mortum schaute ins Dunkle: »Er könnte ja auch lügen.«

Ja. Könnte er. Aber warum sollte der Autor lügen? Was hätte er davon?

Wieder schwiegen beide. Dann fragte Mortum: »Hunger?«

»Ja«, sagte Alex. »Tierisch.«

»Dann iss doch was.«

»Ich hab nichts.«

Mortum schaute Alex prüfend an. »Bist du nicht der Sohn der Verheißung? Geschöpf des großen Autors?«

»Doch.«

»Beweise es mir.«

»Wie denn?«

Mortum griff neben sich und hielt Alex einen Stein hin: »Befiehl, dass der Stein Brot wird.«

Alex schob den Stein mit seiner Hand weg. »Was soll der Blödsinn?«

»Du stirbst, wenn du kein Brot isst.«

»Ich krieg schon wieder was zu essen.«

»Du brauchst jetzt was. Ich seh doch, dass du es brauchst. Also erfinde dir ein Brot durch dein Wort! Das würde mir auch gleichzeitig den Beweis liefern, dass du Geschöpf deines Autors bist und dass dir die Naturgesetze unterliegen.«

»Vielleicht unterliegen sie mir ja gar nicht.« Nun war es Alex, der Mortum prüfend ansah. »Ich bin Geschöpf des Autors. Ja. So wie Sie übrigens auch. Und wissen Sie, was ich gelernt habe, seit ich weiß, dass ich Teil einer Geschichte bin? Wir alle hier in Abadonien leben nicht, weil wir essen oder trinken. Das auch. Aber wir leben hauptsächlich, weil der Autor sich dazu entscheidet, von uns zu schreiben. Wir leben durch jedes Wort, das der Autor über uns schreibt. Und er entscheidet, wann ich wieder was zu essen bekomme.«

Mortum schaute vor sich und grinste. »Dann bleibst du mir den Beweis also schuldig. Wie kann ich dann wissen, dass du der Sohn der Verheißung bist?«

»Fragen Sie Makani. Sie hat die Wunder erlebt, die ihr klargemacht haben, dass ich es bin. Fragen Sie Pathos. Er hat gesehen, wie die Leppids geplatzt sind, als sie mein Blut genommen haben. Fragen Sie Katanos. Er war dabei, als ich den Sturm gestillt habe.«

»Ich will es aber selbst sehen.« Mortum zeigte in den Wald. »Folgende Wette: Du gehst nach draußen und lässt dich von einem Gulosus angreifen. Wenn du einen Autor hast, der auf dich aufpasst, dann wird er dich beschützen.«

»Nein, danke.« Alex schüttelte den Kopf. »Einfach mal so zu tun, als hätte ich magische Kräfte – das klappt nicht. Ich hab den Autor nicht in der Hand. Umgekehrt: Er hat mich in der Hand. Wenn es schwierig ist, dann beschützt er mich tatsächlich. Aber nicht so, wie ich mir das vorstelle. Vorhin hab ich einen Gulosus besiegt. Der Autor hat das so geschrieben, klar. Aber er hat nicht geschrieben, dass das Tier vor mir geplatzt ist. Er hat geschrieben, dass ich mein Schwert nehme und kämpfe. Und so ist jede Situation anders. Mal greift er ein, mal wirkt er überirdisch, mal kommen mir andere zu Hilfe. Immer anders. Aber bisher ist es immer gut gegangen. Darum seh ich keinen Anlass, ihn herauszufordern.« Er schaute Mortum von der Seite an. »Klar?«

»Nicht ganz.« Mortum grinste. »Das ganze wäre klar, wenn der Typ, der sich dir als Autor vorgestellt hat, wirklich dein Autor wäre, der es gut mit dir meint. Ich glaub aber nicht, dass er das ist.«

Ziemlich steile These, dachte Alex. »Sie kennen ihn doch gar nicht«, protestierte er.

»Natürlich kenne ich ihn«, behauptete Mortum. »Ich treffe mich regelmäßig mit ihm. Er ist auch ganz nett. Wenn auch ein bisschen kindisch.«

Alex erschrak. Kannte Mortum den Autor wirklich? Der Priester sah den Schrecken in Alex' Gesicht und grinste zufrieden. »Er schreibt auch ganz schöne Geschichten. Aber er ist noch nicht so gut wie ich.«

»Wie Sie? Was soll das denn heißen?« Jetzt musste sich Alex doch noch mal wundern. »Sind Sie denn auch ein Autor?«

Mortum nickte. »Ja, das bin ich. Und meine Geschichten funktionieren schneller. Ohne Gefahr. Ohne Kampf und Blutraub.« Er schaute Alex wieder eindringlich an. »Und eigentlich war ich es, der deine Geschichte übernehmen wollte. Bei unserem letzten Treffen haben wir über dich geredet. Ich finde, du bist so ein netter Kerl. Du solltest Abadonien schneller retten. Ohne Blutvergießen. Ohne Gefahren, ohne Höhle. Aber der andere Autor wollte, dass du den ganzen Weg gehst. Den schweren. Er wollte dich leiden sehen. In Wirklichkeit interessiert er sich überhaupt nicht für dich, Alexander. Er will ein Buch schreiben, das sich gut verkauft. Dafür ist ihm jedes Mittel recht. Abadonien einfach mit einem Fingerschnippen zu erlösen, ist ihm zu unspannend. Er will dich leiden sehen. Er will Blut schreiben, weil er denkt, die Leser wollen Blut lesen. Es geht ihm nicht um dich, Junge. Es geht ihm nur um sich. Um seinen Ruhm.«

Alex runzelte die Stirn. »Sie lügen.«

»Interessant, dass du mich, der ich es gut mit dir meine, einen Lügner nennst. Und dass du den, der deinen Tod sehen will, verteidigst.«

Alex versuchte, in den Augen des Priesters die Spur eines Gefühls zu entdecken. Ehrlichkeit oder Hinterlist. Irgendwas. Aber da gab es nichts zu entdecken. »Sie sind also der gute Autor und der andere der böse?«

»So ungefähr.« Mortum kratzte sich mit einem seiner Fingernägel leicht an der Nase.

»Wie können Sie dann hier sein, wenn Sie ein Autor sind? Das geht doch gar nicht. In dieser Geschichte befinden sich nur Romanfiguren, die vom Autor erfunden und in die Handlung reingeschrieben sind.«

»Natürlich geht das.« Mortum grinste. »Ich hab mich selbst in diese Geschichte hineingeschrieben.«

Alex schrak entsetzt auf: »Was? Dann schreiben Sie also jetzt diese Geschichte?«

»Ja. Zumindest diesen Teil hier. Darum bin ich extra zu dir gekommen. Und ich wollte dir ein Angebot unterbreiten, bevor wir morgen zur Höhle des Moloch kommen. Wenn du willst, schreib ich deine Geschichte weiter. Dann können wir die schnelle Lösung wählen. Ich schreibe, dass der Moloch tot ist. Einfach so gestorben. An Altersschwäche. Akio und Adelia leben wieder bei ihren Eltern, allen geht es gut. Dich schreibe ich natürlich in deine Welt zurück. Ich schreibe, dass es dir und deiner Familie gut geht und ihr nie wieder Sorgen habt. Egal, welche.«

Alex wurde misstrauisch. »Das alles können Sie?«

»Ja.«

»Und wo ist der Haken?«

»Kein Haken. Du musst dich einfach von dem senilen, alten Autor lossagen, mir dein Vertrauen schenken und die Leitung deiner Geschichte übertragen.«

»Ihnen.«

»Ja.«

Alex stützte seinen Kopf auf die Arme, die er auf seinen Knien zusammengelegt hatte. Irgendwas stimmte da nicht. »Sie können kein Autor sein«, begann er laut zu denken. »Der, bei dem ich gesessen habe, der weißhaarige Mann mit der Peter-Pan-Tasse, der sitzt vor seinem Laptop und schreibt alles, was mir geschieht. Er lässt es zu, dass mir Dinge nicht gelingen. Er fädelt ein, dass Menschen in die Geschichte einsteigen und mir helfen. Das heißt, er sitzt auch jetzt vor seinem Laptop und schreibt. Er schreibt auch unser Gespräch, das wir gerade führen.«

Mortum grinste. »Außer, ich habe ihn von seinem Laptop weggedrängt. Ihn vergiftet, ihm einen Kinnhaken verpasst. Dann liegt er jetzt in seinem Garten auf dem Boden. Und ich sitze am Laptop und schreibe.«

»Ist das so?« Alex wurde unheimlich zumute. Sollte ein Buch mitten in der Handlung einen neuen Autor bekommen? Hatte der eigentliche Autor die Führung über seine eigene Geschichte verloren? Mortum grinste undurchdringlich.

»Wenn das wirklich so ist«, überlegte Alex weiter, »dann hab ich ja sowieso keine Chance auszuwählen, wer meine Geschichte weiterschreiben soll. Ich bin jedem Autor doch völlig ausgeliefert. Wenn

Sie den weißhaarigen Autor besiegt haben, dann kann ich das doch von hier unten aus überhaupt nicht beeinflussen.«

Mortums Grinsen wurde breiter, als wäre er zufrieden mit Alex' Gedankengängen.

Alex redete weiter: »Und wenn ich wirklich die Möglichkeit hätte, zwischen zwei Autoren zu wählen, dann würde ich mich für den entscheiden, dem ich neulich gegenübergesessen habe. Er hat mir alles erklärt. Er hat mir sogar erzählt, dass er selbst auch Teil einer höheren Geschichte ist, die von einem noch Höheren gesteuert wird. Er hat von Gott gesprochen. Von Ihnen hat er nichts gesagt. Auch nicht davon, dass ich zwischendurch den Autor wechseln könnte.«

»Das verrät er natürlich nicht. Er will ja, dass du schön dumm bleibst.«

Alex spürte, wie sich sein Innerstes zusammenzog. Er fühlte sich in der Nähe dieses Priesters unwohl. Aber er konnte nicht sagen warum. War er tatsächlich der bessere Autor? Belog ihn der weißhaarige Mann wirklich? Wie konnte er das herausfinden?

»In Ordnung«, sagte Alex. »Ich denk drüber nach.«

Die Augen von Mortum blitzten. »Denk nicht zu lange nach. Es hängt zu viel davon ab. Adelia, Akio und Agnus könnten schon morgen tot sein. Also überlass die Geschichte schon in dieser Nacht mir.« Er beugte sich leicht zur Seite und kam mit seinem Gesicht Alex noch näher. »Ich geb dir eine Minute.«

Alex spürte, wie kalter Schweiß auf seine Stirn trat. Musste er sich wirklich zwischen zwei Autoren entscheiden? Hilf mir, dachte er in Gedanken. Wenn du der wahre Autor bist, dann lass mich jetzt nicht hängen!

Etwas im Wald glänzte. Etwas, das vorher nicht da gewesen war. Ein Gulosi? Nein. Etwas Kleines. Es schimmerte blau. Eine Tasse. Obwohl sie nicht zum Greifen nah war, wusste Alex, dass es die Peter-Pan-Tasse war.

»Sehen Sie diese Tasse da im Wald?«, fragte Alex.

Mortum schaute sich um: »Welche?«

»Da vor uns.«

Mortum reckte seinen Hals. »Ich sehe nichts.«

In diesem Moment spürte Alex, wie er an Sicherheit gewann.

»Die Minute ist gleich um«, sagte Mortum mit einem gefährlichen Unterton.

»Okay. In den verbleibenden Sekunden möchte ich, dass Sie mir beweisen, dass Sie dieselbe Macht haben wie der andere Autor. Holen Sie mir die Tasse dort aus dem Wald.«

Mortum bewegte seinen Kopf hin und her und schaute angestrengt in den Wald. »Da ist keine Tasse. Hör auf, mich reinzulegen.«

»Na gut. Dann ein anderer Vorschlag: Stellen Sie sich in den Wald und lassen Sie sich von einem Gulosus angreifen. Oder schreiben Sie aus einem Stein ein Brot. Wenn Sie wirklich gerade am Laptop sitzen und das alles schreiben, dann dürfte das für Sie kein Problem sein.«

Mortums Grinsen änderte sich leicht. Als hätte Alex die winzige Lücke in Mortums Geschichte entdeckt, aus der heraus man sie als Lüge enttarnen könnte. Diese kleine Veränderung in Mortums Gesicht ermutigte Alex und er fuhr fort: »Von mir aus können Sie auch jetzt in diesem Augenblick Agnus, Adelia und Akio zu mir in den Wald schreiben und die Geschichte ist zu Ende.«

Mortums Augenbrauen zogen sich finster zusammen.

Alex fixierte weiterhin sein Gesicht: »Also. Was von all dem können Sie tun, um mich davon zu überzeugen, dass Sie vertrauenswürdiger sind als mein Autor, der sich mich ausgedacht hat?«

»Wage es nicht, mich zu beleidigen«, zischte Mortum leise. Sein Grinsen war verschwunden.

»Ich habe nicht vor, Sie zu beleidigen«, gab Alex zurück. »Ich wollte Ihnen nur die Chance geben, mir zu zeigen, warum ich besser Ihnen vertrauen sollte als dem anderen Autor.«

Alex bemerkte feurig aufflammende Wut in den Augen des Priesters, aber er ließ sich davon nicht irritieren. »Wissen Sie, was ich glaube? Sie sind gar kein Autor. Sie tun nur so. Sie wollen mich auf Ihre Seite ziehen, damit Sie Ihre eigenen Ziele durchsetzen können. Aber welche sind das? Vielleicht wollen Sie selbst Herrscher über Abadonien werden. Vielleicht wollen Sie sogar verhindern, dass der Moloch besiegt wird, weil Sie viel mehr davon haben, wenn er lebt und die Menschen in Angst und Schrecken hält! Wollen Sie vielleicht mein Blut aussaugen, es irgendwie in kleinen Portionen aufbewahren, es von Zeit zu Zeit verkaufen oder sonst irgendwie einsetzen, um die Menschen von Ihnen abhängig zu machen?«

Das Gesicht von Mortum bebte. Alex hätte sich nicht gewundert, wenn jeden Augenblick Rauchwolken aus seiner Nase gestiegen wären oder der Priester Feuer gespuckt hätte. Stattdessen sagte er: »Freu dich nicht zu früh, Sonnenblüter!« Er rutschte aus der Höhle heraus, rappelte sich auf und verschwand im Dunkel der Nacht.

Als Alex die Augen öffnete, war die Sonne bereits aufgegangen. Merkwürdig. Hatte er die Augen nicht gerade mal für fünf Sekunden geschlossen gehabt? Egal. In Abadonien war alles möglich. Vielleicht hatte der Autor ein neues Kapitel begonnen. Das nutzte man ja gerne mal, um einen Zeitsprung einzubauen.

Alex rutschte aus seinem Versteck heraus und sah sich um. Im Hellen sah der Wald längst nicht mehr so gefährlich aus wie in der Nacht. Er versuchte sich zu orientieren und stieg dann den Abhang nach oben, den er heute Nacht heruntergerutscht war. Das Gespräch der letzten Nacht hing ihm immer noch nach. Irgendwie fühlte er sich erschöpft und ausgenutzt. Aber auch stolz, weil er das Gefühl hatte, sich richtig entschieden zu haben. Und das, obwohl er ja eigentlich davon ausgehen konnte, völlig willenlos in der Hand eines Autors zu sein, der jede seiner Willensentscheidungen sowieso aufs Papier schrieb. Trotzdem. Das bittere Gespräch mit Mortum hatte ihn innerlich noch mehr mit dem Autor verbunden.

Als Alex oben auf einem breiten Waldweg ankam, hörte er Pferdegetrappel. Kurz darauf sah er Silva, die auf einem der zehn Pferde saß, die gestern noch vor der Kutsche eingespannt gewesen waren. »Zum Kuckuck! Da bist du ja endlich!«, fuhr sie ihn an und blieb vor Alex stehen. »Wir haben schon Angst gehabt, du wärst von diesen furchtbaren Tieren zerfleischt und zerfetzt worden!«

Alex schmunzelte. Hatte Silva gerade zugegeben, Angst gehabt zu haben? Das gefiel ihm. »Wie du siehst, bin ich noch mal davongekommen«, sagte er.

»Komm, spring auf!«, befahl sie. »Die anderen warten schon unten an der Priesterhütte!«

Priesterhütte! Als Alex das hörte, fuhr ihm ein Stich durch den Körper. Die Höhle des Moloch. Die anderen waren also schon da! Jetzt begann der letzte und entscheidende Weg für ihn. Und noch immer hatte er keine Idee, wie er dem Drachen begegnen sollte.

Alex sprang auf das Pferd, landete mit dem Bauch auf dem Pferderücken, wollte ein Bein rüberschwingen und fiel dabei auf der anderen Seite des Pferdes wieder runter. Silva lachte. Alex versuchte es von der anderen Seite: Springen, Bauchlandung, vorsichtig ein Bein rüberziehen, sich dabei hektisch an Silvas Jacke krallen, aufrichten, beinahe noch mal rückwärts nach hinten plumpsen, schnell wieder an Silva klammern, fertig. War doch ganz einfach!

Silva drehte sich kurz um: »Geritten bist du auch noch nie, was?«

»Nein, wieso?«

Silva lachte noch einmal, ritt los und Alex hatte Mühe, sich bei der Geschwindigkeit an Silva festzuhalten. Schnell und sicher ritt Silva den Todesberg hinab. In der Ferne konnte Alex schon die Priesterhütte erkennen. Sie sah genauso aus, wie er sie in seinem Notizbuch beschrieben hatte. Die anderen warteten bereits. Makani saß auf einem Stein an einem lodernden Feuer vor der Hütte. Perfidus stand in der Nähe des Leppidkäfigs und sah zu, wie sich die kreischenden Tiere im Inneren jagten und zerfleischten. Der alte Pathos saß auf dem Heuhaufen in der Nähe der Tür und lehnte an der wackligen Wand. Katanos kam gerade aus der Priesterhütte heraus. Mortum war nicht zu sehen. An der Tränke standen fünf Pferde. Zwei weiße, die vorher Makanis Kutsche gezogen hatten, ein braunes und ein schwarzes: die Pferde, mit denen Akio und Silva vor zwei Tagen angekommen waren. Das fünfte Pferd war vor einen kleinen Wagen gespannt. Der Wagen des Priesters aus Gomorra, der Adelia einen weiteren Tag zuvor hierher gebracht hatte. Drei Tage war Adelia bereits hier in der Höhle. Lebte sie noch?

»Wo wart ihr so lange?«, rief Makani, als Silvas Pferd vor der Hütte stehen blieb. »Wir hatten schon Sorge, die Prophezeiung hätte sich erledigt, weil der Erlöser vorzeitig von einem Dracogulosus aufgefressen wurde!«

»Keine Angst!« Alex ließ sich vom Pferd gleiten und wäre dabei fast schon wieder hingefallen. »Da bin ich ja.« Er schaute sich um. »Wo ist Mortum?«

Katanos sah ihn ernst an: »Er ist wie du vom Wagen geschleudert worden, als wir mitten im Wald waren. Die Kutsche konnte nicht anhalten, die Pferde waren völlig wild geworden. Etliche haben sich aus dem Gespann gelöst, einige von ihnen sind direkt von den Gulosi angefallen worden. Andere sind durch den Wald geflohen und wir wissen nicht, was aus ihnen geworden ist. Makani hat den Wagen mit den verbliebenen drei Pferden im Gespann so gut es ging über den holprigen Weg gelenkt und ist erst stehen geblieben, als der Wald komplett durchquert war. Dort ist der Wagen dann allerdings endgültig zusammengebrochen. Wir haben bis zum Morgengrauen gewartet, ob du oder Mortum zu uns stößt. Als ihr nicht gekommen seid, sind Makani und ihr Vater auf dem einen der verbliebenen Pferde zur Priesterhütte geritten, Perfidus und ich auf dem zweiten. Silva hat sich mit dem dritten Pferd auf den Weg durch den Wald gemacht, um euch beide zu suchen. Offensichtlich hat sie dich gefunden. Was mit Mortum passiert ist, wissen wir nicht. Ich glaube nicht, dass er allein ohne Pferd und Wagen die Flucht durch den Wald überlebt hat.« Er fasste Alex an einer Schulter und schaute zum Höhleneingang. »Dann müssen wir es ohne ihn schaffen. Bist du bereit?«

»Ja«, kam es schnell von Alex, obwohl in seinem Kopf alles »Nein!« brüllte. Sein Herz schlug ihm bis zum Hals. Jetzt kam alles auf ihn an. Er griff zur Seite und fühlte das Schwert an seiner Hüfte. Würde es ihm wohl helfen?

Makani kam mit zwei brennenden Fackeln: »Los geht's! Fort mit euch in die Höhle!«

Alex nahm eine der beiden Fackeln und blickte sich um: »Wer kommt denn jetzt alles mit?«

»Katanos und du«, antwortete Makani. »Wer sonst?«

Puh. Nur er mit Katanos? Alex war sich noch immer nicht sicher, ob er dem Priester vertrauen konnte, der eigentlich geplant hatte, den finsteren Mortum mitzunehmen.

»Ich komme natürlich auch mit!«, sagte Silva laut und entschlossen und kam mit einer weiteren Fackel dazu. Obwohl er nicht wusste, wie Silva ihm helfen sollte, spürte er eine große Erleichterung, als er sie auf sich zukommen sah.

»Das ist zu gefährlich«, mahnte Katanos. »Bleib lieber hier.«

Silva hielt ihm die Fackel so nah ans Gesicht, als wollte sie seine buschigen Augenbrauen anzünden: »Meine Fresse! Ich glaub nicht, dass du mir was zu befehlen hast! Du kennst dich vielleicht mit dem Moloch aus. Aber ich, zum Henker – ich bin hier, um meinen Bruder zu retten! Und meinen Nachbarn Akio und seine Schwester! Das ist der Grund, warum ich überhaupt die ganze Reise hier angetreten habe! Da werde ich doch nicht kurz vor Schluss am Höhleneingang warten und Däumchen drehen! Verdreckt und zugenäht!«

Perfidus kam dazu: »Wenn Ihr erlaubt – ich möchte auch mitkommen.«

»Wozu?«, fragte der Priester.

»Vielleicht kann ich helfen.«

Silva sah ihn verächtlich an: »Du willst helfen? Du bist ein Späher! Du hast meinen Bruder markiert, damit die Bluträuber ihn mitnehmen konnten! Für mich bist du ein Nichts!«

»Er hat dich zweimal in Gomorra gerettet«, wandte Alex ein. »Vergiss das nicht.«

»Hätte er nicht die Entführung meines Bruders mit eingefädelt, hätte ich niemals einen Fuß in dieses mistverdreckte Gomorra gesetzt!«

»Wie willst du uns helfen?«, fragte Alex den Späher.

»Das weiß ich noch nicht«, gab Perfidus zerknirscht zur Antwort. »Aber vielleicht weiß ich es, wenn es so weit ist.«

»Auf wessen Seite stehst du?«, fragte Alex und sah Perfidus scharf an.

Perfidus schaute Alex nicht an. »Ich stehe auf der Seite des gefangenen Goldblüters in der Höhle.«

»Akio?«, forschte Silva streng.

»Lasst uns gehen«, sagte Perfidus und wand sich an Katanos. »Ich habe Euch in Gehinnom gebeten, mit zur Höhle zu kommen. Nun bitte ich Euch, mich mit hinein zu nehmen.«

Katanos hielt in der einen Hand die Fackel. Mit der anderen fuhr er sich nachdenklich über die Stirn. »Na schön«, sagte er dann. »Vielleicht kannst du dich da drinnen wirklich nützlich machen.«

»Was ist mit Ihnen, Makani?«, fragte Alex.

»Ich bleib bei meinem Vater. Wenn Abadonien gerettet ist, werden wir es auch hier draußen mitbekommen.« Sie kam nah an Alex heran, streckte vorsichtig ihre dünnen Finger aus und berührte seine Wangen. »Es war mir eine Ehre, Euch, den Retter, zur Höhle des Feindes bringen zu dürfen. Den letzten Weg müsst Ihr ohne uns gehen. Alles Gute für Euch. Danke für Eure Erlösung. Abadonien wird es Euch auf ewig danken!«

»Wir sehen uns wieder, wenn der Moloch besiegt ist«, wollte Alex sie trösten, aber Makanis Blick trug so eine merkwürdige Mischung aus Abschied und Mitleid, dass Alex sich nicht mehr sicher war.

»Auf geht's«, forderte Katanos die anderen auf, setzte sich in Bewegung und erklomm die kleine Anhöhe bis zum Eingang der Höhle, aus der in gleichmäßigen Streifen schwefelartige Rauchwolken zogen.

Schweigend gingen die vier Gefährten durch die Gänge der Höhle. Dass Katanos nicht zum ersten Mal diesen Weg ging, wurde Alex schnell klar. Er zögerte an keiner einzigen Kurve. Die anderen schritten im gleichen Tempo hinterher. Der Priester zeigte keine Spur von Angst. Silva auch nicht. Aber von ihr wusste Alex ja, dass sie ihre Angst gut in ihrer harten Schale versteckte. Perfidus dagegen hatte seinen Kopf zwischen den Schultern eingezogen und winselte hin und wieder kleine Trauerreden des Selbstmitleids vor sich hin. Warum um alles in der Welt war er überhaupt mitgekommen?

»Wie genau wollen wir vorgehen, wenn wir am Ziel angekommen sind?«, fragte Alex in die Stille hinein.

Keiner antwortete. Im gleichbleibenden Takt gingen Katanos, Silva und Alex nebeneinander, während Perfidus mit ungleichmäßigen, kleinen Schritten hinter ihnen her trappelte.

»Haben Sie einen Plan?«, fragte Alex an Katanos gewandt.

»Ich habe in meinem Leben noch nie den Retter Abadoniens in die Halle des Blutrauschs geführt«, sagte Katanos mit ruhiger Stimme.

»Halle des Blutrauschs?« Alex war nicht wohl, als er das hörte. »Was, also … was ist das?«

Wieder gingen sie eine Weile, ohne dass einer etwas sagte.

»Erzähl mir von der Welt, aus der du kommst«, forderte Katanos Alex auf, ohne die Frage zu beantworten. »Wer hat in eurer Welt goldenes Blut? Und wer nicht?«

Alex musste erst einmal nachdenken. Mit so einem Themenwechsel hatte er nicht gerechnet. »So was wie in Abadonien gibt es bei uns nicht. Wir müssen kein Blut opfern, also wird es auch nicht nach Goldgehalt gemessen. Aber es gibt auch bei uns Menschen mit einem … tja, wie soll ich das sagen? Es gibt Menschen, die leben wie Goldblüter. Sie haben ein gutes Herz. Sie lieben, sie teilen, sie achten nicht auf den eigenen Vorteil. Sie vergeben, sie versöhnen sich und so weiter.«

»Und du?« Der Priester stellte diese Frage schnell und schonungslos. »Wie gut oder wie rein ist dein Herz in deiner Welt?«

»Ich weiß nicht.« Alex war es etwas peinlich, darüber zu reden. Aber hier auf dem Weg zum Moloch war das eine gute Ablenkung. »Ich versuche ein guter Mensch zu sein. Ich bin sicher nicht so gut wie meine Schwester Hanna. Aber ich bin auch nicht so mies drauf wie …«

»… wie dein Vater«, beendete Katanos Alex' Satz.

»Nein, das meinte ich jetzt eigentlich nicht. Ich meinte Leute, die andere bewusst ausschließen, die mobben oder Witze über andere reißen. So bin ich nicht. Glaub ich zumindest.«

»Kannst du deinem Vater vergeben?«

Alex wurde schon wieder mulmig. »Was hat mein Vater damit zu tun?«

Katanos atmete einmal tief ein und aus, als wollte er ein Thema anschneiden, das er schon länger auf dem Herzen trug. »Du erinnerst mich an jemanden.«

»An wen denn?«

»An meinen Sohn.«

Alex machte große Augen. »Sie haben einen Sohn?«

»Ja.«

»Wie alt ist er?«

»So alt wie du. Fünfzehn.«

»Oha.« Alex nickte. Was kam denn jetzt noch?

»Vielleicht ist das auch der Grund, warum ich von Anfang an eine gewisse Nähe zu dir gespürt habe.«

»Eine Nähe«, wiederholte Alex ungläubig. »Davon hab ich nichts gemerkt.«

»Ich bin eben kein Goldblüter.«

»Aha.« Mehr wusste Alex nicht zu erwidern.

»Ich hatte mir vorgenommen, dich darauf anzusprechen, bevor wir beim Moloch angekommen sind.« Wieder brauchte er ein paar Schritte, um weiterreden zu können. »Ich möchte nicht, dass es dir mit deinem Vater so geht wie meinem Sohn mit mir.«

»Was ist mit Ihnen und Ihrem Sohn?«

»Möchtest du meine Geschichte hören?«

»Ja.« Wenn sie nicht zu lange dauert, wollte Alex noch hinzufügen, aber das behielt er lieber für sich. Außerdem dachte er, so ginge die Zeit in der Höhle schneller vorbei und er müsste nicht darüber nachdenken, wie er mit dem Moloch kämpfen sollte.

»Ich liebe meinen Sohn«, begann der Priester. »Zumindest so, wie ein Mensch mittelgoldenen Blutes seinen Sohn lieben kann. Aber ich glaube, bei der Liebe zu den Kindern sind wir alle gleich. Die Kinder sind unser höchstes Gut. Unsere Mitmenschen leider nicht so oft. Meine Familie wohnte ursprünglich nicht in Gehinnom. Wir wohnten eine Tagereise weit entfernt. Es ging uns gut. Eines Tages ... tja, was soll ich dir sagen ... manchmal ist einem Mann die Verführung der Nacht näher als die Verantwortung am Tag ... ich habe meine Frau betrogen. Da gibt es nichts zu entschuldigen, das war Mist, das hätte nicht passieren dürfen. Ich bin Priester für den Moloch, ich verantworte die Blutrationen eines Dorfes, ich gebe den Menschen Medizin, ich sorge für sie und manchmal heile ich sie. Meine eigene Familie und das Herz meiner Frau habe ich zerbrochen. Das war ein großer Fehler. Aber es war so und ich kann es nicht mehr ungeschehen machen. Als meine Frau von dem Ehebruch erfuhr, stellte sie mich in derselben Nacht zur Rede. Mein Sohn schlief zu diesem Zeitpunkt bereits. Er war etwa zehn Jahre alt. Ich gab alles zu und bat um Entschuldigung. Meine Frau war zu verletzt, um mir vergeben zu können. Sie war auch zu verletzt, um mit mir weiterleben zu können. Sie forderte mich auf, noch in dieser Nacht das Haus und das Dorf für immer zu verlassen. Sie gestattete mir nicht einmal, mich von meinem Sohn zu verabschieden. Und weil mir bewusst war, dass ich die Schuld an dieser Lage trug: an der verletzten Ehefrau, an der zerbrochenen Familie, an dem schlechten Gewissen – darum wusste ich auch, dass es nicht an mir war, Bedingungen und Kompromisse auszuhandeln. Obwohl ich ein angesehener Priester war, verließ ich über Nacht das Dorf, ohne irgendjemandem eine Erklärung zu geben. Auch nicht meinem Sohn. Ich gab dem schlafenden Jungen einen Kuss. Aber ich schätze mal, den hat er nicht wahrgenommen. Ich wohnte zuerst in Gomorra und zog dann nach Gehinnom, nachdem dort der Dorfpriester gestorben war. Meinen Sohn hab ich seitdem nie wieder gesehen. Aber ich denke täglich an ihn.« Während sie weitergingen, spürte Alex eine beklemmende Schwere auf den vier Reisenden liegen. Besonders auf seinem eigenen Herz. Wieder entstand eine Stille, die Alex nicht zu durchbrechen wagte. Aber dann war es der Priester selbst, der weiterredete: »Als ich dich gestern Morgen traf, dachte ich zuerst, mein groß gewordener Junge stünde vor mir. Du siehst ihm ähnlich und du bist vom Wesen her wie er.« Er lachte leise. »Aber das kann ja nicht sein, denn du kommst ja aus einer anderen Welt. Du bist es, der Abadonien erfunden hat. Du kannst nicht gleichzeitig mein Sohn sein.«

»Warum erzählen Sie mir das?«, fragte Alex.

»Als du gestern kurz von deinem Vater erzählt hast, musste ich wieder an die alte Geschichte denken. Du hast gesagt, dein Vater sei dir egal, weil er sich offensichtlich nicht für dich interessiere. Das hat mich sehr nachdenklich gemacht. Vielleicht denkt mein Sohn ebenso über mich, hab ich gedacht. Vielleicht verachtet er mich, weil ich ihm keine Erklärung gegeben habe. Ich habe einen Fehler gemacht. Ja. Und dann habe ich um meiner Schuld wegen alles auf mich genommen, was man mir auferlegt hat. Ich hab sogar meinen Sohn dafür geopfert.«

»Den Sohn geopfert«, flüsterte Alex erschrocken vor sich hin.

»Ich hab das Liebste, was ich hatte, hergegeben, um mich selbst zu bestrafen und um meiner Frau zu zeigen, dass ich Strafe verdient habe. Aber vielleicht war das nicht richtig.«

»Aus der Sicht Ihrer Frau kann ich das aber verstehen.«

»Ich auch. Ich will mich auch gar nicht rechtfertigen. Ich weiß, ich habe die Strafe verdient. Dass ich von meiner Familie getrennt bin, ist nur richtig.« Er überlegte, bevor er weiterredete. »Aber meinen Sohn nie mehr wiedersehen zu dürfen, das ist zu hart. Denn das bestraft nicht nur mich, sondern auch meinen Sohn. Und der kann nichts dafür.«

Wieder gingen sie einige Schritte, ohne etwas zu sagen.

»Sie können doch zu ihrem Sohn gehen«, schlug Alex vorsichtig vor. »Sicher wird er sich freuen.«

»Ja.« Der Priester nickte. »Das hab ich mir auch vorgenommen, sobald ich diese Reise beendet habe. Und für dich«, er blieb stehen. Sofort blieb Alex auch stehen und die beiden anderen ebenso. Katanos sah Alex fest in die Augen. »Für dich und dein Herz wäre es gut, wenn du deine Wut und deinen Hass auf deinen Vater aufgeben würdest. Du kennst nicht die Gründe, warum er euch verlassen hat. Sicher bist du ihm nicht egal. Vielleicht muss er jeden Tag an dich denken. Hast du deine Mutter jemals gefragt, was vorgefallen ist?«

Alex schüttelte den Kopf. Er wollte nicht an diese Geschichte denken. Er spürte, wie sich ein dicker Kloß in seinem Hals bildete.

»Warum nicht?«

Alex konnte nicht reden. Er schloss die Augen und merkte, wie sich Tränen hinter den Augenlidern sammelten. Der Kloß in seinem Hals drückte alle Worte, die rauskommen wollten, nach unten. Also zuckte er einfach mit seinen Schultern.

»Ich kann verstehen, dass du verletzt bist«, sagte Katanos. »Ich kann auch verstehen, dass deine Mutter verletzt ist.« Die Stimme des Priesters klang plötzlich, als müssten sich auch seine Worte an einem schweren Kloß im Hals vorbeiquetschen. »Und sollte dein Vater einen ähnlichen Fehler begangen haben wie ich, dann hat er damit natürlich die ganze Familie belastet und verletzt. Auch dich.« Er atmete schwer ein und räusperte sich laut. »Aber dass deine Mutter dir damit den Vater wegnimmt, das ist nicht richtig. Denn du kannst nichts dafür.« Er räusperte sich noch einmal und wiederholte mit zittriger Stimme: »Du kannst nichts dafür!« Er zog die Nase hoch und wischte sich mit dem Handrücken über sein Gesicht. »Ich wette, dein Vater liebt dich immer noch. Aber er hat nicht den Mut und nicht die Gelegenheit, dir das zu sagen. Doch wenn dein Vater auch nur annähernd so ist wie ich, dann liebt er dich von ganzem Herzen.«

Alex hielt seine Augen geschlossen. Trotzdem rannen ihm Tränen über die Wangen. »Ich weiß nicht, ob ich das so genau wissen will«, schluchzte er. »Vielleicht stimmt das alles ja gar nicht.«

»Das kann natürlich sein«, sagte Katanos. »Ich wollte dir nur sagen: Solange du die Geschichte aus seiner Sicht nicht kennst, kannst du nur die Enttäuschung, die Wut und die Verletzung in dir tragen, die du selbst in dir aufgebaut hast. Die tut dir und deinem Herzen aber nicht gut. Wenn du deinem Vater vergibst, dann erleichterst du damit auch die Last in deinem Herzen.«

»Ich kann nicht.« Alex zog die Nase hoch. Jetzt floss es ihm aus Nase und Augen gleichzeitig.

»Sage nie: ›Ich kann nicht!‹«, mahnte Katanos. »Sag höchstens: ›Ich kann das noch nicht so gut.‹ Aber sag auch: ›Ich will das können!‹ Und dann fang an, es zu lernen. Versöhnung ist ein Kampf, das geb ich zu. Und vielleicht ist der Kampf sogar härter als der gegen den Moloch. Aber es ist auch ein Kampf gegen den Hass. Gegen Bitterkeit. Gegen das tiefe Loch im eigenen Herzen. Und wenn du ihn gewinnst, dann hat sogar die Beziehung zu deinem Vater wieder eine Chance!«

Alex stand da und weinte laut, obwohl er das nicht wollte. »Ich will es ja!«, rief er laut aus. »Ich will ja meinen Vater lieben! Ich will ihm vergeben! Ich will mich mit ihm versöhnen!« Er heulte ungehemmt, obwohl Silva und Perfidus neben ihm standen und ihm betroffen dabei zusahen. »Aber wo ist er denn? Wo finde ich ihn? Er ist ja nie da!«

»Vergebung passiert in dir drinnen!«, sagte Katanos. »Dazu brauchst du den anderen nicht zu sehen. Vergebung geschieht in deinem Herzen! Du musst es wollen!«

»Ich will es ja!«, weinte Alex und kippte nach vorne. Katanos fing Alex auf und schlang seine Arme um ihn. Alex legte seinen Kopf auf die Schulter des Priesters und weinte all die Wut, die Enttäuschung und die Anspannung der letzten Jahre heraus. Und er hatte das Gefühl, dass auch Katanos einen Schmerz herausweinte, der ihn schon viele Jahre quälte. Jahrelang hatte er sich verboten zu weinen. Und jetzt, hier in der Höhle von Abadonien, kam es ihm vor, als trügen seine Tränen eine Last aus seiner Seele ab, die ihn viel zu lange niedergedrückt hatte. Gleichzeitig war es ihm, als blickte sein eigener Autor freundlich auf ihn herab. Wieder fühlte er sich inmitten der Gesellschaft aus Abadoniern und einem unsichtbaren, allgegenwärtigen Autor warm und geborgen.

Hilfe!« Eine aufgeregte Stimme schallte aus den Gängen hinter ihnen. Alle erschraken und drehten sich um. »Hilfe! Meister Katanos!« Schritte. Rennen. Stolpern. Alex wischte sich mit dem Ärmel übers Gesicht, um nicht zu verheult auszusehen.

Dann wurde Makani sichtbar. Sie trug ebenfalls eine brennende Fackel und war außer Puste, als sie bei den anderen vieren ankam. »Bluträuber! Ich hab sie gesehen! Sie kommen den Berg herunter geritten! Die Hunde sind außer Rand und Band!«

Perfidus atmete mit einem lauten Glucksen ein. »Demon und Lucio.«

Alex zog die Augenbrauen hoch: »Was, bitte?«

Perfidus schaute hektisch zu Alex: »Demon und Lucio. Die Herrscher von Gomorra. Sie schicken die Bluträuber los. Sie saugen die Goldblüter aus ganz Abadonien aus. Sie haben Diener und Blutjäger im ganzen Land verteilt. Seit vorgestern suchen sie nach dem Sonnenblüter. Wenn sie sein Blut besitzen, beherrschen sie nicht nur Gomorra, sondern ganz Abadonien.«

»Woher weißt du das?«, fragte Alex.

»Sicher haben die Räuber inzwischen Kazuko an die Blutpresse angeschlossen und dabei festgestellt, dass man sie reingelegt hat. Jetzt kommen sie, um sich für diesen Reinfall zu rächen und um obendrein den wahren Sonnenblüter zu fangen.«

Alex schaute mit großen Augen von einem zum anderen. »Und was machen wir jetzt?«

Katanos zeigte in den Gang hinein. »Wir beeilen uns, damit wir eher beim Moloch sind als die Bluträuber.« Er rannte los. Alex, Silva und Perfidus hinterher.

»Meister Katanos!«, rief Makani. »Ich finde allein nicht mehr den Weg aus der Höhle heraus!«

»Folgt der Schwefelwolke!«, rief Katanos ihr zu. »Sie zeigt euch den Weg nach draußen!«

Sie rannten weiter.

»Wie weit ist es noch?«, fragte Silva atemlos.

»Nicht mehr weit.«

»Und wie soll ich kämpfen?«, fragte Alex und fühlte sich immer hilfloser.

»Der Autor hat die Geschichte doch schon im Kopf«, erinnerte ihn Katanos. »Vertrau ihm einfach.«

Es ging abwärts. Es wurde wärmer. Es war, als würden sie sich einem Feuer nähern. Oder dem Erdinneren. Alex spürte das regelmäßige Beben unter den Füßen, das wie von einem überdimensionalen Herzschlag ausgelöst wurde.

»Wie oft haben Sie den Moloch schon gesehen?«, fragte Alex, während sie gerade mal einen Abschnitt etwas langsamer liefen.

»Einmal«, antwortete Katanos, »und das reicht mir auch.«

»Sieht nicht jeder Priester den Moloch jedes Mal, wenn er ihm seine Blutration bringt?«

»Nein. Es gibt eine Stelle im Innersten der Höhle, die wir die ›Halle des Blutrauschs‹ nennen. Eine große, unterirdische Halle, die die Vorfahren mit Säulen und Marmorböden wie einen Tempel befestigt und ausgebaut haben. Wenn wir da sind, wirst du dich fragen, ob wir uns wirklich noch unter der Erde befinden. Inmitten dieser Halle steht eine aus Stein gemauerte Wanne. Das Opferbecken. Hier füllen die Priester dreimal täglich das mitgebrachte Blut ein. Sie warten damit aber, bis der Drache sich im hinteren Bereich der Höhle aufhält, der für Menschen unzugänglich ist. Würde der Moloch dem Priester begegnen, würde er versuchen, ihn mit Haut und Haaren zu verschlingen.

An den Seitenwänden dieser Halle sind zwei Vertiefungen angebracht. Seitenräume mit so schmalen Öffnungen, dass der Moloch weder mit seiner Schnauze, noch mit seinen Krallen hineingreifen kann. Aber doch breit genug, dass sich ein Priester gerade eben so hindurchquetschen kann. Die eine der Vertiefungen nutzt der Priester als Versteck. Wenn er die Halle betritt, flieht er als Erstes in diese Priesternische. Von dort aus überblickt er die Lage. Ist der Moloch nicht zu sehen und auch nicht zu hören, dann eilt er mit dem mitgebrachten

Fass zum Opferbecken und füllt den Inhalt ein. Nach getaner Arbeit, wenn der Moloch noch immer nicht zu sehen ist, flieht der Priester wieder nach draußen und wartet in der Priesterhütte, bis die nächste Mahlzeit dran ist. Der Moloch erhält eine Mahlzeit frühmorgens kurz nach Sonnenaufgang, eine in der Mittagszeit, wenn die Sonne am höchsten steht, und eine kurz nach Sonnenuntergang. Der Priester sieht nur an den Spuren auf dem Boden und im Opferbecken, dass der Moloch da war und das Blut zu sich genommen hat. Das Opferbecken ist leer, frisches Blut klebt auf dem Hallenboden ringsherum. Und wenn der Moloch noch nicht lange wieder weg ist, klebt noch eine fünf Zentimeter dicke Schleimspur auf dem Boden, die das Tier mit einigen Drüsen unter dem Bauch produziert, damit es sich besser und schneller fortbewegen kann. Wenn die Schleimspur eingetrocknet ist, weiß man, dass er schon länger nicht mehr in der Halle des Blutrauschs gewesen ist.«

»Und wie kommt es, dass Sie ihn dann doch mal gesehen haben?«, fragte Silva.

»Einmal bin ich zu spät gekommen. Ich kam mit meiner Blutration, die Halle des Blutrauschs schien leer, ich füllte das Blut in das Opferbecken und sah nicht auf die Schleimspuren ganz in der Nähe. Hätte ich aufmerksamer hingehört, dann hätte ich seine röchelnden Atemgeräusche vernommen. Mit einem gleitenden Sprung kam er hinter einem Felsen angeschossen, hatte sein riesiges Maul aufgesperrt und stürzte auf mich zu. Ich sah nur zwei kräftige Giftzähne, die größer waren als jedes Schwert, das ich tragen könnte. Der Kopf wirkte wie der einer riesigen Giftschlange, die funkelnden Augen obendrauf wie die eines Krokodils. Aus dem Maul schnellte eine meterlange Zunge heraus, die mir wie eine Peitsche entgegenschoss. Reflexartig warf ich mich hinter das Opferbecken, sodass mich der erste Schlag mit der Zunge verfehlte. Um mit dem Maul und der Zunge zu mir hinter das Becken zu gelangen, musste sich das Tier einmal um das Becken herumbewegen. Zum Glück bewegte es sich rechts herum, sodass der Weg zu den Priesternischen in der linken Wand frei war. Ich rannte um mein Leben, rutschte auf der Schleimspur aus und glitt in das Mauerloch, gerade noch rechtzeitig, bevor der Moloch mit seinem

Maul nach mir schnappte. Er fauchte wild und fegte mehrmals mit seiner Zunge durch das Nischenloch, um mich zu erwischen. Die Vertiefung geht innendrin etwas um die Ecke und ich drückte mich in den hintersten Winkel. Trotzdem gelang es der scharfen Zunge, mich mehrfach am Bein zu streifen und mir dort tiefe, blutende Wunden zu hinterlassen. Aber es gelang ihr nicht, mich herauszuholen. Wäre ich einen Augenblick langsamer gewesen, hätte ich das mit meinem Leben bezahlt.«

»Wow.« Alex hatte schon beim Zuhören Schweißausbrüche bekommen. »Das ist ja Wahnsinn.« Was die Menschen in Abadonien für Gefahren auf sich nehmen mussten, um so eine blutgierige Bestie zu besänftigen. Und das alles, weil Alex sich das mal eben so ausgedacht hatte und weil er es »spannender« fand. Wie viel Leid er mit dieser Idee des Moloch geschaffen hatte, wurde ihm erst klar, als er das alles jetzt hautnah erlebte. »Warum ist es hier so warm?«, fragte Alex. Unter seiner Lederhaut floss der Schweiß in kleinen Bächen. Er fühlte sich, als hätte er in die Hose gemacht. »Ist das von dem Feuer, das der Drache spuckt?«

»Der Moloch spuckt kein Feuer«, erklärte Katanos. »Das sind Geschichten, die sich die Menschen im Land erzählen. Hier ist es heiß, weil wir uns einer Feuerquelle im Erdinneren nähern. Dort hält sich der Moloch auf. Aus dieser Quelle tankt er seine Energie. Seine geschuppte Haut nimmt die Wärme auf, darum strahlt er auch eine gewisse Hitze aus, wenn er in der Halle des Blutrauschs ist. Im Grunde ist er wie eine Riesen-Echse. Ein mächtig großer Leppid. Schnell, flink, beweglich und dabei aufs Äußerste blutgierig. Leider akzeptiert er nur Menschenblut. Seine Zähne spießen einen Körper mit einem Biss auf. Sein Maul verschlingt eine erwachsene Person mit einem Mal. Dazu braucht er kein Feuer. Ich war noch nie dabei, wenn ein Mensch gefressen wurde. Andere Priester, die bereit sind, Menschen lebendig dem Moloch zu opfern, erzählen davon.«

»Das ist ja widerlich.« Alex schüttelte sich. »Wie kann jemand so etwas übers Herz bringen?«

»Ganz einfach, indem sein Herz und sein Blut den letzten Rest an Goldheit verloren haben. Dann geht es demjenigen nur noch um Geld und Macht. Demon und Lucio zum Beispiel. Sie sind keine Blutpriester. Aber sie sind zu jeder Tat bereit, nur um ihre Macht zu vergrößern.«

»Ist Mortum auch so jemand?«

Katanos beschleunigte seine Schritte und antwortete nicht darauf.

Alex wiederholte seine Frage: »Meister Katanos, ist Mortum auch einer, der Menschen opfert? Sollte er deshalb mitkommen?« Eine dunkle Vorahnung erfüllte sein Herz. Aber er drängte diesen Gedanken fort.

»Lasst uns schneller gehen und nicht so lange reden«, sagte Katanos streng. »Mortum ist nicht bei uns, also hat sich diese Frage doch sowieso erledigt. Und jetzt Schluss damit.«

Alex hörte etwas wie ein Feuergrollen. Obwohl sie Fackeln trugen, nahm er aus der Ferne eine Lichtquelle wahr, als hätte jemand ein paar Kurven entfernt ein Lagerfeuer angezündet.

»Wir sind gleich da«, sagte Katanos leise. »Achtet auf eure Schritte.«

Perfidus blieb stehen und begann zu wimmern. »Ich kann das nicht, ich kann das nicht. Ich kann das alles nicht.«

»Halt den Mund!«, herrschte Katanos ihn mit unterdrückter Stimme an. »Wenn du es nicht kannst und nicht aushältst, dann bleib hier sitzen! Aber sei gefälligst still! Der Moloch kann uns hören!«

»Ja, ich bleibe hier«, winselte der Späher. »Ich warte hier auf euch.« Er setzte sich auf den Boden und kauerte sich an die Felswand.

Bevor Katanos weiterging, zog er einen Beutel unter seinem Gewand hervor. Er nahm ein Pulver heraus und bestäubte Silva damit: »Hier, nimm das. Das ist Hundestaub. Es funktioniert bei dem Moloch nicht so gut wie bei Hunden, aber es hilft uns, dass er uns nicht ganz so gut aus der Ferne wittert.« Er holte eine weitere Portion aus dem Beutel und zerrieb sie in seinem Gesicht. Dann steckte er den Beutel wieder unter sein Gewand.

»He«, protestierte Alex. »Und was ist mit mir?«

Der Priester sah ihn fest an. »Du bist der Retter. Dich *muss* er wahrnehmen. Du bist es, der sich dem Drachen entgegenstellt!«

»Ach du meine Fresse«, entfuhr es Alex und er spürte schon, wie ihm die Knie weich wurden. Er schüttelte den Kopf. »Ich glaub, ich kann das auch nicht.«

»Du musst!« Katanos packte ihn am Arm. »Der Autor hat alles so eingefädelt. Er wird dich nutzen, um deine Geschichte mit dir selbst zu Ende zu bringen. Also hab keine Angst. Es wird alles so kommen, wie es kommen muss. Und jetzt leise!«

Ohne ein weiteres Wort setzte Katanos seinen Weg fort. Alex stand da und fasste sich an die Stirn. Er keuchte. Wie sollte er das schaffen? »Autor«, flüsterte er leise vor sich hin, »ich kann das nicht. Willst du nicht lieber einen anderen nehmen? Einen Mutigeren?« Keine Antwort. Alex seufzte. Das bedeutete wohl nein. Er sah sich um. Silva war dem Priester bereits gefolgt. Alex beeilte sich, um die beiden wieder einzuholen.

Sie gingen so leise, dass selbst ihre Schritte fast nicht zu hören waren. Das Licht in der Ferne wurde heller. Nach einer weiteren Kurve gelangten sie in einen Höhlenabschnitt, der Alex Augen und Mund weit offen stehen ließ. Vor ihm befand sich eine Halle, die größer und höher war als das Innere eines Doms. Die Halle hatte an allen vier Seiten gerade, glatte Wände, die überhaupt nicht zu dieser sonst so felsigen Höhle passten. Große viereckige Steine bildeten vier gewaltige Mauern zu jeder Seite dieser Halle. Ein glatter Boden aus Marmorstein spiegelte den Glanz von mehreren Leuchtquellen wider, die diese Halle in ein mystisches Licht tauchten. Alex schaute sich um, warum es hier so hell sein konnte, obwohl keine Lampen und keine Kerzen angebracht waren. Er entdeckte im oberen Bereich der Wände mehrere Fensterlöcher. Aus einigen von ihnen loderten leichte Flammen aus einer scheinbar nie versiegenden Quelle, die aber auch nicht ins Innere der Halle schlugen und dadurch irgendetwas verbrennen konnten. In etlichen Fenstern war keine Feuerflamme zu erkennen, aber ein flackerndes Feuerlicht fiel trotzdem durch diese Fensteröffnungen in das Innere der »Halle des Blutrauschs« hinein. Unmittelbar hinter den riesigen Steinen musste also die Feuerquelle liegen, die dem Drachen Wärme und Energie gab, und die der Halle Licht spendete. Im Schein dieses Feuerlichtes erkannte Alex hohe Säulen aus Marmor, die bis an die hohe Decke reichten und damit der Halle nach oben einen majestätischen Abschluss verliehen. Blut umgab die gesamte Halle. Eingetrocknete Schleimspuren, die aussahen, als wäre hier eine Armee von Riesenschnecken hindurchgerutscht und hätte ihre Abdrücke hinterlassen. In der Mitte der Halle stand das Opferbecken. Eine Badewanne aus gemauerten Steinen. Auch sie war über und über mit eingetrocknetem Blut bedeckt. Ein zerbrochenes Holzfass lag daneben, außerdem Stofffetzen wie von einem zerschlissenen Kleidungsstück. Ein unheimlicher Anblick. War hier ein Mensch gefressen worden? Am Ende einer von denen, die sie gerade retten wollten?

Meister Katanos steckte seine Fackel in eine Halterung direkt am Eingang der Halle. Alex und Silva taten es ihm gleich. Hier war es hell genug, um ohne Fackel gehen zu können. Außerdem brauchten sie in den nächsten Minuten sicher beide Hände. Alex griff an seine Seite und zog das Schwert heraus. Für alle Fälle. Mit beiden Händen hielt er den Griff des Schwertes, aber er hatte keine Ahnung, wie er damit kämpfen sollte. Vergangene Nacht hatte er einen mittelgroßen Drachen erledigt. Aber jetzt? Ein Monster, so groß, dass es diesen Raum hier ausfüllte? Alex bekam einen kalten Schauer bei dem Gedanken.

Ganz in seiner Nähe blitzte etwas Blaues. Alex ging einen Schritt darauf zu, kniete sich hin und hielt die Tasse des Autors in der Hand. Sein Spiegelbild leuchtete im Inneren der Tasse. Autor?, sprach er seinen Schöpfer in Gedanken an. Hörst du mich? Bist du hier? Hast du immer noch alles im Griff?

Klar bin ich hier. Natürlich hör ich dich. Und selbstverständlich hab ich noch alles im Griff. Du hältst doch das Zeichen meiner Gegenwart in der Hand.

Weißt du, dass ich ganz schön Angst habe?, fragte Alex in Gedanken.

Ja, das weiß ich. Und ich finde, du machst das super. Ich bin richtig stolz auf dich.

Wie kannst du stolz auf mich sein, wenn du doch sowieso alles schreibst, was ich tue?

Alex, du bist doch selbst ein Autor. Du weißt doch, wie man stolz auf die Figur sein kann, die man geschaffen hat. Besonders, wenn sie sich weiterentwickelt hat. Wenn sie irgendwann so mutig geworden ist, dass sie Dinge tut, die sie sich vorher nicht zugetraut hätte.

Wo ist Akio?, dachte Alex.

Er ist hier. Halt die Augen offen. Dann findest du ihn.

»Akio ist hier«, sagte Alex zu den anderen beiden.

»Wo?«, fragte Silva und begann sofort laut und aufgeregt zu atmen.

»Hier.« Er stand auf und sah sich um. Die Tasse in seiner Hand war weg. »Lasst uns ihn suchen.«

»Kommt mit in die Priesternische«, forderte Katanos die beiden auf. »Dort sind wir erst mal in Sicherheit.«

Alex hörte etwas wie ein entferntes Röcheln. Rasselndes Atmen durch Nasenlöcher, so groß wie Holzfässer. Aber er sah nichts. Zu dritt liefen sie einmal quer durch die Halle und kamen recht nah an dem Opferbecken vorbei. Alex wunderte sich über vier Eisenbeschläge auf dem gemauerten Rand des Beckens, die aussahen wie große Hand- und Fußfesseln aus Eisen. Wurden dort etwa die Menschen eingespannt, die lebendig dem Moloch zum Fraß angeboten wurden? Kaltes Grausen erfasste ihn.

Als sie endlich auf der anderen Seite der Halle ankamen, waren tatsächlich zwei schmale Öffnungen in der Wand zu sehen. Beide führten in dunkle Kammern, in denen man von hier aus nichts erkennen konnte. Eine der Öffnungen war allerdings mit einer Gittertür aus Eisen verschlossen. In die konnten die drei nicht hineinrennen. Neben dieser verschlossenen Tür befand sich ein weiteres Loch in der Wand. Ein Fenster. Auch das war mit Eisenstäben vergittert.

Kurz bevor sie an der Öffnung ohne Gitter ankamen, nahm Alex eine Bewegung im Inneren dieser Nische wahr. Etwas schaute vorsichtig heraus und versteckte sich sofort wieder. Im nächsten Augenblick vernahm er einen gellenden Schrei von Silva: »Akio! Akio!«

Silva wollte schneller laufen, glitt dabei auf einer Schleimspur aus, fiel auf den Boden, rappelte sich auf und rannte weiter: »Akio!«

Wieder schaute etwas aus der Priesternische heraus und diesmal traute es sich, ganz aus dem Versteck zu kommen. »Silva!«

Als er aus dem Versteck gerannt kam, erkannte Alex ihn sofort: Es war Akio. Seine eigene Schöpfung. Seine Hauptfigur. Der Held seiner Hanna-Geschichte. Der Goldblüter mit dem guten Herz, der Perfidus den Glauben an das Gute zurückgegeben hatte. Dass er plötzlich mit seiner Fantasiefigur im selben Raum stand, ließ einen warmen Strom durch seinen Körper fließen, als träfe er einen lange verschollenen Freund wieder. Einen, dessen Seele mit seiner eigenen zusammengewachsen war.

»Silva!« Akio rannte ihr entgegen und als sie sich trafen, umarmten sie sich wie zwei Geschwister, die viel zu lange voneinander getrennt gelebt hatten. Akios kleiner Leppid Pollum flitzte hinter seinem Herrchen her, blieb aber an jeder Blutpfütze kurz stehen, um daraus zu kosten. Er quiekte fröhlich.

»Verdreckter Mist und zugenäht!«, schluchzte Silva in die Schulter von Akio hinein. »Ich dachte schon, ihr seid alle gefressen und verspeist!«

»Wir leben noch!« Akios Stimme war tränenerstickt. »Wir leben noch alle!«

Silva schaute auf: »Wo ist Agnus?«

»Da, im Versteck!« Er zeigte auf die Priesternische.

Silva ließ Akio los und rannte auf das Versteck zu: »Agnus! Agnus, hörst du mich? Ich bin da! Ich bin gekommen, um dich zu retten!« Sie verschwand in der Dunkelheit der Nische und weinte laut und unbeherrscht. »Agnus, mein Agnus! Ich hab dich wieder! Ich hab dich wieder!«

Alex schaute sich mit gezücktem Schwert in der Höhle um. Ob von diesem Krach nicht bald der Moloch angelockt würde? Er spürte, wie er am ganzen Körper zitterte.

Silva kam aus der Nische heraus und trug ihren Bruder wie ein Kleinkind auf dem Arm. Ihr Gesicht war nass vom Weinen. Agnus hatte seinen Kopf auf Silvas Schultern abgelegt. Er sah schwach und krank aus. Aber lebendig.

Akio stand am Eingang der Nische, empfing die beiden mit einem Lächeln und strich Agnus vorsichtig über die Haare. »Er ist schon wieder kräftiger geworden.« Er sah Silva an. »Dass wir hier kein Wasser haben, ist schwer. Ich hatte einen Vorrat dabei, doch der ist längst leer. Aber er schafft es.« Er strich Agnus wieder über den Kopf. »Nicht wahr, Agnus?«

Agnus lächelte schwach. Immerhin ein Zeichen.

»Wer sind die anderen?«, fragte Akio und schaute Alex und Katanos an.

»Der da ist Meister Katanos«, Silva zeigte auf ihn, »er ist ein Blutpriester aus Gehinnom, dem ersten Dorf hinter Gomorra. Ich weiß nicht, ob du dich erinnerst. Wir sind nachts durchgeritten auf dem Weg hierher. Und der da«, sie zeigte auf Alex, »ist die verrückteste und abgedrehteste Kreatur, die mir in meinem ganzen Leben begegnet ist. Wenn wir aus dieser verdreckten Höhle wieder raus sind und gemütlich zu Hause in Eisendorf sitzen, dann muss ich dir das mal genauer erzählen. Du glaubst nicht, wo ich in den letzten Tagen überall war und was dieser Kerl von sich behauptet. Das glaubt mir kein Mensch.«

Sie wollte noch weiter lautstark ihre Verwunderung über Alex ausdrücken, aber Akio hörte ihr nicht mehr zu. Langsam und mit interessiert offenem Blick ging er auf Alex zu. »Ich kenne dich«, sagte er ruhig und lächelte.

Alex war viel zu aufgeregt, um etwas Sinnvolles sagen zu können. Seit zwei Tagen schon lebte er in Abadonien, in der Welt, die er sich ausgedacht hatte. Eigentlich, dachte er, hätte er sich an diesen Zustand langsam gewöhnt. Er hatte Silva erschaffen, Perfidus – eigentlich alle, die hier so herumliefen. Aber Akio – das war noch mal etwas anderes. Akio war wie sein zweites Ich. Akio dachte Alex' Gedanken. Akio lebte Alex' Träume. Akio war den Weg der Rettung angetreten, den Alex sich niemals zugetraut hätte. Akio war ein Goldblüter mit einem Frieden im Herzen, wie Alex ihn sich ersehnte. Akio nahm alles auf sich, um seine Schwester zu retten. So wie auch Alex alles tun würde, um Hanna zu suchen, zu finden, zu retten, zu befreien – wo auch immer sie sich gerade befand. Akio war wie ein Freund, ein Bruder – ein Gegenüber, in dem alle Träume und Sehnsüchte von Alex menschliche Gestalt angenommen hatten. Akio war sein Mensch gewordenes Wort. Und hier stand er leibhaftig vor ihm und schaute ihn an, als würden sie sich schon lange kennen. Ein Gemisch aus Freundschaft, Frieden und Sehnsucht wirbelte in Alex' Herz herum, das er bisher nicht gekannt hatte.

»Ich kenn dich auch«, war das einzige, das Alex als Antwort zustande brachte.

»Ich hab von dir geträumt«, sagte Akio und sah Alex immer noch mit einem solchen Blick voller Frieden an, dass Alex am liebsten losgeheult hätte.

»Echt?«, kam es von Alex, aber die Stimme war weg. Er musste sich räuspern und noch mal neu ansetzen: »Echt?«

»Ja.« Akio lächelte, als hätte auch er sehnsüchtig auf ihre Begegnung gewartet.

»Und was?«

»Ich weiß nicht mehr. Wir zwei haben was zusammen erlebt.«

»Was denn?«

Akio lachte wie ein Kind, das einen Witz verdorben hatte. »Ich weiß es nicht mehr.«

»Du hast auf einem Stein gesessen«, sagte Alex und schon wieder fehlte ihm die Stimme, »und hast dich von der Sonne wärmen lassen. Und ich hab dir dabei zugesehen.«

Akio lachte nicht mehr. Aber in seinen Augen lag ein Strahlen, als hätte Alex seine Gedanken gelesen: »Ja, das stimmt!«

»Du hast ein Gedicht geschrieben. Ungefähr so: ›Am Anfang ist das Wort. Mein Wort. Das Wort in mir. In meinen Gedanken. Meine Gedanken werden Wort. Und das Wort kommt durch meine Hand zu Papier. Sobald es aufgeschrieben ist, erschafft es. Alle Dinge auf dem Papier sind durch mein Wort erschaffen. Ohne mein Wort gäbe es nichts von all dem, das erschaffen ist.‹«

Akio atmete schneller. »Ja, genau! Genau so war es!«

»Es ist unser gemeinsames Gedicht.« Jetzt konnte auch Alex lächeln. »Wir haben es zusammen geschrieben. Ich hab es mir ausgedacht, ich hab deine Hand geführt und du hast es aufgeschrieben. Eigentlich beschreibt das Gedicht meine Situation. Am Anfang ist mein Wort. Ich habe einen Gedanken. Ich schreibe ihn auf. Auf dem

Papier lebt er. Du, Akio, bist mein Wort. Du bist meine Geschichte. Deine Gedanken sind meine Gedanken. Meine Sehnsüchte sind deine Sehnsüchte.«

Akios Lächeln war in ein bewunderndes Staunen gewichen. »Es war kein Traum«, sagte er dann.

»Nein. Es war der Anfang unserer Geschichte.«

»Du hast mir zugesehen, aber ich hab dich nicht gesehen.«

»Du konntest mich nicht sehen. Denn ich saß in einer anderen Welt und hab dich geschrieben. Trotzdem hab ich dir zugesehen. Und mir ging es gut dabei.«

»Ich hab es gespürt«, sagte Akio und sah Alex immer noch mit einer seltsamen Mischung aus Erstaunen und Bewunderung an. »Es war, als schaute ich in einen trüben Spiegel. Ich hatte eine Ahnung, aber ich konnte es nicht greifen. Ich wusste, da ist noch etwas über mir.«

»Da hast du mir was voraus«, sagte Alex und grinste etwas breiter. »Denn ich hab nicht geahnt, dass es auch über mir noch jemanden gibt, der mich geschaffen hat, der mir zuschaut und der mich gut findet.«

Akio lächelte. Er zeigte auf das Schwert: »Du hast mein Schwert gefunden.«

»Ja. In der Krippe in Gomorra.«

»Steht dir gut.« Akios Lächeln wurde breiter. Er sah Alex einmal kurz von oben bis unten an. Dann sagte er: »Ich freu mich, dich zu treffen. Zuerst nur wie durch einen trüben Spiegel. Jetzt von Angesicht zu Angesicht.« Er lachte.

Silva stand neben ihnen: »Sind wir jetzt hier im Gefühlstheater oder was quatscht ihr da vor euch her? Hä? Sollen wir vielleicht mal so langsam deine Schwester suchen, Goldblüter?«

Akio erschrak kurz, dann sagte er schnell: »Adelia ist hier!« Er rannte auf die zweite Nische in der Wand mit der verschlossenen Gittertür zu. »Aber ich kann die Tür nicht öffnen!« Er rüttelte an den Gitterstäben. »Adelia, komm schnell! Hier sind einige gekommen, um dich zu befreien!«

Ein leichtes Juchzen im Inneren der kleinen Zelle war zu hören, dann kam ein Mädchen an die Gitterstäbe und schaute nach draußen.

Als Alex dieses Kind sah, sank ihm alles Blut in die Beine. Kurz dachte er, er würde ohnmächtig. Da stand ein Mädchen mit dunklen, festen, lockigen Haaren, die lustig nach allen Seiten abstanden, mit einem strahlenden Gesicht und fröhlichen Augen. Sie streckte ihre Hand durch die Gitterstäbe aus: »Da bist du!«

»Hanna!« Alex stürzte nach vorne, rutschte auch auf der Schleimspur aus, fing sich gerade noch auf, ließ das Schwert aus seiner Hand fallen, stolperte und torkelte auf das Gitter zu. »Hanna! Was machst du hier?«

»Akio hat mich gefunden!«, rief sie fröhlich und hielt ihm ihre Hand entgegen.

Alex presste sich an das Gitter, schlang seine Arme durch das Gitter um seine Schwester und drückte sie fest an sich, auch wenn eine eiserne Trennung zwischen ihnen lag. »Hanna! Was hast du gemacht? Wie kommst du hierher?« Tränen liefen über seine Wangen. Das Mädchen fuhr ihm mit den kleinen, warmen Händchen über die Wange. »Nein, nicht weinen.«

Alex ließ sie los, rüttelte an den Gitterstäben und schaute das erstaunte Mädchen an: »Wer hat dich hier eingesperrt?« Er rüttelte noch einmal an dem Gitter. Plötzlich stutzte er. Etwas stimmte hier nicht. »Das kann jetzt eigentlich alles gar nicht sein. Hanna, wie kommst du in diese Geschichte? Hier ist Abadonien! Es ist nicht unser Zuhause! Wir befinden uns in meiner erfundenen Geschichte! Wie bist du hier reingekommen, Hanna?« Ein plötzlicher Gedanke schoss ihm in den Kopf. Und mit ihm eine ohnmächtige Wut auf den, der alles in seiner Hand hielt. Alex stand auf, ging quer über den Marmorboden und brüllte laut durch die Luft: »Das warst du, was? Du verdreckter, verklemmter, verblödeter Ober-Autor! Du warst das! Du hast meine Hanna in dieses Gefängnis geschrieben! Warum?« Er holte neu Luft und brüllte hinterher: »Warum?!« Er schnaufte, er achtete nicht auf die Schleimspuren auf dem Boden. »Du hast gesagt, du passt auf Hanna auf! Und was ist das jetzt? Jetzt sitzt sie in der Höhle des Moloch in der Halle des Blutrauschs direkt neben dem Opferbecken und ist kurz vorm Verhungern und Verdursten! Wie lange sitzt sie da schon? Wie kannst du das zulassen?« Er brüllte aus Leibeskräften:

»Wie kannst du das zulassen?« Und noch mal: »Ich hasse dich! Ich hasse dich!« Er fiel nach vorne und landete auf allen vieren. Dort ließ er den Kopf hängen und weinte laut.

Akio stand neben ihm. »Es ist Adelia«, sagte er und legte eine Hand auf seine Schulter. »Ihr Name ist Adelia.«

»Nein.« Er schloss die Augen und schüttelte den Kopf. »Es ist Hanna. Es ist meine Schwester Hanna. Mein Autor versucht gerade, mich fertigzumachen. Es ist eine Geschichte zwischen ihm und mir.«

Akio strich ihm vorsichtig über die Schulter, über den Rücken. »Du kannst mir glauben. Es ist meine Schwester Adelia. Sie wurde von Bluträubern entführt und hier eingesperrt. Mein Autor hat sie mir geschenkt. Und dafür bin ich ihm unendlich dankbar.«

Alex öffnete die Augen ein wenig und blinzelte. Was sollte er jetzt glauben? »Dein Autor? Wer ist das?«

»Na, du natürlich. Du hast mir Adelia gegeben und damit hast du mir ein riesengroßes Geschenk gemacht.«

»Aber sie sieht aus wie Hanna.«

Akio lächelte. »Das kann ich nicht beurteilen. Ich kenne Hanna nicht. Aber das da ist meine Schwester Adelia.«

»Wieso ist sie eingesperrt und du nicht?«, fragte Alex müde.

»Der Blutpriester aus Gomorra hat Adelia vor drei Tagen mit hierher gebracht. Er hat sie hier eingesperrt und wollte sie am nächsten Tag dort auf dem Opferbecken an die Hand- und Fußfesseln schnallen und dem Moloch als Ganzes zum Fraß geben. Er hat aber auch ein Fass mit Blut dabei gehabt. Das hat er dem Moloch zuerst geopfert. Adelia sollte zur nächsten Mahlzeit geopfert werden. Nur deshalb war Adelia noch nicht tot, als Silva und ich in die Höhle kamen. Leider haben wir uns in der Höhle verloren. Ich war mit Agnus allein in den Gängen. Als unsere Fackel ausging, konnte ich das Leuchten des Feuers in der Ferne erkennen. Ich bin auf das Licht zugegangen und fand mich in dieser Halle wieder. Der Priester von Gomorra ging gerade auf das Gefängnis zu und wollte Adelia herausholen. Ich schrie natürlich und erregte damit seine Aufmerksamkeit. Der Priester wollte nun mich fangen. Er warf mit einer Betäubungsspritze nach mir, aber ich konnte ihr ausweichen. Ich hab Agnus in die schmale Nische geschoben und dann mit dem Priester gekämpft. Ich wollte den Schlüssel für das Gefängnis haben. Und er wollte mich auf das Opferbecken schnallen. Noch während wir kämpften, wurde der Moloch angelockt. Ich lief wie ein aufgescheuchtes Tier in diese schmale Nische in der Wand, in der bereits Agnus saß. Somit war kein Platz mehr für uns alle. Der Priester quetschte sich noch mit uns hinein, konnte sich aber nicht mehr so weit in die Ecke pressen. Der Moloch umwickelte mit seiner langen und scharfen Zunge sein Bein, zog ihn raus und dann hörte ich nur noch einen Todesschrei, der langsam erstickte, und gleichzeitig ein grausames Schmatzen. Seitdem versuche ich, Adelia zu befreien. Den Schlüssel hat der Moloch mitgefressen. Die Priesterschürze hat er ausgespuckt. Die liegt da hinten auf dem Boden. Aber der Schlüssel ist nicht drin. Unsere Getränke wurden knapp. Allein wollte ich Adelia nicht lassen. Also warte ich seitdem auf Silva oder auf andere Hilfe. Eigentlich hätte in wenigen Tagen ja der nächste Blutpriester mit einer neuen Ration kommen müssen. Wir sind alle schwach. Manchmal kommt der Moloch und sucht nach Blut. Wenn er nichts findet, wird er fuchsteufelswild. Ich hatte Angst, er könnte wieder wie früher seine Höhle verlassen und draußen die Dörfer überfallen. Also hab ich mir selbst immer wieder Blut abgenommen. Ich weiß ja, dass mein Blut als Goldblüter mehr wert ist. Dort drüben an der Wand steht eine Blutpresse. Anscheinend kommt es immer wieder vor, dass Blutpriester an Ort und Stelle sich selbst oder mitgebrachten Leuten Blut aus den Adern saugen und es dem Moloch geben. Ich hab mir gestern, als der Moloch immer wilder wurde, selbst zweimal je einen halben Liter Blut entnommen und in das Opferbecken gefüllt. Damit war der Moloch nicht wirklich zufrieden, aber es war besser als nichts. Ich weiß nicht, wie lange wir es noch ohne etwas zu trinken ausgehalten hätten. Aber jetzt bist du ja da.« Akio lachte freundlich. »Der Schöpfer meines Lebens ist in meine Geschichte gekommen. Sicher wirst du uns alle befreien.«

Alex musste erst mal verdauen, was er da alles gehört hatte. Trotzdem blieb eine Frage offen: Wieso war seine Schwester Hanna in Abadonien gefangen?

»Dies alles hier ist deine Geschichte«, sagte Akio noch, als wollte er eine Antwort auf Alex' Gedanken geben. »Vielleicht hast du eine Figur in deine Geschichte eingebaut, die aussieht wie deine Schwester.«

»Das stimmt«, Alex erhob seinen Kopf und sah Akio an. »Es ist meine Geschichte. Es ist eine Hanna-Geschichte! Ich wollte eine Geschichte schreiben, in der Hanna die Hauptperson ist, um die sich alles dreht, die gesucht wird, die das Sonnenkind ist. Der Goldblüter. Der Engel. Der Sonnenschein. Die Liebe in Person!«

»Und dann hast du dir Adelia ausgedacht«, grinste Akio. »Und ich finde, du hast meine Schwester treffend beschrieben. Sie ist alles das. Und ich liebe sie.«

»Ich auch. Also hab ich selbst sie in diese miese Lage gebracht!« Alex erhob sich und sah sich um. »Und jetzt werden wir sie selbstverständlich befreien. Wo ist mein Schwert?« Er ging auf das Gefängnis zu und suchte dabei den Boden ab. Hier irgendwo hatte er es doch vorhin fallen lassen. Akio ging im gleichen Schritt neben ihm her.

»Hier ist es«, sagte Katanos und hielt es hoch erhoben vor sich.

»Sehr gut.« Alex streckte seine Hand griffbereit dem Schwert entgegen.

Der Priester ließ das Schwert sinken und versteckte es mit beiden Händen hinter dem Rücken: »Aber ich werde es dir nicht geben.«

»Was?« Alex war so überrascht über diese Reaktion, dass er vor Schreck stehen blieb. »Warum nicht?«

»Weil dein Kampf ohne Schwert ablaufen wird.«

»Was? Wieso? Wie denn?«

Eine Gestalt trat aus dem Dunkel der offenen Priesternische. Mit schwarzen zusammengezogenen Augenbrauen fixierte sie Alex und stand schon mit einem Schritt direkt neben ihm. Es war Mortum.

Wo kommt der denn jetzt her?«, rief Alex aufgeregt. »Ich dachte, der ist noch im Wald auf dem Todesberg!«

»Das solltest du auch denken«, grinste der dunkle Priester.

»Und wie sind Sie so schnell hier in die Höhle gekommen?«

»Viel zu viele Fragen.« Mit einem Griff hatte Mortum seine Hand mit den messerscharfen Fingernägeln um Alex' Handgelenk gelegt. Alex riss seine Hand zurück. Der Griff des Priesters war fester als erwartet. Alex riss noch einmal. Mortum drückte fester zu. Einer seiner Fingernägel stach dabei in die Haut unterhalb von Alex' Handinnenflächen. Er schrie laut auf: »Aua! Was soll das? Was macht ihr? Lasst mich sofort los! Hilfe!«

»Du kennst doch die Prophezeiung!«, sagte Katanos mit einer beängstigenden Gelassenheit. »Sein Blut ist goldener als das Blut aller. Darum wird er mit seinem Blut den Moloch besiegen. Durch seinen Tod sind wir befreit!«

Alex wurde schwindlig. Wollten sie ihn hier töten? »Nein!«, schrie er. »Das kann nicht sein!« Er riss seine Hand hin und her, aber der Griff von Mortum wurde nur noch fester. »Diese Prophezeiung kenne ich nicht!«

Akio stürzte sich auf Mortum und riss ihn am Ärmel: »Lasst ihn los! Er hat euch nichts getan!«

»Aus dem Weg, Goldblut!« Mit einer kräftigen Handbewegung stieß Mortum ihn von sich. Akio flog auf den Boden und rutschte über den Marmor. »Du kommst später auch noch dran.«

»Niemand kann Abadonien retten als der, der es geschaffen hat«, zitierte Katanos weiter alte Prophezeiungen und sah dabei Alex eindringlich an. »Niemand, selbst der blutgoldenste Goldblüter, hat Blut, das so golden ist, um den Moloch ein für alle Mal zu besiegen. Nur der, der über Abadonien thront, der Schöpfer Abadoniens, hat goldeneres Blut als alle Einwohner zusammen. Nur er kann Abadonien erlösen und den Moloch besiegen.«

Alex zerrte und riss. Die Fingernägel des schwarzen Priesters bohrten sich tiefer in seine Haut. »Das ist Quatsch! Das ist Blödsinn! Aufhören! Lasst mich los!« Die ersten Blutstropfen fielen auf den Marmorboden. Schon kam Pollum angelaufen, um von dem Blut zu lecken. »Haltet ihn zurück!«, schrie Alex. »Das Blut wird ihn töten!«

»Er hat recht!«, rief Silva, die mit Agnus am Rand der Halle stand und entsetzt den Kampf verfolgte. »Sein Blut ist so aufgeladen, dass die kleinen Biester platzen!« Sie schaute erschrocken zu Akio. »Also – nicht, dass ich dein Tier als Biest bezeichnen möchte, aber du solltest ihn wirklich da wegholen!«

»Pollum, komm her!«, rief Akio, aber Pollum gehorchte nicht. Er lief bis an den Rand von Alex' Blut und streckte bereits seine kleine Zunge heraus. Im letzten Moment gab Alex dem Leppid einen Tritt. Im hohen Bogen flog er durch die Halle.

Akio warf Alex einen überraschten Blick zu, in dem auch Enttäuschung darüber lag, dass Alex es fertigbrachte, sein Tierchen so brutal zu behandeln. Akio rannte zu Pollum und hob ihn vorsichtig auf.

»Tut mir leid!«, rief Alex verzweifelt. »Ich hab es für dich und für Pollum getan! Wirklich!«

»Genug geredet«, zischte Mortum und zog Alex, der immer noch mit Händen und Füßen strampelte, an dem vergitterten Gefängnis vorbei bis zu einem Stuhl mit Rücken- und Armlehnen, an dem mehrere Gläser, Schläuche, Ketten und Messer befestigt waren: die Blutpresse. »Jetzt wollen wir mal anfangen.«

»Nein, Mortum!«, rief Katanos und eilte auf ihn zu. »Wir saugen ihm nicht das Blut aus. Wir müssen ihn als Ganzes dem Moloch geben. So sagt es die Prophezeiung. Er stirbt, damit wir leben.«

Mortum drückte Alex grob in den Stuhl und presste seinen Arm auf die Lehne: »Wenn wir ihm das Blut aussaugen, stirbt er auch!«

Katanos hielt Mortum am Arm fest: »Wir brauchen aber nicht nur sein Blut! Wir brauchen ihn im Ganzen! Sein reines Herz, sein Fleisch – den ganzen Menschen!«

Mortum stieß Katanos von sich: »Ich brauche nur sein Blut!«

»Bedenke doch!«, rief Katanos, der ein paar Schritte nach hinten stolperte. »Er ist der Erlöser!«

»Für mich ist er ein Sonnenblüter! Sein Blut wird mir auf ewig die Macht geben!«

Katanos kam zurück und stieß Mortum kräftig in die Seite. »Es geht aber nicht um dich! Es geht um Abadonien!«

Mortum holte mit seiner freien Hand aus und schlug Katanos so fest ins Gesicht, dass Katanos nach hinten zu Boden fiel und mehrere Meter über eine Schleimspur rutschte. Das silberne Schwert fiel ihm dabei klirrend aus der Hand und schlitterte noch weiter über den Marmorboden. Als Katanos sich aufrichtete, sah Alex mehrere blutende Kratzspuren in seinem Gesicht, die ihm die scharfen Fingernägel Mortums zugefügt hatten. Mit schnellen und festen Griffen hatte Mortum mit einem Lederriemen Alex' rechten Arm an die Stuhllehne geschnallt. Alex zog seine Beine ein und trat Mortum gegen Bauch und Beine: »Lass mich los, du Grobian! Lass mich sofort los!« Mortum grinste gefährlich, bewegte sich aber nicht von der Stelle.

»Da ist er!«, hörte Alex plötzlich einen lauten Ruf vom anderen Ende der Halle. Perfidus stand am Eingang zur Halle des Blutrauschs, hinter ihm eine Horde von etwa zehn Bluträubern, die dunkle Eisenhelme trugen und mit schwarzen Tüchern Mund und Nase vermummt hatten. In ihren Händen trugen sie Säbel und Schwerter. Perfidus zeigte mit ausgestrecktem Arm auf Alex. »Er ist es, den ihr sucht! Nehmt ihn und verschwindet!«

Alex verspürte einen Stich. Perfidus war und blieb ein Verräter! Er wollte sich nur bei den Bluträubern und deren Herren beliebt machen!

Mortum ließ Alex los und drehte sich zu Perfidus und den Bluträubern um. Schnell griff er in seinen Umhang und zog ein Messer heraus. »Kommt nur«, flüsterte er siegessicher. »Der Sonnenblüter gehört mir!«

Die schwarz gekleideten Männer rannten über den Marmorboden. Einzelne von ihnen rutschten auf dem eingetrockneten Schleim aus, aber sie fingen sich schnell wieder. Akio floh zur Seite und drückte sich an die Seitenwand, aber für ihn hatten die schwarzen Räuber keinen Blick. Silva stand mit Agnus auf dem Arm in der Nähe der Priesternische. Erschrocken trat sie einen Schritt zurück. Katanos konnte sich so schnell nicht hinstellen. Wie ein Hund krabbelte er aus dem

Weg bis zum Opferbecken und hielt sich an dem gemauerten Rand fest.

Perfidus eilte mit ungeschickten Schritten zu Akio, klopfte ihm auf die Schultern und zeigte auf den Ausgang: »Schnell, Goldblüter! Du musst fliehen!«

»Ich kann nicht!« Akio schaute ihn mit aufgerissenen Augen an. »Meine Schwester ist noch gefangen! Silva und Agnus sind auf der anderen Seite, ohne sie gehe ich auch nicht! Und außerdem«, Akio zeigte auf Alex, der gefesselt in der Blutpresse steckte, »dort hinten ist der Retter Abadoniens! Soll ich zulassen, wie er von Bluträubern gefangen und achtlos ausgesaugt wird?«

»Aber Junge«, Perfidus' Kinn zitterte, »das alles hab ich doch nur für dich getan! Die weite, gefährliche Reise hab ich auf mich genommen, um dich zu retten!«

»Dann hilf mir, jetzt den Erlöser zu retten!«

Akio rannte los und hob als Erstes das Schwert auf, das nicht weit von ihm auf dem Boden lag. Er schwang es unbeholfen nach rechts und links und stürzte dabei auf die Bluträuber zu.

Mortum ging mit gezücktem Messer auf die schwarz gekleideten Männer zu. Der Erste, der ihm entgegenkam, richtete seinen Säbel direkt auf Mortums Bauch. Mit einem geschickten Schwung schlug dieser mit seinem Messer den Säbel zur Seite und mit dem nächsten Hieb schlitzte er den Arm des Räubers auf. Der schrie laut auf. Mit einem groben Stoß warf Mortum den Räuber zur Seite, wo er schmerzverkrümmt liegen blieb. Der zweite Räuber hatte ein Schwert. Damit verletzte er Mortum am Arm. Ohne einen Schmerzensschrei parierte der Priester, wich dem Schwert aus und schlug mit seinem Messer auf die Klinge des gegnerischen Schwertes ein.

Von hinten stach Akio zu, der getroffene Räuber stürzte röchelnd zu Boden.

Alex nutzte die kurze Gelegenheit, in der Mortum im Kampf beschäftigt war, und löste zitternd mit der linken Hand den Lederriemen von seinem rechten Arm. Mortum hatte ihn so fest an den Stuhl gebunden, dass seine Gelenke schmerzten, nachdem der Riemen gelöst war. Alex sprang vom Stuhl auf und wollte losrennen. In diesem

Augenblick drehte sich Mortum um und sah, dass Alex sich befreit hatte. Mit seinen langen Fingern griff er nach ihm, aber es gelang Alex auszuweichen. Dann stieß Mortum mit dem Messer nach ihm. Alex duckte sich und rannte weiter. Aber schon stand einer der Bluträuber vor ihm. Alex wollte seitlich an ihm vorbeirennen, doch die Klinge des Schwertes streifte ihn am Hals. Blut spritzte. Er schrie auf, hielt sich mit einer Hand die Wunde und spürte, wie ihm das Blut seitlich über den Körper lief. Noch während Alex vom Schmerz benommen durch die Halle torkelte, erhob der Räuber, der ihm den Hals verletzt hatte, sein Schwert und wollte zustechen. Zu spät bemerkte Alex ihn. Er hatte keine Chance mehr auszuweichen. Stattdessen zog er bloß schützend seinen Kopf nach unten.

Im nächsten Augenblick wurde die Klinge des Räubers mit einem klirrenden Schlag davongeschleudert. Das Schwert zischte durch die Luft und landete in der hinteren Ecke der Halle. Erstaunt und erschrocken drehte sich der Bluträuber um, um herauszufinden, welchen Angreifer er übersehen hatte. Es war aber kein Feind in seiner Nähe, nur schwarz gekleidete, kämpfende Männer. Als Alex vorsichtig seinen Kopf hob, sah er einen der Bluträuber, der mit seinem Säbel den Kollegen bedrohte: »Hau ab! Der gehört mir!«

»Ach ja?«, brüllte der andere, der jetzt ohne Schwert war. »Und warum?«

»Weil ich das sage und weil ich dir dein Schwert weggeschlagen hab!« Damit griff er Alex am Arm und zog ihn mit sich. Alex wollte sich schon losreißen, da hörte er, wie der Räuber ihm ins Ohr flüsterte: »Beruhig dich, ich bin's!«

Erst jetzt, als Alex überrascht den Kopf drehte und in die Augen zwischen Helm und dem vermummenden Tuch vor der Nase schaute, erkannte er Kazuko. Noch bevor er seiner Überraschung Ausdruck verleihen konnte, hatte Kazuko in dem schwarzen Räubergewand ihn zur Seite gezogen Richtung Höhlengang.

»Das gibt's ja nicht!«, flüsterte Alex, als sie weit genug von der kämpfenden Menge entfernt waren. »Wie kommst du denn hierher?«

»Lange Geschichte«, kicherte Kazuko und behielt seine Räubermaske auf. »Die Kurzversion lautet: Ich hab Meister Katanos und

Perfidus auf dem Wagen nicht nur ihre Duftpülverchen geklaut, sondern auch eine Spritze mit Betäubungsserum. Das hab ich dem Räuber, auf dessen Pferd ich lag, in den Körper gespritzt, als sie eine kurze Pause einlegten, um ihre Pferde trinken zu lassen. Dann hab ich ihn weggezerrt, gefesselt, seine Klamotten angezogen und mich der Räuberbande angeschlossen. In Gomorra ist ihnen aufgefallen, dass ihr Gefangener nicht mehr da ist. Darum sind sie sofort losgeritten, um dich wieder von Neuem zu verfolgen. Und ich dachte, wenn ich mit ihnen reite, dann kann ich dich gleichzeitig ein bisschen beschützen. Gut was?« Er kicherte noch einmal und tippte sich wie ein Soldat an die Stirnseite. »Für Abadonien und seine Rettung!«

»Kazuko, du bist echt der Knaller!« Alex musste aufpassen, nicht allzu laut loszulachen.

Ein plötzliches lautes Zischen wie das Aufdrehen einer Gasflasche ließ alle in der Halle aufschrecken. Alle erstarrten in ihren Bewegungen und schauten in die hintere Ecke der Halle des Blutrauschs. Ein Schlangenkopf, so groß wie zwei ausgewachsene, aufeinandergetürmte Krokodile, thronte auf einem riesigen Echsenkörper und hatte sein Maul so weit aufgerissen, dass alle Menschen, die hier gerade zu Tode erstarrt standen, auf einmal hineingepasst hätten. Zwei lange Giftzähne ragten aus dem vorderen Oberkiefer heraus. Eine Zunge, dick und lang wie ein Feuerwehrschlauch, hing aus dem Maul und tanzte bedrohlich mit der gespaltenen Spitze, als hätte sie ein Eigenleben. In langen Fäden tropfte Speichel aus dem Maul auf den Hallenboden. Hinter der Zunge konnte man in einen tiefen, dunklen Schlund schauen, der sich während des röchelnden Zischgeräuschs noch mal weiter öffnete. Seitlich des aufgerissenen Mauls funkelten zwei gelbliche Augen. Mächtige, geschuppte Arme stützten den rötlich gepanzerten Körper, der auf einer breiten, schleimigen Masse lag. Dicke, scharfe Krallen beendeten die vier langen Zehen der Vorderfüße. Große, gezackte Platten waren auf Nacken und Rücken wie Schilde aufgerichtet und verliehen dem monströsen Auftreten noch mehr Macht und Stärke. Das Ende des Körpers verschwand in der Dunkelheit. Wie viel gepanzerte Masse sich noch hinter dem bedrohlichen Oberkörper herwand, war nicht zu erkennen. Der Augenblick des Schreckens, in dem die Kämpfer in der Halle wie versteinert vor der zischenden Bestie standen und ihr in den Rachen blickten, dauerte höchstens eine Sekunde lang. Im nächsten Moment rannten alle laut schreiend in sämtliche Richtungen und brachten sich in Sicherheit. Silva und Agnus verschwanden in der Priesternische, ein oder zwei Räuber quetschten sich noch dazu. Perfidus rannte zurück zum Höhlengang, von wo er gekommen war. Akio schnellte zurück und drückte sich mit seinem Körper so eng wie möglich an die Wand unweit des Höhlengangs. Priester Katanos duckte sich hinter das Opferbecken. Einige Räuber rannten ziellos schreiend durch die Halle, ohne zu wissen, wo hier noch ein weiteres Versteck sein könnte. Alex war mit Kazuko zusammen nicht weit vom Halleneingang angekommen. Wie zwei Verrückte rannten sie los und hatten sich schnell beim Höhlengang in Sicherheit gebracht. Aus dem Augenwinkel sah Alex, wie sich der Drache mit einer schnellen Kopfbewegung nach unten beugte und zielsicher einen der schreienden Räuber mit seinem aufgesperrten Maul umschloss. Dann erhaschte er mit einem kurzen Blick einen zweiten Räuber und schnappte nach ihm, aber der blieb hinter einer Säule stehen, sodass das Maul des Drachen ihn knapp verfehlte. Wütend schnaubte er schwefelartigen Dampf aus seinen Nüstern und tastete mit der Zunge hinter der Säule nach ihm.

»Halt ein!«, brüllte plötzlich Mortum. Alex, der noch völlig außer Atem war, hielt erschrocken die Luft an. Mitten in der Halle stand der große Priester und hielt sein Schwert wie einen Zauberstab auf den Moloch gerichtet. »Schau hierher!«, rief er, als erteilte er einem Hund Befehle.

Der Moloch ließ von dem Mann hinter der Säule ab, richtete sich auf und drehte seinen Kopf Mortum zu. Ein Funkeln lag in seinen Augen. Neugierig zischte die Zunge aus seinem geschlossenen Maul vor und zurück. Er legte seinen Kopf schief. In diesem Augenblick wurde Alex klar, warum Meister Katanos wollte, dass Mortum mit in diese Höhle kam: Er war der einzige Priester Abadoniens, dessen dunkle Macht so groß war, dass er von der höllischen Bestie respektiert wurde. Er hatte sich im Laufe der Jahre durch grausame Opferungen von Goldblütern das Vertrauen des roten Moloch erworben, sodass zwischen den beiden so etwas wie ein teuflischer Pakt entstanden war. Der rote Moloch, Tod und Schrecken ganz Abadoniens, und der schwarze Priester, sein höchster Diener und damit der Einzige, der so etwas wie Gehorsam von dem Tier der Finsternis einfordern konnte.

»Ich hab hier was für dich!«, kündigte er mit einem bestialischen Grinsen an.

Ohne seinen Blick von dem Drachen abzuwenden, griff der dunkle Priester in den Saum seines Umhangs und holte einen Schlüsselbund hervor. Damit ging er zu der vergitterten Tür und schloss sie auf. »Leckeres Goldblüter-Häppchen!« Er zog die Tür auf, griff mit seinen langen Fingern hinein und zog Adelia am Handgelenk heraus: »Komm schon!« Adelia zappelte. Die nackte Angst füllte ihren ganzen Körper aus. »Zier dich nicht so!«

Der Moloch öffnete hungrig sein Maul. Speichel lief in blutgieriger Vorfreude an allen Seiten herunter.

»Nicht das Mädchen«, brüllte Katanos, sprang auf und stürzte sich auf Mortum: »Das kann ich nicht zulassen!« Mit beiden Händen fasste er Mortum an den Armen, riss ihn zur Seite und wollte ihn umwerfen. Mortum zögerte nicht lange, zog sein Messer und stach zu. Mit einem leisen Schrei klappte Katanos zusammen und fiel zu Boden. Der Moloch schaute mit gierigen Augen auf Adelia. Die Zunge schnellte aus dem riesigen Maul und der Kopf schien nur noch den richtigen Moment abzuwarten, in dem er sein Opfer mit einer gezielten Bewegung schnappen konnte.

»Nicht sie!«, brüllte plötzlich Akio. »Nimm mich!«

Akio lief dem Moloch entgegen, nahm sein Schwert und ritzte sich mit einem scharfen Schnitt eine tiefe Wunde in den Arm. Goldschimmerndes Blut kam herausgeschossen und floss auf den Boden. Der Moloch hob erfreut seinen Kopf und öffnete das Maul weiter. Die Augen funkelten begeistert. Akio hob den Arm und ging auf das Opferbecken zu. Das Schwert ließ er fallen. »Nimm mich!«, rief er noch einmal. »Und lass sie gehen!«

»Noch besser«, krächzte Mortum vergnügt und ließ Adelia los. »An dem ist noch mehr dran!« Er packte Akio am Handgelenk und zog ihn zum Opferbecken. Adelia blieb vor Angst da stehen, wo Mortum sie losgelassen hatte.

»Nein!«, schrie plötzlich Perfidus, der ganz in der Nähe von Alex stand. »Nicht den!« Und zur völligen Überraschung von Alex rannte der alte, kleine, bucklige Späher los. »Haltet ein!«, schrie er. Mortum drehte sich kurz um, aber als er den mickrigen, blutungoldenen Mann sah, schenkte er ihm keine Beachtung. Er legte Akios Unterarm in die geöffnete Eisenfessel und griff nach dem Verschluss.

»Auf ein Wort, Herr!« Der Späher war bei Mortum angekommen, stieß ihn an und drehte ihn so, dass er Perfidus anschauen musste.

»Verschwinde, du Nichts!«

»Ich bin ein Goldblüter!«, japste er aufgeregt und fasste Mortum mit zwei Händen an seinem Umhang fest.

Mortum grinste breit. Seine Eckzähne blitzten. »Du bist ein Blutspäher. Dein Blut ist Dreck.«

»Ihr habt recht, Herr. Mein Blut ist Dreck. Es war golden, aber man hat mich wie Dreck behandelt. Ja, ich habe Menschen verraten. Ja, ich bin ein Nichts. Aber seit wenigen Tagen weiß ich, dass es so etwas wie Veränderung gibt. Vergebung. Neuanfang. Darum lasse ich nicht zu, dass Ihr diesem Goldblüter, der in mir einen Funken Hoffnung angezündet hat, etwas antut.«

»Perfidus«, spuckte Mortum herablassend aus, »du machst dich lächerlich.«

»Mag sein. Aber wenn Abadonien gerettet ist, spielt das alles keine Rolle mehr. Dann gibt es keine Blutspäher mehr und keine Blutpriester. Niemanden, der seine Seele verkaufen muss, um am Leben zu bleiben.« Er fasste mit einer Hand in sein Gewand und schaute Mortum weiterhin fest in die Augen. »Und niemanden, der einen anderen töten muss, um wertvolles Leben zu retten.«

Mortum riss die Augen auf, formte den Mund zu einem Röcheln und ließ das Messer in seiner Hand fallen. In seinem Bauch steckte ein Dolch, hineingerammt von Perfidus, der den dunklen Priester mit ernsten Augen ansah: »Dann nämlich bleiben nur noch Glaube, Hoffnung und Liebe. Diese drei.« Er zog den Dolch wieder heraus. »Aber die Liebe ist die Größte unter ihnen.«

Mortum hielt sich den Bauch und krachte auf den Boden.

Der Moloch neigte seinen Kopf, öffnete sein Maul und ließ seine Zunge nach vorne tanzen. Mortum, der Einzige, der dem Drachen Befehle erteilen konnte, war tot. Nun gab es nichts mehr, das den Moloch zurückhalten konnte. Mit vergnügter Vorfreude fixierte er seine Beute. Seine Giftzähne glänzten hell. Mit einem lauten Zischen öffnete er den hinteren Schlund seines Rachens und ließ seine Zunge über Akio und Perfidus kreisen.

»Ich bin es!«, hörte Akio plötzlich eine laute und entschiedene Stimme ganz in seiner Nähe. Er wirbelte herum. Alexander, der Schöpfer Abadoniens, kam mit aufrechtem Schritt auf ihn zu. Auf halber Strecke hob er das Schwert auf, das Akio hatte fallen lassen. »Mich musst du verschlingen!«

»Nein!«, rief Akio und wollte schon auf ihn zugehen, um ihn zu schützen. »Tu das nicht!«

»Halte mich nicht auf, Akio!« Alexanders Stimme klang fest und entschlossen. Als würde ein Fremder durch ihn reden. »Lange genug hab ich mich geweigert und wollte mich feige drücken. Jetzt nicht mehr!«

Er wandte sich an Adelia, die immer noch neben dem Opferbecken stand: »Nimm deinen Bruder und lauf schnell zu Silva.«

Adelia nahm Akio an die Hand und zog ihn mit sich: »Komm, Akio.«

Akio ließ sich ein paar Schritte mitziehen, aber etwas in ihm verlangte danach, seinen Schöpfer nicht alleine zu lassen. Er blieb stehen und drehte sich zu Alexander um. Der stand mit gezücktem Schwert da, riss sich eine klaffende Wunde in den Unterarm und schaute den Moloch an, der mit tanzender Zunge und weit geöffnetem Maul vor dem Opferbecken saß und zischte. Dann stieg Alexander vorsichtig auf das Opferbecken und stellte sich mit beiden Füßen breitbeinig auf die gemauerten Ränder. »Hier bin ich!«, rief er laut. »Nimm mein Blut!« Er hielt seinen blutenden Arm in die Luft und bot dem Drachen seine offene Wunde an. Der Moloch öffnete sein Maul weit und ließ ein lautes und triumphierendes Zischen vernehmen. Ein Röcheln, das nach mehr verlangte und das sich seiner Beute sicher war. Dann beugte er sich nach vorne und schnappte mit einem kräftigen Biss zu. Es knackte. Es platschte. Der Drache verschlang Alexander mit Haut und Haaren so, wie er da gestanden hatte. Alexander gab keinen Laut von sich.

Akio brüllte. Er schrie. Er befürchtete, jetzt würden sie alle der Reihe nach aufgefressen. Aber das war ihm in diesem Augenblick egal. Er, der Schöpfer der Geschichte, der sich ihn ausgedacht hatte, hatte ihn besucht, war zu ihm gekommen, war ein Abadonier geworden – und nun war er vernichtet. Der Moloch hatte gewonnen! Akio wusste nicht mehr, warum er noch leben sollte. Er blickte sich um und sah die überlebenden Bluträuber, die in der Priesternische, hinter den Säulen und an die Wände gedrückt dastanden und fassungslos auf den Moloch starrten. Er sah Silva vor dem Eingang zur Priesternische stehen. Agnus stand neben ihr und hielt sich an ihrem Körper fest. Er sah Kazuko am Halleneingang. Er weinte. Er sah Perfidus, der auf dem Boden vor dem Opferbecken lag und sich ängstlich Augen und Ohren zuhielt. Er sah Adelia, die sich an ihren Bruder schmiegte, die Augen geschlossen und Tränen auf ihren Wangen hatte.

Der Moloch bäumte sich auf. Er hob seinen Kopf und schmatzte, als wollte er den Nachgeschmack eines besonders kostbaren Nachtischs herausschmecken. Seine Augen leuchteten. Dann öffnete er wieder sein Maul und röchelte. Diesmal tanzte seine Zunge nicht. Der Kopf des Moloch wippte auf und ab, als würde er an einem Essen würgen, das ihm im Hals stecken geblieben war. Er warf seinen Kopf hin und her, schleuderte ihn hoch, warf ihn zur Seite, donnerte dabei gegen eine Säule. Die Säule bekam Risse und drohte einzustürzen. Der Räuber dahinter floh hinter eine andere Säule. Der Moloch warf seinen Kopf zurück. Seine Augen weiteten sich, als würde sich ein Erstickungstod anbahnen.

»Haut lieber ab«, rief Silva. »Das gibt hier gleich eine riesen Sauerei!« Sie nahm Agnus auf den Arm und ging so schnell wie möglich zum Höhlengang zurück. Einige andere taten es ihr gleich.

Akio rannte durch die Halle bis zum Höhlengang. Silva, Agnus, Adelia, Kazuko und einige der Soldaten flohen in Richtung Höhlenausgang. Akio blieb am Ausgang der Halle stehen, drehte sich noch einmal um und beobachtete das Aufbäumen des Moloch. Der Kopf des Drachen schoss jetzt in noch größeren Bahnen auf und ab. Das Maul klappte auf und zu. Panik zeigte sich in den Augen des Drachen. Schwefelqualm stieg aus den Nüstern. Die Füße des Drachen suchten nach Halt in den Marmorsteinen, rutschten aber nur hilflos auf der Stelle. Der Moloch röchelte, zischte, japste nach Luft. Jetzt breitete sich das Zucken über den ganzen Körper aus: den Oberkörper, den langen schmierigen Bauch, die Hinterbeine. Die Schuppen auf dem Kopf verfärbten sich golden. Dieser goldene Überzug breitete sich ebenfalls über den ganzen Körper aus. Der Kopf knallte auf den Boden. Der riesige Drache rollte sich ein wie ein getretener Leppid. Er wollte sich um sich selbst drehen, sich einrollen, aber dafür war zu wenig Platz in der Halle. Er japste, er hob seinen Kopf von Neuem, er sperrte sein Maul auf, er starrte ins Leere ...

Ein Krachen und Knacken, gepaart mit einem lauten Platschen erfüllte die Halle des Blutrauschs. Es klang, als hätte jemand mit der Axt ein monstergroßes, prallvoll mit Wein gefülltes Fass zum Platzen gebracht. Das Platschen hallte von allen Wänden wieder. Akio spürte, wie er selbst hier im Gang von einer Lawine aus roter, schleimiger Flüssigkeit übergossen wurde, die ihn mit Macht nach hinten riss und gegen eine der Höhlenwände schleuderte. Riesige Fleisch- und Knochenbrocken, größer als Menschen, flogen durch die Halle des Blutrauschs und blieben mit lautem Klatschen an den Wänden hängen. Akio bekam für einen Augenblick in dieser Welle aus Blut keine Luft mehr und befürchtete, dass jetzt nicht nur die ganze Halle, sondern auch der komplette Höhlengang durch einen unterirdischen See überflutet wurde. Aber auch dieser ekelhafte Lärm dauerte nicht länger als zwei oder drei Sekunden. Dann war alles still.

Totenstill.

Akio öffnete die Augen und sah erst mal nur rot. Er saß im Höhlengang bis zum Bauchnabel in einem Meer aus Blut und konnte von dort aus in die Halle des Blutrauschs sehen. Aber da war kein Moloch mehr. Einzelne Räuber lagen mit dem Gesicht nach unten in einem roten See. Einer hing, vom durch die Luft geschossenen Giftzahn des Moloch aufgespießt, an der Seitenwand. Mortum und Katanos lagen mit geschlossenen Augen in der Nähe des Eingangs. Auch sie waren von oben bis unten mit Blut und großen Fleischbrocken beklebt. Überall schwammen Brocken, Schuppen, Zehen, Krallen. Der rote Moloch war tot.

Alexander auch.

Es regnete. Alex erschrak und fuhr in die Höhe. Was? Was war los? Wo war er?

Alex schaute sich um. Unter ihm war Gras. Vor ihm Wald und Wiese. Hinter ihm die Felsenwand, in der sich der Eingang zu der sagenumwobenen Höhle befand. Was war jetzt schon wieder los? War er zu Hause? Nicht in Abadonien? Wieder in seiner Stadt?

Alex sprang auf und schaute an sich herab. Er trug dieselbe Kleidung wie den ganzen Tag schon. Sogar die Jacke hatte er an. Die hatte er in Abadonien nicht getragen. Seine Hose und sein Pullover waren verdreckt und eingerissen, als hätte er tagelang im Wald geschlafen. Er schob seinen Ärmel nach oben. Es war keine Lederhaut darunter. Hatte er das alles nur geträumt? Wie spät war es eigentlich? Alex fühlte in seinen Hosentaschen. Ach ja, richtig: Handy vergessen. Der zunehmenden Dunkelheit nach zu urteilen, dürfte es zwischen acht und halb neun sein. Welcher Tag? Schwer zu sagen. Auf dem Boden lag die rosa Wollmütze von Hanna. Alles sah so aus wie an dem Tag, an dem sein Abenteuer begonnen hatte. Falls das stimmte, dann war, seit er hier nach Hanna gesucht hatte, kaum Zeit vergangen. Dafür konnte es nur eine Erklärung geben: Er war nie in Abadonien gewesen. Zumindest nicht körperlich. Er hatte das alles nur geträumt oder sich so genau vorgestellt, dass es ihm wie echt vorgekommen war.

Alex nahm seine Hände wie einen Trichter vor den Mund und rief in alle Richtungen: »Hanna! Elena!«

Keine Antwort.

Waren die beiden inzwischen doch zu Hause? War Alex hier oben eingeschlafen? Warum hatte er dann zerschlissene Klamotten an? War er im Traum durch den Wald oder durch die Höhle geschlafwandelt? Er fuhr sich mit den Händen durchs Gesicht. Dann spürte er einen Schmerz am Hals und tastete vorsichtig mit einer Hand diese Stelle ab. Seine Finger fühlten eine Wunde. Als er sich die Hand prüfend anschaute, stellte er Blut daran fest. Auch am Arm trug er eine große, recht frische Schnittwunde. Wovon?

Schnell überprüfte er den Boden um sich herum. Lag hier etwa ein Schwert? Nein. Er steckte die Hände in seine Jackentasche. War sein Notizbuch inzwischen zurück? Auch nicht. Irgendwo musste er es verloren haben. Und irgendwo musste da eine Lücke in den letzten zurückliegenden Stunden stecken. Irgendwas stimmte da nicht. An diesem verrückten Tag stimmte ganz vieles nicht.

Alex ging ein paar Meter auf und ab und kämmte mit dem Fuß notdürftig das Gras auseinander. Dabei fiel ihm ein Stück Papier auf, das halb zerknäult zwischen einem Stein und der Felswand steckte. Er hob es auf und faltete es auseinander. Es war ein PC-beschriebenes DIN-A4-Blatt. Alex überflog, was darauf stand.

»Der Moloch öffnete sein Maul weit«, begann der Text, »und ließ ein lautes und triumphierendes Zischen vernehmen. Ein Röcheln, das nach mehr verlangte und das sich seiner Beute sicher war.« Der Zettel endete mit: »Überall schwammen Brocken, Schuppen, Zehen, Krallen. Der Moloch war tot. Alexander auch.«

Alex drehte das Blatt um. Die Rückseite war weiß und unbeschrieben. Was, um alles in der Welt, hatte das zu bedeuten? Wer hatte das geschrieben? Das war nicht mit der Hand geschrieben, sondern mit dem Computer. Hier war aber kein Computer. Auch kein Drucker. Aber es war eindeutig die Geschichte von Abadonien. Der Text beschrieb das Ende des Moloch, nachdem er Alex gefressen hatte. Alex schüttelte den Kopf und schaute sich noch einmal um. Wer hatte das geschrieben? Er selbst sicher nicht. Er hatte hier weder PC noch Drucker. Jemand anderes konnte das hier nicht geschrieben haben.

Alex musste an seine Begegnung mit dem weißhaarigen Autor denken. Der hatte ihm erklärt, er hätte das alles geschrieben. Ausgedacht. An seinem Laptop sitzend, bei schönem Wetter sogar in seinem Garten. War diese Episode am Ende doch nicht geträumt? Dachte sich der Autor das alles immer noch aus? War Alex immer noch in einem Roman gefangen und er war nur die Hauptfigur zwischen zwei Buchdeckeln? Gab es da immer noch einen Leser, der verfolgte, was Alex tat und dachte? Einen Autor, der Zeile für Zeile in einen Laptop hämmerte, während Alex sich gerade fragte, was hier nicht in Ordnung war?

Das ausgedruckte Blatt würde zumindest dazu passen.

»Autor?«, redete Alex vor sich hin. »Stimmt das? Bist du es, der das alles schreibt?«

Alex schaute sich um. Er versuchte, genau hinzuhören. Keine Antwort. Keine Stimme. Keine innere und keine äußere. Und keine Peter-Pan-Tasse.

»Hast du mich nach Abadonien geholt, damit ich den Moloch besiege?«, fragte Alex weiter, aber niemand antwortete. »War es gar kein Traum? Hast du mich in mein eigenes Abenteuer hineingeschrieben, so wie du es angekündigt hast? Hab ich durch meinen Tod meine selbst ausgedachte Welt gerettet? Hast du mich deshalb wieder in meine wirkliche Welt geschleudert, weil meine Mission in Abadonien erfüllt ist? Falls ja – wie endet dann die Geschichte? Wie endet sie für Akio und Silva? Gibt es kein Abschlusskapitel mehr? Und wie endet meine eigene Geschichte in der Wirklichkeit? Wo ist Hanna? Da sind noch ziemlich viele Fragen offen, hörst du?«

Alex hockte sich wieder an die Stelle, an der er gerade eben schon einmal gesessen hatte und las sich den Zettel noch einmal durch. Wenn das wirklich das Ende der Geschichte war – wo war dann der vordere Teil? Alex hatte ja immerhin seine Aufzeichnungen nur bis zu der Stelle geschrieben, an der Silva allein durch die Höhle irrte und dann einen fremden Ausgang fand. Das alles stand handgeschrieben in seinem Notizbuch, das ja immer noch verschwunden war. Lag das Notizbuch am Ende auch bei seinem Autor auf dessen Schreibtisch? Und wenn ab dieser Stelle der Autor selbst weitergeschrieben hatte – wo waren dann all die computergeschriebenen Seiten? Wieso lag nur die letzte hier?

Wieder las Alex die einzige erhaltene Seite der Abadonien-Geschichte. Während er sie sich durchlas, war es ihm, als schaute er durch ein Fenster wieder in die Welt von Abadonien hinein. Dabei fühlte er sich jedem von ihnen so nah, als hätte er wirklich mit ihnen dieselbe Luft geatmet. Abadonien war also gerettet. Alex war weg. Trotzdem überkam ihn ein unglaubliches Heimweh nach Akio, Silva,

Adelia, Agnus und all den anderen Menschen in Abadonien, die ihm während seiner Reise so sehr ans Herz gewachsen waren. Wie sollte es jetzt mit Akio weitergehen? Wie mit Kazuko, Perfidus oder Meister Katanos? Er hatte überhaupt keine Zeit gehabt, sich von allen zu verabschieden. Besonders Akio, seinen erschaffenen Bruder, sein Gegenüber, sein zweites Ich vermisste er so, dass er sich sofort wieder zurück nach Abadonien wünschte. Konnte er nicht noch einmal kurz in die Geschichte eintauchen und sich verabschieden? Auch wenn er in der Geschichte eigentlich schon tot war? Er war ja in Wirklichkeit überhaupt nicht tot! Er lebte doch!

»Autor!«, rief Alex wieder in die Abenddämmerung hinein. »Du hast doch alles in deiner Hand, ja? Kannst du mich bitte noch mal in deine Geschichte hineinschreiben? Ich möchte gerne allen tschüss sagen! Geht das? Bitte!« Keine Reaktion. »Hallo Autor! Kannst du meine Geschichte bitte zu Ende schreiben?«

Plötzlich stutzte Alex. Wie bitte? Was hatte er da gerade verlangt? Kannst »du« meine Geschichte zu Ende schreiben? Jemand anderes sollte seine Geschichte zu einem Ende bringen? Ha! Alex war doch selbst ein Autor! Er konnte seine Geschichte doch selbst zu Ende schreiben! Aufgeregt griff er in seine Jackentasche. Sein Buch war noch immer verschwunden, aber sein Kugelschreiber war noch da. Er holte ihn raus, drehte das DIN-A4-Blatt um, legte es auf seinen Schoß und begann zu schreiben, auch wenn das mit seinen Beinen als Unterlage mehr als schlecht ging. Aber das war egal. Wenn er schön klein schrieb, dann passte da ein bisschen was aufs Papier.

Alex saß am Lagerfeuer vor der Priesterhütte. Wer hatte das Lagerfeuer angezündet? Er selbst? Egal. Es brannte einfach. Alex streckte Arme und Beine aus und genoss es, wieder Teil Abadoniens sein zu können, wenn auch nur für ein letztes Kapitel. Jetzt wusste er, was der Autor meinte, als er sagte, er saß zwar mit Alex zusammen am Tisch, aber sein wirkliches Ich säße vor dem Laptop und schrieb die Geschichte. Jetzt war es ja bei ihm genauso. Er säße hier in Abadonien am Lagerfeuer, aber sein wirkliches Ich saß vor der Höhle und schrieb auf ein Blatt Papier. Krass.

Vor der Höhle standen die drei Pferde von Makanis Kutsche, die Pferde von Silva und Akio und dem fremden Pferdefuhrwagen, außerdem zehn weitere schwarze Pferde, die unruhig auf der Stelle traten und schnaubend ihre Köpfe auf und ab bewegten. Das waren die Pferde der Bluträuber, die mittlerweile in der Höhle saßen. Dazwischen saßen mit hängender Zunge schwarze Bluthunde und warteten treu auf ihre Herrchen.

Als Alex sich weiter umschaute, sah er Makani, die vor der Priesterhütte neben ihrem Vater saß. Sie träufelte ihm ein paar Tropfen Wasser in den Mund und redete leise mit ihm. Alex wollte sie gerade rufen, da hörte er Stimmen aus der Höhle kommen. Aufgeregt erhob sich Alex von dem Holzklotz vor der Feuerstelle und wartete ungeduldig, wer oder was aus der Höhle herauskommen würde. Ein freudiges Strahlen legte sich auf sein Gesicht, als er seine abadonischen Freunde erkannte. Akio führte die Gruppe an. Er trug seine Schwester Adelia auf dem Rücken. Sie umschlang mit ihren Ärmchen seinen Hals und freute sich, Tageslicht zu sehen. Als Zweites kamen Silva und Kazuko. Kazuko in der Räuberkleidung trug stolz Agnus huckepack. Agnus war blass und schwach, lächelte jedoch wie ein Patient, der zwar noch nicht gesund war, aber schon mal das Krankenhaus verlassen durfte. Silva redete aufmunternd auf ihren Bruder ein. Nach ihnen kam Perfidus. Er schlurfte sichtbar verunsichert hinter den Goldblütern her. Hinter ihm ging Meister Katanos, der sich mit beiden Händen eine verwundete Stelle seitlich am Körper unter seinem Priestergewand hielt. Offensichtlich hatte er den Kampf mit Mortum überlebt. Zuletzt kamen vier überlebende Bluträuber aus der Höhle getorkelt. Ihre Helme saßen schief, die Halstücher, mit denen sie vorher Mund und Nase bedeckt hatten, hingen blutverschmiert am Körper. Angst und Orientierungslosigkeit standen ihnen ins Gesicht geschrieben. Auch wenn sie die großen Zusammenhänge sicher nicht verstanden hatten – so viel war auch ihnen klar geworden: Wo es keinen blutgierigen Moloch mehr gab, wurde auch kein Blut mehr gebraucht. Weder von Goldblütern noch von sonst jemandem. Also waren die Bluträuber zumindest vorübergehend überflüssig.

Alex wollte schon fröhlich seine Freunde begrüßen. Da sah er, wie Makani aufsprang und sich auf die blutbespritzten Leute aus der Höhle stürzte: »Da seid ihr ja endlich! Das hat ja ewig gedauert! Ich dachte schon, ihr wärt alle vom Moloch aufgefressen worden! Zwischendurch hab ich einen riesigen Knall gehört, aber ich hatte keine Ahnung, was das zu bedeuten hatte! Geht es euch gut? Ihr seht ja erbärmlich aus!« Sie lief auf Silva zu und klopfte ihr auf die Schultern: »Alles voller Blut! Was ist passiert?« Sie schüttelte Kazuko am Ärmel: »Kazuko, du? Du lebst? Das ist ja wundervoll! Wie bist du in die Höhle gekommen? Nanu, ist das Räuberkleidung? Junge, was hast du wieder für einen Blödsinn gemacht? Na ja, das musst du gleich mal in Ruhe erzählen.« Sie strich Agnus auf Kazukos Rücken über die Wangen: »Na, Junge? Krank siehst du aus. Aber das wird wieder. Was?« Dann ging sie auf Akio zu: »Du bist der Goldblüter, den sie retten wollten? Glückselig sind deine Retter. Sie haben Hunger, Leid und Gefahr auf sich genommen, um dich dem Moloch zu entreißen. Und das ist deine Schwester?« Sie strich Adelia über die Wange. Adelia kuschelte sich an Akios Schultern und schloss die Augen. »Na, du kleines Putzelchen? Jetzt kommst du bald wieder nach Hause, ja?« Zu Perfidus sagte sie: »Und du? Konntest du noch genug Blut abnehmen für deine Herren?« Ohne eine Antwort abzuwarten, wandte sie sich Meister Katanos zu: »Was ist mit Euch passiert? Ihr seid verwundet! Legt Euch zu meinem Vater! Ich werde sehen, was ich Euch geben kann!« Dann stemmte sie ihre Hände in die Seite und richtete sich vor den Bluträubern auf: »Und ihr, grundverdorbenes Räuberpack? Dass ihr es überhaupt wagt, aus dem Loch des Todes herauszukommen!« Sie schaute an den Räubern vorbei in die Höhle hinein: »Wo ist der Erlöser? Wo ist der Sonnenblüter?« Sie ging auf Katanos zu und packte ihn an den Schultern: »Was ist mit ihm geschehen?«

»Er hat sein Leben gegeben, wie die Prophezeiung sagt«, antwortete Katanos mit ernster Stimme. »Der Tod hat ihn verschlungen und das hat uns die Erlösung gebracht. Nun ist der Tod verschlungen vom Sieg. Tod, wo ist nun dein Sieg? Moloch, wo ist dein Stachel?«

»Der Tod hat ihn verschlungen?« Makani fasste sich an ihre Brust. »Ist er tot?«

»Ja, Makani«, sagte Katanos und schloss kurz die Augen. »Ihr kennt doch die Verheißung. Aber er hat den Moloch mit in den Tod gerissen. Der Moloch ist besiegt. Abadonien ist gerettet!«

»Gepriesen sei der Sohn der Verheißung!«, kam es mit zittriger Stimme von dem alten Vater auf dem Strohhaufen. »Er hat sein Leben gegeben, damit alle in Abadonien miteinander leben können in Heiligkeit und Gerechtigkeit!«

Makani wischte sich mit dem Handrücken über ihr Gesicht, während sich alle mit letzter Kraft zum alten Pathos schleppten und sich neben ihn auf den Boden setzten oder auf das Stroh legten. Niemand beachtete Alex. Einen Augenblick hatte er Angst, er wäre vielleicht gar nicht für seine Freunde sichtbar. Aber dann dachte er sich, das könnte ja gar nicht sein, denn er selbst konnte ja durch sein eigenes Schreiben beeinflussen, wann hier jemand wen erkannte und wann nicht. Er überlegte kurz, ob er sich einfach zu ihnen gesellen und auf den Boden setzten sollte. Direkt neben Vater Pathos. Aber dann beschloss er, noch einen Moment am Lagerfeuer stehen zu bleiben und auf einen geeigneten Augenblick zu warten, an dem er sich den erschöpften Abenteurern zeigen wollte.

Die Bluträuber gingen schweigend zu den Pferden, wo ihre Hunde sie bereits mit hechelnden Zungen in Empfang nahmen.

»Meister Katanos!«, rief einer von ihnen vom Pferd aus. »Wo ist Mortum?«

»Habt ihr ihn nicht dort liegen sehen?«, rief Katanos zurück. »Er hat das Blutbad nicht überlebt!«

»Und wir?«, wollte der schwarze Reiter wissen. »Was sollen wir nun tun?«

»Geht zu Demon und Lucio«, antwortete der Priester, »und erzählt ihnen, was ihr gesehen und gehört habt: Das Ende ist da! Der Erlöser war da und hat den Moloch besiegt. Er hat der grausamen Schlange den Kopf zertreten. Fortan werden alle, die dem Moloch gedient und ihm ihr Leben verschrieben haben, in Angst und Schrecken leben und in ihrem ungoldenen Blut Qualen der Hoffnungslosigkeit erleiden!«

Ohne ein weiteres Wort setzten sich die Bluträuber auf die Pferde und ritten davon. Die Hunde schienen die Niederlage zu spüren, denn sie gaben keinen Laut von sich, während sie neben den schwarzen Pferden auf den Todesberg zuliefen.

»Ich hab einen Hunger, ich könnte ein ganzes Schwein essen!«, stöhnte Silva, als die Reiter weit genug entfernt waren.

»Alle unsere Vorräte sind aufgebraucht«, sagte Makani und zuckte mit den Schultern.

In diesem Augenblick schaute Akio wie zufällig zur Seite und entdeckte Alex am Feuer. »Da steht jemand«, rief er erschrocken. Alle drehten sich gleichzeitig zum Lagerfeuer um und sahen Alex mit aufgerissenen Augen an. Keiner schien ihn zu erkennen, denn niemand wunderte sich, niemand schrie auf und niemand freute sich. Alex wusste nicht, ob er darüber enttäuscht sein sollte. Andererseits würde natürlich niemand damit rechnen, ihn hier, kurz nachdem er in der Höhle von einem Moloch verschlungen worden war, lebendig am Feuer der Priesterhütte zu treffen. Alex lachte verlegen und winkte leicht mit der Hand: »Hallo!«

Keiner antwortete.

Makani ging einen Schritt auf ihn zu, als wollte sie nach dem Wunsch des Fremden fragen. Aber sie fragte nichts.

»Habt ihr nichts zu essen?«, war das Einzige, das Alex auf die Schnelle einfiel.

Makani schüttelte den Kopf. Ob sie ihn für einen hungrigen Wanderer hielt, der hier auf eine Menschenansammlung mit Essen hoffte? »Nein«, sagte sie. »Leider.«

Keiner sagte etwas? Und er? Was sollte Alex sagen? Hallo, ich bin Alex? Halli-Hallo! Da bin ich wieder! Huhu, eben noch im Drachenbauch, jetzt schon wieder im Lagerfeuer-Rauch, ha, ha!

»Ähm«, Alex rieb sich die Hände vor dem Bauch und rang nach Worten. »Nichts zu essen also.«

»Nein.« Makani schüttelte noch einmal den Kopf.

»Auch keine Bratwürstchen?«

»Nein. Tut mir leid.«

Alex zeigte vorsichtig auf Makanis Ledertasche, die sie mitgebracht und in der Nähe des Strohhaufens abgelegt hatte. »Schaut doch mal in der Ledertasche nach.«

In Makanis Augen änderte sich etwas. Ein Gemisch aus Misstrauen, Überraschung und vorsichtiger Hoffnung blitzte darin auf. Ohne den Blick von Alex zu nehmen, ging sie auf die Ledertasche zu und öffnete sie. Als sie nun doch in die Tasche schaute, schrie sie auf. Die Tasche war randvoll mit warmen, gegrillten Bratwürstchen. Sie hielt die Tasche mit den Würstchen den anderen hin, die sofort voller Staunen raunten. Silva nahm als Erstes Alex prüfend in ihr Blickfeld. Im selben Moment rief Makani: »Er ist es!«

Sie warf die Tasche mit den Würstchen den anderen auf dem Strohhaufen zu und rannte zum Feuer. »Der Erlöser lebt!«, rief sie. Dann schlang sie ihre Arme um Alex' Hals und drückte ihn, als wäre er ihr eigener Sohn. »Er lebt!«, rief sie noch einmal.

Akio und Silva waren dazugekommen und strahlten, als sie vor Alex standen.

Silva schaute mehrfach an ihm auf und ab und schüttelte fassungslos den Kopf. »Das kann doch nicht sein! Meine Fresse, das kann doch gar nicht sein!« Sie konnte sich überhaupt nicht beruhigen. »Wie geht das? Ich hab doch ganz deutlich gesehen … nein, das kann doch nicht sein!«

»Ich bin's aber«, sagte Alex und wusste nicht recht, wie er auf Silvas Fassungslosigkeit reagieren sollte. Vorsichtig schaute er zu Akio, der sich nicht darüber zu wundern schien, Alex hier draußen am Lagerfeuer stehen zu sehen. Er schaute Alex mit liebevollen, freundlichen Augen an und machte kurz eine Bewegung, als wollte er Alex in den Arm nehmen. Aber irgendetwas schien ihn davon abzuhalten. Alex seinerseits traute sich auch nicht, obwohl er sein goldblütiges Gegenüber am liebsten einmal fest in den Arm genommen hätte. Also standen sie einen Moment etwas verlegen da, dann sagte Akio endlich: »Ich freu mich, dass du lebst.«

»Und ich erst«, gab Alex zurück und fühlte sich gut dabei.

»Wie hast du das gemacht?«, fragte Silva, nachdem sie sich einigermaßen beruhigt hatte. Sie stemmte ihre Hände in die Seite. »So, wie der Moloch dich gerade verschlungen hat, dachte ich, du bist ein für alle Mal vernichtet. Und jetzt stehst du hier ganz locker, als wäre dir nie etwas passiert! Wie geht das?«

Alex lachte verlegen. »Wenn ich dir sagen würde, dass ich der Autor bin und es einfach so aufschreibe – würdest du mir das dann glauben?«

Silva musterte ihn misstrauisch. »Hast du auch eine Erklärung, die eine Bewohnerin Abadoniens besser kapieren kann?

»Ich bin der Autor. Ich bin stärker als alles, was in eurer Welt passiert.«

»Hm.« Silva wiegte ihren Kopf hin und her. »Noch eine einfachere Erklärung?«

»Die größte Liebe beweist der, der sein Leben für seine Freunde lässt«, versuchte es Alex erneut. »Und weil die Liebe stärker ist als das Böse, ist auch das Leben stärker als der Tod. Ist das besser?«

»Gefühlstheater!« Silvas Augen funkelten, aber dann begann sie zu grinsen. »Aber ich denk drüber nach.«

Später saßen alle gemeinsam um das Lagerfeuer und ließen sich die Bratwürste schmecken. Sogar Vater Pathos saß wacklig dabei und strahlte. Akio hatte ein Blatt Papier auf seinen Knien liegen und war ganz vertieft dabei, etwas aufzuschreiben.

»Die Macht des Moloch ist gebrochen«, predigte Vater Pathos mit heiserer Stimme den anderen. »Nun können sich der Glaube, die Liebe und die Hoffnung der Goldblüter wieder ohne Angst ausbreiten. Menschen können sich anstecken lassen, die guten Werke der Goldblüter zu sehen und Abadonien zu einem Reich der Liebe werden zu lassen.«

Alex lächelte. »Ich wünschte, das wäre in meiner Welt auch so.«

»Ich dachte, in deiner Welt gäb es sowieso keinen Moloch und kein Gold im Blut«, wandte Makani ein.

»Es gibt keinen Moloch, das stimmt. Und das Böse ist grundsätzlich auch überwunden, hat mir mein Autor erklärt, als ich ihn getroffen habe. Jesus – so hieß, glaub ich, der Sohn der Verheißung, der aus der vollkommenen Welt in seine geschaffene Welt gekommen ist. Er hat sich vom Bösen verschlingen lassen und so den Tod besiegt. Trotzdem hab ich das Gefühl, dass sich weniger Menschen dieser Liebesbotschaft anschließen als weiterhin dem Misstrauen, der gegenseitigen Zerstörung und Erniedrigung.«

»Aber du bist doch einer«, gab Katanos zu bedenken, »für den Liebe und Aufrichtigkeit wichtig sind! Das hast du zumindest gesagt!«

»Ja, das hab ich gesagt. Das stimmt ja auch.« Alex nickte und starrte in das Feuer. »Trotzdem – wenn nur wenige an Liebe und Wahrheit glauben, ist es schwer, sich in einer Welt voller Hass, Neid und Eifersucht zu behaupten.«

»Sind es nicht immer die kleinen Dinge, die sich gegen die großen behaupten müssen?«, fragte der alte Pathos. »Eine kleine Kerze ist es, die einen Raum voller Dunkelheit erhellt. Ein kleines Samenkorn ist es, das in die Erde gesteckt wird und zu einer wundervollen Blume wächst. Ein Wort der Liebe braucht es, um ein Herz voller Misstrauen zu berühren.«

»Das sagt sich so leicht«, seufzte Alex.

»Das sagt sich nicht leicht«, widersprach der Alte. »Ich habe lange genug als Goldblüter in einer Welt voller Mord, Gier und Blutraub gelebt. Ich weiß, wie schwer es war, seine Hoffnung zu bewahren.«

»Ich kenne beides«, sagte Perfidus leise, ohne jemanden anzusehen. »Ich kenne es, den Glauben an das Gute zu verlieren, weil das Böse nach einem greift. Und ich kenne es, die Hoffnung auf das Gute wiederzufinden, wenn ein anderer einem Vertrauen schenkt, wo es nichts zu vertrauen gibt. Und ich weiß, dass das zweite sich besser anfühlt.«

Akio, der direkt neben Alex saß, grinste. »Es ist schön, dass ich den kennengelernt habe, der sich mich ausgedacht hat und der meine Geschichte schreibt.«

Alex grinste auch. »Und ich hatte schon Angst, du ärgerst dich, wenn du erfährst, dass du nur Teil einer Geschichte bist und vielleicht gar keinen eigenen Willen hast.«

»Ich hab doch einen eigenen Willen«, widersprach Akio. »Ich wollte Adelia retten. Ich wollte Silva helfen, Agnus zu retten. Ich wollte Perfidus vertrauen. Und jetzt zu erfahren, dass das alles die Gedanken eines Höheren sind, der diesen Willen in mich hineingeschrieben hat, finde ich nicht schlimm. Im Gegenteil: Es macht mich glücklich. Denn ich weiß, die Verantwortung für die ganze Geschichte liegt nicht bei mir, sondern bei dem Geschichtenerzähler. Und trotzdem kann ich da, wo ich bin, das tun, was ich für gut befinde. Ich bin stolz, dass mein Geschichtenerzähler mich so gemacht hat, wie ich bin.«

Alex grinste. »Das freut mich. Ich muss zugeben, als ich erfahren habe, dass ich von einem Autor über mir erfunden bin, hab ich das nicht so locker und dankbar hingenommen. Ich hab mich erst mal eingeengt und unfrei gefühlt. Ich musste das erst noch lernen, dass es ein Zusammenspiel ist zwischen meinen eigenen Gedanken und denen eines Autors, der das große Ganze im Kopf hat.«

Akio sah ins Feuer hinein und hatte plötzlich etwas gläserne Augen. »Sehen wir uns denn noch mal wieder?«, fragte er vorsichtig.

Alex fühlte sich wehmütig, als er antwortete: »Das … ähm … das liegt natürlich in erster Linie an mir. Es ist meine Welt. Ich kann mich, sooft ich will, in deine Welt hineinschreiben. Aber selbst wenn ich es nicht tue, dann sollst du wissen: Sooft ich deine Geschichte lese, bin ich unmittelbar neben dir. Und wenn ich Hanna deine Geschichte erzähle, dann bin ich an deiner Seite. Wenn ich dich weiterschreibe, dann tu ich es mit tiefer, innerer Verbundenheit.«

»Das weiß ich doch.« Akio grinste wieder, holte etwas unter seinem Hemd hervor und drückte es Alex in die Hand. »Hier. Ich hab dir ein Gedicht geschrieben.«

Alex strahlte. »Für mich? Ist es das, was du eben am Feuer geschrieben hast?«

Akio nickte verlegen.

»Danke.« Alex steckte es in die Hosentasche. »Ich les es nachher, okay?«

»Klar.«

Silva klatschte sich auf ihr Knie: »Also, ich muss zugeben, so ganz kann ich mich noch nicht mit dem Gedanken anfreunden, nur eine Figur zwischen zwei Buchdeckeln zu sein, noch dazu, wo ich weder Buchdeckel noch einen Leser sehe. Aber immerhin hast du mir gezeigt, dass es noch mehr Dinge zwischen Himmel und Erde gibt, die einem merkwürdig erscheinen und die trotzdem wahr sind.«

»Das ist doch schon mal ein Anfang«, lachte Alex.

»Was hast du als Nächstes vor, wenn du unsere Welt verlassen hast?«, fragte Meister Katanos.

»Ich muss als Erstes meine Schwester Hanna suchen. Ich mache mir langsam Sorgen. Darum sollte ich unbedingt nach ihr schauen. In unserer Welt ist es schon fast halb neun.«

»Halb neun?«, fragte Silva. »Was bedeutet das?«

»Die Sonne geht unter«, erklärte Alex und lachte.

»Vergiss nicht, nach deinem Vater zu fragen«, erinnerte Katanos ihn. »Ich werde gleich morgen meinen Sohn aufsuchen. Jetzt, wo der Moloch seine Macht verloren hat, hab ich vielleicht auch wieder Chancen, Vertrauen und Hoffnung bei denen zu gewinnen, die mir am Herzen liegen.«

»Alles Gute, Meister Katanos«, sagte Alex.

»Dir ebenso.«

Alex erhob sich von seinem Holzklotz am Feuerplatz und schaute von einem zum anderen. »Na ja, also dann …« Er entfernte sich ein paar Schritte vom Feuer. »Wie schreibt man sich denn am besten aus so einer Geschichte raus?«, fragte er in die Runde hinein.

»Schreib: Alex platzte wie ein Leppid«, schlug Silva vor und grinste.

Alex lachte. Dann wandte er sich an Akio und zeigte auf Silva: »Sag mal, Akio, ist dir schon mal aufgefallen, was für eine hübsche junge Dame Silva geworden ist?«

Silva plusterte sich empört auf. Akio wurde rot und schaute zu Boden. »Doch«, sagte er leise. Als Silva das sah, schaute sie Akio verunsichert an: »Wie jetzt? Was wird denn das jetzt für eine Geschichte?«

Alex hob kurz die Hand zu einem letzten Gruß, drehte sich um und ging. Das Letzte, was er sah, waren Adelia und Agnus, die ihm mit ihren kleinen Händchen nachwinkten. Dann verließ er Abadonien.

»Ach, hier bist du!«

Alex schreckte hoch: »Was?« Schon wieder musste er sich orientieren. Wo war er? Er hatte sich heute an so vielen Orten befunden, dass er schon gar nicht mehr wusste, was alles echt war und was geschrieben. Als Alex von seinem bekritzelten Blatt Papier aufsah, schaute er direkt Elena und Hanna an. Hanna machte ein Gesicht, das fast vor Freude platzte.

»Alex!«, rief sie fröhlich, ließ sich nach vorne plumpsen und umarmte ihn stürmisch.

Alex drückte Hanna fest an sich. Ein Glück. »Da seid ihr ja!«, rief er erleichtert. »Mensch, wo wart ihr die ganze Zeit?«

»Wir suchen dich schon ganz lange«, sagte Elena. »Und du? Wo hast du dich herumgetrieben?«

Alex sprang auf. »Ich war die ganze Zeit hier und hab euch gesucht!«

»Das kann eigentlich nicht sein. Wir waren auch hier!« Elena wandte sich an Hanna. »Nicht wahr, Hanna?«

»Alex! Gesucht!«, rief Hanna aufgeregt und zählte sofort auf, wo sie ihn überall erfolglos gesucht hatten: »Spielplatz: Nein. Straße: Nein. Mama: Nein. Wald: Nein. Wiese: Nein. Höhle ...« Hanna wirbelte aufgeregt ihre Hände durch die Luft, als käme ein Gespenst. »Höhle – huh, dunkel!«

»Ihr wart in der Höhle?«, fragte Alex erschrocken.

»Höhle – nein!«, rief Hanna und schüttelte energisch den Kopf.

»Nein«, beruhigte ihn Elena. »Aber wir haben dich eben gesucht. Und dabei haben wir natürlich auch mal in die Höhle hineingeschaut und nach dir gerufen. Aber wir sind nicht reingegangen.« Sie lachte.

Hanna griff sich an den Kopf, um was Neues zu erzählen: »Mütze! Weg!«

»Genau«, bestätigte Elena, »dann haben wir auch noch Hannas Mütze verloren. Die haben wir auch überall gesucht, aber nicht gefunden.«

»Die Mütze!« Alex griff in seinen Schoß. »Die hab ich gefunden. Darum wusste ich ja, dass ihr auch hier gewesen seid! Ich hab auch nach euch gerufen. Aber ihr wart wie vom Erdboden verschluckt.«

»Tja. Du anscheinend auch. Dafür haben wir, als wir hier waren, dein Notizbuch gefunden. Da haben wir uns auch gedacht, du bist hier in der Nähe.«

»Ihr habt mein Buch gefunden?«

»Ja. Es ist doch deins, oder? Hanna hat es zumindest behauptet.« Sie holte aus ihrer Jackentasche das vermisste Notizbuch heraus, das in der Zwischenzeit jedoch viel dicker geworden war. Alex nahm es in die Hand und schlug es auf. Zusätzlich zu den vielen Notizzetteln von ihm steckte ein dicker Packen an computerausgedruckten DIN-A4-Blättern drin, die zusammengefaltet zwischen die handbeschriebenen Seiten geschoben waren. Alex nahm die Blätter und faltete sie auseinander. Es war die aufgeschriebene Geschichte, in der Alex durch Abadonien reiste.

Alex schüttelte ungläubig den Kopf. »Woher hast du die Blätter?«

»Die steckten in dem Notizbuch drin, als wir es gefunden haben«, sagte Elena.

Hanna legte ihren Finger auf den Mund: »Geheime Geschichten! Pssst!«

Alex lachte. »Genau! Wart's mal ab, wenn ich dir diese Geschichte vorlese. Da wirst du Augen machen!«

»Augen machen!«, freute sich Hanna und klatschte in die Hände.

Alex sah Elena an: »Oder hast du sie ihr etwa schon vorgelesen?«

»Nein!«, wehrte Elena schnell ab. »Selbstverständlich nicht! Aber findest du nicht, sie ist für Hanna noch ein bisschen zu blutrünstig?«

Alex riss die Augen auf. »Hast du sie etwa gelesen?«

Elena zog unsicher den Kopf zwischen die Schultern. »Hätte ich das nicht tun dürfen?«

Alex musterte sie misstrauisch. »Du hast meine geheime Geschichte gelesen?«

»Ich wusste ja nicht, dass sie geheim war. Sorry. Hätte ich das gewusst, dann hätte ich sie natürlich nicht gelesen! Es stand ja auch kein Name auf dem Buch drauf! Ich hab es gefunden, als ich mit Hanna hier vorbeikam. Ich hab ein bisschen darin geblättert und fand das, was ich gelesen habe, total spannend.«

Alex war sich noch nicht sicher, ob er gut finden sollte, was er da hörte. »Spannend? Was genau?«

»Na, die Geschichte, die du da aufgeschrieben hast. Ich hab zuerst nur ein bisschen quergelesen. Aber dann konnte ich nicht mehr aufhören. Hanna wollte sowieso gerade eine Pause machen. Sie sagte, sie sei so erschöpft und ihre Beine wären müde. Da hab ich hier hinten, vielleicht zweihundert Meter von hier entfernt, auf der Bank gesessen und gelesen, während Hanna auf meinem Schoß geschlafen hat.«

»Echt?« Alex konnte das kaum glauben.

»Ja, echt. Und ich muss sagen, du machst das wirklich gut, Alex. Ich wusste gar nicht, dass du so toll schreiben kannst. Für mich warst du immer nur der stumme Junge aus dem oberen Stockwerk. Aber dass so viel Tiefgang in dir steckt, das hat mich echt beeindruckt.«

Alex grinste unsicher und merkte, wie er rot wurde.

»Besonders, wie du dich dann selbst in die Geschichte mit hineingeschrieben hast und praktisch in deiner eigenen Geschichte durch Abadonien gereist bist, fand ich klasse. Wie kommst du nur auf solche Ideen?«

»Tjaaa …« Was genau sollte Alex jetzt am besten erzählen? Dass die computergeschriebenen Seiten gar nicht von ihm waren, sondern von dem Ober-Autor? Dass Elena auch nur Teil einer Geschichte war? Dass Alex selbst noch vor einer Viertelstunde im Maul eines Drachen gesteckt hatte? Er entschied sich, es kurz zu machen: »Das kann ich dir ja irgendwann mal in aller Ruhe erzählen.«

»Ja.« Elena grinste. »Aber jetzt will ich natürlich wissen, wie es ausgeht. Oder hast du die Geschichte noch nicht zu Ende geschrieben? Deine Zettelsammlung endet ja urplötzlich, als du in der Höhle dem Moloch gegenüberstehst und von ihm verlangst, dass er dich fressen soll.« Sie machte einen gespielten Schmollmund. »Genau an der spannendsten Stelle! Das ist gemein!«

Alex lachte. »Ja, ähm … ich glaub, ich hab die Geschichte eben gerade zu Ende geschrieben.« Er hielt ihr das letzte Schmierblatt hin und zog es gleich wieder an sich. »Aber ich denke, ich muss es erst mal ins Reine schreiben, sonst kannst du es sowieso nicht lesen. Dann geb ich es dir im Ganzen.«

»Okay.« Damit schien sie einverstanden zu sein.

»Oder du liest es, wenn es gedruckt ist und auf den Markt kommt.«

Elena lachte. »Du willst dein Buch an einen Verlag schicken?«

»Ja. Also – nicht ich, sondern mein Autor … also, ich meinte … ein anderer Autor. Der … ähm … veröffentlicht mein Buch unter seinem Namen. Aber es ist meine Geschichte. Sie heißt: ›Gefangen in Abadonien‹.«

Elena nickte anerkennend. »Klingt nicht schlecht. Aber wieso lässt du dir gefallen, dass ein anderer deine Geschichte unter seinem Namen veröffentlicht?«

»Schwer zu sagen«, sagte Alex. »Das wirst du dann sehen, wenn du es im Ganzen liest.«

Sie lachte. »Da bin ich ja mal gespannt.«

»Aber nicht wundern, wenn du auch im Buch vorkommst. Ja?«

»Ich? Wieso denn ich?«

»Ich sag ja nur: Wundere dich nicht.«

Elena lachte.

Dann wandte sich Alex Hanna zu. »So, Hanna. Sollen wir denn jetzt endlich mal nach Hause gehen?«

»Ja.« Sie hob ihre Arme in die Luft. »Tragen.«

Alex seufzte. Aber dann hockte er sich vor seine Schwester und Hanna konnte ihm auf den Rücken springen. Akio hatte Adelia getragen, Silva und Kazuko hatten Agnus getragen. Da war es ja wohl nur recht und billig, dass Alex seine geliebte Schwester Hanna nach Hause trug.

Während sie zu dritt die Straße entlanggingen, fuhr Hanna Alex von hinten vorsichtig mit ihren Fingern über seine Wunde am Hals. »Aua«, fuhr es aus ihm heraus. »Hanna, lass das. Das tut weh.«

»Alex Aua!«, kommentierte Hanna.

Elena besah von der Seite Alex' Hals und erschrak: »Mensch, Alex, das sieht ja furchtbar aus! Was hast du denn da gemacht?«

»Ich hab mich geschnitten.«

Elena grinste. »Mit deinem Schwert, was?«

Alex wunderte sich: »Woher weißt du das?« Da fiel ihm ein, dass Elena ja alles gelesen hatte und dass sie ihre Bemerkung sicher eher als Spaß gemeint hatte. Jetzt war es zu spät. Elena war bereits neben ihm stehen geblieben und starrte ihn von oben bis unten an. »Willst du damit sagen …«

»Nein, nein«, wiegelte Alex schnell ab. »War nur ein Spaß!« Er ging weiter.

Elena musterte ihn beim Weitergehen. »Und warum bist du dann so schmutzig und so verletzt?«

»Ach, Elena«, sagte Alex nur, »ich hab heute einiges durchgemacht. Und dabei habe ich gelernt, dass erstens nicht alle Zufälle Zufälle sind und zweitens, dass man sich manchmal über nichts zu wundern braucht. Besonders, wenn es da noch jemanden über einem gibt, der alles lenkt und steuert und zu einem guten Ende bringen will.«

Elena nickte wieder anerkennend. »Oh, du glaubst an Gott?«

»Hm«, machte Alex. »Vielleicht sollte ich langsam mal damit anfangen.«

Die Mutter regte sich natürlich einigermaßen auf, als sie nach Hause kamen. Immerhin war es nach neun Uhr, Hanna hätte längst im Bett sein sollen. Aber als sie sah, dass Hanna wohlauf war, beruhigte sie sich schnell wieder. »Komm, Hanna«, sagte sie dann. »Wir gehen ins Bad.« Sie sah Alex an und sagte: »Und wo bist du denn heute gewesen? Du siehst aus und stinkst, als hättest du mit einem Drachen gekämpft.« Sie lachte und verschwand mit Hanna im Badezimmer. Alex stand im Flur vor der Badezimmertür und schüttelte den Kopf. Ja, lach du nur, dachte er. Morgen frag ich dich, warum Papa so plötzlich weggegangen ist, was damals vorgefallen ist und warum darüber niemals gesprochen werden durfte. Alex nickte. Er fand, er war jetzt alt genug, um das zu erfahren. Und reif genug sowieso.

Als er später nach einer langen und ausgiebigen Dusche seine Sachen in den Wäschekorb stecken wollte, fiel ein kleiner, brauner Zettel aus seiner Hose. Er hob ihn vom Boden auf und erkannte sofort: Das war der Zettel mit dem Gedicht, den Akio ihm vor der Verabschiedung zugesteckt hatte. Zuerst freute sich Alex, aber dann erschrak er gleich wieder: Moment mal, das konnte doch gar nicht sein! Den letzten Teil der Geschichte hatte er, Alex, doch wieder selbst geschrieben! Da konnte doch gar nichts passieren, das ihn mit in seine reale Welt begleitete! Außer … diese Geschichte war wie alle anderen Geschichten vorher zwar durch Alex' Stift geschrieben, aber in Wirklichkeit von dem Ober-Autor gelenkt worden! Und dann konnte der natürlich auch wieder Zettel von einer Welt in die andere schieben. Alex grinste, schaute nach oben, als säße dort sein Marionettenspieler, und zwinkerte seinem Autor zu: »Du kannst es nicht lassen, was?«

Danach kroch er in sein Bett, zog sich die Bettdecke bis zum Kinn und faltete das Papier auseinander. Post aus Abadonien, dachte er aufgeregt und las, was Akio ihm aufgeschrieben hatte:

»An meinen Schöpfer.
Du machst es gut.
Du durchschaust mich. Du kennst mich.
Ich sitze oder stehe auf, so weißt du es.
Du kennst meine Gedanken von ferne.
Ich gehe oder liege, so bist du bei mir. Du siehst alle meine Wege.
Es ist kein Wort auf meiner Zunge, das du nicht schon wüsstest.
Von allen Seiten umgibst du mich und hältst deine Hand über mir.
Danke, dass du mich so geschaffen hast. Das hast du gut gemacht.
Alles, was du geschaffen hast, ist gut und wundervoll.
Das hab ich schon immer gespürt.«

Alex hatte ein Leuchten auf seinem Gesicht, als er den Zettel sinken ließ. So ein lieber Brief! Ein Dankesbrief von seinem eigenen Geschöpf! Sein Geschöpf, das er sich mit so viel Liebe ausgedacht hatte! Offensichtlich hatte Akio diese Liebe verstanden und sie nun in diesem Gedicht widergespiegelt. Alex fühlte sich glücklich und gerührt zugleich. Ob er jemals in der Lage sein würde, seinem eigenen Autor so ein Vertrauen entgegenzubringen, dass er ihm dieses Gedicht so eins zu eins schreiben oder vorlesen könnte?

War da nicht immer noch zu viel Misstrauen seinem Autor gegenüber? Warum eigentlich? Wenn er es doch gut meinte …

Ob sein eigener Autor oder der Leser dieses Buches so ein Vertrauen wiederum deren Autor entgegenbringen könnte? Ach nein, Moment. Das ging ja gar nicht. Über Alex' Autor und Leser war ja kein Autor mehr. Da war nur noch Gott. Trotzdem. Ob man dem jemals so ein Vertrauen entgegenbringen könnte?